MARGARET MURPHY

Schlafe sanft, mein Engel

Gerlinde

Buch

Fünf Monate sind vergangen, seit die Leiche der elfjährigen Melanie Pearson in einem Waldstück entdeckt wurde. Ihre Mutter Kate beginnt gerade, Schmerz und Schuldgefühle zu überwinden, als sie an ihrem Arbeitsplatz eine anonyme E-mail erhält: Jemand schreibt ihr im Namen ihrer Tochter und klagt sie an. Nach weiteren sadistischen Nachrichten verdichten sich die Hinweise, daß nur Melanies Mörder als Absender in Frage kommt. Doch er versteckt sich im Internet und scheint Kates Leben von dort aus genau zu beobachten und zu manipulieren. Chefinspektor Harmon, der bereits die Untersuchungen des Mordes leitete, tappt wieder im dunkeln, denn auch diesmal haben alle Verdächtigen von damals überzeugende Alibis: Kates gewalttätiger Exmann, der sie jahrelang verprügelte, der charmante, aber eifersüchtige Universitätsdozent Kenneth Ingrams, den Kate abblitzen ließ, und Kates Kollege Adam Shepherd, ein Computerfreak mit undurchsichtiger Vergangenheit. Dann überschlagen sich die Ereignisse: Kate wird überfallen, und der Unbekannte schickt ihr via Bildschirm ein Foto ihrer mißhandelten Tochter. Kate hat daraufhin nur noch ein Ziel: den Mörder auf eigene Faust zu finden und ihm eine einzige Frage zu stellen: Warum mußte Melanie sterben?

Autorin

Margaret Murphy ist Biologin und arbeitet an Schulen in Lancashire und Liverpool. Heute lebt sie in Wirral, wo sie nach dem großen Erfolg ihres Debütromans an ihrem zweiten Roman arbeitet.

MARGARET
MURPHY

Schlafe sanft, mein Engel

Roman

Aus dem Englischen von
Christine Frauendorf-Mössel

GOLDMANN

Die englische Originalausgabe erschien 1996 unter dem Titel
»Goodnight, My Angel« bei Macmillan, London

*Dank an Murf für all den Spaß
und an Dr. R. C. Bucknall,
der den Wolf von der Tür fernhält.*

Umwelthinweis:
Alle bedruckten Materialien dieses Taschenbuches
sind chlorfrei und umweltschonend.
Das Papier enthält Recycling-Anteile.

Der Goldmann Verlag
ist ein Unternehmen der Verlagsgruppe Bertelsmann

Deutsche Erstausgabe 10/97

Umschlaggestaltung: Design Team München
Umschlagfoto: Zefa/Fritz
Satz: DTP-Service Apel, Laatzen
Druck: Elsnerdruck, Berlin
Verlagsnummer: 43714
Redaktion: Gisela Klemt
FB · Herstellung: Heidrun Nawrot
Made in Germany
ISBN 3-442-43714-8

3 5 7 9 10 8 6 4 2

Melanie ermordet

Melanie Pearson wurde neben einem Waldweg, 10 Meilen von ihrem Zuhause in Manchester entfernt, erschlagen aufgefunden. Obwohl das Opfer nicht vollständig bekleidet war, gab es keine Anzeichen für ein Sexualverbrechen.

Die dunkelhaarige Melanie, die seit einer Woche als vermißt galt, wäre am heutigen Tag zwölf Jahre alt geworden. Ihre verzweifelte Mutter mußte von Polizeibeamten gestützt werden, als sie nach der Identifizierung der Toten das Leichenschauhaus verließ.

Melanies Verschwinden hatte eine landesweite Fahndung ausgelöst. Aus Polizeikreisen verlautet, daß die Unterstützung der Bevölkerung ›überwältigend‹ gewesen sei. Der grausige Fund von heute ist für die gesamte Polizei ein schwerer Schlag. Selbst erfahrene Polizistinnen und Polizisten sind fassungslos angesichts der Brutalität, mit der das kleine Mädchen offenbar getötet wurde.

Der Leiter der Ermittlungen, Chefinspektor Harmon, sagte: »Solange Melanies Mörder nicht gefaßt ist, gibt es keine Sicherheit für unsere Kinder.

Wir haben es mit einem sehr gefährlichen Verbrecher zu tun. Ich bitte dringend um Hinweise aus der Bevölkerung. Selbstverständlich behandeln wir jede Information vertraulich.«

Nur wenige Mädchen an Melanies Schule, der Trafford High, gehen den Schulweg im Moment alleine. Eltern haben einen Bring- und Abholdienst eingerichtet, so daß jeweils mehrere Kinder von mindestens einem Erwachsenen begleitet werden. Nach Schulschluß am Spätnachmittag wird das Schulgelände von Lehrkräften gründlich kontrolliert und die Abfahrt der Schülerinnen mit den Schulbussen überwacht. Melanie war beim Verlassen des Schulgeländes in Begleitung eines großen, schlanken Mannes gesehen worden, der einen dunklen Parka mit Kapuze trug.

Eine Mutter sprach wohl allen aus dem Herzen, als sie sagte: »Solange dieser Wahnsinnige frei herumläuft, kann sich keiner sicher fühlen. Wir sorgen zwar dafür, daß der Weg von und zur Schule unter unserer Aufsicht stattfindet. Aber rund um die Uhr können wir die Kinder nicht bewachen. Dazu müßten wir sie zu Hause einsperren. Und das ist ausgeschlossen.«

1

Stimmen, gedämpft und beruhigend, verbanden sich in wohltuender Harmonie mit dem sanften, schnellen Klappern der Computertasturen. Die Strahlen der Novembersonne fielen schräg in den Büroraum: goldgelb und noch ein wenig erwärmend. Jemand hatte ein Fenster geöffnet, und das gleichmäßige Rauschen des Nachmittagsverkehrs auf dem Albert Square war eine zusätzliche Geräuschkulisse.

Kate Pearson seufzte. Es war durchaus kein unzufriedener Seufzer, und sie lächelte, teils nachdenklich, teils amüsiert, über ihre Stimmung. Irgend etwas fehlte. Mit einiger Überraschung stellte Kate fest, daß sie so milde gestimmt war wie das nachmittägliche Licht. Zum ersten Mal seit fast fünf Monaten war sie relativ zufrieden. So also kann es sein, dachte sie. Ihr Blick schweifte zum Fenster und hinaus über den kleinen Garten an der Rückseite des Gebäudes. Ich hatte ganz vergessen, wie es ist, wenn man ... Sie hielt inne. Glück war es nicht. Sie ahnte, daß sie nie wieder glücklich sein konnte. Nicht wirklich glücklich. Eher schon fröhlich. Das traf es besser. Der spätherbstliche Sonnenschein flimmerte durch die Bäume, die noch nicht alle restlos kahl waren. Flammend rot hoben sie sich vor der tiefstehenden Sonne ab, wie in einem letzten Aufbäumen gegen den kommenden Winter. Ein kühler, würziger Luftzug strich über ihr Gesicht. Sie schloß für einen Moment die Augen und atmete tief ein. Dann konzentrierte sie sich wieder auf ihre Arbeit, das Korrekturlesen, und tippte leicht auf die Bildlauf-Taste.

Im nächsten Augenblick stieß sie ihren Stuhl vom Schreibtisch zurück und starrte entsetzt auf den Monitor.

Acht Worte füllten den Bildschirm aus.

Kate schnappte voller Entsetzen nach Luft und riß ihre Hände von der Tastatur zurück.

Alle arbeiteten leise. Sam kontrollierte zusammen mit Emma einige Unterlagen. Ihre Stimmen übertönten das Klicken der Tastaturen und das sanfte Rauschen des Verkehrs.

Kate zwang ihren Blick zurück auf den Bildschirm. Ganz unten auf dem Monitor erschien eine weitere Textzeile.

Langsam entstand eine allgemeine Unruhe. Blicke gingen hin und her. Kates überwiegend weibliche Kollegen reagierten nervös auf ihre Erregung. Sie wollte nur noch fort, weg von den furchtbaren Worten auf dem Monitor, weg von den neugierigen Blicken der anderen. Doch sie war nicht sicher, ob ihre Beine sie tragen würden, deshalb blieb sie sitzen. Ihr Blick zuckte zwischen den ängstlichen Gesichtern ihrer Kolleginnen und dem Monitor hin und her.

Dann nahm ihr jemand die Sicht. Sie war erleichtert und verärgert zugleich. Jemand hatte sich vor den PC gestellt. Sie schaute hoch. Es war Adam. Wer sonst? Sie hatte nicht viele Freunde im Büro. Und das nahm sie niemandem übel. Schließlich hatte sie den Kollegen in den vergangenen sechs Monaten viele Gründe gegeben, sie nicht zu mögen.

»Kate?«

Sie stand wie in Trance auf. Adam streckte eine Hand aus, stützte sie.

»Kate, was ist los? Was ist passiert?«

Sie starrte über seine Schulter, und er drehte sich um, folgte ihrem Blick.

»Gütiger Himmel!« flüsterte er. Doch in der absoluten Stille hörte es sich beinahe an wie ein Aufschrei.

Bei den anderen gewann Neugier die Oberhand. Sie drängten sich um Kates Schreibtisch, der fast in der Mitte des Raumes stand. Einige schrien unwillkürlich laut auf, als sie den Text auf dem Monitor lasen.

Warum hast du zugelassen, daß er mir weh tut, Mami?

und darunter:

Ich hab dich lieb, Mami. Ich möchte nach Hause.

Adam markierte die Nachrichten mit schnellen, automatischen Bewegungen und löschte sie. Dann sicherte er den Bericht, an dem Kate gearbeitet hatte, und schaltete ihren Computer ab.

Kate stand wie versteinert da. Sie war leichenblaß. Adam hielt noch immer ihren linken Oberarm umfaßt und führte sie jetzt aus dem Büroraum.

Das fragende Gemurmel explodierte zu einem aufgeregten Stimmengewirr, noch ehe sich die Tür hinter ihnen geschlossen hatte.

Melanie lachte über einen ihrer unbeholfenen Witze, und Kate wurde von einem Gefühl unendlicher Zärtlichkeit und Liebe für sie erfaßt. Sie legte den Arm um ihre Tochter und zog sie heftig an sich. Melanie kreischte vor Lachen und drückte sich eng an ihre Mutter. Sie sah auf, und ihre seidigen braunen Haare fielen ihr aus dem Gesicht. Ihre Augen wurden groß und sahen die Angst. Sie waren in einem Wald, an einem Bach. Es wurde dunkel, und Kate drängte unruhig zum Aufbruch.

»Haben wir uns verlaufen?« fragte Melanie, plötzlich verängstigt.

Kate sah lächelnd in die Augen ihrer Tochter hinunter, versuchte, ihr die Angst zu nehmen, versuchte, die Last allein zu tragen. In Melanies schreckgeweiteten Augen spiegelte sich die grüne Farbe ihrer eigenen.

»Nein, Liebes. Wir haben uns nicht verlaufen«, sagte sie ruhig und verschwieg den Rest: ›Ich weiß nur nicht, wo wir sind‹. Melanie drängte sich enger an die Mutter.

Der Wald wurde dunkler, dichter, unwegsamer. Brombeerranken zerkratzten ihre Beine und rissen an ihrer Kleidung.

»Mami . . .«

Kate ergriff fest die Hand der Tochter. »Ist ja gut. Alles wird gut werden, wenn wir zusammenbleiben. Bleib bei mir, Mel. Laß nur meine Hand nicht los.«

»Melanie!«

Kate war jetzt allein. Sie stand auf einer Lichtung. Im Dunkeln. Ihre Stimme, schrill und panisch, schien abzuprallen, reichte nur bis zu dem Saum von Bäumen, der die Wiesen umgab, und hallte zu ihr zurück. Sie hörte Wasser rauschen. Das war nicht mehr der Bach, an dem sie entlanggegangen waren, sondern ein Fluß, der lautstark über Felsgestein toste. Es war dunkel, so dunkel. Und sie konnte Melanie nicht finden.

Sie schrie erneut: »Melanie!« und rannte auf das Wasser zu. Ein Schuß zerriß die Stille. Wie über ihrem Kopf. Hohl, gedämpft durch die seltsam schwere Luft, die über allem lag.

»MELANIE!«

Kate wachte auf. Tränen strömten ihr über das Gesicht. Es war dunkel, stockdunkel. Sie blinzelte in die Schwärze, die sie umgab. Das dumpfe Pochen begann erneut. Ihre Nachbarin, Mrs. Wilson, klopfte, um sich zu beschweren. Sie mußte wohl laut geschrien haben.

Kate ging in Melanies Zimmer und nahm den Lieblingsbären ihrer Tochter in den Arm.

Sie konnte gerade eben das Leuchtzifferblatt der Mickymaus-Uhr auf der Kommode erkennen. Es war halb elf.

Allmählich ließ das qualvolle Schluchzen nach, die Tränen versiegten, und sie hatte sich wieder unter Kontrolle. Die Taubheit, die sie den ganzen Nachmittag und Abend über empfunden hatte, war fort. Sie verspürte eine grenzenlose Sehnsucht nach Melanie. Sie hätte nie geglaubt, daß die quälende Leere der ersten Wochen sie noch einmal derart lähmend überkommen könnte. Und doch war sie wieder da, machtvoll und überwältigend wie in jenen Augenblicken auf der Schwelle zum Wahnsinn, als sie ihr gesagt hatten, daß Melanie tot war.

Adam hatte sie vom Büro nach Hause gebracht und nur zögernd allein gelassen. Sie hatte versucht fernzusehen, um die erstickende Stille in der Wohnung zu verdrängen. Doch sie vermochte den Dialogen nicht zu folgen. An das, was dann gekommen war, erinnerte sie sich kaum. Sie wußte nur, daß sie schließlich erschöpft in ihr Zimmer und ins Bett gegangen war. Sie hatte Melanies Raum gemieden, um nicht im Ansturm der Gefühle unterzugehen. Jetzt wurde ihr klar, daß sie den Sturm nur hinausgezögert hatte.

Das Telefon klingelte. Kate fuhr zusammen. Melanies Teddybär heftig an sich drückend, ging sie zur Tür, schloß ab und blieb für einen Moment stehen, den Blick aufs Telefon fixiert. Kate wurde von derselben unerträglichen Spannung erfaßt, die ihre Nerven in jener ersten Woche nach Mels Verschwinden bei jedem Klingeln auf die Zerreißprobe gestellt hatte. Wer sollte sie anrufen? Und um diese Zeit? Sie sah auf die Uhr. Halb acht. Verwirrt machte sie kehrt, als wolle sie in das Zimmer zurück. *Aber die Uhr in Melanies Zimmer stand auf halb elf . . .* Kate schüttelte müde den Kopf. Melanies Wecker mußte stehengeblieben sein. Sie hatte vergessen, ihn aufzuziehen.

Sie fühlte einen Stich des Schuldbewußtseins, einen stechenden Schmerz unter dem Herzen. Noch nie hatte sie vergessen, die Uhr aufzuziehen. An diesem Morgen, als sie ins Büro gefahren war, war sie einem Glücksgefühl so nahe gewesen, wie sie es nicht mehr für möglich gehalten hatte. Und dabei hatte sie es versäumt, die Uhr aufzuziehen. Melanies Uhr. Sie hatte, gewissermaßen, Melanie vergessen.

Ein Pochen von oben ließ Kate heftig erschaudern. Bum, bum, bum! ... ertönte es dreimal in schneller Folge. Mrs. Wilson war gereizt, weil sie das Telefon einfach klingeln ließ. Sie nahm den Hörer von der Gabel und hielt ihn weit von ihrem Ohr entfernt.

»Kate?«

Ein ersticktes Schluchzen, dann hatte Kate sich wieder in der Hand. »Adam?« antwortete sie einigermaßen ruhig.

»Geht ... es dir besser?«

»Viel besser. Danke«, fügte sie nach einer kurzen Pause hinzu.

Am anderen Ende war es still. Dann sagte Adam vorsichtig: »Ich weiß, daß du lieber niemanden aus dem Büro um dich haben möchtest, aber soll ich vielleicht eine Freundin für dich anrufen und sie bitten, zu dir zu kommen?«

»Nein. Ich ... Nein.«

»Nun ...« Er schien verlegen zu sein. »Was ist mit deiner Mutter?«

»Nein!« Kate zuckte angesichts ihrer heftigen Reaktion zusammen und wiederholte ruhiger: »Nein. Mir geht's wirklich gut. Ich habe nur ... Es war nur ein Schock. Das ist alles. Morgen komme ich wieder ins Büro.«

»Mr. Owen hat mich gebeten, dir auszurichten, du könntest den Rest der Woche freinehmen.« Adams Stimme klang entschuldigend.

Kate stöhnte. »Oh, Mann! Wer hat es ihm denn erzählt?«

»Tut mir leid, Kate. Als ich zurückkam, wußte es schon der

ganze Laden.« Adam zögerte, und Kate spürte, daß noch etwas Unangenehmes kommen würde. »Kate, sie behaupten, du hättest es selbst getan.«

Sie runzelte die Stirn.

Besorgt über ihr Schweigen, begann er erneut. »Kate ...«

»Vielleicht bin ich's ja gewesen«, sagte sie trotzig.

»Kate ...«

»Ich bin morgen wieder da.« Damit legte sie auf. Sollten sie doch denken, was sie wollten.

»Vielleicht war ich's ja auch«, wiederholte sie finster gegen die Wand. »Vielleicht war ich's ...« Angst schlich sich in ihre Stimme. Sie hatte getippt, bevor diese Worte auf dem Bildschirm erschienen. Sie hatte Korrektur gelesen, korrigiert und vor sich hin geträumt. Könnte sie die Nachricht eingegeben haben, ohne es zu merken? Wie sie in Melanies Zimmer gegangen war, ohne es zu merken? Die zweite Zeile – ›Ich hab dich lieb, Mami. Ich will nach Hause‹ –, war sie schon vorher auf dem Monitor gewesen? Hatte sie selbst die Nachricht eingetippt, um sich für das Vergessen zu bestrafen? Dafür, daß sie, wenn auch nicht unbedingt glücklich, so doch wenigstens für ein paar kurze Stunden unbeschwerter gewesen war?

2

Kate zündete mit zitternden Händen eine zweite Zigarette an.

»Du solltest zur Polizei gehen.«

Sie lehnte sich gegen die Wand, schloß die Augen und machte einen tiefen Zug. Sie hatte die Zigaretten auf dem Weg ins Büro gekauft, um gewappnet zu sein, falls Mr. Owen sie zu einer Diskussion über ihre Arbeitstauglichkeit zwang. Es war erstaunlich, wie schnell sie wieder zur Raucherin geworden war. Wie schnell die alten Gewohnheiten sich wieder eingestellt hatten. Und wie gut es geschmeckt hatte, selbst nach fünf Jahren. Adams Einwände ignorierte sie.

»Ich hab's wegen Melanie aufgegeben, weißt du.«

»Was aufgegeben?«

»Das Rauchen. Melanie kam ganz aufgeregt aus der Schule. Sie hatte geweint. Man hatte den Kindern einen Film des Gesundheitsministeriums gezeigt.«

Adam schwieg.

Kate sah sie so deutlich vor sich. Wie sie in ihrem blauen Regenmantel in der kleinen Küche gestanden hatte. Ihre Haare klebten wie seidene Fäden an dem weißen Seidenfutter der Kapuze. Ihre Kniestrümpfe waren bis zu den Knöcheln hinuntergerutscht.

»Ich will nicht, daß du stirbst, Mami«, hatte sie ernst gesagt. Sieben Jahre, und bereits besorgt, die Mutter könne sterben.

Kate entgegnete, sie solle nicht albern sein. Viele Leute rauchten, ohne Krebs zu bekommen. Aber Melanie war gut informiert.

»Miss Unsworth hat gesagt, jede Zigarette verkürze das Leben um fünf Minuten.« Melanie, deren Zeitvorstellungen noch sehr schwammig waren, schloß daraus, daß Kate nicht mehr lange zu leben hatte. »Das macht eine Stunde und eine Viertelstunde für heute.«

Kate rauchte damals ungefähr 15 Zigaretten täglich. Sie war von den Rechenkünsten ihrer Tochter beeindruckt und konnte sich die Frage nicht verkneifen, ob ihr jemand bei der Rechnung geholfen habe. Aber Melanie war in Tränen ausgebrochen und hatte gejammert: »Bitte, Mami!«

Kate hatte sie beruhigt, ihr geschmeichelt, ihr gedroht, aber Melanie ließ sich nicht beruhigen. Schließlich hatte Kate ihre Niederlage eingestanden.

Und tatsächlich das Rauchen aufgegeben.

Kate seufzte. Melanie war damals sieben Jahre alt gewesen. Eine Woche vor ihrem zwölften Geburtstag war sie verschwunden. »In einem Punkt hat meine Mutter recht gehabt«, sagte sie. »Eine Mutter sollte nie ihr Kind überleben.« Sie zog nervös an ihrer Zigarette.

Adam warf ihr einen verstohlenen Blick zu. Sie trug eine braune Hose, Stiefeletten und ein langes dunkelbraunes Polowollhemd, das ihre schmale Taille überspielte. Sie schnippte die Asche von der Zigarette, steckte sie zwischen die Lippen und machte einen tiefen Lungenzug. Ihre schmalen, zierlichen Nasenflügel blähten sich dabei. Kates Haut war von einer unnatürlichen Blässe, was den Kontrast zu ihrem vollen kastanienbraunen Haar noch verstärkte. Sie trug es jetzt stets streng zurückgekämmt und zu einem Zopf geflochten. Als sie sich kennengelernt hatten, war er von ihrem Haar fasziniert gewesen. Wenn sie es offen trug, fiel es seidenweich auf ihre Schultern und wellte sich so sinnlich im Nacken, daß er dem Wunsch, es zu berühren, kaum hatte widerstehen können.

Als Adam sie jetzt ansah – das Haar aus den wachsbleichen, angespannten Zügen streng zurückgekämmt –, schoß es ihm durch den Kopf, daß sie inzwischen genauso rigoros auch ihre Gefühle in Schach hielt. Sie hat Angst, loszulassen, um nicht hysterisch zu werden, dachte er. Die Hülle um ihre Selbstbeherrschung ist sehr dünn.

Kates grüne Augen erwiderten seinen Blick. Sie hatte die gefährliche Ausstrahlung eines weidwunden Tieres. Sie brauchte Hilfe und vertraute doch niemandem.

»Kennst du den Kerl, der . . .« Er verstummte. Sein Finger fuhr nervös über eine Augenbraue. Adam hatte sich auf ein schwieriges Terrain begeben.

Er fühlte, daß Kate neben ihm erstarrte, wagte jedoch nicht, sie anzusehen.

Welcher Mann? Was hatte er sagen wollen? Sie hatte den

Büroraum verlassen, um genau *dem* zu entgehen! Eine neue Nachricht. Eine weitere Notiz war in ihrer Mailbox aufgetaucht:

Hilf mir Mami! Mach, daß er aufhört!

Was hatte Adam sagen wollen? Daß das fiese Schwein – das Ungeheuer, das ihre Tochter umgebracht hatte – sich zurückmeldete?

»Der Inspektor ... Wie hieß er noch?«

Kate atmete aus. Sie hätte vor Erleichterung beinahe gelacht. »Chefinspektor«, korrigierte sie ihn. »Harmon.«

»Vertraust du ihm?«

Kate runzelte die Stirn, als sei die Vorstellung, jemandem zu vertrauen, geradezu absurd. Sie überlegte. »Ich denke schon ... Ich meine, ich habe ihm mal vertraut.«

»Solltest du ihn nicht informieren?«

»Weshalb?«

Diesmal sah Adam konsterniert drein. »Weshalb? Weil er Polizist ist. Weil er befaßt war mit deinem F ...«

»Mit meinem ... was? Mit meinem ›Fall‹? Wolltest du das sagen?«

»Was ich sagen will, ist, daß er dich kennt und über deinen ...«

»Meinen ›Fall‹.«

»Weil er weiß, was mit Melanie passiert ist«, beharrte Adam. »Erzähl ihm von diesen verrückten E-mails. Vielleicht kann er was unternehmen.«

»Was denn zum Beispiel? Der ›Fall‹ Pearson ist ad acta gelegt. Gilt als alte Kamelle. Hast du das nicht gewußt?« Kates Züge trugen jenen steinernen, abweisenden Ausdruck, den er in den vergangenen Monaten so oft an ihr bemerkt hatte.

»Kate ...« Er zögerte. »Und wenn *er* es ist?« Er meinte

Melanies Mörder. Brachte jedoch das Wort nicht über die Lippen.

»Nein.«

Er versuchte es erneut. »Kate, du kannst nicht zulassen, daß dieser Kerl ungeschoren davonkommt . . .«

»Hör auf, Adam«, warnte sie. »Du hast selbst gesagt, daß es vermutlich ein ›Verrückter‹ ist.« Sie wehrte seine Einwände, Verrückte könnten gefährlich sein, ungeduldig ab und fügte hinzu: »Ich habe dich nicht um deinen Rat gefragt. Ich habe dich nicht gebeten, mir nachzugehen. Falls ich jemanden brauche, um mich auszuweinen, sage ich Bescheid. Und jetzt zisch ab. Ich will meine Zigarette genießen.«

Sie fing seinen Blick auf und bereute das Gesagte sofort. Adam kehrte langsam ins Gebäude zurück.

Als er den Büroraum betrat, herrschte dort heller Aufruhr.

»Was ist denn jetzt schon wieder los?«

Adam zuckte mit den Schultern.

Moiras Mund wurde schmal. Sie konnte es nicht ausstehen, wenn ihre hemmungslose Neugier nicht befriedigt wurde.

»Mr. Owen sucht sie schon«, berichtete sie in einem gehässigen Tonfall. »Und dich auch. Du hast deinen Computer nicht abgeschaltet.«

Adam musterte sie kalt. Moira war eine korpulente Frau und hatte eine physische Ausstrahlung, der man sich kaum entziehen konnte. Ihr Gesicht war eigentlich ganz nett, nur die Augen verrieten sie: dunkle, stechende Knopfaugen, die unaufhörlich und gierig die Umgebung abtasteten. Harmlose Neugier nahm Moira niemand als Beweggrund ab.

Unter Adams scharfem Blick senkte sie die Lider. »Ich möchte nur nicht, daß Kate Schwierigkeiten kriegt«, murmelte sie.

»Ach, wirklich nicht, Moira? Wenn Kate Schwierigkeiten bekommt, machst du dir doch vor Freude in die Hose.«

Schallendes Gelächter ertönte. Moira wurde rot. »Ich bin doch keine Klatschtante!«

Adam warf den Kopf zurück und lachte. »Das ist pure Selbstverleugnung!«

»Was soll das heißen?«

»Ausgerechnet du steckst deine Nase doch unablässig in anderer Leute Angelegenheiten.«

»Wird hier heute ausnahmsweise auch mal was gearbeitet?«

Alle fuhren gleichzeitig herum. Owen stand mit aufgekrempelten Hemdsärmeln in der Tür zu seinem gläsernen Büro. Seine Angestellten stoben auseinander, perlten wie Quecksilbertropfen von Moira und Adam ab, die in der Mitte zurückblieben.

Wir sprechen uns noch, dachte Adam, und warf Moira einen giftigen Blick zu, der ebenso böse erwidert wurde.

Als Kate Minuten später ins Büro zurückkehrte, herrschte, abgesehen vom Klackern der Tastaturen und dem leisen Geräusch der Laserdrucker, unnatürliche Stille.

Owen musterte sie wütend von seinem Platz hinter der Glasscheibe aus. Kate ließ sich nichts anmerken. Sie sah jedoch, daß Moira etwas in ihr lächerliches Notizbuch eintrug, und widerstand dem Impuls, es ihr wegzunehmen und aus dem Fenster zu werfen.

Kate setzte sich an ihren Schreibtisch und nahm den Telefonhörer ab. Mit ruhiger Hand drückte sie zwei Nummerntasten. Einen Augenblick später sagte sie: »John? Hier ist Kate Pearson. Folgendes: Irgend jemand fingert in meinen Dateien herum. Kann ich mal kurz zu dir runterkommen?«

Adam wirkte überrascht und verlegen zugleich. Er erinnerte sich sofort an den großen dunkelhäutigen Kriminalbeamten. Er war an jenem Tag, als man Melanie gefunden hatte, in den

Fernsehnachrichten aufgetreten. Er hatte hinter Kate gestanden und eine beruhigende Hand auf ihre Schulter gelegt.

Kaum war Kate auf den Eingangsstufen erschienen, fielen die Reporter über sie her. Adam erinnerte sich noch, daß er den Klang ihrer harten Schritte auf den glatten Steinen als unangenehm und beklemmend empfunden hatte.

Ein Reporter hatte Kate ein Mikrophon vors Gesicht gehalten und alle anderen mit seiner Frage überbrüllt, was sie zu der Meldung zu sagen habe, daß Melanie zum Zeitpunkt der Entführung ›mutterseelenallein zu Hause‹ gewesen sei. Zu jener Zeit waren gerade einige Skandalgeschichten von Müttern, die ihre Aufsichtspflicht angeblich sträflich vernachlässigt hatten, durch die Medien gegeistert.

Kates Gesicht war leichenblaß. Sie gab keine Antwort, schien durch den Reporter hindurchzusehen, hatte immer noch das Bild ihrer bleichen, geschundenen Tochter vor Augen. Schließlich stotterte sie: »N. . . nein, sie . . . sie war bei ihrer Freundin – Jenny, ihrer Freundin. Sie wollten zusammen essen . . .«

Verzweifelt und hilfesuchend sah sie zu Harmon auf. Der Inspektor legte beschützend den Arm um ihre Schultern, schob sie zu einem Wagen und sagte energisch:

»Keine Fragen mehr!«

Erst nachdem er die Autotür hinter ihr geschlossen hatte, stellte er sich ruhig und emotionslos den Reportern.

»Mrs. Pearson ist tief erschüttert, meine Damen und Herren. Wir alle sind erschüttert. Ich weiß, Mrs. Pearson ist Ihnen für Ihre Unterstützung bei der Suche nach Melanie dankbar. Aber Sie werden verstehen, daß sie jetzt in Ruhe gelassen werden möchte. Ich verspreche, daß Ihre Fragen in einer späteren Pressekonferenz beantwortet werden.«

Aus der Menge der Presseleute schlug ihm Unmut entgegen, doch bevor es zu Tumulten kommen konnte, war Harmon in einen Wagen gestiegen und davongefahren.

Chefinspektor Harmon entging Adams Verlegenheit nicht. Mittlerweile war er daran gewöhnt, als dunkelhäutiger Kriminalbeamter in ranghoher Stellung die unterschiedlichsten Reaktionen zu provozieren. Er musterte den jungen Mann mit verhaltener Neugier.

Adam wurde rot.

»Sie wollten mit mir über Melanie Pearson sprechen, Mr. Shepherd.« Er sprach ein erstklassiges Englisch. Nur der Tonfall verriet eine Spur seiner westindischen Heimat.

»Über den Fall . . . ja.« Adam zuckte unwillkürlich zusammen. Wieder war ihm dieses unselige Wort herausgerutscht.

»Ich finde den Ausdruck ›Fall‹ besonders unpassend, wenn es um den Tod eines kleinen Mädchens geht, Mr. Shepherd. Melanie Pearson war ein Kind, kein ›Fall‹.«

»Ja, natürlich. Ich habe nicht gemeint . . .«, stotterte Adam. »Ich wollte damit nur sagen, daß es nicht direkt etwas mit Melanie zu tun hat. Mehr mit Mrs. Pearson.«

»Nicht *direkt*? Wie darf ich das verstehen?« Chefinspektor Harmon blieb freundlich. Seine dunklen Augen musterten den jungen Mann nachdenklich. Mr. Shepherd machte einen überaus nervösen Eindruck. Immer wieder hob er die Hand an die Augenbrauen und strich sich hektisch über die Stirn, auf der inzwischen Schweißperlen standen.

»Stimmt etwas nicht, Mr. Shepherd?«

Adams Hand zuckte erneut an die Schläfe. »Ob was nicht stimmt? Nein. Was meinen Sie?«

»Das weiß ich nicht.« Harmon hielt inne. Shepherd konnte seine Hände nicht still halten. »Sie scheinen erregt zu sein.«

»Mrs. Pearson weiß nicht, daß ich hier bin. Das ist es vielleicht.«

Erneut traf ihn ein nachdenklicher Blick.

Erneut reagierte er mit einer nervösen Geste.

Ein leises Klopfen an der Bürotür lenkte sie beide ab. Sie sahen zur Tür, Harmon gereizt, Shepherd mit Erleichterung.

Ein Kriminalbeamter erschien im Türrahmen, erfaßte die Situation und wollte sich schon wieder zurückziehen, als Harmon sagte: »Kommen Sie ruhig rein, Bill. Dürfte Sie auch interessieren, was Mr. Shepherd zu sagen hat. Sergeant Wainwright ist ebenfalls mit den Ermittlungen gegen Melanies Mörder befaßt«, klärte er Adam auf.

Der Mann blieb stehen, die magere, knochige Hand auf der Türklinke. Adam fühlte sich erneut beobachtet, abgeschätzt, etikettiert und in eine Schublade gesteckt. Der Sergeant schloß die Tür und lehnte sich mit dem Rücken dagegen, eine Haltung, die Adam augenblicklich in Panik versetzte.

»Wie darf ich Ihre letzte Bemerkung verstehen? Ist Mrs. Pearson mit Ihrem Besuch bei uns vielleicht nicht einverstanden?« fragte Harmon.

»Sie ... sie hat mir verboten herzukommen. Sie sagt, ich solle Sie nicht belästigen. Sie sagt, Sie hätten genug zu tun.«

Die Augen des Chefinspektors blitzten amüsiert auf. »Trotzdem sind Sie gekommen.« Harmon erhob sich. Er war größer, als Adam ihn in Erinnerung hatte, mindestens einen Meter zweiundneunzig, dabei schlank und muskulös zugleich.

»Ja«. Adam räusperte sich eingeschüchtert. »Kate will es nicht eingestehen, aber sie braucht Hilfe. Es muß was unternommen werden.«

»Unternommen? Inwiefern? Das müssen Sie mir schon näher erklären.«

»Kate kriegt Nachrichten. Total verdrehtes Zeug. Über E-mail. Außerdem pfuscht jemand in ihren Dateien herum ... hackt sich in Berichte, die sie schreibt, in Briefe und so weiter. Ob sie auch Telefonanrufe kriegt, weiß ich nicht. Sie sagte es mir nicht. Es ist geradezu pervers. Weshalb sollte jemand ... Dabei ging es ihr gerade etwas besser. Jedenfalls schien sie zumindest das Schlimmste überstanden zu haben. Und dann fängt dieses kranke Schwein an ...«

»Nachrichten über E-mail, sagen Sie?«

»Ja, und er stellt sie zu, während sie an ihrem Computer arbeitet.«

»Ist das Computerjargon?« fragte Wainwright prompt.

»Sie meinen ›zustellen‹?« Adam wurde rot. »Vermutlich.«

»Wie wär's, wenn Sie für uns das Geheimnis dieses Ausdrucks lüften?« Diesmal war es Harmon.

Der junge Mann zuckte mit den Schultern.

»Man bezeichnet damit die Methode, E-mails in ein laufendes Programm zu schicken, so daß die Arbeit am PC unterbrochen werden muß. Es ertönt ein Piepton, und dann taucht die Nachricht auf dem Bildschirm auf. Eigentlich gilt das als schlechte Manieren.«

»Etikette im Internet?«

Adam sah auf, runzelte die Stirn. »Wenn Sie so wollen.«

»Ist das leicht zu machen? Ich meine, könnte jeder durchschnittliche Büroangestellte es tun, oder . . . muß man dazu schon Computerfreak sein wie Sie?«

Adam blinzelte. »Wie meinen Sie das?«

»Es ist doch einfach, einer bestimmten Person per E-mail eine Nachricht zu schicken. Man braucht dazu nur eine Adresse, oder? Aber um sich in laufende Programme einzuschalten . . . ist dazu nicht ein Paßwort nötig?«

»Ich bin kein Computerfreak. Ich bin nur ein ganz normaler Anwender«, protestierte Adam reichlich spät.

Inspektor Harmon neigte den Kopf leicht zur Seite. »Egal. Ich möchte wissen, ob man über bestimmte Fachkenntnisse verfügen muß, um sich in laufende Programme einzuschalten?«

»Genau das ist ja das Beunruhigende an der Sache«, gestand Adam, sichtlich entspannter. »Verstehen Sie mich nicht falsch. Das Sicherheitssystem von Technicom ist nicht gerade brillant, aber es enthält alle nötigen Vorsichtsmaßnahmen.«

»Und Sie kennen sich damit aus, oder?« fragte Wainwright.

Adam zuckte zusammen. »Womit?«

»Mit dem Sicherheitssystem.«

Sofort wurde Adam wieder vorsichtig. »Nicht besser als jeder andere im Büro.«

»Sie sind demnach also nicht für das Sicherheitssystem verantwortlich.« Das war eine Feststellung, und Adam hatte das unangenehme Gefühl, daß Harmon mehr wußte, als er zugab.

»Ich bin wie gesagt ein Anwender. Mehr nicht.«

»Kein Grund zur falschen Bescheidenheit, Mr. Shepherd«, entgegnete Harmon. »Wenn Sie wissen, daß das Sicherheitssystem geknackt worden ist . . .«

»Man muß nicht Bill Gates persönlich sein, um das festzustellen. Es liegt auf der Hand. Wie sonst hätte dieser verdammte . . .« Adam hielt rechtzeitig inne. Beinahe wäre er den beiden Polizisten mit ihrer Taktik zu fragen auf den Leim gegangen und hätte seiner Wut freien Lauf gelassen. Er wartete, bis er sich wieder einigermaßen beruhigt hatte. »Wie sonst hätte er in Kates Programmen herumfingern können.«

»Ja, wie wohl?« Chefinspektor Harmon wandte sich zum Fenster und beobachtete einige Minuten lang den Verkehr unten auf der Straße. Wainwright hatte seine grauen Augen unverwandt auf ihn gerichtet, sein Gesicht war düster vor Sorge. Als Adam nervös wurde, sagte Harmon:

»Weshalb sagen Sie ›er‹?«

»Wie bitte?«

»Sie bezeichnen den Hacker als ›er‹. Wie sonst hätte ›er‹ in Kates Programmen herumpfuschen können«, zitierte er Adam wörtlich.

»Ist nur eine Redeweise. Hacker sind meistens Männer . . . oder Jungs.«

Harmon drehte sich um. »Könnte das Sicherheitssystem

der Firma von innen geknackt worden sein? Ich meine, wie beurteilen Sie das als . . . Laie?« fügte er in ironischem Ton hinzu.

Adam wurde erneut rot. »Das ist natürlich möglich«, antwortete er vorsichtig. »Aber wer sollte . . .« Etwas an Harmons Gesichtsausdruck ließ ihn verstummen.

»Was stand eigentlich in diesen Mitteilungen?« fragte Harmon plötzlich.

»Verrückter Blödsinn. Sie waren so abgefaßt, daß man glauben konnte, sie kämen von Kates Tochter.«

Harmon hob abrupt den Kopf. »Von Melanie!« flüsterte er.

Adam nickte. »Einmal beschwert sie sich darüber, daß Kate zugelassen habe, daß er ihr weh tut. In der letzten Nachricht hieß es, Melanie wolle nach Hause.«

Für einige Minuten war es vollkommen still im Zimmer. Schließlich stand Adam auf und wandte sich zum Gehen. Wainwright rührte sich nicht vom Fleck. Er blieb mit dem Rücken gegen die Wand gelehnt. Mit unbeweglicher Miene.

»Sie unternehmen doch was, oder?« fragte Adam Harmon.

»Weshalb sind Sie hierhergekommen, Mr. Shepherd?«

»Weil ich nicht will, daß Kate noch mehr durchmachen muß. Weil sie Ihnen vertraut.« Er zuckte mit den Schultern. »Weil ich nicht weiß, was ich sonst tun soll.«

Harmon sah Shepherd nach. Die Tür fiel hinter ihm zu.

3

Er arbeitete geräuschlos und mit äußerster Sorgfalt, komponierte seine Mitteilungen ohne Hast auf einem Offline-Network-Simulator. Einige Monate zuvor hatte er das Gerät gekauft, um seine Telefonrechnung zu senken. Doch dann hatte er noch andere Vorzüge daran entdeckt: ein klarer Ausdruck gepaart mit schneller Übertragbarkeit, die praktisch verhinderte, daß man ihm auf die Schliche kam.

Das Tageslicht verschwand zunehmend, aber er schaltete kein Licht an. Er mochte es, wenn die Dunkelheit in sein Zimmer kroch und ihn kühl und tröstlich umfing. Er lächelte.

Der Monitor schien jetzt intensiver zu leuchten. Sein Licht grenzte sich schärfer ab, warf einen bläulichen Widerschein auf sein Gesicht und verlieh seinen Augen einen metallischen Glanz.

Meine Arbeit ist wie ein Liebesakt, schoß es ihm durch den Kopf, und er stutzte plötzlich, runzelte die Stirn. Er war nicht sicher, daß irgend etwas, irgend jemand sich seiner Liebe würdig erweisen könnte. Die Antwort ergab sich von selbst: Seine Liebe war bei anderen in unsicheren Händen, das hatte er schmerzlich erleben müssen. So hatte er sie nach innen gewendet, bewunderte nun voller Hingabe seinen Geist und seine Geschicklichkeit. Die schnellen, präzisen Bewegungen seiner Finger über der Tastatur, die sorgfältige Gestaltung des Textes, seine treffende Formulierung – stets das passende Wort, stets zurückhaltend im Ausdruck. Er errötete kurz vor Glück und nahm dann seine Arbeit mit frischem Eifer wieder auf.

Mami
Mami, hilf mir . . .

Zweimal die Rücktaste, dann zweimal die Tabulatortaste und:

Es ist so DUNKEL hier draußen, so . . . KALT

Ein kleiner Wonneschauer lief an seiner Wirbelsäule entlang, und er seufzte in vollkommener Zufriedenheit. Alles lief exakt nach Plan.

4

Es war gut, daß Adam seinen Besuch bei Inspektor Harmon für sich behalten hatte. Wie der Inspektor schon vermutet hatte, hätte Kate ihn sicher nicht gebilligt. Allein ihr geradezu fanatischer Unabhängigkeitsdrang verbat jede Einmischung in ihre privaten Angelegenheiten. Aber das war noch nicht das Schlimmste: Sich an Inspektor Harmon zu wenden hätte den Rückfall in eine Hilflosigkeit bedeutet, die sie nicht gutheißen konnte.

Sie hatte nichts gegen Harmon als Mann, und seine Freundlichkeit während jener schrecklichen Wochen, nachdem Melanies armer, geschundener Körper gefunden worden war, hatte sie niemals als aufdringlich empfunden. Kate wußte, daß er sie von den aufdringlichen Überfällen der Medienvertreter abgeschirmt hatte. Er hatte im Grand Midland Hotel im Zentrum von Manchester ein Zimmer für Kate und eine Freundin reservieren lassen, nur fünf Gehminuten von der Stadtverwaltung und ihrem Arbeitsplatz entfernt. Kate hatte Mary Marchant gebeten, das selbstgewählte Exil im Hotel mit ihr zu teilen. Damals waren sie noch befreundet gewesen. Die vorübergehende Abwesenheit von ihrer Wohnung und Marys Gesellschaft erwiesen sich als heilsam. Trotzdem hatte sie sich nach ihrem Zuhause gesehnt und war nicht einmal eine Woche lang im Hotel geblieben.

Mittlerweile hatte sich ihre Reaktion auf das Verhalten der meisten Menschen ihr gegenüber von der Dankbarkeit der ersten Tage in offene Feindseligkeit gegen deren Aufdringlichkeiten verkehrt. Für Chefinspektor Harmon empfand sie jedoch nach wie vor nur Hochachtung. Er hatte ihr in einer Zeit Schutz gewährt, in der sie sich nicht alleine ihrer Haut erwehren konnte.

Harmon war es auch gewesen, dem die Aufgabe zugefallen war, Kate die Nachricht von Melanies Tod zu überbringen. Harmon hatte sie auf den Anblick der schrecklichen Wunden vorbereitet, die ihrem kleinen Mädchen zugefügt worden waren. Er selbst hatte Kate ins Leichenschauhaus begleitet, und er war es gewesen, der sie stützte, als sie schließlich zusammenbrach. Denn nichts und niemand konnte eine Mutter auf den Anblick vorbereiten, wenn ihr Kind bleich, kalt und schrecklich zugerichtet auf der Bahre eines Leichenschauhauses lag.

Für diese Fürsorge würde Kate ihm stets dankbar sein. Und gleichzeitig konnte sie ihm nie verzeihen, daß er derjenige gewesen war, der ihr mit ruhiger Sachlichkeit mitgeteilt hatte, daß Melanie nie wieder nach Hause kommen würde. Daß sie durch die Hand eines brutalen Mörders in Angst und unter Schmerzen gestorben war. Und sie, Kate, war nicht dagewesen, um sie zu retten.

»Das ist alles so sinnlos!« Kate stand auf, ging ungeduldig zum Fenster. Ihre Kollegen warfen sich ratlose Blicke zu. Das Großraumbüro bot keinerlei private Rückzugsmöglichkeiten.

»Alles in Ordnung, Schätzchen?« kam es fast wie eine Warnung von Moira. Aufdringliche Moira. Übereifrige, wißbegierige, überkandidelte Moira Jones – Korporal Jones hatten sie und Melanie sie getauft, nach der Figur aus *Dad's Army* –, stets bereit zu lauschen und mehr als willig, Krisennachrichten gleich zu verbreiten. Moira hielt sich gerne für eine warmherzige Samariterin, doch fehlte ihr jeglicher Sinn für Diskretion. Für alles, was über die nackten Fakten hinausging, zeigte sie weder Verständnis noch Interesse. Neugier war ihre einzige Motivation.

»Mir geht's ausgezeichnet«, antwortete Kate, ohne sich umzudrehen. Sie stand am Fenster, sah auf den Albert Square hinunter und beobachtete die Blätter, die wie Tränen langsam von den Bäumen auf das Kopfsteinpflaster und die Bänke fielen.

Seufzend wandte sie sich wieder um. Einige ihrer Kollegen reagierten zu langsam, so daß Kate ihr Starren noch bemerkte. Die sensibleren unter ihnen taten so, als sähen sie träumend aus dem Fenster. Andere wiederum senkten abrupt ihre Blicke und konzentrierten sich mit übertriebenem Eifer auf die Arbeit. Einige jedoch starrten sie weiterhin ungerührt und herausfordernd an.

Kate registrierte das alles nur nebenbei. Sie war viel zu sehr in ihre eigenen Gedanken versunken.

»Sinnlos«, murmelte sie erneut und zwang sich schließlich, an ihrem Bericht weiterzuarbeiten.

Das Telefon auf ihrem Schreibtisch klingelte. Äußerlich gelassen griff sie nach dem Hörer, während ihr Herz jedoch wie rasend klopfte.

»Wo zum Teufel bleibt die Furnley-Akte?«

»Ich arbeite daran, Mr. Owen.«

»Was? Ich brauche sie *jetzt!* Ich habe in einer Stunde einen Termin bei Furnley persönlich! Was bilden Sie sich ein?«

Mr. Owen hatte eine Glatze, seit er die Dreißig überschritten hatte, und darüber war er nie ganz hinweggekommen. Zumindest erlaubte er sich seither keine Schwäche mehr. Aus einem Zweimannteam, das Computerspiele entwickelte, hatte er die Firma Technicom mit sechzig Angestellten und einem Jahresumsatz von einer Million Pfund gemacht. Technicom versorgte jetzt Unternehmen im gesamten Nordwesten mit Computer-Hardware und maßgeschneiderten Office-Software-Paketen, die in der Branche einen ausgezeichneten Ruf genossen.

Owen war also ein erfolgreicher Unternehmer und hatte nicht die Absicht, sich seinen Ruf durch unfähige Büroangestellte kaputtmachen zu lassen.

»Tut mir leid . . .«

»Was zum Henker haben Sie den ganzen Tag gemacht? Ich hatte Sie gebeten, daß dieser Bericht vorrangig behandelt wird. Er sollte spätestens mittags auf meinem Tisch liegen.« Diese Pearson wurde allmählich zu einem Verlustgeschäft.

Kate warf einen Blick auf die große Uhr an der Wand. Halb drei. »Ich hatte keine Ahnung ...«

»Ich hatte Ihnen eine entsprechende Nachricht in Ihrer Mailbox hinterlassen. Herrgott, Kate, reißen Sie sich zusammen! Haben Sie etwa den ganzen Tag noch keinen Blick in Ihre Mailbox geworfen?« Furnley war ein potentieller neuer Kunde. Für Owen stand viel Geld auf dem Spiel.

»Selbstverständlich habe ich in meine Mailbox geschaut«, log Kate ungerührt. »Ich muß Ihre Nachricht übersehen haben, Mr. Owen. Aber der Bericht ist sowieso gleich fertig. Er ist nur noch nicht ganz korrigiert. Sie können ihn ruhig schon abrufen. Und während Sie ihn durchlesen, korrigiere ich zu Ende und drucke ihn aus.«

»Bleibt mir wohl nichts anderes übrig.« Owen zögerte. »Ach was! Schicken Sie mir das ganze Zeug rein, sobald Sie fertig sind.«

»Geben Sie mir zwanzig Minuten – nein, eine halbe Stunde«, sagte Kate schnell, aber Owen hatte bereits lautstark aufgelegt.

Nachdem Kate den Bericht abgeliefert hatte, überwand sie sich, ihre E-mails zu kontrollieren. Sie fand Mr. Owens Memo sofort. Es war um sieben Uhr am vorausgegangenen Abend registriert worden – Mr. Owen erledigte einen Großteil der Arbeit von zu Hause aus. Sie blätterte die Mailliste durch und fand einen anonymen Eintrag unter Position 22 in ihrer Mailbox, mit dem Datum des Vortages. Statt des Absenders erschien die Eintragung:

Sie griff zum Hörer und wählte eine Nummer. »John? Gibt's was Neues?« Nach einer Pause: »Nein . . . Nein, ich weiß, daß du tust, was du kannst.« Wieder eine Pause. »Nein!« rief sie dann. »Mach das nicht! Stell sämtliche Anrufe durch . . .« Schließlich dankte sie dem Systembetreuer, legte auf und starrte auf den Bildschirm.

Kate klickte die anonyme Eintragung mit dem Cursor an, holte tief Luft und drückte die Enter-Taste. Und da war sie. Wie ein Schrei in der Dunkelheit.

so . . . KALT

Kate fühlte, wie auch in ihr eisige Kälte hochkroch. Ihre Hände waren kalkweiß, und sie bekam eine Gänsehaut.

Das ist nicht Melanie, sagte sie sich. Das ist nicht mein Kind. *Das ist irgendein sadistisches Spiel für ihn. Er bläst sich auf, weil die Polizei ihn nicht erwischt hat . . . ihn nicht erwischen kann . . . ihn nie erwischen wird.*

Wut gewann die Oberhand über den Schmerz. Eisern nahm sie sich vor, den sogenannten Header, den Vorspann des Datagramms, zu prüfen, hinter dem sich der Absender verbarg.

Kate sah sich heimlich im Büro um. Die anderen arbeiteten ruhig weiter, hatten nichts bemerkt, waren träge gefangen in der Nachmittagssonne, die Nachtfrost versprach. Adam stand neben Lynn an der Kaffeemaschine. Das Lachen der beiden drang gedämpft zu ihr herüber. Kates Blick richtete sich wieder auf den Bildschirm. Der Header lautete:

Return-Path <vox@vox.xs4all.nl.>

Ein anonymer Mailservice.

Na gut, sagte sie sich. Es wäre geradezu unhöflich, nicht zu antworten. Sie tippte ein paar Worte ein und brachte die Nachricht auf den Weg.

Warum verstecken Sie sich hinter einem toten Kind?

Kate warf erneut einen verstohlenen Blick auf Adam. Er schien sie zu beobachten, doch dann sah er auf die Uhr, sagte etwas zu Lynn, trank seinen Kaffee und schlenderte ohne einen Blick zurück aus dem Büro.

Kate konzentrierte sich wieder auf den Bildschirm und gab den Druckbefehl. Der Printer sprang an und druckte die Seite in Sekundenschnelle aus. Kate faltete sie und steckte sie in ihre Handtasche. Nachdem sie die restliche Mail durchgesehen hatte, schloß sie das Programm und verließ das Büro.

Draußen widerstand sie der Versuchung zu rennen und zwang sich, gemessenen Schrittes die Feuertreppe hinunterzugehen. Sie war bereits zwei Stockwerke tiefer, als sich oben mit dumpfem Knall eine Tür schloß. Kates Blick folgte automatisch dem Geräusch, und sie glaubte im Zwielicht eine Bewegung zu sehen. Die Dunkelheit schien zu ihr herunterzukriechen, und sie ergriff die Flucht, rannte die Treppen hinunter und durch die Tür im Kellergeschoß. Eine Frau fuhr erschrocken zurück, als Kate in den Korridor stürzte. Sie brachte eine heisere Entschuldigung heraus, nahm sich zusammen und ging zu einer Stahltür rechts vom Treppenaufgang. Im Kellergeschoß waren die Server-Anlage und John James, der Systembetreuer von Technicom, untergebracht. Kate hatte keinen Zweifel, daß John ihr noch bereitwilliger helfen würde, wenn sie bei ihm vorbeischaute, statt nur mit ihm zu telefonieren. Rechts von der breiten Stahltür war ein Kartenschloß angebracht. Darüber befand sich eine Sprechanlage. Kate drückte auf den Klingelknopf und wartete. Wenige Minuten später tönte ein undefinierbares Zischen aus der Sprechanlage. Sie nahm an, daß dies eine menschliche Stimme sein sollte, drückte auf die Sprechtaste und sagte: »Mein Name ist Kate Pearson. Ich möchte John sprechen.« Wieder ertönte ein Zischen aus der Anlage. Es klang wie Wasser in einer alten Heizungsanlage. Dann summte der Türöffner. Kate wunderte sich, daß ein Mann wie Owen, der stolz darauf war, über die beste Computer-Hardware zu verfügen, der Firma ein solch miserables Kommunikationssystem zumutete, über das man sich nicht normal verständigen konnte. Sie drückte mit der Schulter gegen die Tür, die lautlos, aber zögernd nachgab. Kate trat ein.

Vor ihr lag eine Art Tresorraum. Er war mindestens sechs Meter hoch, hell erleuchtet, weitläufig, und wirkte dennoch in sich so abgeschlossen, daß sie beinahe klaustrophobische Anwandlungen bekam. Die Geräuschkulisse bestand aus dem sanften Zischen von Laserdruckern, den Kühlaggregaten der Computer, die überall auf sorgfältig aufgeräumten Schreibtischen standen und aus dem tiefen, durchdringenden Summen der Klimaanlage. Die Server-Anlage stand auf Marley-Platten, die jeden Abend gesäubert wurden. Stapel von Magnetbändern und Disketten lagerten in Kisten oder Regalen an den Wänden. Im hinteren Viertel des Raums hatte man eine Zwischendecke eingezogen, um weitere Staumöglichkeiten zu schaffen. Kate empfand es hier als kalt und ungemütlich, sie hatte das Gefühl, unwillkommen zu sein.

John James, der Systembetreuer von Technicom und Teilzeitprogrammierer, saß an seinem Schreibtisch und arbeitete an einem der PCs. Das Kunststoffgehäuse war auf einer Seite weggeklappt, so daß das Innenleben des Computers freilag. John war so in seine Arbeit vertieft, daß Kate zögerte, ihn zu stören. Gedankenlos nahm sie eine Zigarette heraus. Es gab keine sichtbare Reaktion, keinen Augenkontakt, doch die Mißbilligung, die John ausstrahlte, war so deutlich zu spüren, daß sie die Zigarette augenblicklich wieder einsteckte. Sie wartete höflich, während er ein Chip auswechselte.

John James war ein kleiner, schlanker junger Mann. Er hatte einen weißen Kinnbart und trug sein Haar im Nacken zu einem blonden Pferdeschwanz mit erdbeerfarbenem Streifen zusammengebunden. Die Wirkung war verblüffend. Er sah wie ein schottischer Highlander aus. Tatsächlich jedoch stammte er aus Edinburgh. Sein Haar wurde bereits schütter, war jedoch stets gepflegt und sorgfältig frisiert. Er hatte immer einen blütenweißen Laborkittel an und sah mit einem Ausdruck überraschter Belustigung in die Welt.

Schließlich sagte er in seinem gewählten Edinburgher Akzent: »Eigentlich sollte ich diese Operation einem Techniker überlassen. Aber Owen, dieser knausrige Waliser, spart, wo er nur kann, an Arbeitskräften.«

Kate begriff sofort, daß das eine Warnung sein sollte, ihn nicht zu lange von der Arbeit abzuhalten.

John James zog eine Schraube fest und legte den Schraubenzieher beiseite. »Okay, laß sehen.«

Kate reichte ihm den Ausdruck.

»Mieses Schwein!« Die Heftigkeit seines Fluchs paßte nicht so recht zu seiner wie immer leicht amüsierten Miene.

»Stimmt«, murmelte Kate. »Soll das übrigens heißen, du hast sie nicht gelesen, als sie reinkam?«

John wurde schlagartig ernst. »Weshalb sollte ich deine private Mail lesen?« fragte er streng. »Du hast mich gebeten, den Absender ausfindig zu machen. Ich hab's versucht ... leider ohne Erfolg. Aber du hast mich nicht gebeten, deine Post zu lesen. Das ist deine Privatsache. Ich bin doch kein Voyeur.«

Kate wurde klar, daß sie John beleidigt hatte. Er hatte strenge Moralvorstellungen. »Ich dachte, du mußt unsere E-mails grundsätzlich überprüfen«, sagte sie in dem Versuch, ihn zu beschwichtigen. »Aus Sicherheitsgründen – um Mißbrauch vorzubeugen.«

Kate fühlte, wie sie unter seinem Blick rot wurde. Sie war schon fast soweit, aufzugeben und zu gehen, als er nickte. »Natürlich nur als Stichproben«, antwortete er vorsichtig. »Der Computer sucht aus, und ich überprüfe die Eingänge, die er vorschlägt. Alles andere wäre moralisch nicht zu vertreten, Kate«, sagte er mit leisem Vorwurf.

»Nein«, stimmte sie ihm ernsthaft zu. »Natürlich nicht.«

John schwieg für einige Minuten, fummelte an der Server-Anlage herum, überprüfte Bänder, lagerte Computerausdrucke in ein Regal am Ende des Raumes ein. Die Protokolle von Testläufen, die beim Erstellen von Programmen üblich waren, wurden hier im Keller auf Endlospapier ausgedruckt. Die meisten Programmierer arbeiteten im oberen Stockwerk an ihren PCs, aber ein oder zwei zogen die Atmosphäre des Kellerraumes vor. Letzteres war Kate reichlich unverständlich. Sie empfand den Raum als beklemmend und wurde immer mutloser. Wenn John schon empfindlich auf die Andeutung reagierte, er könne ihre E-mail gelesen haben, würde ihm ihr Vorschlag erst recht nicht gefallen.

»Ich glaube, er ist gefährlich.« Sie hielt inne, war auf der Hut. Johns Miene verriet nichts. Trotzdem war sie sicher, daß ihn die Notiz ebenso schockiert hatte wie sie selbst. »John, ich glaube, der Mann, der mir die E-mail geschickt hat, ist derselbe, der auch Melanie entführt hat.«

Er sah zu ihr auf. Das übliche süffisante Lächeln. Und doch verriet der Ausdruck seiner Augen tiefe Besorgnis.

»Hm . . . könnte durchaus hinkommen.« Er seufzte, wartete auf das Unvermeidliche.

»Ich will ihn finden. Vielleicht . . . ich dachte, möglicherweise . . .«

Er beobachtete sie aufmerksam.

». . . könntest du für mich ein paar Dateien überprüfen.«

John richtete sich steif auf.

»Nur um festzustellen, ob die betreffenden Anwender die E-mail geschickt haben«, fuhr sie hastig fort. »Ich meine, kannst du nicht nach spezifischen Daten forschen . . . indem du so was wie einen Suchstring formulierst?«

»Sicher kann ich das«, sagte John in einem Ton, der deutlich machte, daß er allerdings kaum Lust dazu hatte.

»Wenn du nur nachsehen könntest, ob irgendwo mein Name auftaucht. Mehr nicht. Du mußt ja die Dateien nicht mal lesen.« Sie wurde immer unsicherer. Johns mißbilligender Blick sagte genug. »Oder . . .« Sie drückte ihm den Ausdruck der E-mail in die Hand. ». . . du könntest nachsehen, ob jemand diese Nachricht in seinen Dateien abgespeichert hat.«

Er las die Zeilen erneut, starrte sie an, als sehe er sie zum ersten Mal.

»John, ich muß ihn finden. Wenn es mir nicht gelingt, bin ich nie mehr vor ihm sicher.«

Da ließ er die Schultern sinken, und sie wußte, daß sie gewonnen hatte. »Ich tu, was ich kann«, versprach er.

5

Lynn fühlte, wie ihr das Blut heiß in die Wangen schoß, als Adam sich über sie beugte. Die eine Hand hatte er auf die Rücklehne ihres Stuhls gestützt, mit der anderen griff er nach der Maus. Er roch dezent nach Rasierwasser. Lynn tippte auf Versace. Sehr schick. Sie lehnte sich auf ihrem Stuhl zurück, unfähig, sich auf seine Anweisungen zu konzentrieren. Sie fühlte, wie ihre Haare sein Hemd berührten. Ihr Blick wanderte vom Monitor zu seinem Profil. Ein markanter Anblick. Sein dunkles Haar, frisch gewaschen und leicht zerzaust, reichte in

Wellen bis knapp über den Hemdkragen. Die anderen Mädchen hatten recht . . . an Kate Pearson war dieser Mann verschwendet.

»Wie bitte?«

»Tu's einfach«, wiederholte Adam. »Versuch's.«

»Ich bin so dämlich.« Sie kicherte. »Könntest du's mir noch einmal erklären?«

»Wenn du bei Lynn fertig bist, kannst du dann zu mir kommen? Ich krieg das Layout nicht hin.« Moiras Stimme war heiser vor Ärger. Sie hatte das erotische Spielchen schon seit einigen Minuten beobachtet, und es machte sie krank.

»RTFM, Moira«, erwiderte Adam fröhlich.

»Was soll das denn heißen?«

Adam grinste. Moira ging einem immer auf den Leim. »Read The Flaming Manual! Lies das verdammte Handbuch.«

Moira zog eine Augenbraue hoch und ignorierte das Gekicher um sich herum. »Warum hast du das unserem Häschen da nicht längst gesagt?« konterte sie mit einem bedeutungsvollen Blick auf Lynn.

»Sie genießt noch den Schutz aller Neuen, liebe Moira. In ein oder zwei Wochen ist das was anderes.«

Moira schnaubte verächtlich. Adam kehrte kurz darauf an seinen Schreibtisch zurück. Er saß im hinteren Teil des Großraumbüros an der Wand. Dort konnte ihm niemand über die Schulter sehen, und er hatte eine lange Vorwarnzeit, sobald Owen auf dem Kriegspfad war. Owen konnte Adams Umzug an diesen Platz zwar nicht verhindern, hatte sich jedoch mit einer deutlichen Geste gerächt. An der Wand hinter Adam hing ein Plakat mit der Aufschrift:

EIN KLARER GEIST
AM
ORDENTLICHEN SCHREIBTISCH!

Adam schob das kreative Durcheinander aus Notizen und Computerausdrucken an die Seite seines Schreibtischs. An seinem Monitor klebte ein sorgfältig umrandetes Stück Papier, auf dem die sauber gedruckte Maxime stand:

EIN KLEINER GEIST
AM
ORDENTLICHEN SCHREIBTISCH!

»Owen kriegt einen Anfall, wenn er das sieht.«

Adam hob nicht einmal den Kopf. »Was kann ich für dich tun, John?«

»Ich wollte mich nur bedanken. Die Neuprogrammierung, die du vorgeschlagen hast, hat den Fehler ausgebügelt. Der Dateimanager arbeitet wieder wie geschmiert.«

»Nur solange er nicht meine Dateien frißt.«

John kicherte und wandte sich zum Gehen.

»Du hättest mir doch eine Notiz per E-mail schicken können.«

»Ich dachte, du ziehst das Persönliche vor.«

»Ich bin tief beeindruckt.«

»Falls ich mich irgendwie revanchieren kann . . .«

»Du könntest bei Owen ein gutes Wort für mich einlegen.« Adam tippte auf das Papier. »Er hat's schon gesehen. Und du hattest recht. Er hat einen Anfall gekriegt.«

John lachte. »Überlaß das nur mir.«

Adam beobachtete, wie der Systembetreuer im Zickzack zwischen den Schreibtischen hindurch auf Owens Allerheiligstes zusteuerte. Bei Kate blieb er kurz stehen und gab ihr etwas. Kaum war John in sicherer Entfernung, drückte Adam eine Funktionstaste und ersetzte so das Buchhaltungsformular, das er aufgerufen hatte, um zu vertuschen, woran er tatsächlich arbeitete. Zahlen und Symbole bedeckten den Schirm. Er tippte weiter, während sein Blick unablässig durch den Büroraum schweifte. Owen starrte hinter seiner Glasscheibe düster zu ihm herüber, während John vermutlich seine Vorzüge in höchsten Tönen pries. Owen wirkte ziemlich sauer, was Adam mehr als zufrieden machte.

Eine Stunde später schlenderte er zu Kate hinüber, die Hände lässig in den Hosentaschen.

»Alles in Ordnung?« fragte er in unverbindlichem Ton.

Kate ließ sich mit der Antwort Zeit. John hatte jede Datei innerhalb des Betriebssystems überprüft und keine Spur der E-mail entdeckt, die sie erhalten hatte. Sie hätte eigentlich enttäuscht sein müssen, denn so gab es noch immer keine Spur von dem anonymen Briefeschreiber. Andererseits bedeutete es aber auch, daß sie nicht seit fünf Monaten arglos mit Melanies Mörder in einem Büro saß. Es bedeutete weiter, daß Adam sauber war, und das war wichtig. Sie brauchte jemanden, dem sie vertrauen konnte.

Kate verblüffte Adam mit einem Lächeln. »Habe mich nie besser gefühlt.«

»Oh . . .« Es schien ihm die Sprache verschlagen zu haben. Er fuhr sich mit dem Finger an die Schläfe.

Kate fühlte sich ihm plötzlich sehr zugetan. Sie lächelte erneut.

»Hör mal, hast du Lust, mit mir essen zu gehen?«

»Mir läuft jetzt schon das Wasser im Mund zusammen.«

Er grinste. »Du bist heute aber gut drauf.«

»Wie ich schon sagte . . .«

»Niemals besser. Ich weiß. Ich dachte an Pasta bei unserem Italiener. Ich lade dich ein«, erklärte er.

»Nein, jeder zahlt für sich«, entgegnete Kate streng. Ich kann's mir jetzt leisten, mir was zu gönnen, dachte sie, aber die Erkenntnis verschaffte ihr keinerlei Befriedigung.

Adam registrierte besorgt, daß sich ihre Miene verdüstert hatte.

»Bist du . . .«

»Fertig?« ergänzte sie. Diesmal wirkte das Lächeln verkrampft. »Ja. Gehen wir.«

Während Kate Adam über den Tisch hinweg ansah, seine Bemühungen registrierte, sie zum Lachen zu bringen, bemerkte, wie er sich gelegentlich nervös an die Schläfe tippte, dachte sie: Adam ist das, was wir früher einen ›tollen Typ‹ genannt haben. Mit ›wir‹ meinte sie ihre ehemaligen Klassenkameradinnen der Oberstufe an der Manchester High School für Mädchen. Miß Mottersham hätte den Ausdruck mehr als mißbilligt, aber irgendwie sagte er so viel mehr aus als die Beschreibungen, die die Klassenlehrerin der Oberstufe als passend bezeichnet hätte. Der Ausdruck ›echter Gentleman‹ sagte nichts, die Bezeichnung ›toller Typ‹ sagte alles.

Warum, überlegte sie, habe ausgerechnet ich, die durchaus zwischen einem ›tollen Typ‹ und einem ›gemeinen Kerl‹ unterscheiden kann, letztere Kategorie heiraten müssen?

Ihre Mutter hatte mit diesem einzigartigen Rätsel eine Menge zu tun. Kate war für sie nie gut genug, klug genug, fleißig genug gewesen. Sie hatte so oft behauptet, mit Kate werde es ein böses Ende nehmen, daß Kate es schließlich selbst geglaubt hatte. Während des fünf Jahre dauernden Ehealptraums hatte sie sich damit abgefunden, daß sie nichts Besseres verdient hatte, daß sie selbst an der ganzen Misere schuld sei, weil sie nie seine Stimmung richtig einschätzte, nie das Richtige sagte, immer alles verdarb.

Selbst noch nachdem sie ihn verlassen hatte, hatte sie sich vorgeworfen, als Ehefrau versagt zu haben. Aber sie hatte ihn um Melanies willen verlassen, denn sie fürchtete um ihr kleines Mädchen. Und diese Trotzhandlung hatte ihr die Möglichkeit eröffnet, doch noch eine gute, oder zumindest eine treusorgende Mutter zu werden, obwohl sie alles andere so verkehrt machte. Kate wußte nicht, daß ihr Glaube an ihre eigene Durchschnittlichkeit sie auf den Weg der Besserung geführt hatte. Erst später – Jahre später – war sie auf die Idee gekommen, daß vielleicht David einen Teil der Schuld trug. Sie lächelte flüchtig. Mach dir doch nichts vor, dachte sie. Einen Teil der Schuld? Ich hasse ihn von ganzem Herzen. Das einzige, was ich falsch gemacht habe, war, es so lange bei ihm auszuhalten.

»Du bist so still«, bemerkte Adam und drehte den Stiel seines Weinglases zwischen den Fingern. Kate zuckte lächelnd mit den Schultern. Das Restaurant war mittlerweile voll besetzt. Weihnachten belebte das Geschäft.

»Hast du wieder eine Nachricht bekommen?«

»Seit der letzten nicht mehr.« Kate sah in sein ernstes, offenes Gesicht und bereute zum hundertsten Mal, ihre spitze Zunge nicht in Zaum halten zu können. Adam kannte ihre Gefühle so gut, reagierte so sensibel auf ihre Bedürfnisse, daß er die eigenen unterdrückte. Er verriet sie nur durch kleine Signale, durch nervöse Gesten, das Trommeln der Finger auf dem Tischtuch. Bei den anderen Frauen im Büro legte er eine lässige Unbekümmertheit an den Tag, die diese sehr anziehend fanden. Alle, bis auf Moira, natürlich – aber selbst ihre verächtlichen Bemerkungen schienen ihn kaum zu berühren. Es sah so aus, als sei sie, Kate, die einzige, die ihn nervös machen konnte. Und vielleicht Mr. Harmon. Seine Freundschaft mit

Sims hatte damit etwas zu tun, vermutete sie. Aber was Sims betraf war Adam ungewöhnlich verschlossen.

Adam war hundertprozentig ein ›toller Typ‹, und er hatte es nicht verdient, bestraft zu werden, nur weil ihr Ex-Mann ein gemeiner Kerl gewesen war. Er versuchte, freundlich zu sein. Aber sie schmetterte ihn wieder einmal ab.

»Entschuldige«, murmelte sie.

»Wofür?« Er schien aufrichtig erstaunt.

Sie lächelte wieder. Er erinnerte sie an sich selbst mit fünfundzwanzig. Damals waren ihr ständig Beleidigungen herausgerutscht, da kaum jemand Davids Geschick besessen hatte, sie gnadenlos zurechtzustutzen. Sie war sehr von sich überzeugt gewesen. Müßte sie die Kate von damals beschreiben, fiele ihr nur ein Wort ein: hoffnungslos.

»Zumindest lächelst du«, sagte er.

»Ich habe auch guten Grund dazu.«

Er runzelte die Stirn. »Machst du dir keine Sorgen?«

Jetzt war sie verwundert. »Nein. Komisch, was? Ich bin wütend, aufgebracht ... aber nicht besorgt. Nur irgendwie erleichtert.«

Er zog die Augenbrauen hoch. »Das kapier ich nicht ganz, Kate. Du weißt doch gar nicht, wer der Kerl ist! Wozu er noch fähig ist!«

Ich weiß, wer er *nicht* ist, dachte Kate. Aber natürlich konnte sie Adam das nicht sagen. Nicht nur, um John James' Vertrauen nicht zu enttäuschen. Wie hätte sie Adam klarmachen sollen, weshalb sie erleichtert war? Nämlich weil sie jetzt wußte, daß sie von dem Kerl nichts mehr zu befürchten hatte? Und was Adams Bemerkung betraf, daß sie den Absender der E-mail nicht kenne ...

»Ich glaube, ich weiß, wer er ist«, sagte sie beiläufig.

Adams nervöses Fingertrommeln hörte abrupt auf. Er umfaßte die Tischkante. Seine Knöchel wurden weiß. Kate sah es und musterte ihn neugierig. Die Farbintensität seiner Augen überraschte sie. Sie schimmerten in einem tiefgründigen Blau, das sie an die Farbe des Meeres erinnerte.

»Ach so!« entfuhr es ihr. Sie hatte plötzlich begriffen, welchen Schluß er aus ihren Worten gezogen hatte. »Nein, nein. Ich kenne nicht seinen Namen. Noch nicht. Aber ich weiß, wer er ist – *was* er ist«, verbesserte sie sich mit scharfer Stimme. »Und ich weiß, wozu er fähig ist.«

Adam lehnte sich entspannt zurück. Er sah sie mit einem merkwürdigen Ausdruck an. Fast so, als hätte er Angst vor ihr.

»In diesem Fall«, begann er gedehnt, »mußt du zur Polizei gehen.«

»Ich bin im Juli zur Polizei gegangen. Es hat damals nichts genützt und würde auch heute nichts nützen.«

»Kate, glaub mir! Ich verstehe deine Gefühle, was die Polizei betrifft. Aber . . .«

Kate zog geringschätzig die Mundwinkel herab. »Wirklich, Adam?« fragte sie in arrogantem Ton. »Du kennst meine Gefühle?«

Adam zeigte keine Spur von Verlegenheit. Das verblüffte sie noch mehr. Er hielt ihrem wütenden Blick stand, ließ sich von ihr nicht einschüchtern.

»Du wärst überrascht, wie gut«, sagte er.

Kate lachte. »Ganz recht. Würde mich verdammt überraschen, wenn du auch nur einen Schimmer davon hättest, was ich fühle. In bezug auf die Polizei und auf alles andere.«

Jetzt wurde Adam wütend, es war nicht zu übersehen.

»Sag mal, wofür hältst du mich eigentlich? Für einen dummen Jungen, der noch nicht ganz trocken hinter den Ohren ist?«

»Das habe ich nicht gesagt. Trotzdem wirst du niemals verstehen, was ich durchgemacht habe, Adam.«

»Kann mich nicht erinnern, das je behauptet zu haben. So dämlich bin ich nicht. Zumindest versuche ich aber, zu verstehen, oder? Zumindest gebe ich mir Mühe. Was soll dieses verächtliche Getue? Ich jedenfalls lache dich nicht aus, wenn du aufrichtig zu sein und zu helfen versuchst.«

»Adam . . .«

»Du hast bisher nicht das geringste Interesse an meiner Gesellschaft gezeigt. Du hast mich während des Essens reden lassen, ohne mir zuzuhören. An dir ist wieder einmal alles vorbeigerauscht. Du hast Schweres durchgemacht, Kate. Das bestreitet niemand. Aber wir schleppen alle irgend etwas mit uns rum.«

Kate senkte schuldbewußt den Blick. Sie hatte nie etwas über Sims gesagt. Nicht seit jenem Tag. Sie griff über den Tisch, doch Adam zog seine Hand zurück.

»Ich dachte, wir würden uns verstehen. Aber du bist nur mit dir beschäftigt. Da bleibt für andere keine Zeit.«

Kates grüne Augen sprühten Feuer. »Ja, ich nehme wohl an, ich bin ziemlich beschäftigt gewesen. Wie langweilig von mir! Ich hätte wirklich mehr Rücksicht auf deine Gefühle nehmen sollen, auf deinen empfindlichen männlichen Stolz. Große Güte! Ihr Männer macht mich krank! Ihr zeigt ein bißchen Mitgefühl, und schon erwartet ihr, daß wir euch dankbar die Füße küssen. Meine Tochter ist ermordet worden, Adam. Das läßt eine Mutter zwangsläufig etwas introvertiert werden, vielleicht sogar egozentrisch. Wenn du damit nicht klarkommst, verpiß dich!«

Adam sprang auf und hätte beinahe den Tisch umgestoßen. Kate hielt ihn mit beiden Händen fest.

»Adam, es tut mir leid.«

»Vergiß es. Laß dich in deiner ganz privaten Trauer nicht stören.« Er warf ein paar Geldscheine auf den Tisch und ging.

Nach dem Krach mit Adam beim Italiener hatten sich bei Kate schlagartig Kopfschmerzen eingestellt. Jene Sorte Kopfschmerzen, die mit einem dumpfen, pulsierenden Schmerz in der rechten Schläfe anfangen, sich zu einem alles lähmenden häßlichen Dröhnen auswachsen und Anfälle von Übelkeit hervorrufen. Sie hatte es gerade noch nach Hause geschafft – mit einem Taxi, was eine schreckliche Geldverschwendung war – und war, ohne sich auszuziehen, ins Bett gekrochen. Sie hatte erwartet, schlecht zu schlafen, hatte erwartet, heftig zu träumen. Und sie hatte geträumt. Von dem Tag, als Melanie zum ersten Mal mit ihren Rollschuhen gefahren war. Es war ihr zehnter Geburtstag gewesen, ein heißer Julitag, und Melanie hatte sich gewünscht, daß Kate mit ihr im Park üben solle.

»Tante Mary fährt mit uns nach Jennys Geburtstag auf die Rollschuhbahn. Bis dahin will ich es können.«

Sie hatten also noch exakt zwei Wochen Zeit. Kate zweifelte nicht daran, daß Melanie schaffte, was sie sich vorgenommen hatte. Melanie war mit zehn so furchtlos, selbstsicher und entschlossen, wie Kate ängstlich, schüchtern und zögerlich gewesen war.

»Findest du es schlimm, daß wir kein Fest machen, Mel?«

Melanie hatte den Kopf leicht zur Seite geneigt und eine Hand in die Hüfte gestemmt. Kate hatte in dieser Haltung sich selbst erkannt. »Mami, könnten wir's uns leisten?«

»Also, dieses Jahr nicht, aber . . .«

»Dann brauchen wir doch gar nicht darüber zu reden.«

»Das müßte *ich* doch eigentlich sagen, oder?«

Melanie lachte. »Können wir, Mami«

»Können wir was?«

»Zum Longford Park gehen?«

»Warum nicht zum Victoria Park? Ist ein ganzes Stück näher.«

»Aber da gibt's keine asphaltierten Wege.«

»Es ist sieben Uhr morgens, Mel!«

»Dann ist es im Longford Park schön leer.«

»Bis auf ein paar alte Penner und die übliche Garnitur Betrunkene.« Kate lachte, ging in den Flur und drehte sich nach Melanie um. »Was ist, kommst du nicht?«

»Soll das heißen, wir gehen wirklich?«

»Eigentlich muß ich nur den Großeinkauf machen, die Wohnung putzen, die Schuluniform bügeln, die Betten beziehen ... aber ich pfeif drauf!« Sie grinste und sah wie ein Teenager aus. »Es ist Samstag, und du wirst nur einmal zehn.«

Die Busfahrt verlief ruhig. Trotz des frühen Morgens war es bereits heiß. Das Schaukeln des Busses und der leichte Dieselgestank verursachte ihnen beiden Übelkeit.

Der Park war leer, wie Melanie es vorhergesagt hatte. Kurz nach ihnen tauchte ein heruntergekommen aussehender alter Mann auf, der sich auf der erstbesten Bank in der Sonne niederließ. Dann begann er, den Biervorrat abzuarbeiten, den er in einer Plastiktüte mitgebracht hatte.

Kate begriff sofort, weshalb Melanie so scharf auf den Park gewesen war. Die Blumenrabatten und Beete säumten ein Labyrinth aus schmalen, glatten Teerwegen, die den ganzen Park durchzogen. »Wir bleiben auf dem Hauptweg«, entschied Kate. »Sonst fahren wir dort, wo's schmaler wird, noch jemanden um.«

Auf der Busfahrt nach Hause klagte Melanie darüber, daß ihre Beine wie Gummi seien. Kate schlug vor, sie solle ihre ›Reservebeine‹ rausholen, was bei Melanie schallendes Gelächter auslöste. Nach einigen Minuten bekam sie Schluckauf und saß schweigend neben Kate.

»Was bringt dich immer wieder zurück?« stellte Melanie plötzlich eine Rätselfrage.

»Keine Ahnung«, sagte Kate.

»Eine Rückfahrkarte.«

Kate schlug sich mit der flachen Hand gegen die Stirn.

»Reingefallen!« kreischte Melanie.

»Mit Pauken und Trompeten«, gestand Kate.

Kate hatte ein Lächeln auf den Lippen, als sie im Dunkeln aufwachte. Die Kopfschmerzen waren verflogen, aber sie fühlte sich noch wackelig auf den Beinen. Trotz leichter Übelkeit war sie hungrig. Sie hatte seit der Mittagspause nichts mehr gegessen. Jetzt war es halb zehn. Sie suchte in der Küche herum und förderte Nudeln und ein Glas Pesto aus dem Kühlschrank zutage. Sie kochte die Nudeln und glaubte, nie bessere Pasta gegessen zu haben.

Sie war am Morgen in der Erwartung zur Arbeit gegangen, weitere anonyme Nachrichten in ihrer Mailbox vorzufinden. Als sie jedoch ihre Mailbox aufgerufen hatte, herrschte dort gähnende Leere. Sämtliche Post war wie durch Zauberhand verschwunden. Das Betriebssystem von Technicom sah vor, daß wichtige Post ausgedruckt oder auf Festplatte gespeichert wurde. Mail blieb dreißig Tage in nicht aktivierten Dateien erhalten. Wurde eine Mail-Datei jedoch aktiviert, so wurde die Post nach vierzehn Tagen automatisch gelöscht. Die anonymen Nachrichten hätten also noch in ihrer Mailbox sein müssen. Kate versuchte erneut, die Datei wiederherzustellen, doch sie blieb verschwunden. Es gab keinen Beweis mehr dafür, daß sie je existiert hatte . . . mit Ausnahme des Ausdrucks, den John ihr am Vortag zurückgegeben hatte. Er steckte in ihrer Handtasche. Er war der einzige Beweis, daß es den ganzen Spuk überhaupt gegeben hatte.

Kate fühlte sich merkwürdigerweise erleichtert. Sie war sogar versucht, auch den Ausdruck zu vernichten. Vielleicht war alles nur ein Spaß im Internet gewesen, den sich irgendein jugendlicher Computerfreak ausgedacht hatte. Kate spürte plötzlich, daß Adam sie von seinem Terminal aus beobachtete.

Als das Telefon auf ihrem Schreibtisch klingelte, griff sie unbefangen zum Hörer.

»Was gibt's, John?« fragte sie. Am anderen Ende blieb es zunächst merkwürdig still.

»Hast du deine E-mail gelesen?« erkundigte sich John schließlich.

Kates Herz setzte einen Schlag lang aus, dann erinnerte sie sich. »Um neun heute morgen.«

»Seitdem nicht mehr?«

»Ist was reingekommen?« Kate griff nach ihrer Maus.

»Laß es!« warnte John hastig. Kate ließ die Maus verblüfft los. »Komm runter zu mir. Wir sehen sie uns gemeinsam an. Ich warte.« Am anderen Ende wurde aufgelegt.

Diesmal herrschte im Raum der Server-Anlage Hochbetrieb. Drei Techniker saßen an der Werkbank, über die Eingeweide von PCs und Modems gebeugt. Zwei Programmierer arbeiteten an ihren Terminals. Andere Angestellte überprüften Bänder, Ausdrucke, Dateien, Faxe.

Kates Kommen blieb unbemerkt. Sie fühlte sich in dieser grotesken, in sich geschlossenen Welt beinahe wie ein Eindringling.

»Kate?« John hatte sie neugierig beobachtet und wußte nicht recht, wie er ihre Miene deuten sollte.

Kate erschauderte plötzlich und ging dann zielstrebig auf den Mann im blütenweißen Laborkittel zu. John führte Kate zu seinem PC in einer hinteren Ecke des Raumes. Owen hatte angeboten, ihm ein Büro mit Glasfront, ähnlich seinem eigenen im ersten Stock, einzubauen, doch John hatte das abgelehnt. »Eine Schachtel? In einer Schachtel?« hatte er mit schiefem Grinsen gesagt. »Wie ein Terrarium? . . . Ich bin keine Gewächshauspflanze, die ihr eigenes Mikroklima braucht . . . trotzdem vielen Dank.« Owen wußte natürlich, daß das ein Seitenhieb gegen ihn gewesen war, doch aus Johns stets jovialer Miene ließ sich nur selten eine Rechtfertigung für einen ärgerlichen Konter ableiten.

John zog einen Stuhl für Kate heran. Dann glitten seine Finger eilig über die Tastatur. Er rief Kates Dateien auf.

»Hast du von allen hier das Paßwort?« Kate hatte die schnellen, sicheren Bewegungen seiner Finger kaum verfolgen können.

»Wir haben ein Verzeichnis«, antwortete er. »Aber ich brauche dein Paßwort nicht. Ich habe den Supervisor-Status und damit automatisch Zugang zu allen Dateien, die ich aufrufen will. Hier ...« Auf dem Monitor erschien ihre Mailbox. Kates Blick glitt über die Einträge. Es war ein halbes Dutzend neuer Sendungen eingetroffen. Sie runzelte die Stirn und beugte sich näher zum Bildschirm.

»*Moira?*« Sie sah John an. »Weshalb sollte Moira mir E-mails schicken?«

»Oder Adam. Ist dasselbe«, bemerkte John.

Kate lächelte flüchtig. In der Vergangenheit hatte Adam ihr gelegentlich witzige Nachrichten geschickt. Einmal sogar während eines Telefonats mit Owen. Mit einem lauten Piepton ihres Computers war die Nachricht unvermittelt auf dem Bildschirm erschienen: »Sag dem alten Bock, er kann dich mal ... Es ist nach fünf, und der König der Löwen wartet nicht.«

Adam hatte Karten reservieren lassen, um mit ihr und Melanie in die Sechs-Uhr-Vorstellung des jüngsten Disneyfilms zu gehen.

John redete immer noch. Kate riß sich mühsam aus ihren Gedanken. »Wie du siehst, ist da auch eine Nachricht von mir und eine von Owen.« Er musterte sie prüfend und fügte dann hinzu: »Und alle lauten gleich.« Er rutschte unruhig hin und her. »Ich bin nicht sicher, ob du sie lesen solltest.«

Kate horchte auf das leise Summen der Computer und das

Stimmengemurmel. John wollte nicht, daß sie ihre E-mails las. Warum? Vielleicht war es falsch gewesen, die Sache selbst in die Hand zu nehmen. Hatte sie eine Antwort provoziert, mit der sie allein nicht fertig werden konnte? Vielleicht hatte Adam recht gehabt. Sie hätte die ganze Sache der Polizei übergeben sollen.

»Sag mir, was sie bedeutet. Dann lese ich sie.«

John zögerte. Kate warf ihm einen gequälten Blick zu. Er seufzte. »Sie lautet: ›Leichen sind ein guter Schutz‹.« Er drückte Kates Hand.

Kate schwenkte mit ihrem Drehstuhl herum und betrachtete die Männer, die alle ruhig und bedächtig vor sich hin arbeiteten. Sie hatte den Mörder mit einer einfachen Frage an eine anonyme Adresse provoziert. ›Warum verstecken Sie sich hinter einem toten Kind?‹ Und sie hatte eine offene Antwort erhalten, eine Antwort ohne Ausflüchte, voller Haß und Menschenverachtung. ›Leichen sind ein guter Schutz.‹ Was sollte das bedeuten? *Wenn ich dich dazu verleite zu glauben, daß die Botschaften von Melanie stammen, vergißt du, nach der wahren Identität des Absenders zu forschen.* Steckte diese Überlegung dahinter? Wenn ja, mußte ihr der echte Absender bekannt sein. Es mußte jemand sein, den sie identifizieren konnte. Diese Mitteilung des Mörders sagte sehr viel aus. Kate wandte sich wieder dem Bildschirm zu.

»Er hat sich in vier Dateien gehackt«, erklärte John. »In meine, Moiras, Adams und Owens. Und von dort aus hat er die E-mail an dich geschickt. Der Inhalt ist immer derselbe. Was bedeutet das, Kate? Die Botschaft ist anders als die anderen. Klingt eher nach der Antwort auf eine Frage.«

Kate runzelte die Stirn. »Wie sollte das funktionieren? Bei einem anonymen E-mail-Absender?«

Johns Maske unerschütterlicher Jovialität bekam zum zweitenmal innerhalb weniger Tage Risse. Sie hatte ihn beleidigt, das war in seinen Augen eindeutig zu lesen. »Schon gut, geht mich ja nichts an«, sagte er. »Ich gebe dir jedoch einen guten Rat: Mit kranken Gehirnen ist nicht zu spaßen. Überleg dir gut, worauf du dich da einläßt.«

Kate schlug die Augen nieder. Sie schämte sich wegen ihrer Unaufrichtigkeit.

»Dieser Hacker ist wie eine bösartige Krankheit, die außer Kontrolle geraten ist, die alles durchdringt und alles zerstört. Und sobald man ihm das Gefühl gibt, daß sein Tun Wirkung zeigt, macht er immer weiter. Das verleiht ihm Macht, verstehst du?«

Kate hob den Kopf. »Ja«, murmelte sie. »Das heißt also, er darf mir ungestraft all diese Gemeinheiten schicken und sogar meine Freunde und Kollegen für seine Zwecke mißbrauchen, während ich tatenlos zusehe? Trotzdem hast du vielleicht recht, John. Je mehr ich auf ihn eingehe, desto größer ist vermutlich sein Lustgewinn. Aber es gibt noch eine andere Möglichkeit.« Sie dachte an David, als sie fortfuhr: »Wenn ich nichts unternehme, treibt er es weiter und weiter voran ... so lange, bis er die Reaktion provoziert, die er will.«

6

»Ich weiß nicht, warum du mich fragst.« Angie Harmon schnürte den Schuh ihres Sohnes. »Siehst du«, demonstrierte sie. »Man muß die Schnürsenkel über Kreuz nehmen.«

»Weil du in diesen Dingen einen sechsten Sinn hast.«

Angie sah auf. In ihren Augen blitzte es amüsiert. »Dein Glück, daß du nicht ›weibliche Intuition‹ gesagt hast. Anderenfalls hätte ich kein Wort mehr mit dir gesprochen.«

»Laß mich mal, Mami.« Angie gab ihrem Sohn den Schuh und beobachtete, wie er den Schnürsenkel durch die nächste

Öse führte. Er hatte die Zunge zwischen die Zähne gesteckt und wirkte hochkonzentriert.

»Trevor, ich bin klinische Psychologin, keine Psychiaterin. Ich habe hauptsächlich mit Menschen zu tun, die Kopfverletzungen oder Infarkte erlitten haben. Und ich bin keine Feld-Wald-und-Wiesen-Analytikerin, die Schizophrenie nach der Art und Weise diagnostiziert, wie jemand eine Zigarette hält. Und überhaupt ... wie soll ich ein Urteil fällen, ohne der Frau je begegnet zu sein?«

»Komm schon, Angie. Ich verlange ja kein offizielles Gutachten von dir. Aber du weißt mehr über diese Dinge als ich.«

»Weil ich eine Frau bin?« neckte sie.

»Weil du eine verdamm ...« Er hielt unter dem mißbilligenden Blick seiner Frau inne. »Du bist eine sehr gute Psychologin«, verbesserte er sich. »Und ich bitte dich um deine Meinung.«

»Was sagst du jetzt, Mami?« Michael hielt Angie seinen Schuh unter die Nase.

»Also, darüber kann ich meine Meinung ohne Probleme abgeben«, antwortete Angie lächelnd. »Einfach perfekt, Michael.«

Michael grinste glücklich, zog den Schuh an und band eine schiefe Schleife.

»Spiel noch fünf Minuten draußen. Aber sag Joseph, das Frühstück wartet nicht ewig auf ihn. Und raus aus meinen Blumenbeeten, klar?«

»Wie Kloßbrühe«, erwiderte Michael, sprang vom Küchenstuhl und stürmte schreiend nach draußen.

Angie sah ihm nach. Dann fing sie den Blick ihres Mannes auf und spitzte die Lippen. »Meinst du es ernst?«

»Todernst.«

»Du willst wirklich meine Meinung hören?«

Sein Blick war Antwort genug.

Sie schnitt nachdenklich das Brot, während Harmon den Tisch deckte.

»Viele Eltern, die ein Kind verloren haben, machen eine Phase durch, in der sie die Realität erfolgreich verdrängen. Ihr Kind ist nicht tot. Dem Krankenhaus ist ein Irrtum unterlaufen. Sie haben die falsche Person erwischt. Und so weiter. Meistens passiert das in der allerersten Zeit nach dem Schicksalsschlag. Durch Schock oder Medikamenteneinnahme hat sich dieser Prozeß bei Kate Pearson vielleicht verzögert.« Sie schwieg. »Ich versuche mir vorzustellen, wie ich damit umgehen würde, wenn einem der Jungs ... Gütiger Himmel! Ich mag gar nicht daran denken!« Diesmal sagte sie lange nichts. Harmon wartete geduldig.

»Vielleicht hat Kate für sich beschlossen, die Tochter wieder zum Leben zu erwecken. Sie will nicht, daß Melanie tot ist, also bildet sie sich ein, daß sie lebt. Sie gibt sich die Schuld an Melanies Tod. Folglich beschuldigt Melanie in ihren Mitteilungen die Mutter.«

»Wäre möglich.«

»Aber du hältst es nicht für wahrscheinlich? Du kennst sie, Trevor, ich nicht. Wie denkst du darüber?«

»Ich tappe genauso im dunkeln. Kate Pearson läßt nichts raus. Der junge Mann, der bei mir war, weiß noch am meisten von ihr.«

»Ihr Freund?«

Harmon überlegte. »Da bin ich nicht sicher. Scheint eher eine platonische Beziehung zu sein. Aber bevor das alles passiert ist ... Ich weiß es nicht.«

»Wenn eine Frau ein Kind verloren hat, neigt sie dazu, sich die Männer für eine Weile vom Leib zu halten«, bemerkte Angie mit einem flüchtigen Lächeln. »Wenn er sie unter Druck gesetzt hat, um die Beziehung wieder zu beleben ...«

»Könnte diese E-mail ... eine Reaktion darauf sein?«

»Wenn sie noch nicht soweit ist ...« Sie zuckte mit den Schultern. »Wer weiß?«

»Angenommen es ist umgekehrt? Wenn er das Interesse zu verlieren scheint? Könnte sie sich das alles ausgedacht haben, um seine Aufmerksamkeit wieder auf sich zu lenken?«

»Ist eine Überlegung wert.« Sie beobachtete Michael, der den Fußball zu seinem älteren Bruder schob. Michael bewunderte Joseph. Die beiden waren vier Jahre auseinander, und Joseph verkörperte all das, was Michael werden wollte. Er war groß wie sein Vater und dunkelhäutiger als Michael, der ihre helle Hautfarbe geerbt hatte. Joseph war ein guter Fußballspieler und Kapitän der Kinder-Cricketmannschaft und so etwas wie ein Held unter seinen Kameraden an der Manchester Grammar School. Er behandelte Michael auf eine lässige, leicht herablassende Art, und Michael ließ sich das nur allzugern gefallen.

»Du sagst, dieser Freund war bei dir? Allein?«

Harmon nickte.

»Mrs. Pearson konnte sich also nicht zu einem Besuch bei der Polizei durchringen?«

»Sie weiß nicht einmal, daß er mich aufgesucht hat.«

»Aha ...« Angie klopfte ans Fenster. Die Jungen trabten nur widerwillig auf das Haus zu.

»Wieso ›aha‹?«

Angie machte den Kindern ein Zeichen, sich zu beeilen.

»Sie will nicht, daß du von der E-mail-Geschichte erfährst. Die Frage ist allerdings, warum? Möchte sie durch dich nicht an das Schreckliche, das passiert ist, erinnert werden? Wäre sehr wahrscheinlich. Auf solche Erinnerungen könnte ich an ihrer Stelle auch verzichten.« Sie neigte den Kopf nachdenklich zur Seite.

»Oder?« drängte Harmon.

»Oder sie hat einfach Angst, daß du ihren Schwindel durchschaust.«

»Du meinst, sie lügt absichtlich?«

»Ich glaube, daß das Trauma, ein Kind auf solch grausame Weise zu verlieren, für jeden Menschen eine emotionale Katastrophe ist. Wann hat diese Sache mit den E-mails angefangen?«

»Ende November.«

»Also vor über drei Wochen. Und sie hat niemandem was gesagt?«

»Niemandem ... mit Ausnahme von Shepherd.«

Michael und Joseph polterten in die Küche.

»Raus!«

Die Jungen zuckten zurück. Joseph starrte mit gespieltem Entsetzen auf seine Füße. Er hob übertrieben demonstrativ einen Fuß und setzte ihn einen Schritt zurück in den schmierigen Schuhabdruck, den er dort bereits hinterlassen hatte.

Michael kicherte unterdrückt und floh, gefolgt von dem prustenden und lachenden Joseph, durch den Küchenvorraum ins Freie.

Trevor Harmon seufzte. »Glaubst du wirklich, sie lügt?«

Angie kramte in einem Schrank. »Nicht bewußt. Oder zumindest nicht in böser Absicht. Vielleicht ist sie einfach so ... verdammt!« Ein Küchengerät fiel klappernd vom Haken. Angie hängte es wieder an seinen Platz und fuhr fort: »... so verzweifelt und unglücklich, daß sie nicht mehr weiß, was sie tut.«

Kate las den Bankauszug mehrmals, ohne ihn zu verstehen.

Eintausendfünfhundertfünfundzwanzig Pfund – fünfundzwanzig Pfund über ihrem Kreditlimit. Aber sie hatte doch den Fehlbetrag auf ihrem Visakartenkonto im vergangenen Monat ausgeglichen. Sie hatte die Kreditkarte nur für den Kurzurlaub benutzt, den sie mit Melanie gemacht hatte . . . und natürlich um Mels Geburtstagsgeschenke zu kaufen.

Kate prüfte die Summe erneut. Die Zahl blieb unverändert. Sie ging die einzelnen Posten durch, und ihr Magen krampfte sich zusammen.

TOYS 'R' Us. Spielzeugkiste. Pusteblume. Fahrradparadies. Disneyladen.

Geschenke! Geschenke für Melanie! Ihr wurde schwarz vor Augen. Sie schüttelte benommen den Kopf.

»Nimm dich zusammen!« ermahnte sie sich laut, und ihre Stimme klang hohl durch den kalten, stillen Korridor. Das Ganze mußte ein Irrtum sein. Sie hatte seit Monaten nichts gekauft. Melanie war tot. Wozu also? Sie selbst brauchte nichts . . . Und was sie brauchte, konnte sie nicht haben. Wofür sollte sie ohne ihr kleines Mädchen Geld ausgeben?

Tief sog sie die kältefeuchte Luft ein.

Er hat doch gestern keine Nachricht in deiner Mailbox hinterlassen? Kates Atem kondensierte, aber ihr war heiß, so heiß, daß sie glaubte zu ersticken. Ihre Hand zuckte unkontrolliert, und der Kontoauszug flatterte wie ein verletzter Schmetterling auf die Fußmatte. Sie starrte auf ihre tauben Finger. Ein zweiter Umschlag. *Hast du wirklich gedacht, er läßt dich in Ruhe?*

Sie riß den Umschlag auf und starrte auf den Brief. Jetzt verschlug es ihr den Atem.

». . . haben Ihr Konto über den vereinbarten Girokontokredit überzogen. Wir bitten Sie daher, sich so bald wie möglich mit uns in Verbindung zu setzen.« Sie starrte auf den Briefkopf. Ihre Bank.

Ich muß dort anrufen und alles erklären, schoß es ihr durch den Kopf. Sie griff nach dem Hörer – und zögerte. Ihre Hand begann zu zittern. Was, wenn er ihre Telefonleitung gekappt hatte? Sie riß den Hörer von der Gabel und hörte mit grenzenloser Erleichterung das Freizeichen. Sie legte wieder auf. Es war Viertel nach acht. Zu früh für die Bank.

Kate bückte sich, um den Kontoauszug aufzuheben. Laß dir Zeit, sagte sie sich. Finde das miese Schwein. Jeder Buchungsvorgang auf dem Kontoauszug war mit einer Ziffer gekennzeichnet. Die Buchungsdaten lauteten alle auf den 15. November. Die Zahlungen waren am Vortag erfolgt und die einzelnen Geschäfte mit Namen und Adresse hinter den Beträgen aufgelistet. Über die Läden konnte sie den Käufer ermitteln ... und damit ... *ihn.* Kate griff nach dem Telefonbuch. Ohnmächtige Wut hielt ihre Angst in Schach.

Der Bankauszug steckte in ihrer Umhängetasche. Sie hatte darauf in einer Zusatzspalte die entsprechenden Telefonnummern notiert. Kate ging geradewegs zu Adams Schreibtisch. Er sah von seiner Arbeit auf. Der verletzte Ausdruck in seinen Augen erschreckte sie, und ihr Blick irrte ab.

Sie legte einen Geldbetrag auf den Tisch. »Wir hatten ausgemacht, daß jeder für sich bezahlt.«

Er sah flüchtig auf die Scheine, dann musterte er sie.

Kate wich seinem Blick aus. Er sagte kein Wort. Als das Schweigen unerträglich wurde, begann sie: »Wenn's dir hilft ... Du hast recht gehabt.« Damit machte sie auf dem Absatz kehrt, ging steifbeinig zu ihrem Arbeitsplatz und konzentrierte sich mit aller Macht auf die Arbeit.

Gegen Viertel nach zehn verließ Kate unauffällig den Büroraum und ging zum öffentlichen Telefon. Sie hörte Schritte hinter sich und dann die Frage: »Womit hab ich recht gehabt?« Seine Stimme hallte durch das Treppenhaus.

Kate schloß die Augen. »Mit allem. Damit, daß er nicht aufhören wird. Damit, zur Polizei zu gehen. Damit, daß ich dir nicht zugehört habe. Damit, daß ich dich herablassend behandle. Mit der ganzen verdammten Schei ...«

Sie verstummte, schwankte mit geschlossenen Augen, spürte seine Nähe, seine Wärme. Sie hielt ihm den Bankauszug hin. Er nahm ihn wortlos, überflog ihn und reichte ihr das Stück Papier dann kommentarlos zurück.

»Es geht mir nicht ums Geld. Aber er hat mir Melanie weggenommen. Und das war ihm nicht genug. Jetzt ist er wieder da. Terrorisiert mich. Und ich werde den Gedanken nicht los ...«

Adam legte die Hand auf ihre Schulter. »Ist ja gut ...«

»Ich denke andauernd daran, was er mit ihr gemacht hat. Mit meiner Mel. Mit einem elf Jahre alten Mädchen. Wenn er mir das jetzt antun kann ... was hat er dann wohl einem Kind angetan? Hat er ...« Sie schlug die Hand vor den Mund. »Hat er ihr versprochen, daß sie nach Hause darf?«

»Kate«, sagte Adam sanft, massierte ihre Schulter und berührte leicht ihr Haar. »Laß es sein. Du darfst nicht ...«

»Die Obduktion hat ergeben, daß Melanie noch nicht einmal vierundzwanzig Stunden tot war, als man sie fand«, fuhr sie wie unter Zwang fort. »Sie ist eine ganze Woche bei ihm gewesen. Und wenn ich daran denke, was er ... Ich werde noch verrückt!« Sie hielt inne und rang nach Luft. Adam versuchte, sie zu sich umzudrehen, doch sie riß sich los.

»Nein ... Ich kann nicht. Ich muß an die frische Luft.«

»Gut. Gut. Aber geh langsam.« Er folgte ihr die Treppe hinunter und durch die Eingangshalle hinaus ins Freie.

Draußen auf der Straße herrschte dichter Vormittagsverkehr. Die Auspuffgase setzten sich als schmutzig-gelber Schleier vor dem klaren Winterhimmel ab. Kate rannte über die Straße auf den Albert Square. Eine Autohupe ertönte. Adam schrie warnend nach ihr. Er wartete auf eine Lücke in der Autoschlange und folgte ihr. Sie saß auf einer Bank und betrachtete die Tauben unter dem Glockenturm des Rathauses.

»Willst du dich umbringen?« keuchte er atemlos vor Entsetzen. Sie antwortete ihm mit einem so erschreckend leeren Blick, daß es ihm im ersten Moment die Sprache verschlug.

»Ich bring *ihn* um!«

Zuerst glaubte er, sich verhört zu haben. Doch ein Blick in ihr Gesicht überzeugte ihn vom Gegenteil.

»Kate, du kannst nicht . . .«

»Ich kann. Ich meine es ernst.«

»Ich weiß nicht, was ich sagen soll.«

»Du brauchst gar nichts zu sagen. Es ist eine Tatsache.«

»Kate, das ist Unsinn. Ein gefährlicher Unsinn.«

Kate sah ihn mit eiskalten Augen an. »Erledigen wir die Anrufe«, sagte sie.

Moira war auf dem Posten, als die beiden zurückkamen. Ihr Blick schweifte zur großen Wanduhr. Jetzt werden also schon halbstündige Pausen eingelegt, dachte sie. Kate Pearson scheint sich für das Maß aller Dinge zu halten. Moira zückte ihr Notizbuch und vermerkte die Einzelheiten. Noch wollte sie den Gang zu Mr. Owen nicht antreten. Noch war es nicht überzeugend genug, was sie vorzubringen hatte. Aber wenn man die beiden an der langen Leine ließ . . .

»Bist du sicher, daß es hier ist?«

»Wood Street 7«, bestätigte Kate und fügte mit einem müden Lächeln hinzu: »Fünfzehn Geschäftsleute können sich doch nicht kollektiv irren, oder?« Sämtliche Bestellungen waren telefonisch aufgegeben worden, und alle waren an dieselbe Adresse gegangen. Sie hatten den kurzen Weg vom Albert Square in die kleine Seitenstraße hinter der Deansgate zu Fuß in weniger als zehn Minuten zurückgelegt, obwohl sich die Weihnachtseinkäufer in den Straßen drängten. »Aber warum hier? Will er damit etwas Bestimmtes sagen?«

»Bist du schon mal hier gewesen?«

»Nicht, daß ich wüßte. Aber irgendeine Bedeutung muß es haben.«

Beide sahen zu dem Schild des Restaurants empor: *Cacciatore* stand dort in gemalten Lettern, und zu beiden Seiten in Blockbuchstaben ITALIENISCHE KÜCHE. Kate öffnete die Tür und trat ein. Adam folgte ihr. Eine laute Geräuschkulisse und die Düfte von Pasta und Pizza, Knoblauch und Kräutern schlugen ihnen entgegen und entwichen durch die offene Tür ins Freie.

Das Restaurant war zur Mittagszeit voll besetzt, und der kleine italienische Restaurantbesitzer war sehr erregt über die Störung, so daß sie sich schließlich einverstanden erklärten, sich an einen Tisch zu setzen und Kaffee zu bestellen. Als das Geschäft vorübergehend ruhiger wurde, schlängelte sich der Wirt zwischen den Tischen hindurch und kam zu ihnen.

»Natürlich habe ich den ganzen Kinderkram gekriegt. War alles für eine Mrs. Pearson bestimmt. Aber die kenne ich überhaupt nicht. Ich habe sofort die Geschäfte angerufen, die das Zeug geschickt hatten, aber ein Irrtum war ausgeschlossen. Die Adresse stimmte. Ich habe denen gesagt, daß ich keine Mrs. Pearson kenne. Mein Name ist Cacciatore, habe ich gesagt.« Der Wirt warf sich stolz in die Brust, als er seinen Namen nannte.

»Ich bin Mrs. Pearson.« Kate sprach leise, doch Mr. Cacciatore reagierte sofort. Er riß die Augen weit auf, zog die Schultern hoch und kehrte die Handflächen in typisch südländischer Gestik nach außen.

»Warum haben Sie mir das angetan? Sehen Sie nicht, daß ich ein vielbeschäftigter Mann bin?« Er gestikulierte in Richtung des vollbesetzten Restaurants. »Habe ich nicht schon genug Schwierigkeiten? Mußten Sie mir auch noch eine Ladung Spielsachen, Fahrräder, Klamotten und so weiter aufhalsen? Was habe ich Ihnen denn getan?«

»Mr. Cacciatore, ich habe diese Sachen nicht bestellt. Ich habe keine Ahnung, wer es getan hat. Da hat mir jemand einen üblen Streich gespielt.«

Der kleine Mann schnaubte verächtlich. »Ihnen? Mir! Ich . . .«, er tippte sich an die Brust, »ich finde das überhaupt nicht lustig.«

»Was haben Sie mit den Sachen gemacht? Sind sie noch da?« fragte Adam.

»Was bilden Sie sich ein? Ich habe keinen Platz für das Zeug. Ich habe es zurückgehen lassen. Ich habe denen gesagt, ich will das nicht.«

»Sie haben die Annahme verweigert?« Kate war ungemein erleichtert. »Danke, Mr. Cacciatore.«

»Sie danken mir? Wäre mir lieber, Sie würden mich in Zukunft mit solchen Scherzen verschonen. Ich habe zu tun. Ich arbeite hart. Meine Frau arbeitet hart. Das hier ist ein Familienbetrieb. Ist auch ohne dieses Theater hart genug, Geld zu verdienen.« Der kleine Mann holte tief Luft, stellte sich auf die Zehenspitzen und plusterte sich für die nächste Schimpftirade auf.

»Ich werde mich bemühen«, versicherte Kate hastig und erhob sich ebenfalls, um dem nächsten Wortschwall zuvorzukommen. Sie hatten bereits etliche geneigte Zuhörer unter den Gästen. Jetzt ging ein Raunen durch die Reihen. Alle starrten gespannt auf Mr. Cacciatore. Seine erwartete Erwiderung fiel enttäuschend kurz aus.

»Hoffentlich nützt's was«, sagte er und verschränkte die Arme vor der Brust.

Kate wollte den Kaffee bezahlen, aber er wehrte ärgerlich ab. »Kommen Sie nur nie wieder in mein Restaurant. Und sorgen Sie dafür, daß man mich in Frieden läßt.«

Kate und Adam wechselten einen Blick. Es war Zeit zu gehen.

»Was willst du jetzt tun?« fragte Adam. Sie standen draußen vor dem Restaurant und atmeten dankbar die frische, kühle Luft ein.

Kate zuckte mit den Schultern. »Dafür sorgen, daß das Geld meinem Konto wieder gutgeschrieben wird. Dann werde ich das Konto löschen.«

»Was ist mit der Bank? So leicht sollten sie dort nicht davonkommen.«

»Was soll ich tun? Die Summe ist in einem Vorgang abgebucht worden. Wie oder durch wen das veranlaßt wurde, läßt sich nicht mehr nachweisen. Ein Scheck existiert nicht. Die Bank versucht jetzt herauszufinden, wohin das Geld gegangen ist. Was ich nicht begreife ist, wie er an all meine persönlichen Daten gekommen ist . . .«

»Banken sind leicht zu knacken. Dazu muß man nur Zugang zu den Gehaltsdaten haben – und das schafft bei uns jeder mit einem PC . . . zumindest theoretisch. Wenn man erst das Gehaltskonto raus hat, ist alles andere ein Kinderspiel.«

Kate warf Adam einen Blick zu, in dem sich Überraschung, Verblüffung, Zweifel und schließlich Mißtrauen spiegelten. Adam wurde prompt rot.

»Was ist los?« fragte er.

»Nichts. Ich finde nur, daß du in diesen Dingen verdammt gut bewandert bist.«

Adam zuckte mit den Schultern und lächelte verschmitzt.

»Jugendsünden«, sagte er.

Chefinspektor Harmon beeilte sich, sie umgehend zu empfangen. Er begrüßte Kate herzlich und bot ihr einen Stuhl an. Dann musterte er Adam kühl und abschätzend und deutete auf einen Stuhl am anderen Ende seines Schreibtischs. Adam setzte sich, ermahnte sich innerlich, die Hände still zu halten, und wartete darauf, daß Kate anfing.

Harmon lehnte, von Adam halb abgewandt, an seinem Schreibtisch. Kate wußte nicht, wie sie anfangen sollte. Als sie das letzte Mal in diesem Raum gewesen war, war Melanie gerade gefunden worden. Harmon hatte ein großes, funktionell eingerichtetes Büro mit einer durchaus persönlichen Atmosphäre.

Da waren zum Beispiel ein Foto von Harmons Familie und ein ausdrucksvolles, abstraktes Bild in Acryltechnik.

»Ich hoffe, wir stören nicht«, begann Kate ausweichend.

»Durchaus nicht.« Harmon fing Kates Blick auf und hielt ihn fest. »Sie sehen nicht gut aus, Mrs. Pearson.«

Die harmlose Bemerkung und der fürsorgliche, ehrliche Klang von Harmons Stimme war mehr, als Kate ertragen konnte. Tränen stiegen ihr in die Augen, und sie senkte hastig den Blick. Es herrschte absolute Stille. Harmon gab ihr Zeit, sich zu fassen.

Von ihrem Platz aus konnte Kate Adam nicht sehen. Der Inspektor verstellte ihr die Sicht. Wenn Adam doch nur etwas sagen würde, dachte sie.

Chefinspektor Harmon sah zu Shepherd. Der starrte unbeweglich auf seine Schuhspitzen. Die Hände hatte er fest im Schoß verschränkt. Harmon erinnerte sich an die nervösen Zuckungen und Gesten der Hände bei ihrem vorigen Gespräch und nickte unwillkürlich.

»Sie haben Briefe bekommen ... Post per Computer«, gab Harmon Kate das Stichwort, doch sie blieb stumm. Ihr Mund war nur ein schmaler Strich. Der Chefinspektor machte einen zweiten Versuch. »Haben Sie Kopien von diesen Briefen? Es wäre schon hilfreich, wenn Sie die Mitteilungen auf Festplatte gespeichert hätten ... damit könnten wir arbeiten.«

»Sie sind gelöscht«, sagte Kate unvermittelt.

Harmon war sichtlich enttäuscht. »Natürlich. Kann ich verstehen. War sicher ein Schock ...«

Kate schüttelte ungeduldig den Kopf. »Nein, *ich* habe sie nicht gelöscht. Trotzdem sind sie verschwunden.«

Harmon runzelte die Stirn. »Hat Mr. Shepherd nicht gesagt, daß jemand in Ihren Dateien herumgepfuscht hat? Haben Sie diese Dateien zufällig ausgedruckt, bevor Sie das gemerkt haben?«

Kate hob den Kopf. Ihre Lippen öffneten sich einen Spalt. Dann schloß sie den Mund wieder, kramte in ihrer Handtasche und überreichte Harmon den Ausdruck der Mitteilung, die sie John James gezeigt hatte.

Unfähig, die folgende Stille zu ertragen, unfähig, den Inhalt der Mitteilung zu verdrängen, platzte sie heraus: »Er hat mein Bankkonto geplündert, indem er mit meiner Kreditkarte einen Haufen ... Spielsachen gekauft hat.«

»Sie haben Ihre Kreditkarte verloren?«

»Nein. Die ist hier.« Sie wollte schon die Karte hervorholen, doch dann griff sie nur nach einer Zigarette. Sie zündete sie automatisch an, zögerte und warf Harmon einen schuldbewußten Blick zu. Er schüttelte den Kopf. »Ich weiß nicht, wie er das anstellt! Nichts ist mehr vor ihm sicher ... Mein Konto nicht, meine Dateien im Büro nicht, mein Kreditkartenkonto nicht ...«

»Er hat sich die Details deiner Kreditkarte auf dieselbe Weise verschafft wie die Nummer von deinem Bankkonto.« Das war Adam.

Kate versuchte ihn anzusehen, aber der große Polizeibeamte versperrte ihr nach wie vor die Sicht. Sie stand ungeduldig auf. »Die Personalabteilung besitzt diese Informationen nicht«, erklärte sie gereizt.

»Ich habe *auf dieselbe Weise* gesagt, nicht von derselben *Stelle*. Vielleicht hat er sich in die Akten deiner Kreditkartengesellschaft gehackt. Oder deine Daten über eine Versicherungsgesellschaft bekommen. Bist du beim NCCSS, Kate?«

Kate blinzelte. »Ja.«

Adam wandte sich an den Inspektor. »Das ist der Nationale Sicherheitsservice für Kreditkarten. Sie kommen für Verluste durch Diebstahl oder Kreditkartenbetrug auf. Zumindest bist du abgesichert, Kate.«

Harmon sagte nichts. Er starrte auf das Blatt Papier in seiner Hand. »Diese E-mail-Adresse ...«, begann er und sah Adam an.

Adam warf Kate einen entsetzten und ungläubigen Blick zu. »Adresse?« Schon war er aufgesprungen und stand neben Harmon.

Harmon zog die Augenbrauen hoch. Er wartete ganz offenbar auf eine Erklärung.

»Ich habe Adam den Ausdruck nie gezeigt«, sagte Kate etwas schuldbewußt.

»Schei ...«

»Mr. Shepherd?«

»Das nützt uns gar nichts«, murmelte Adam und setzte sich wieder. »Er hat eine APS benutzt.«

»APS?«

»Einen Anonymen Post Service.«

»Und das bedeutet, daß man die Sendung nicht bis zu ihrem Absender zurückverfolgen kann?«

»Richtig. Die Sendung lief über einen sogenannten Remailer, und den müssen wir finden.«

»Ist es den Versuch wert?«

»Alles ist den Versuch wert, um den Kerl zu kriegen, der Kate das antut. Aber gelöschte Dateien sind verdammt unergiebig.«

»Das bedeutet?«

»Das bedeutet, daß man versuchen muß, ihm auf die Schliche zu kommen, sobald er sich das nächste Mal meldet.«

Harmon musterte aufmerksam Adams markante Züge. Adams Hand glitt unvermeidlich an die Schläfe.

»Würden Sie das übernehmen?« Die Frage war vorsichtig formuliert.

Adams Blick schoß zu Kate, dann wieder zu Harmon.

»Was meinen Sie?«

»Würden Sie versuchen, die nächste Sendung zu ihrem Absender zurückzuverfolgen?«

»Ich? Wie soll ich wissen . . .« Die Lüge erstarb auf seinen Lippen. Er hielt inne.

Harmons Augen glitzerten beinahe amüsiert. Adam strich sich verlegen übers Haar.

»Ich könnte es versuchen. Aber versprechen kann ich nichts. Okay?«

»Okay.«

Es lag eine seltsame, beherrschte Kühle in Harmons Dialogen mit Adam, die Kate erstaunte und beunruhigte. Sie ertappte sich, wie ihr Blick zwischen den beiden hin- und herschweifte, während sie die Ursache für Adams nervöse Gereiztheit und Harmons Mißtrauen gegenüber Adam – oder war es Abneigung? – zu ergründen versuchte.

Kate verließ das Polizeirevier, ohne sich noch einmal umzudrehen.

»Worum ging es da drinnen eigentlich?«

»Wie meinst du das?«

»Zwischen dir und Harmon. Ich meine all die versteckten Anspielungen. Was hat er gegen dich?«

Adam zuckte mit den Schultern. »Er hat was gegen Computer, wenn du mich fragst.«

Ein Taxi kam auf sie zu. Kate machte dem Chauffeur ein Zeichen. »Möchtest du mitfahren?«

Adam schüttelte den Kopf. »Muß noch ein paar Weihnachtseinkäufe erledigen.«

Kate lehnte sich im Taxi zurück.

Weihnachten. Kate konnte sich ein Weihnachtsfest ohne Melanie nicht vorstellen. Für Kate gab es Weihnachten nur mit Melanie. Sieben glückliche Jahre lang hatten sie dieses Fest genossen, jedes Jahr, seit sie David verlassen hatte. Damals, beim ersten Mal, war Melanie viereinhalb und entsetzlich aufgeregt gewesen. Kate hatte immer versucht, das Kind nicht mit ihrer elendigen Situation zu behelligen. Und trotz der Blessuren, die David ihr an Stelle von Geschenken mit auf den Weg gegeben hatte, und obwohl ihr Fluchtgepäck nur aus einer Reisetasche und ihr Geldvorrat aus einem Wochenlohn bestanden hatte, hatte auch sie eine glückliche Erregung erfaßt. Zum erstenmal seit Melanies Geburt war sie wieder voller Hoffnung gewesen. So hatten sie jenes erste Weihnachtsfest in Freiheit mit einer Freude genossen, die Kate kaum noch für möglich gehalten hatte.

Eine Weile hatten sie in einem Frauenhaus Unterschlupf gefunden, bis Kate einen neuen Job bekommen hatte. Aus Angst vor David hatte sie ihren alten Arbeitsplatz aufgegeben. David hatte nie einen Hehl daraus gemacht, daß er sie umbringen würde, falls sie ihn je verlassen sollte. Und sie hatte diese Drohung sehr ernst genommen.

Im Frauenhaus war die Angst vor David lange allgegenwärtig gewesen. Aber den anderen Frauen war es nicht besser gegangen, und schon aus der Tatsache, nicht allein zu sein, hatte Kate Kraft geschöpft. Einige Frauen hatten es auf die Dauer als weniger belastend empfunden, zu einem gewalttätigen Ehemann zurückzukehren, als ständig darauf zu warten, von diesem entdeckt zu werden. Einmal war Kate selbst beinahe soweit gewesen. Aber sie hatte es als sehr lehrreich empfunden, Frauen zuzuhören, die immer nur sich die Schuld gaben, obwohl die Schwellungen und Blutergüsse in ihren Gesichtern und an ihren Körpern eigentlich das Gegenteil bewiesen. Viele kamen aus Angst um ihre Kinder, die wenigsten um ihrer selbst willen ins Frauenhaus. Und immer schleppten sie die Last der Schuld mit sich, die jedoch, wie Kate nur allmählich begriff, nicht die ihre war.

Bernie, die das Frauenhaus leitete, war ihrer aller Rettungsanker gewesen. Auf sie war Verlaß. Sie war der Fels in der Brandung. Bernie war eine kleine, untersetzte Frau irisch-polnischer Herkunft. Sie unterrichtete Selbstverteidigung für Frauen im örtlichen Sportverein und leitete gleichzeitig das Frauenhaus. Sie hatte Kate überredet, ihre Kurse zu besuchen, und Kate war überrascht gewesen, welches Selbstvertrauen ihr das Selbstverteidigungstraining gab.

Bernie schien zu spüren, wann jemand sich aussprechen mußte, sie fand stets das richtige Wort zum richtigen Zeitpunkt.

Dabei war sie keine ausgebildete Psychologin, sondern hatte aus eigener Erfahrung gelernt.

Bernie gab selten konkrete Ratschläge. Daher hatte Kate Bernies Reaktion auf ihre Ankündigung, zu David zurückzukehren, völlig überrascht. Bernie hatte sie bei den Schultern gepackt, auf einen Stuhl gesetzt und sich vor ihr aufgebaut.

»Was ist los mit dir? Hast du schon vergessen, wie du damals zugerichtet warst, als du hierherkamst? David war noch brutaler gewesen als sonst, stimmt's?« Als Kate schwieg, fuhr sie fort: »Er hat dich nicht nur dort geschlagen, wo es nicht auffiel. Dein Gesicht war so übel zugerichtet, daß du keinen Bissen vom Weihnachtstruthahn essen konntest . . . Womit hat David dich geschlagen, Kate?«

Kate kämpfte mit Tränen, aber Bernie ließ nicht locker. »Es hat keinen Sinn, die schrecklichen Dinge zu verdrängen, solange man sie nicht restlos verarbeitet hat. Solange du noch mit dem Gedanken spielst, zu ihm zurückzukehren, bist du nicht wirklich frei. Du solltest dir darüber im klaren sein, was passieren wird, wenn du zurückgehst. Sag mir, warum du solche Angst vor ihm hast.«

Kate schüttelte den Kopf.

»Wegen des Messers, das er immer unter dem Couchpolster versteckt hält, oder?«

Kate nickte.

»Er hat dich nicht nur geschlagen, als er die Beherrschung verlor, Kate. Er hat dich auf sadistische Weise systematisch mit der Existenz dieses Messers an diesem Platz terrorisiert. Immer hast du es beim Saubermachen gesehen. Immer hast du diesen Gegenstand gespürt. Du hast gewußt, daß es dort ist und auf deinen ersten Fehler wartet. Er hat dich so oft erniedrigt, daß du geglaubt hast, du verdienst es nicht anders. Warum, denkst du, hat er immer dasselbe Ritual abgespult, bevor er dich halbtot geschlagen hat? Damit du wußtest, was kommen würde, Kate. Damit er sich stark fühlen konnte, wenn er die Angst in deinen Augen sah.«

»Halt deinen verdammten Mund!« Kate erschrak über die Heftigkeit ihrer Entgegnung und sah Bernie entsetzt an. Aber ihre Worte schienen an Bernie abzuprallen. »Ich wünschte, ich hätte es dir nie erzählt«, fügte sie heiser hinzu.

»Damit ich dich nicht daran erinnern kann?« fuhr Bernie fort. »Geh zu ihm zurück, und du kriegst den Nachhilfeunterricht, den du brauchst. Es wird sein, als wärst du nie weggewesen ... nachdem er dir eine Tracht Prügel verpaßt und dir gezeigt hat, wer der Boß ist. Und dann wird er weinen und dich dafür verantwortlich machen, daß er die Beherrschung verloren hat. Und weißt du was? Er wird dir leid tun. Du wirst das Gefühl haben, es sei deine Schuld. Denn genau das ist der Zweck der Übung. Soll ich dir sagen, warum du mit dem Gedanken spielst zurückzukehren?« Als Kate schwieg, sagte Bernie erbarmungslos: »Weil du glaubst, du seist zu nichts nütze.«

»Ich glaube nicht ...«

Bernie unterbrach ihren Protest mit harter Stimme: »Als du hergekommen bist, hattest du wegen Mel Angst. Aber nachdem deine Blutergüsse verheilt waren, hast du gedacht: ›Was, wenn er mich findet? Er hat gesagt, er bringt mich um, wenn er mich findet.‹ Und dann hast du dich schlecht gefühlt, weil das bewies, daß du um dich Angst hattest ... daß du gar nicht mehr an Melanie dachtest. Doch schließlich hatte er nicht gedroht, das Kind umzubringen, oder? Aber welche Mutter denkt schon so? Also fühlst du dich schlecht und glaubst, er habe die ganze Zeit recht gehabt. Er behauptet, du seist egoistisch, und jetzt bildest du dir ein, er hatte recht. Du hältst dich für eine schlechte Ehefrau und eine schlechte Mutter. Und deshalb fügst du dich lieber in das Unausweichliche. Stimmt's?«

Kate nickte und kaute auf der Lippe.

»Falsch, Kate.« Bernie nahm Kates Hand. »Sie drohen, uns umzubringen, wenn wir sie verlassen. Denn für sie bedeutet es, daß sie ihre Macht verlieren. Mit Liebe hat das nichts zu tun. Dabei haben sie durchaus Angst, uns zu verlieren. Ganz abgesehen davon, daß sie schwach sind und nicht überleben können ohne jemanden, der alles organisiert, sich für sie krummlegt und die Schuld auf sich nimmt, wenn sie einen Fehler machen ...« Sie hielt inne. Kate wischte sich die Tränen weg. »Es ist das Unbekannte, vor dem sie Angst haben, das, was sie nicht kontrollieren können. Deshalb müssen sie alles überprüfen, was wir tun, deshalb zwingen sie uns, alles so zu machen, wie sie es wollen. Es gibt ihnen Macht. Sobald sie die Macht über die kleinen Dinge haben, haben sie weniger Angst vor den größeren Sachen ... vor dem richtigen Leben.

Tja, und dann kommt der Schock. Die Frau, die er nie als eigenständiges Wesen mit Gefühlen und Rechten angesehen hat, hat ihn verlassen. Dabei hatte er sie im Lauf der Zeit sogar davon überzeugt, daß sie außerhalb seiner Einflußsphäre gar nicht existieren kann. Und trotzdem ist sie auf und davon. Damit hat er das kleine Reich verloren, in dem er Gott war und in dem niemand es wagte, ihm auch nur zu widersprechen.«

»Ich weiß nicht, was ich tun soll . . .«, murmelte Kate.

Bernie lächelte. »Und das überrascht dich? Jahrelang hat eine andere Person dir jede Entscheidung abgenommen . . . dir sogar vorgeschrieben, was du anziehen sollst. Wie viele Jahre ist es so gegangen, Kate?«

»Fünf«, antwortete Kate, ohne zu zögern.

»Alles braucht seine Zeit, Kate. Manchmal denke ich, wir leiden an einer Art Geisteskrankheit. Deshalb gehen so viele Frauen immer und immer wieder zurück. Wir müssen erst zur Vernunft kommen, bevor wir unser Leben wirklich selbst in die Hand nehmen können.«

»Soll das heißen, daß du jetzt die Entscheidungen für mich triffst?« Kate lächelte.

Bernie hatte die Ironie der Lage wohl begriffen. Sie lächelte auch, beinahe schüchtern. »Wenn du so willst. Allerdings möchte ich lieber, daß du meine Worte als Ratschlag begreifst. Und ich habe nicht die Absicht, mit dem Holzgriff eines Brotmessers auf dich einzuprügeln, wenn du ihn nicht annimmst.«

»Ich schäme mich so«, flüsterte Kate.

»Ich weiß. Das geht uns allen so. Aber es ist Unsinn. Du hast nichts getan, dessen du dich schämen müßtest.«

Kate war also geblieben, und sie wurde allmählich von der ›Geisteskrankheit‹, wie Bernie es genannt hatte, geheilt. Melanie war eine große Hilfe gewesen. Sie hatte solches Vertrauen, ein solch positives, offenes Naturell, daß Kate durch sie problemlos neue Freundschaften geschlossen hatte. Diese Freundschaften allerdings waren von kurzer Dauer. Das lag an dem ständigen Kommen und Gehen im Frauenhaus. Aber sie waren heilsam. Kate war stark geworden.

8

Kate spürte die Gefahr, sobald ihr Blick auf das kleine Päckchen fiel. Es war in altes braunes Packpapier gewickelt und hatte etwas Bedrohliches. Auf der knitterigen Oberfläche klebten, nachlässig angebracht, mehrere Aufkleber.

VORSICHT! NICHT WERFEN

Auf der Unterseite hieß es:

OBEN!

Das dritte Etikett jagte Kate regelrecht eine Gänsehaut über den Rücken:

VERDERBLICHE WARE – SOFORT ÖFFNEN

Das Paket war fest verschnürt und an ›Katie Pearson‹ adressiert. Niemand nannte sie Katie. Nicht einmal ihre Mutter. Sie war hin- und hergerissen zwischen dem nahezu übermächtigen Wunsch, den Inhalt zu kennen, und der schrecklichen Angst, es könnte vom Mörder ihrer Tochter stammen. Kate dachte angestrengt nach.

Wenn ich das Paket nicht aufmache, lasse ich mich von ihm derart manipulieren, daß ich vor Angst untätig werde, dachte sie. Mache ich es aber auf, begebe ich mich vielleicht in die Rolle des hilflosen Opfers, so wie er mich haben will.

Adam arbeitete weiter, ohne eine Miene zu verziehen. Sein Blick schoß zwischen Tastatur und Bildschirm hin und her. Er war wie in Trance. Sein Puls ging schnell, und er fühlte das

Adrenalin in seinen Adern. *Das wirst du einfach nie verlieren. Es läßt dich nicht los!* dachte er und lächelte humorlos.

»Sprich mit mir«, murmelte er. Und wie auf Kommando erschienen Schriftzeichen auf dem Bildschirm. »Echtzeitkommunikation«, flüsterte er. »Genau das habe ich vermißt.«

Sims hatte nie begriffen, daß Adam, der ein Vermögen hätte machen können, indem er nur ein paar Regeln verletzte, so lange so ehrlich geblieben war. Aber wie hätte Adam ihm klarmachen sollen, daß der fast unbegrenzte Zugang zum Internet das lausige Gehalt und die schäbigen drei Wochen Jahresurlaub für ihn mehr als wettmachte?

»Ich hätte es ja aufgemacht. Aber für den Fall, daß Fingerabdrücke drauf sind . . .«

»Das war ganz richtig, Mrs. Pearson«, versicherte Harmon. »Ich lasse es gleich überprüfen.«

Der Labortechniker arbeitete aufreizend sorgfältig. Er staubte die Außenflächen des Pakets mit Pulver ein und stellte dabei mehrere Fingerabdrücke fest, unter anderem auch die von Kate. Meine sind drauf, überlegte sie, weil ich das Paket vom Postboten entgegengenommen habe. Außerdem müßte er die des Postboten, des Sortierers und die des Schalterbeamten finden. Aber mit geradezu deprimierender Gewißheit wußte sie, wessen Abdrücke nicht darauf sein würden: die des Mannes, der das Päckchen gepackt hatte. Melanies Mörder. Der Labortechniker zog Handschuhe an und entfernte Paketschnur und Papier. Darunter kam ein Geschenkkarton mit Bärenmuster zum Vorschein.

Kate konzentrierte sich auf die vorsichtigen Bewegungen des Mannes, um der aufsteigenden Übelkeit Herr zu werden. Er staubte auch die Schachtel mit Pulver ein, das er anschließend mit einem Pinsel wieder entfernte. Dann sah er zu Harmon auf und schüttelte den Kopf. Keine Fingerabdrücke.

Weder auf der Schachtel noch auf der Innenseite des Packpapiers. Der Labortechniker öffnete die Schachtel mit einer Pinzette.

Kate schrie auf und fuhr sich mit der Hand an die Kehle. Inspektor Harmon nahm sie sanft am Ellbogen und drückte sie auf einen Stuhl. Die Schachtel enthielt ein zerknittertes, rundes Haarband aus dunkelblauem, seidig glänzendem Material.

Harmon sah Kate fragend an.

Kate schüttelte den Kopf.

»Was ist das?« fragte Harmon.

Der Labortechniker hielt das Band mit der Pinzette hoch. »Ein elastisches Haarband, Sir.«

»Melanies«, murmelte Kate, die die Sprache wiedergefunden hatte.

»Wie kommen Sie darauf?« erkundigte sich Harmon.

»Sie hat es getragen, als sie aus dem Haus ging. Damals. Sie hat es nicht . . .« Kate schüttelte den Kopf und schluckte mühsam. »Ihr Haar war offen, als sie . . . als sie sie fanden.«

Harmon legte beruhigend die Hand auf ihre Schulter. »Liegt irgendeine Nachricht bei?« fragte er den Labortechniker.

»Nein, Sir. Ich prüfe noch die Innenseite der Schachtel auf Fingerabdrücke, aber ich fürchte . . .«

»Übergeben Sie die Sachen der Spurensicherung, wenn Sie damit fertig sind, ja?«

Der Beamte nickte, und Harmon wandte seine Aufmerksamkeit wieder Kate zu. Sie zitterte und war leichenblaß.

»Mrs. Pearson?«

Kate starrte auf das Haarband, das der Labortechniker in eine Plastiktüte gesteckt und mit einer Nummer und dem Datum versehen hatte.

»Ich weiß, es ist nicht möglich«, sagte sie. »Ich verstehe auch warum, aber ich wünschte . . . Ich würde es gern noch einmal anfassen. Es hat ihr gehört und . . .«

»Kate . . .« Der Chefinspektor nannte sie selten bei ihrem Vornamen. Er war freundlich, sanft, ließ es nie an der nötigen Distanz fehlen.

Sie sah zu ihm auf, konzentrierte sich auf die Tatsache, daß er sie Kate genannt hatte, um sich von den Gedanken abzulenken, die sich in ihrem Kopf drehten.

Harmon zog einen Stuhl heran, setzte sich ihr gegenüber und nahm ihre Hände. Sie fühlte seine Wärme an ihren eiskalten Fingern. Gegen ihre kalkweiße Haut nahm sich sein Teint geradezu tiefschwarz aus. Und obwohl sie sich verzweifelt dagegen wehrte, kehrte penetrant die Erinnerung an jenes letzte Mal zurück . . . an das einzige andere Mal, daß er sie Kate genannt hatte.

Es war an dem Tag gewesen, als sie Melanie gefunden hatten.

Als sie, halb verrückt vor Trauer, Schmerz und Wut, darum gekämpft hatte, ihr kleines Mädchen sehen zu dürfen, es zu halten, ein letztes Mal zu streicheln, ihren geschundenen Körper zu küssen und alles vergessen zu machen.

Zwei Beamte hatten sie zurückgehalten. Und sie hatte geschrien, geweint und sich verbissen gewehrt. Erst Inspektor Harmons ruhige Stimme, die leise ihren Namen rief, hatte die Mauer der Verzweiflung durchbrochen. Sie hatte sich in die Gegenwart zurückgezwungen, sich für das gewappnet, was er sagen würde.

»Wir wissen nicht, ob . . . das Haarband wirklich Melanies war.«

»Ich weiß es«, erklärte sie eigensinnig.

»Wir wissen nicht, ob die Person, die das alles tut, Melanies Mörder ist.« Er wartete, daß sie in ihrer Verwirrung begriff, was er damit sagen wollte.

Kate sah ihn an. Sie war erst verblüfft, dann wütend. »Ich weiß es«, wiederholte sie. »Es ist Melanies Haarband. Und ich weiß, er ist da. Irgendwo da draußen. Ich weiß, er ist es.«

»Wenn das stimmt, dann finden wir's raus. Das verspreche ich. Aber es muß nicht so sein«, beharrte er.

»Wer sonst sollte mich derart quälen? Wer?« In ihren Augen stand grenzenlose Angst, daß es noch jemanden anderen geben könnte, der sie dieser Folter aussetzte.

»Keine Ahnung. Ich wünschte, ich könnte Ihre Frage beantworten. Wir tun alles, um die Wahrheit zu finden. Wir kriegen ihn.«

Kate suchte in Harmons ernsten, melancholischen Augen nach einer Antwort. »Wie können Sie da so sicher sein? Das letzte Mal haben Sie ihn nicht erwischt. Und diesmal erwischen Sie ihn auch nicht. Er spielt Katz und Maus mit Ihnen. Sie kommen nicht an ihn ran.«

»Ich glaube, wir werden es schaffen«, versicherte Harmon mit einer Gewißheit, die sie verzweifeln ließ.

»Wie denn?« fragte sie resigniert.

»Irgendwann macht er einen Fehler. Er spielt Katz und Maus. Das ist richtig. Aber er ist ein . . . Besessener. Offenbar muß er geradezu zwanghaft mit Ihnen kommunizieren . . .«

»Mir weh tun«, verbesserte Kate ihn gereizt.

Harmon zog die Mundwinkel herunter. »Vielleicht ist das die einzige Art von Kommunikation, zu der er fähig ist.«

Kate schloß die Augen. Sie hatte von solchen Männern gelesen. Mit dieser Art von Literatur hatte sie versucht, ihre Vergangenheit zu bewältigen, nachdem sie David verlassen hatte. Sie hatte das Bedürfnis gehabt, zu verstehen, warum er sie unbedingt hatte quälen müssen. Seither wußte sie alles über Männer, die so unsicher waren, für die das Leben so voller Ängste war, daß sie Menschen unbedingt beherrschen, ihnen weh tun und Macht ausüben mußten.

»Verlangen Sie nicht von mir, daß ich Verständnis für ihn habe, Mr. Harmon«, sagte sie. »Ich will nur, daß er gefaßt wird. Er ist krank. Das ist mir klar. Aber Melanie hatte ihm nichts getan, und sie hatte es nicht verdient, daß man ihr weh tat.«

»Genausowenig wie Sie, Mrs. Pearson.«

Kate sah abrupt auf. Harmons Ausdruck war undurchsichtig.

»Genausowenig wie ich«, stimmte sie ihm zu.

9

Er arbeitete weiter in zufriedener Stille. Wie eine Spinne webte er sein Netz von der Tastatur seines Computers aus, setzte die Finger mit präziser Eleganz, gab Kommandos ein, entwarf nacheinander die Ebenen seines perfekten Gebäudes.

Mit geschlossenen Augen sah er die wunderbar gefügten Verbindungen vor sich – die Kontaktpunkte –, schimmernd im Licht wie Tau auf den Spinnweben des Altweibersommers. Er streckte die Arme durch die Weite des Internet nach ihr aus. Seine Hände tauchten ein ins Nichts und hinterließen doch Spuren von so ätherischer Schönheit, daß für einen Augenblick ein faszinierendes, durchaus reales Bild auf seiner Netzhaut entstand: Zirruswolken, die über einen klaren Himmel zogen, das Sonnenlicht einfingen und dann in Sekundenschnelle vergingen.

Er spielte auf der Tastatur, stellte sich vor, wie seine Gedanken in die Cyberdunkelheit ausgriffen, seine Kommandos ein Netzwerk von Verbindungen formten, hauchzart und verschlungen, um seinen eigenen Zauber zu entwickeln, seidig und unsichtbar, doch tödlich wie die klebrigen Fangfäden eines Spinnennetzes.

Er lachte unwillkürlich laut auf. *Kate ist in das weltweite Netz getappt, in dessen Mitte ich sitze. Ich warte, horche mit der Wachsamkeit einer Spinne.* In diesem Augenblick fühlte er, daß sein Körper empfangsbereit war, einer Antenne gleich, die Erschütterungen vorwegnehmend, die ihre Gefangenschaft signalisierten.

Kate speicherte ihre sämtlichen E-mails auf Diskette. Erst dann las sie die Mitteilungen. Sie hatte versprochen, die Diskette Chefinspektor Harmon auf ihrem Heimweg vom Büro vorbeizubringen.

Adam schien völlig versunken. Seine Blicke flackerten zwischen Tastatur und Bildschirm hin und her. Er ahnte nicht einmal, daß sie ihn beobachtete.

Ich bin offenbar nicht die einzige mit einem Schlafdefizit, dachte Kate, als sie die dunklen Ringe unter seinen Augen bemerkte. Seit zwei Tagen hatte er kaum ein Wort mit ihr gewechselt. Er hatte am Morgen kommentarlos zur Kenntnis genommen, daß sie zu spät kam. Harmon hatte ihr geraten, ihm nichts von dem Päckchen mit Melanies Haarband zu erzählen. Selbstvergessen konzentrierte er sich auf Tastatur und Bildschirm. Von Zeit zu Zeit hielt er inne und notierte sich etwas auf einen Block. Er wirkte unrasiert. Sein Haar war noch wirrer als sonst. Es hat eben jeder seine Probleme, dachte Kate.

Sie seufzte. Auf Tastendruck erschien das Mailverzeichnis auf ihrem Bildschirm.

Ihr Blick fiel sofort auf einen anonymen Absender. Harmon hatte versucht, ihr das Versprechen abzunehmen, keine verdächtige Post mehr zu lesen. Sie hatte versprochen, darüber nachzudenken, aber die Versuchung war zu groß, der Wunsch, Bescheid zu wissen, zu stark.

»Ich habe nachgedacht«, murmelte sie.

Sie klickte die betreffende Sendung zweimal mit der Maus an.

Hoffe Sie haben die Schneckenpost genossen ;-) Melanie hat ihr Haarband bei mir liegengelassen, aber jetzt ist alles in Ordnung, da Sie's wiederhaben. Hoffe, der schwarze Bobby hat unverzüglich nach Fingerabdrücken gesucht :-D

Kate wurde übel. Sie lehnte sich auf ihrem Stuhl zurück, sah vom Monitor zum Fenster – und fing Adams Blick auf. Adam jedoch wandte sich abrupt ab und bearbeitete weiter seine Tastatur.

Die Pixel des Monitors flimmerten im Rhythmus ihrer Adrenalinstöße. Sie ist da! Sie hört zu. Sie liest seine jüngste Komposition. Die Smileys waren eine Zufallsentdeckung in einem neuen Internet-Magazin gewesen, das eine Sammlung der kleinen Gesichter im Profil gezeigt hatte.

Ich lach dich aus, Kate. Ich lache über Harmon :-D Jetzt hab ich dich. Gefangen! Er fühlte das Auf und Ab ihrer Emotionen, und in dem sich einstellenden unbeschreiblichen Hochgefühl konnte er dem Reiz nicht widerstehen, direkt mit ihr zu kommunizieren. Er tippte eine weitere Zeile ein, berührte die Tasten nur leicht mit den Fingerspitzen, so daß diese kaum ein Geräusch von sich gaben. Und jedes Schriftzeichen wurde unmittelbar auf ihren Bildschirm übertragen, wo die Mitteilung ohne Zeitverzögerung auftauchte.

Kate fuhr beim lauten Piepton ihres Computers zusammen.

Da ist noch mehr, das Melanie Ihnen schicken möchte. Interessiert?

Kate starrte zu Adam hinüber.

»Was machst du?« fragte sie.

Adam sah auf. Er wirkte benommen, orientierungslos, als sei er gerade aus tiefem Schlaf erwacht. »Kate, bist du . . .«

»Beantworte meine Frage, Adam. Was tust du?«

Er sah hastig auf seinen Monitor und wandte dann den Blick ab. Er konnte ihr nicht in die Augen sehen. »Arbeiten. Ich arbeite.«

Kate ging zu seinem Platz. Sie zitterte. Sie schwenkte den Monitor zu sich herum und überflog die Programmzeilen. Sie sah zuerst ihn und dann wieder den Bildschirm an, verunsichert, verängstigt.

»Was ist das?« verlangte sie zu wissen.

Adam warf einen hastigen Blick an ihr vorbei in den Raum. Die anderen beobachteten sie.

»Geht dich nichts an!« Er beugte sich vor, drückte eine Taste und löschte das Bild.

In diesem Moment hatte Kate das Gefühl, als täten sich Welten zwischen ihnen auf. Sie machte auf dem Absatz kehrt und verließ ohne einen Blick zurück das Büro.

Moira notierte die Uhrzeit und legte ihr Notizbuch wieder in die Schreibtischschublade.

»Kate!«

Kate zuckte zusammen und fuhr herum. »Was zum Teufel . . .«

»Du bist ein bißchen schreckhaft, was?« Bernie trat aus dem Schatten des überdachten Durchgangs, wo sie offenbar mit einer Ansammlung von Plastiktüten und Decken gesprochen hatte, die an ein Fahrrad gebunden waren. Bernie sagte noch etwas zu dem dazugehörigen Mann und kam dann auf Kate zu.

»Was machst du hier?« fragte Kate. »Was ist mit deinem Haar passiert?«

»Danke für das Kompliment.«

»Nein. Es steht dir.«

»Quatsch! Du findest, daß ich damit wie eine Bulldogge aussehe, stimmt's?«

Kate verzog das Gesicht. »Die Jacke macht's nicht gerade besser ...«

»Was hast du gegen die Jacke?« Bernie sah an ihrer Lederjacke hinunter. »Habe ich für den halben Preis bei einem Räumungsverkauf ergattert.«

Kate bereute bereits, überhaupt etwas gesagt zu haben. Sie hatten einen grundverschiedenen Geschmack. »Du hast recht. Die Jacke ist in Ordnung. Aber die Haare ... Bernie, was hat dich nur geritten?«

»Okay«, Bernie fuhr sich mit der Hand über den neuen Super-Kurzhaarschnitt. »Es war ein Fehler. Dachte, ich müsse mich mal verändern.« Sie lächelte verlegen. »An Sinead O'Connor sah's gut aus.«

Kate lachte. »Es wächst ja wieder nach.«

»Das hoffe ich doch stark!« Bernie grinste und stubste Kate leicht mit dem Ellbogen in die Rippen. »Was machst du so? Schule schwänzen, oder was?«

»Dasselbe könnte ich dich fragen.«

»Der Vergleich hinkt. Ich bin mein eigener Boß. Ich kann kommen und gehen, wann ich will.«

Kate warf einen Blick zurück in die Eingangshalle. Hinter dem Rauchglas der Tür erkannte sie den Wachmann. Er beobachtete sie.

»Hier kann ich nicht reden«, sagte sie und führte Bernie aus dem Halbschatten des Eingangsbereichs auf den Lincoln Square hinaus. Ahornbäume mit ihrer buntscheckigen dekorativen Rinde brachten selbst in diese düstere Jahreszeit Farbe und Licht.

»Also?«

»Lange Geschichte«, erwiderte Kate.

»Kann ich mir vorstellen. Versuche dich seit Tagen zu erreichen. Kriege immer nur irgendeinen Typ an die Strippe, der fragt, was ich von dir will.«

»Und deshalb hast du aufgelegt.« Typisch Bernie.

»Früher«, begann Bernie, »wollten nur Sprechstundenhilfen Größe und Beschaffenheit deiner Hämorrhoiden wissen, bevor sie dich zu jemandem durchgestellt haben, der deinen Arsch von einem Astloch unterscheiden konnte . . .«

»Höflich ausgedrückt«, sagte Kate lachend.

»So wie ich das sehe«, fuhr Bernie nachdenklich fort, »bist du entweder befördert worden oder du hast Probleme.«

Kate kaute auf ihrer Unterlippe.

»Es ist die Polizei, oder?«

Kate sah sie verblüfft an.

»Wer ist es?« beharrte Bernie. »David?« Sie suchte Kates Blick. »Schlimmer? Verdammte Schei . . . Es ist noch schlimmer, was?« Sie hängte sich bei Kate ein. »Komm mit.«

»Wohin gehen wir?« wollte Kate wissen.

»Essen. Dabei kann ich besser nachdenken.«

Sie marschierten durch die Innenstadt. Das ungleiche Paar zog überall die Blicke auf sich: die große, grazile Frau in grauem Wollrock und kurzer schwarzer Jacke Arm in Arm mit einer kleinen, militant aussehenden Gestalt in Motorradstiefeln, Lederkluft und mit abrasierten Haaren. Die beiden landeten schließlich in einem Café an der Deansgate. Kate wartete, bis Bernie ihr geröstetes Brötchen mit Frischkäse und Schinken aufgegessen hatte, bevor sie eine Zigarette anzündete.

»Seit wann?« fragte Bernie überrascht.

»Seit diese Geschichte angefangen hat.«

»Und das war?«

»Ende November.«

»Habe mich schon gewundert, warum du dich nicht meldest.« Bernie machte der Bedienung ein Zeichen und bestellte für beide noch eine Portion Kaffee. Sie saßen in der hintersten Ecke des Cafés, außerhalb des gleißenden Sonnenlichts. Es war elf Uhr.

»Ich hätte es dir ja erzählt ... aber zuerst dachte ich, es sei nur ein Verrückter ...«

»Und jetzt?« fragte Bernie.

»Was jetzt?«

»Jetzt hältst du ihn wohl nicht mehr nur für einen Irren. Schließlich hast du die Polizei eingeschaltet.« Sie fing Kates Blick auf. »Was hat er getan? Dir böse Briefe geschickt?«

»E-mails«, verbesserte Kate. »Und er fängt an, mit meiner Visakarte und meinem Bankkonto herumzuspielen.«

»Aha. Und welche Ausrede hast du dir jetzt für mich ausgedacht?«

»Keine. Ich hatte einen guten Grund«, beharrte Kate gereizt. »Zuerst war die ganze Geschichte einfach zu schmutzig und gemein. Später, als die Polizei ins Spiel kam, wollte ich dich nicht hineinziehen. Du hast auch ohne mich genug um die Ohren.«

»Du meinst, du wolltest nur nicht zugeben, daß du schon wieder mißbraucht wirst.«

Kate war überrascht. »Wie kommst du denn darauf?«

»Laß das, Kate. Zuerst sagst du, du wolltest nicht darüber reden, dann behauptest du, du wolltest mich nicht hineinziehen. Als nächstes wirst du vorgeben, du hättest dich zu sehr geschämt.«

Kate wurde rot vor Wut. »Du hast nicht eine deiner geschlagenen Frauen vor dir, Bernie.«

»Wirklich nicht?« Bernies Blick schweifte flüchtig über Kates Züge.

»Nein. Und laß mich mit deinen pseudo-psychologischen Einsichten in Ruhe.« Kate wußte, sie war zu weit gegangen. Das passierte ihr in letzter Zeit häufig. Bernie war während der härtesten Zeit ihres Lebens ihre Freundin und Ratgeberin gewesen. Trotzdem brachte sie keine Entschuldigung über die Lippen. Es dauerte eine Weile, bis sie Bernie wieder anzusehen wagte. Die Wut war verflogen. Sie fühlte sich mies. Bernie schien ihr nichts übelzunehmen. Sie wirkte eher belustigt.

»Warum läßt du den Furz nicht endlich raus?«

Kate lächelte unwillkürlich. »Mistvieh«, murmelte sie.

»Wer steht auf der Liste der Verdächtigen?«

Kate zuckte die Schultern. »Dieselben wie ...« Den Rest überließ sie Bernie. Dieselben wie im vergangenen Sommer. Dieselben wie beim Mord an Melanie.

Bernie nickte. »Gut. Und wer, glaubst du, ist es?«

»Ich?«

»Also, wenn die Polizei annimmt, daß es jemand ist, den sie damals schon in der Mangel hatten ...«

»Aber sie hatten alle Alibis.«

»Für den Mord an Melanie, ja. Aber ...« Sie zögerte. »Das ist was anderes, Kate. Jemand spielt mit dir und deinen Gefühlen.«

»Es ist nichts anderes. Er ist es, Bernie. Da bin ich sicher.« Sie griff nach dem Löffel und rührte abwesend in ihrem Kaffee herum. »Heute morgen hat er mir ein Haarband geschickt. Eins von Melanie.«

»Heiliger Strohsack!« Bernie lehnte sich zurück. Das Leder ihrer Jacke knirschte. »Du schließt also alle aus, die die Polizei damals verhört hat?«

Kate dachte nach. »Ich bin sie alle durchgegangen. Sie hatten gute, stichfeste Alibis. Die Polizei hat sie überprüft.«

»Und wenn einer gelogen hat? Was, wenn die Person, die dem Kerl damals ein Alibi gegeben hatte, sich getäuscht ... oder gelogen hat?«

Kate schüttelte den Kopf. »Ich kann mir nicht vorstellen, wie einer von ihnen ... daß jemand das gewollt haben soll ...«

»Seit wann brauchen Männer ein Motiv?« konterte Bernie.

»Du hast die Männer einfach auf dem Kieker.«

»Ich stehe nicht so auf Machos wie du, das ist alles. Machos machen nur Probleme. Weißt du warum?« Sie wartete gar nicht erst eine Antwort ab. »Sie müssen so viel beweisen und haben so wenig in der Hand.«

»Ganz meine Meinung.« Kate lächelte. »Und wie kommst du darauf, daß ich auf Machos stehe?«

»David, Bob Newman, Ingrams – Verzeihung ... Dr. Ingrams«, verbesserte sie sich. Sie hob drei Finger. »Alle so randvoll mit Testosteron, daß sie kaum aufrecht gehen ... geschweige denn denken können.«

Kate wußte, daß es keinen Sinn hatte, mit Bernie zu diskutieren. Vermutlich hatte Bernie sogar recht. »Warum habe ich nur so lausige Menschenkenntnis, wenn's um Männer geht?«

Bernie zog eine Schnute. »Es heißt, kleine Mädchen verlieben sich in ihre Väter, und wenn sie erwachsen werden, suchen sie jemand, der seine Stelle einnimmt.«

Kate zuckte mit den Schultern. Sie hatte ihren Vater kaum gekannt. Er war gestorben, als sie noch ein Kleinkind gewesen war.

»Und jetzt zu diesem ... wie heißt er noch? Shepherd. Er ist nicht dein üblicher Männertyp. Sieht gut aus ... ist aber kein Narziß. Und sensibler als die meisten. Stimmt's?«

Kate stöhnte unterdrückt. Sie dachte wieder an den Krach im Restaurant und runzelte die Stirn. »Was Adam betrifft ... ich weiß auch nicht, was ich von ihm halten soll.« Sie erinnerte sich an den Monitor voller Symbole und Buchstaben, Kommas, Semikolons und Zahlen. »Er war sehr ...« Sie hielt inne und ordnete ihre Gedanken. »Schätze, er versucht einfach, mir zu helfen. Aber gelegentlich schlägt er dabei über die Stränge. Er ist ohne meine Zustimmung zu Harmon gegangen. Außerdem ist er sehr verschlossen ... In mancher Beziehung komme ich nicht an ihn heran.«

»Ein Mann mit Vergangenheit?« mutmaßte Bernie.

»Es gab da einen Freund namens Sims. Adam war bei ihm im Krankenhaus ... am Tag, als Melanie entführt wurde. Dieser Freund war ein Junkie. Ist an Hepatitis B oder so gestorben. Adam will nicht über ihn sprechen. Ich weiß nur, daß die beiden seit etlichen Jahren befreundet waren. Ich kann nicht sagen, warum, aber irgendwie beunruhigt mich diese Geschichte.«

»Willst du meinen Rat hören?«

»Habe ich eine andere Wahl?«

»Nein.«

»Dann sag's schon.«

»Vertraue deinem Instinkt.«

»Großartig!« Kate drückte ihre Zigarette aus und zündete die nächste an. »Und wenn meine Instinkte durcheinandergeraten sind? Ich mag ihn. Trotzdem ist er mir ein Rätsel. Immer wenn ich anfange, ihm zu vertrauen, tut er etwas, das mich wieder in Zweifel stürzt.« Kate mußte unwillkürlich daran denken, wie Adam durch einen Tastendruck das Bild auf seinem Monitor gelöscht hatte.

Bernie fuhr sich über ihr kurzes, dunkles Haar. »Also, was willst du gegen diesen Verrückten unternehmen?«

Kate zuckte die Schultern. »Was kann ich schon ausrichten? Harmon tut immerhin, was er kann.«

»Und du? Tust du auch alles?«

»Ich helfe, so gut ich kann. Weshalb? Woran denkst du?«

»Du könntest dich gelegentlich mal melden. Das wäre für den Anfang schon gut. Sag mir Bescheid, wenn was passiert.«

»Mache ich.«

»Würd ich dir ja gern glauben.« Bernie musterte Kate ernst. Dann begleitete sie sie zurück zum Büro.

10

Sergeant Wainwright warf einen Blick auf die Uhr, bevor er an Chefinspektor Harmons Tür klopfte. Seine Armbanduhr saß locker an seinem Handgelenk, und der Bund seiner Hose war ihm viel zu weit geworden – beides deprimierende Zeichen für seinen rapiden Gewichtsverlust. Es war halb sieben. Er fuhr sich mit der Hand durchs Haar.

»Ich habe eine Liste der Personen aufgestellt, die wir im Juli schon vernommen haben«, verkündete er.

»Gut. Überprüfen Sie zuerst ihre Exfreunde.« Harmon stand mit dem Rücken zum Fenster, hörte auf die Verkehrsgeräusche unten in der Dunkelheit. Er dachte daran, daß er Angie hätte anrufen müssen, und fragte sich, wie Kate Pearson wohl Weihnachten verbrachte. Weihnachten konnte in seinem Job zu einer schrecklichen Angelegenheit werden.

»Dürfte schnell erledigt sein . . . Soviel wir wissen, gibt es nur zwei.« Wainwright war bemüht, sich seine Nervosität nicht anmerken zu lassen. Jan war mittlerweile bestimmt schon in Panik. »Hat das Zeit bis morgen? Nur . . .«

»Morgen reicht mir vollkommen. Nur nichts überstürzen. Erst müssen wir wissen, womit wir's zu tun haben.« Harmon setzte sich aufs Fensterbrett und streckte die langen Beine von sich. »Ein Universitätsdozent und ein Personalchef, stimmt's?«

»Beide waren beim letzten Mal absolut sauber. Also . . .«

»Letztes Mal haben wir einen Mörder gesucht, Sergeant. Ich will, daß alle, die wir im Mordfall Melanie vernommen haben, noch einmal diskret überprüft werden. Die Person, die wir suchen, könnte völlig andere Motive haben als der Mörder. Aber es ist sehr wahrscheinlich, daß der Kerl Mrs. Pearson persönlich kennt.«

»Sie glauben also nicht, daß er der Mörder ist, Sir?«

»Es ist gut möglich ... Aber auf Spekulationen lasse ich mich ungern ein. Könnte auch irgendein Geisteskranker sein, der ihren Namen aus der Zeitung kennt, oder jemand, der irgendwas gegen sie hat. Vielleicht ein Kollege oder eine Kollegin aus dem Büro. Die Adresse ihres Exmannes haben wir in den Akten, oder?«

Das war eine rein rhetorische Frage. Sergeant Wainwright machte sich nicht die Mühe zu antworten. Er hatte auch so verstanden, daß ein Gespräch mit Mr. Pearson Priorität hatte.

»Überprüfen Sie außerdem Mrs. Pearsons Kollegen im Büro. Und zwar so unauffällig wie möglich. Ich möchte vermeiden, daß sich jemand zu Kurzschlußhandlungen hinreißen läßt.«

»Was ist mit Shepherd, Sir?« Kaum, daß er den Namen ausgesprochen hatte, bereute er es bereits. Das Thema Shepherd hätte bis zum folgenden Morgen warten können, die Zeit lief ihm sowieso schon davon. Müdigkeit. Müdigkeit und Erschöpfung verleiteten ihn immer wieder zu unbedachten Äußerungen.

Harmon lächelte. »Shepherd sollten wir mit Samthandschuhen anfassen. Aber er gehörte zu unseren Mordverdächtigen. Also können wir ihn nicht übergehen. Wäre nicht fair. Wir entscheiden später, ob er für uns interessant ist.«

Wainwright hüstelte höflich. Harmon sah ihn an und zog die Augenbrauen hoch. »Sollten wir nicht noch mehr Leute hinzuziehen, Sir. Inspektor Craine hat Interesse an dem Fall bekundet?« Unter normalen Umständen hätte Sergeant Wainwright Craine kaum ins Spiel gebracht, aber seine häusliche Situation war eben alles andere als normal. Wenn Craine beteiligt wurde, konnte Wainwright sich zurückziehen. Er und Craine kamen nicht gut miteinander aus. Wainwright war bei seinem Vorschlag selbst nicht wohl in seiner Haut. Allein die Einsicht, mehr Zeit für Jan haben zu müssen, hatte ihn dazu verleitet. Und wie es aussah, würde der Fall eine Menge Zeit verschlingen, die er nicht aufbringen konnte.

Harmon betrachtete Wainwright nachdenklich. »Ungelöste Fälle kann ich nicht leiden, Sergeant Wainwright. Und ganz besonders zuwider sind mir ungelöste Morde. Und wenn es so aussieht, als würde der Mörder die Familie des Opfers weiterhin terrorisieren . . .«

»Dann schließen Sie die Möglichkeit also doch nicht aus, daß der Mörder dahintersteckt?« Wainwright konnte es nicht lassen, auch wenn ihm die Minuten zwischen den Fingern zerrannen.

»Was die Identität dieser Person betrifft, tappen wir völlig im dunkeln. Vielleicht ist es der Mörder. Oder . . .« Harmon hielt nachdenklich inne, ». . . ihr Exmann. Vielleicht bestraft Pearson Kate auf diese Weise für den Tod seiner Tochter. Er war nicht gerade kooperativ, als Melanie entführt wurde.«

Wainwright nickte. Er selbst hatte David Pearson vernommen. Schon damals hatte er nicht begriffen, wie eine Frau wie Kate an einen Kerl wie Pearson hatte geraten können.

Wainwright erinnerte sich noch genau, an die Vernehmung Pearsons, zu der Harmon ihn hinzugezogen hatte. Allein die vulgäre Sprache des Mannes war kaum zu überbieten gewesen.

»Ich will Ihnen mal was sagen, wie ich die Sache sehe«, hatte er angefangen. Die Augen zu Schlitzen verengt, hatte er geringschätzig die Mundwinkel heruntergezogen. »Sie hat Melanie auf die Straße geschickt, während sie für irgendeinen Kerl die Beine breitgemacht hat. Sie war als Ehefrau nichts wert . . . und noch weniger als Mutter. Weiber wie sie sollte man kastrieren.«

»Ja«, sagte Wainwright jetzt und riß sich aus seinen Gedanken. »Ein Kerl wie Pearson macht sie sicher für Melanies Tod verantwortlich.« Er zog eine Grimasse. »Ein unangenehmer Zeitgenosse.«

»So ist es«, antwortete Harmon. Er ließ Sergeant Wainwright noch eine Weile über Pearson nachdenken und sagte dann: »Aber natürlich könnte es auch der rätselhafte Mr. Shepherd sein.«

»Wäre eine Methode, ihre Aufmerksamkeit auf sich zu lenken«, stimmte Wainwright mit einem Blick auf die Wanduhr zu.

»Und ein Blinder mit Krückstock sieht, daß er geradezu nach ihrer Aufmerksamkeit lechzt. Aber es könnte natürlich auch eine dritte Person sein, die uns bisher noch nicht über den Weg gelaufen ist.«

Die Selbstverständlichkeit, mit der der Mann von den West Indies sprachliche Idiome beherrschte, entlockte Wainwright ein Lächeln. »Jemand außerhalb des Büros zum Beispiel«, ergänzte er dann.

Harmon nickte. »Möglich. Aber Shepherd besteht darauf, daß es für einen *Insider* aus dem Büro ein leichtes sei, Mrs. Pearsons persönliche Daten zu knacken. Bleiben wir vorerst beim Wahrscheinlichen . . . jeder, der mit ihr Umgang pflegt oder pflegte, jeder, der das Betriebssystem des Büros benutzt.«

»Sie sind der Boß.« Wainwright hatte Harmons Hinweis bezüglich des Wahrscheinlichen und Möglichen schon oft gehört. Normalerweise war er durchaus damit einverstanden. Heute allerdings, kurz vor sieben Uhr abends, während er Jan zu Hause schon einem hysterischen Anfall nahe wähnte, erschien er ihm unnötig und pedantisch.

»Versuchen Sie dabei gleich einen Eindruck davon zu gewinnen, was die Kollegen bei Technicom von Kate Pearson halten. So ganz allgemein, wissen Sie?« Nach kurzem Zögern fügte er hinzu: »Finden Sie raus, wieviel sie vom Internet weiß und versteht.«

Wainwright sah verdutzt von seinem Notizbuch auf.

Harmon zog die Mundwinkel herunter. »Erfahrungen, wie

sie sie durchgemacht hat, können Menschen verändern.« Er erinnerte sich an Angies abwesenden, schmerzlichen Blick, als sie gesagt hatte: ›Ich versuche mir vorzustellen, wie ich damit umgehen würde, wenn einem der Jungs . . .‹ Gelegentlich war sein gutes Erinnerungsvermögen ein Fluch. »Ich glaube nicht, daß jemand so etwas ohne psychische Schäden übersteht.«

Wainwright legte sein Notizbuch beiseite. »Damit wir uns nicht falsch verstehen, Sir«, er starrte nachdenklich auf seinen Stift, »Sie meinen also, daß Kate Pearson die ganze Sache auch erfunden haben könnte?« Diese Art von Spekulation seitens seines Vorgesetzten brachte Wainwrights Blut in Wallung. Er mahnte sich innerlich zur Ruhe. Sein Schlafdefizit verleitete ihn zu unüberlegten Reaktionen.

»Möglich wäre es«, sagte Harmon vorsichtig.

»Wir sprechen hier von Kate Pearson, Sir«, hörte Wainwright sich sagen. »Ich habe nur einmal erlebt, daß sie Schwäche gezeigt hat . . . als sie ihr Kind im Leichenschauhaus ansehen mußte. Und, offen gestanden, den Anblick habe auch ich kaum verdaut.«

»Ich weiß. Aber seither ist viel passiert.«

Wainwright war nicht zu bremsen. Er haßte sich selbst dafür. »Ich habe mit Melanie Pearsons Lehrern, ihren Klassenkameradinnen gesprochen. Sie war ein beliebtes, ausgeglichenes Mädchen. Wenn ihre Mutter eine Macke hätte, wäre dann das Kind so . . .« Er suchte nach einem passenden Ausdruck. »So . . . normal gewesen?«

»Kate lebt seit fünf Monaten allein. Wer kann schon sagen, welche Auswirkungen die Geschichte gehabt hat?«

»Wieso sollte die Trauer um ein Kind eine Mutter dazu verleiten, ein ganzes Morddezernat hinters Licht zu führen?«

»Ich habe nicht behauptet, daß sie uns belügt, Bill.«

»Nein?« Die Benutzung seines Vornamens war ein bewußter Schachzug. Nur selten gestattete sich Detective Chief Inspector Harmon solche Vertraulichkeiten. Das machte Wainwright nur noch aufgebrachter. Harmon war auf dem falschen Dampfer, und das sollte er endlich eingestehen.

»Nein«, versicherte Harmon ihm, »ich sage nur, daß wir in alle Richtungen ermitteln müssen.«

Wainwright konnte dem nichts entgegenhalten. Trotzdem schwelte sein Ärger dicht unter der Oberfläche weiter gefährlich.

»Dann setze ich also Diane Rowson darauf an.«

Harmon musterte Wainwright prüfend. Diese Reaktion war untypisch für den Sergeant. Normalerweise verhielt er sich in Diskussionen eher taktvoll und unaufdringlich, wenn nicht sogar zaghaft. Harmon erschrak beinahe, als ihm auffiel, wie schlecht Wainwright aussah und wie nachlässig sein Äußeres wirkte. Der Sergeant schien wie ausgewechselt. Ausgerechnet er, der bei den Kolleginnen wegen seiner athletischen Statur, seiner guten Manieren und seiner gepflegten Kleidung so beliebt war, wirkte unrasiert und ungekämmt. Harmon hatte ihn noch nie in einem ungebügelten Hemd erlebt.

Wainwright wandte sich zum Gehen.

»Sonst alles in Ordnung, Bill?«

»Na klar.«

»Ich meine, ist mit Ihnen alles in Ordnung?«

Wainwright sagte nichts. Er traute seiner Stimme nicht. Er preßte die Kiefer aufeinander. Was weiß Harmon schon, dachte er ärgerlich, mit seinen gesunden Jungen und seiner eleganten, erfolgreichen Frau. Er war Dr. Angeline Harmon mehrfach begegnet, wenn er den Chefinspektor zu Hause abgeholt hatte. Nie machte sie solch einen gehetzten Eindruck wie seine Jan, und sie traf stets fröhlich und charmant den richtigen Ton.

Er nickte, noch immer unfähig, ein Wort herauszubringen. Nicht Harmons Schuld. Wessen dann? Er kehrte zu der Frage zurück, die er sich im vergangenen Monat wohl tausendmal gestellt hatte. Und zum tausendsten Mal gelangte er zu derselben Antwort: Kinder sind aus dem Stoff ihrer Eltern gemacht. Also kam es wie ein Bumerang auf sie zurück. Auf ihn und Jan.

11

Die Morgensonne schien tief durch das Geflecht der Äste an der Ecke vom Victoria Park. Marys Augen tränten in dem grellen Licht. Sie spülte bei geöffneten Vorhängen Geschirr und genoß dankbar die schwache Wärme der Sonne. Sie haßte die kurzen Tage.

»Ruf sie an«, drängte Tony.

»Habe ich gemacht. Oft genug.«

»Das ist ewig her.«

Mary hielt einen schaumbedeckten Teller unter den klaren Wasserstrahl.

»Sie weiß, wie ich mich fühle.«

»Sie *wußte,* wie du dich gefühlt *hast.* Vor Monaten. Heute ist heute.«

Mary begann die Arbeitsplatte abzuwischen. Durch die Sonnenstrahlen hatte sie Kopfschmerzen bekommen.

»Sei nicht so verdammt eigensinnig, Mary. Lieber fühlst du dich elend, als nach dem Telefonhörer zu greifen.«

»Ich will ihr nichts heimzahlen, wenn du das denkst.«

»Ist mir nie in den Sinn gekommen.« Tony konnte die Gedankengänge seiner Frau nicht ganz nachvollziehen. »Trotzdem läßt du zu, daß die Sache ständig an dir nagt. Denk doch an Jenny! Meinst du nicht, daß sie ihre Tante Kate wiedersehen möchte?«

»Keine Ahnung. Ich kriege kaum zwei zusammenhängende Worte aus ihr raus, seit . . .« Sie hielt inne.

Jenny saß auf der Treppe, hörte alles und empfand großes Schuldbewußtsein.

»Sie würde doch nur auflegen.«

Tony spürte, daß Marys eiserne Entschlossenheit zu bröckeln begann. »Dann geh zu ihr.«

Mary überlegte.

»Ich fahr dich hin.«

»Du hast zu arbeiten. Anfang des nächsten Schuljahres kommt der Schulrat zu dir.«

Tonys Magen krampfte sich zusammen. »Erinnere mich bloß nicht daran«, seufzte er. »Aber um das ins reine zu bringen, opfere ich gern ein paar Stunden.«

»Bald . . . vielleicht. Aber nicht heute.«

Mary wandte sich wieder der Sonne zu. Es war ein kalter Wintersonnenschein. Er wärmte sie nicht mehr.

Wainwright hatte während der kurzen Fahrt zur technischen Fakultät der Universität kein Wort gesprochen. Er hatte viel Zeit gehabt, seinen Temperamentsausbruch vom vergangenen Abend zu bereuen. Er hatte nicht einmal zwei Stunden geschlafen.

Sie traten aus dem Hagelschauer in die weite, gewölbte Halle des Universitätsgebäudes, und Wainwright stieß die große Holztür des Hauptportals auf. Dahinter war es kühl, und es herrschte gedämpftes Licht. Zu beiden Seiten waren Büros eingebaut worden, die das harmonische Bild der ehemaligen Säulengalerie in der Eingangshalle zerstörten. Henson warf einen Blick auf das unpassend moderne Anschlagbrett. Dann stiegen sie die Haupttreppe zu einem Büro im ersten Stock hinauf.

»Dr. Ingrams . . .?«

Kenneth Ingrams sah mit ausdruckslosen Augen von seinem Apple Mac Laptop auf. Im Geist war er noch bei dem mathematischen Problem auf dem Bildschirm. Diese Augen hatten etwas Hypnotisches. Sie wechselten die Farbe mit der Launenhaftigkeit eines Sees, der das Wetter des jeweiligen Tages reflektiert. Allerdings mit dem Unterschied, daß sein Licht von innen heraus zu kommen schien, ein Licht, das gleichermaßen wetterwendisch, unvorhersehbar und verführerisch zugleich wirkte.

Felicity Burrows präsentierte sich in der üblichen Auflösung: mausgraue Strähnen ihres Haars hatten sich aus der Spange gelöst, ihr Rock hatte zahllose Sitzfalten. Sie trug ihre Schusseligkeit wie eine ihrer weiten Wolljacken zur Schau, während sie in seiner Bürotür stand und von einem Bein auf das andere trat.

»Was gibt's, Fliss?« Dr. Ingrams war das einzige Mitglied der Fakultät, das sie Fliss nannte. Sie mochte es, registrierte es jedoch in ihrer Erregung kaum.

»Die Polizei ist da«, flüsterte sie.

»Du meine Güte! Ist was passiert?« Er sprang auf und war sofort bei ihr. »Alles in Ordnung, Fliss?« Als seine Hand sie berührte, wurde sie rot.

Wainwright zückte seinen Dienstausweis. »Sergeant Wainwright. Kriminalpolizei, Manchester. Und das ist Constable Henson.«

Ingrams graue Haut wurde papierweiß. »Ist Kate etwas zugestoßen? Ist mit ihr alles in Ordnung?«

»Mrs. Pearson geht es gut, Sir. Dies ist nur ein Routinebesuch. Wenn wir uns kurz allein unterhalten könnten . . .« Der Sergeant sah zu der aufgeregten kleinen Frau an der Tür hinüber. Am Vorabend hatte er sämtliche Vorbereitungen für diesen Tag getroffen, die Route der Besuche festgelegt. Dann hatte er sich vor dem Heimweg mit einigen Bieren Mut angetrunken, um Jan gegenübertreten zu können. Und als er das Haus um neun Uhr an diesem Morgen verlassen hatte, hatte sie noch immer geweint. *Eine* neurotische Frau war alles, was er an einem Tag verkraften konnte.

Ingrams lächelte. Er hatte sich schnell wieder gefaßt. »Fliss, könnten Sie den beiden Herren vielleicht eine Tasse Tee kochen?«

»Selbstverständlich«, antwortete sie beglückt und verschwand.

»Ihre Sekretärin, Sir?« erkundigte sich Wainwright, als er die Tür hinter ihr schloß.

»Nein, nein ...« Ingrams grinste. »Meine kleine Nische in der akademischen Hierarchie ist nicht bedeutend genug für eine eigene Sekretärin. Felicity ist Professor Simons Sekretärin, aber ...« Er spreizte die Finger. »... Sie hat mich irgendwie unter ihre Fittiche genommen. Sie glaubt, man müsse sich um mich kümmern.«

Wainwright sah sich in dem penibel ordentlichen Büro um. Die polierten Holzmöbel und Glasflächen glänzten, und Bücher und Papiere waren in exakt bezeichneten Regalfächern geordnet. Dr. Ingrams war seinem Zimmer sehr ähnlich: aufgeräumt und strahlend, ein Mann, der auf sich achtgab, der gut, aber gesund aß, immer auf ein tadelloses Äußeres bedacht war. Ein Mann, dem er sehr ähnlich gewesen war ... bevor die Probleme angefangen hatten.

»Und haben Sie das nötig, Sir?« fragte er und wunderte sich, daß ein Mann mit Dr. Ingrams Selbstdisziplin überhaupt eine Frau brauchte, die sich um ihn kümmerte.

Ingrams neigte den Kopf. »Die arme Fliss würde jeden alleinstehenden Mann weiblicher Fürsorge für bedürftig erachten.« Er lächelte. »Es wäre grausam, ihre kleinen Freundlichkeiten abzulehnen.« Dann runzelte er plötzlich die Stirn. »Ist mit Kate wirklich alles in Ordnung? Sie kommen doch wegen Kate, nicht wahr?«

»Ja, das stimmt ... Aber wie haben Sie das erraten?«

»Ich habe nur ein einziges Mal Kontakt mit der Polizei gehabt, Sergeant Wainwright, und das war nach der schrecklichen Geschichte mit Kates Tochter. Ich glaube, bei dieser Gelegenheit sind wir uns schon einmal begegnet. Kann das sein?«

Wainwright nickte. Er hatte Dr. Ingrams nach dessen Rückkehr aus den Vereinigten Staaten zu Hause aufgesucht. Ingram's Haus war seinem Büro sehr ähnlich gewesen, wie Wainwright sich sofort erinnerte: gepflegt und sauber. Wainwright musterte den Doktor prüfend. Er sah nicht schlecht aus. Gute Manieren. Ein Mann wie er hatte sicher keine Probleme, eine nette Frau zu finden, die hinter ihm her räumte.

»Dann haben Sie seither nichts von Mrs. Pearson gehört?«

Ingrams seufzte. »Zu meinem großen Bedauern, nein. Kate und ich sind einmal . . . Aber das wissen Sie ja. Wir hatten . . . nun . . . einen kleinen Streit, und Katie konnte mir nicht verzeihen. Es war absolut mein Fehler.«

»Sie hatten ihr eine Ohrfeige gegeben.« Die Feststellung sollte provozieren, aber Ingrams nahm sie gelassen hin.

»Ich schäme mich wirklich dafür. Ich habe damit alles ruiniert. Eine . . .« Er lachte. »Ich wollte ›wunderbare Freundschaft‹ sagen, aber es klingt schrecklich abgedroschen. Und außerdem hat Bogart das Copyright auf diese Zeile. Und gegen seine Noblesse komme ich nicht an.«

Henson neben ihm wurde unruhig, und Wainwright lächelte. »Sie können ihr Notizbuch wegstecken, Constable. Dr. Ingrams spielt auf Humphrey Bogart an. Und zwar auf seine Rolle in *Casablanca*.«

Henson starrte ihn nur ausdruckslos an.

Ingrams und Wainwright tauschten einen amüsierten Blick.

Miß Burrows brachte den Tee. Dr. Ingrams bedankte sich charmant.

Nachdem sie sich diskret zurückgezogen hatte, kam Wainwright zur Sache. »Mrs. Pearson hat ziemlich unangenehme Post bekommen, Dr. Ingrams.«

Ingrams runzelte die Stirn. »Tut mir leid, das zu hören. Natürlich liest man über solche Dinge, aber ...« Er schüttelte immer noch stirnrunzelnd den Kopf. »Es überrascht mich, daß es jetzt noch anfängt. Ich meine so lange nach ...« Der Rest war Schweigen.

Wainwright nickte.

»Können Sie nicht den Absender ausfindig machen und das Ganze abstellen?«

»Es handelt sich nicht um diese Art von Post, Sir.«

Die Stirnfalten vertieften sich kurzzeitig. Wainwright musterte ihn aufmerksam. Er hatte jugendliche Züge, mußte jedoch mindestens vierzig sein.

»Ah, jetzt begreife ich«, rief Ingrams aus. »Deshalb sind Sie hier. Es handelt sich um E-mails, stimmt's?«

Wainwright zögerte bewußt und suchte bei Ingrams nach Anzeichen von Unbehagen. Vergeblich.

»Ja, Dr. Ingrams. Es ist E-mail. Außerdem hat sich jemand bei Mrs. Pearsons Bank- und Kreditkartenkonto bedient.«

»Wie unangenehm! Klingt, als hätten Sie's mit einem Hacker zu tun. Bösartiges Pack. Ekelhafte kleine Poltergeister! Wehe wenn sie losgelassen! Arme Kate. Natürlich können Sie jederzeit mein Computersystem überprüfen, wenn das hilft.«

»Nur, um ganz sicherzugehen, Sir. Ich hoffe, Sie nehmen uns das ...«

»Nein, nein. Das geht in Ordnung. Natürlich müssen Sie den Kerl finden. Ist vermutlich ein Mann. Die meisten Hacker sind Männer.«

»So sagt man.«

Die Abteilung für Computer Services der Universität hatte sich als weniger kooperationsbereit erwiesen. Sie versprachen einen

Ausdruck mit Dr. Ingrams' Logins und den exakten Zeiten, die dieser an seinem Computer gearbeitet hatte, erbaten sich dafür jedoch mehrere Tage Zeit. Die Abteilung hatte am Vortag ein Leck im Sicherheitssystem entdeckt, und es ging alles drunter und drüber. Jemand hatte nach Paßworten gefischt und sie in einer als Systemverzeichnis getarnten Datei gehortet. Zum Zeitpunkt der Entdeckung hatten sich zwanzig Paßworte wichtiger Persönlichkeiten in diesem Verzeichnis befunden, dazu kamen hundert andere Paßworte von Anwendern, die in der Mehrzahl nicht zur Universität gehörten. Deshalb brauchten jetzt sämtliche universitätsinterne Anwender neue Logins und Paßworte, was einen horrenden Aufwand bedeutete.

»Dann sind die alten Paßworte also nicht mehr gültig?« Wainwright redete gegen das stete Summen der UNIX-Geräte und die Klimaanlage des Raumes an, in dem sich die Rechnerzentrale der Universität befand. Die Temperaturen waren für seinen Stoffwechsel etwas zu kühl, aber er nahm an, daß die Temperatur auf die Geräte und nicht auf das Personal abgestimmt war.

Der Systembetreuer musterte Sergeant Wainwright mißtrauisch.

»Nein. Warum fragen Sie?«

»Es wäre nützlich, wenn ich eine Kopie der Liste haben könnte. Für unsere Ermittlungen.«

Der Systembetreuer war skeptisch. »Ich kann nicht erkennen, weshalb Sie das interessieren sollte, Sergeant ...« Er verstummte. Ein junger Mann mit einem Klemmbrett in der Hand und der Last dieser Welt auf den Schultern unterbrach ihn. Der Betreuer gab Anweisungen, die der junge Mann mit aufreizender Akribie notierte. Wainwright ließ seine Blicke durch den Raum schweifen, versuchte sich von den komplizierten, alles verzögernden Antworten des Technikers abzulenken. Die Atmosphäre inmitten der riesigen Rechnerschränke mit all dem elektronischen Zubehör behagte ihm nicht. Er fröstelte unwillkürlich, als ihm die Faszination seines Sohnes für Computer einfiel. Der Junge hatte eine geradezu persönliche Beziehung zu seinem Kindercomputer entwickelt.

»Sie sagten, nicht alle Paßworte stammten aus Ihrem System.«

»Ja, und?«

»Dann könnte Ihr Hacker also auch in andere Systeme anderer Organisationen eingedrungen sein?«

»Sehr wahrscheinlich.« Der Systembetreuer sah durch die Glaswand auf die Reihen von PCs im Computersaal für die höheren Semester, der hinter dem Rechenzentrum lag. Es war halb elf. Noch früh. Nur zwei der eifrigeren Studenten saßen an ihren Geräten. Gegen zwölf würde der Andrang so groß sein, daß sie sich um die Plätze prügelten.

»Könnte sein, daß eines der Paßwörter mit unseren Ermittlungen in Verbindung steht«, sagte Wainwright.

»Dr. Ingrams'?«

»Nein. Er ist uns nur behilflich.«

Der Mann zuckte mit den Schultern. »Das muß ich mit dem Senat abklären. Ich rufe Sie heute nachmittag an.«

»Nur noch eine Frage. Befindet sich der Hacker innerhalb Ihres Betriebssystems? Können Sie wenigstens soviel schon sagen?«

Der Systembetreuer zog eine Grimasse. »Ich wünschte, ich könnte es! Es kann praktisch jeder gewesen sein. Leider. Jeder innerhalb oder außerhalb unseres Netzwerks, innerhalb oder außerhalb unseres Landes. Wir suchen eine Nadel im Heuhaufen.«

»Das Gefühl kenne ich«, sagte Wainwright verständnisvoll. »Und wer ist dann mein Ansprechpartner?«

Der Computerfachmann warf ihm einen erstaunten Blick zu.

»Für den Fall, daß Sie zu beschäftigt sind, um mich anzurufen«, ergänzte Wainwright geduldiger, als ihm zumute war.

»Fragen Sie nach Steve. Computer Services«, erwiderte sein Gegenüber gnädig.

Gut gebrüllt, Löwe, dachte Wainwright. Herrgott, was denkt der sich eigentlich, wer er ist?

»Nichts Erfreuliches?«

»Auch nichts Tröstliches, Sergeant Wainwright.«

Scheint an der Jahreszeit zu liegen, dachte Wainwright, behielt es jedoch für sich. Harmon saß in einem der beiden Sessel in seinem Büro und trank Tee. Der Chefinspektor schaffte es stets, sogar in den furchtbarsten Situationen völlig entspannt zu wirken. Normalerweise empfand Wainwright diese Eigenschaft als beruhigend. Diesmal allerdings ärgerte sie ihn. Besonders, da Harmon keine Anstalten machte, ihm ebenfalls eine Tasse Tee anzubieten.

»Wir haben Informationen, was die anderen Hinweise betrifft, Sir.«

»Ach ja?«

Newman hatte die Tür mit einem erwartungsvollen Lächeln auf den Lippen geöffnet. Es verflog allerdings schlagartig, als Wainwright seine Dienstmarke zückte.

»Sie haben mir gerade noch gefehlt!« entfuhr es ihm. »Was wollen Sie?«

»Wir möchten uns nur kurz mit Ihnen unterhalten, Sir. Wenn Sie nichts dagegen haben?«

»Ich habe zu tun.« Newman stand neben einen Türpfosten gelehnt. Die Lampe über der Tür warf ein sanftes Licht auf seine frischrasierte Haut. Newman sah aus, als erwarte er Besuch. Er trug zwar keine Krawatte, dafür jedoch ein teuer aussehendes Freizeithemd mit passender Hose. Seine Schuhe, farblich ebenfalls perfekt abgestimmt, waren auf Hochglanz poliert.

»Dauert nur eine Minute«, sagte Wainwright in dem Versuch, trotz seiner lähmenden Müdigkeit höflich zu bleiben. Noch ein paar schlaflose Nächte, dachte er, und ich gehe die Wände hoch.

Newman sah ängstlich über Wainwrights Schulter. »Ich erwarte einen Gast«, sagte er.

Weiblich oder männlich, fragte sich Wainwright.

»Geschäftlich«, ergänzte Newman, der Wainwrights Blick richtig deutete.

»Ich werde versuchen, mich kurz zu fassen.«

Newman ergab sich seufzend in sein Schicksal und machte die Tür weit auf.

Wainwright stieg die wenigen überdachten Stufen hinauf und trat in eine weitläufige Diele. Von dort führte ein elegant geschwungener Treppenaufgang in das obere Stockwerk. Newman geleitete ihn in einen großen Salon. Gepflegter Holzfußboden, Bang & Olufsen Stereoanlage, gedämpftes Licht, diskrete Musik, registrierte Wainwright.

»Hübsches Haus«, murmelte er lobend und ließ seine Blicke über das weiche Ledersofa mit dem sinnlichen Touch und die großen modernen Ölgemälde schweifen, die weder seinem Geschmack noch seinem Kunstverständnis entsprachen.

Newman beobachtete ihn mit einer Mischung aus Ärger und Belustigung.

»Sie sagten, Sie wollten sich kurz fassen, Sergeant«, drängte er.

»Es geht um Mrs. Pearson, Sir.« Wainwright konnte seine Augen nicht ruhig halten, sie saugten die luxuriöse Ausstattung, das Übermaß an materiellem Komfort in sich auf, mit dem Newman sich umgab. Der Mann glaubte offenbar an die Macht des Geldes und lebte danach. Der suchende Blick des

Sergeants blieb schließlich an einem Computer mit Modem hängen, der halb verborgen in einem Alkoven stand. Das Gerät war eingeschaltet. Über den schwarzen Bildschirm flackerte eine horizontale Lichtspur. Wainwright fühlte sich an einen der Spezialeffekte bei *Star Trek* erinnert.

»Wollen Sie Ihren Gast mit Computerspielen unterhalten, Sir?«

»Ich erwarte E-mail. Haben Sie was dagegen, Sergeant?«

»Mrs. Pearson hat Post im Internet bekommen«, sagte Wainwright, ohne auf Newmans Sarkasmus einzugehen. »Unerfreuliche Post. Sie surfen im Netz, Sir?«

»Um Himmels willen nein! Sehe ich aus wie einer dieser pickeligen Jünglinge, die ihre einsamen Nächte damit zubringen, Frauen unappetitliche Anträge via Internet zu machen?«

Nein, dachte Wainwright. Die Sonnenbankbräune, die sportliche Figur, die hellen Strähnen im gepflegten Haar ließen auf Nächte mit unmittelbarerem Lustgewinn schließen.

»Ich nehme nicht an, daß Sie uns erlauben, ihre Dateien zu prüfen …«

»Selbstverständlich nicht!« Newmans blaßblaue Augen traten leicht vor.

»Es würde uns helfen, Sie auszuschließen …«

»Mich ausschließen? Das hat sie doch schon lange besorgt!«

Wainwright war erstaunt, wieviel Bitterkeit in dieser Bemerkung lag. Newman, der das zu spüren schien, fuhr hastig fort: »Wir sind einige Zeit miteinander ausgegangen. Es wurde … langweilig.« *Für sie,* meldete sich in stummem Aufschrei sein verletzter Stolz. Er hatte Monate gewartet, gehofft, sie würde ihre Meinung ändern. Hatte sich zurückgenommen, ihren Willen respektiert. Mit dem Ergebnis, daß sie immer distanzierter und sogar ungeduldig mit ihm geworden war. »Wir haben uns getrennt«, schloß er und spürte Wainwrights Blick auf sich ruhen. »Aber das wissen Sie ja alles.«

»Wir möchten unbedingt herausbekommen, wer diese Post schickt.« Wainwright wartete auf Newmans Reaktion. »Vielleicht ist es jemand, der einen Groll gegen Mrs. Pearson hegt.«

Newman errötete leicht. »Hören Sie«, begann er mit einem Blick auf die Uhr. »Das mit ihrer Tochter tut mir leid . . . Aber ich habe damit nichts zu tun. Und ich finde es geradezu ungehörig, daß ich damit immer wieder belästigt werde. Wir haben uns auf ihren Wunsch hin getrennt. Also muß sie die Konsequenzen endlich akzeptieren.«

»Die Konsequenzen akzeptieren?« Harmon hatte Wainwrights Bericht zugehört, ohne ihn zu unterbrechen. An dieser Stelle jedoch gab er seine Zurückhaltung auf.

»Ich hatte den Verdacht, daß er glaubt, daß sie die ganze Zeit über noch in ihn verliebt war und daß ihr das wohl gerade erst klargeworden ist«, sagte Wainwright.

»Und die E-mail soll jetzt nur ein Trick sein, um seine Aufmerksamkeit wieder zu wecken? Der kreist wohl nur um sich, was?« Harmon dachte einen Moment nach. Dann fragte er: »Könnte er mit ›Konsequenzen‹ ›Strafe‹ gemeint haben?«

Wainwright zuckte die Achseln. »Keine Ahnung, Sir. Offensichtlich hat er es noch immer nicht verdaut, daß sie ihm den Laufpaß gegeben hat.«

Harmon nickte. »Hat er sonst noch was Interessantes gesagt?«

»Nein. Wenig später habe ich mich verabschiedet. Sein Gast war gekommen.«

»Hm. Und bei Mr. Pearson sind Sie auch schon gewesen, oder?«

Wainwright zog die Augenbrauen hoch. »Hat sich rumgesprochen, was?«

»Der Herr scheint wenig entgegenkommend gewesen zu sein, wie ich höre.«

»Er hat schon zu toben angefangen, bevor ich mich überhaupt zu Ende vorgestellt hatte.«

»Der Mann hat ein schlechtes Gewissen, Sergeant.«

»Ach ja? Dann muß seine Freundin ein noch schlechteres Gewissen haben. Wir konnten sie kaum zur Vernunft bringen.«

»Soweit ich mich erinnere, ist sie eine reichlich labile Persönlichkeit«, stimmte Harmon zu. »Hat sie was gegen Kate Pearson?«

»Tut mir leid, aber unser Besuch dort war kein Kaffeeklatsch.« Wainwright wurde sich bewußt, wie gereizt er klang. Er warf seinem Chef einen verstohlenen Blick zu, aber Harmon verzog keine Miene.

»Und was ist nun mit Pearson?« fragte Harmon.

»Arbeitet auch mit Computern. Bringt sein Job mit sich. Er ist Verkaufsmanager für Supertech Glazing ... Die Firma stellt ein neues Glasmaterial her, das als schick gilt. Verändert die Farbe je nach Helligkeit und läßt gerade so viel Licht durch, daß zum Beispiel in den Büros stets ein angenehmes Arbeitsklima herrscht. Mit seinen Kunden und Filialen hält er per E-mail Kontakt. Hat offenbar auch ein Modem in seinem Wagen.«

Harmon nickte. »Was ist mit den anderen?«

Sergeant Wainwright zog die Augenbrauen hoch. Chefinspektor Harmons Interesse an Mr. Pearson schien recht begrenzt zu sein.

Die zwei Stunden, in denen er den Beleidigungen Pearsons und dessen Freundin, Suzanne Walmsley, ausgesetzt gewesen war, konnte er offenbar in den Kamin schreiben. Dabei war es wirklich kein Zuckerlecken für ihn und Constable Barratt gewesen. Sie hätten sich beinahe tätlicher Ausschreitungen erwehren müssen.

»Mr. Owen, das ist Kates Chef ...«, begann Wainwright.

»Ich weiß.« Harmon war Wainwrights Aufsässigkeit nicht entgangen. Deshalb schlug er ihn jetzt mit seinen eigenen Waffen.

»Die beiden sind sich nicht besonders grün.«

»Auch das ist mir bekannt.«

Wainwrights Backenmuskeln zuckten. »Er kennt das Betriebssystem der Firma natürlich perfekt. Außerdem ist er durch seinen Heimcomputer ständig via Internet mit dem Firmencomputer verbunden.«

Harmon wirkte äußerst konzentriert. »Weiter.«

Wainwright warf einen Blick in sein Notizbuch, um seinen Ärger zu verbergen. »Shepherds Interesse für Computer hat ihm vor ein paar Jahren Ärger eingebracht . . .«

»Ich kenne Shepherds Vorstrafe. Erzählen Sie mir mehr von Owen.«

Wainwright zuckte mit den Schultern. »Mehr habe ich nicht. Was haben Sie erwartet?« entgegnete er gereizt.

»Mich interessiert, wie Owen reagiert hat, als Sie ihn auf die anonyme E-mail angesprochen haben.«

»Owen ist geradezu pedantisch korrekt. Was ihn nicht besonders beliebt macht. Illegale oder auch nur unerlaubte Manipulationen im Internet traue ich ihm nicht zu.«

»Pearson haben Sie doch mit derselben Frage konfrontiert, oder?«

Wainwright nickte.

»Und?«

»Reagierte wie erwartet. So nach dem Motto: ›Ich rede mit euch Scheißern nicht ohne meinen Anwalt.‹«

»Dann knöpfen Sie ihn sich noch mal vor.«

Wainwright stöhnte innerlich auf.

»Sagen Sie ihm, daß er, falls nötig, mit einer Vorladung rechnen muß.«

»In Ordnung.« Wainwright klang nicht begeistert.

»Jetzt zu Shepherd. Was Neues über ihn?«

Wainwright fluchte stumm. Er versuchte erst gar nicht, etwas zu beschönigen, und zuckte nur die Achseln. »Wie es aussieht, hält er sich jetzt an die Regeln. Er hat einen PC zu Hause, ist aber nicht mit dem Netzwerk von Technicom verbunden. Was allerdings nichts bedeuten muß. Übers Internet könnte er sich jederzeit einschalten.«

»Hat er ein Modem?«

Wainwright zuckte erneut mit den Schultern.

»Sie wissen es nicht?«

»Er behauptet, nein. Wir haben seine Wohnung nicht durchsucht, Sir. Wie ich Sie verstanden hatte, sollten wir ihn nicht unnötig erschrecken . . .« Wainwright verlor allmählich die Geduld, was Harmon nicht entgehen konnte.

»Ja, natürlich. Sie haben recht, Sergeant«, besänftigte er seinen Untergebenen. »Ziehen wir lieber keine voreiligen Schlüsse, was?« Wainwright wollte etwas sagen, aber Harmon kam ihm zuvor: »Haben wir jemand, der sich im Internet auskennt?«

»Denke schon, Sir. Es gibt ein paar Universitätsabsolventen, die vielleicht . . .«

»Finden Sie jemanden. Ich will wissen, ob es möglich ist, den Ausgang und Eingang von E-mails im Betriebssystem von Technicom elektronisch zu überwachen. Möglicherweise sind dazu Paßworte nötig. Reden Sie mit Owen darüber. Wir müssen auf jeden Fall versuchen, die anonyme Adresse bis zum echten Absender zurückzuverfolgen. Wir dürfen uns nicht allein auf Shepherd verlassen. Immerhin ist er einer der Verdächtigen.«

»Ich dachte, Sie hätten Shepherd bereits abgeschrieben, Sir. Als Verdächtigen, meine ich.«

»So schnell stelle ich niemandem einen Persilschein aus, Sergeant.«

»Nicht mal Mrs. Pearson.« Wainwright konnte seine Wut nicht länger im Zaum halten.«

»Augenblick mal, Sergeant!« Wainwright wurde rot.

»Sie scheinen mit meinen Ermittlungsmethoden nicht einverstanden zu sein, Sergeant. Normalerweise bin ich da nicht empfindlich ... es sei denn, es beeinträchtigt unser Arbeitsverhältnis.«

»Ihre Methoden haben mich nicht zu interessieren, Sir. Ich befolge nur Anweisungen.«

»Reden Sie keinen Scheiß!«

Wainwright blinzelte verdutzt. Dieser Ausdruck gehörte normalerweise nicht zu Harmons Wortschatz.

»Raus mit der Sprache, Bill! Seit Tagen schleichen Sie hier rum, jedes bißchen Laufarbeit ist Ihnen zuviel, Sie jammern, wenn Sie nicht pünktlich nach Hause kommen ...«

»Jetzt reicht's! Das muß ich mir nicht anhören!« Wainwright stürmte zur Tür.

»Doch, das müssen Sie! Wenn Sie's nicht tun, blüht Ihnen ein Dienstaufsichtsverfahren. Und dann Gnade Ihnen Gott!«

Wainwright blieb abrupt stehen.

»Falls Sie Urlaub brauchen ...«, fuhr Harmon versöhnlicher fort, »der steht Ihnen zu.«

»Wie kommen Sie denn darauf?« konterte Wainwright aufbrausend. »Wer hat hier hinter meinem Rücken geplaudert?«

»Jetzt halten Sie mal die Luft an, Bill! Ich habe Augen im Kopf. Sie sehen aus, als hätten Sie mindestens einen Zentner abgenommen und seit Wochen nicht mehr ordentlich geschlafen. Also, falls Sie ein Problem haben, schaffen Sie es aus der Welt!«

Wainwright lachte humorlos. »Wenn das so einfach wäre!«

»Wie soll ich das beurteilen? Sie haben mir ja nicht gesagt, was los ist.«

Wainwright senkte den Kopf. »Es ist privat.«

»Aber es wirkt sich auf Ihre Arbeit aus.«

»Ich weiß.«

»Also ist es nicht nur privat. Nehmen Sie sich frei und lösen Sie es.«

Was sollte Wainwright darauf antworten? Eine Million Jahre würden nicht ausreichen, dieses Problem aus der Welt zu schaffen. »Gut, ich werd's versuchen«, murmelte er. »Wenn diese Sache erledigt ist.«

»Und bis dahin?«

»Komme ich schon zurecht.«

»Die Frage ist nur, komme *ich* damit zurecht?«

Als Wainwright schließlich den Mut aufbrachte, Harmon anzusehen, mußte er angesichts des grinsenden Chefinspektors unwillkürlich lächeln. »Ich weiß, ich bin unausstehlich ...«

»Aber es ist privat.«

»Es ist ... Ich will nicht ... Ich kann nicht. Ach, verdammt! Es ist etwas, über das man eigentlich nicht reden kann.«

»Offensichtlich«, bemerkte Harmon trocken.

Wainwright blätterte sein Notizbuch durch, um Harmons Blick zu entgehen. »Steve ... Der Typ hat nicht zurückgerufen«, murmelte er.

»Wer?«

»Ein Informant. Ich klemme mich gleich dahinter.«

»Vergessen Sie Mr. Pearson bitte nicht, ja?«

»Und ich versuche heute auch noch, Mr. Marchant zu erreichen. Er stand damals ebenfalls auf unserer Verdächtigenliste.«

Eine eindeutige Antwort hatte Harmon nicht erwartet.

Das Reihenhaus mit dem gepflegten, reifüberzogenen Rasen sah aus wie aus einer Bausparkassen-Werbung. Es war vier Uhr nachmittags und bereits dunkel. Eine schmale silberne

Mondsichel ging über den Schornsteinen auf. Die Straße wirkte völlig verlassen. Die beißende Kälte hatte selbst die Kinder in die Häuser getrieben.

Wainwright erinnerte sich unwillkürlich an seinen ersten Besuch in diesem Haus. Es war um dieselbe Tageszeit, aber an einem warmen Julinachmittag gewesen. Der schwere Duft von Geißblatt, das sich um den Kirschbaum im Vorgarten wand, hing in der Luft. Das Dröhnen von Rasenmähern war allgegenwärtig gewesen, und der Geruch von frisch gemähtem Gras hatte in seiner Nase gekitzelt und ein Niesen verursacht. Vom Park waren Rufe und Gelächter herübergeschallt. Jetzt gefror sein Atem in der Luft, während er auf der Treppe vor der Haustür wartete.

»Ziemlich verdächtig der Mann, was?« bemerkte Henson neben ihm im Plauderton.

»Was soll das heißen?«

Henson zuckte die Schultern. Wainwright war den ganzen Tag über schlecht gelaunt gewesen. »Er ist der Mann von Mrs. Pearsons bester Freundin«, sagte Wainwright brummig. »Er kannte Melanie gut. Seine Tochter und Melanie waren praktisch unzertrennlich.«

»Bis auf den Tag, an dem Melanie entführt wurde«, bemerkte Henson, der Wainwright unbedingt zeigen wollte, daß er die Akte gelesen hatte.

»So ist es. Und er wollte an jenem Tag seine Frau vor der Schule der Mädchen treffen. War als Überraschung für die beiden gedacht, aber er behauptet, sie verpaßt zu haben.«

»Schuldige haben meist die besten Alibis«, erklärte Henson.

Wainwright murmelte etwas Unverständliches und drückte ungeduldig auf den Klingelknopf.

»Vermutlich keiner da«, sagte Henson, aber dann hörten sie das unverwechselbare Quietschen eines Mülleimerdeckels, der geschlossen wurde. Drinnen ertönte die Stimme eines Kindes. Wenige Sekunden später waren eilige Schritte in der Diele zu vernehmen. Dann öffnete Mrs. Marchant die Tür.

»Tut mir leid, ich war hinter dem Haus.« Ihr Lächeln gefror und verflog schließlich ganz, als Wainwright seine Dienstmarke zückte.

Die Tür fiel zu. Ein vertrautes, dumpfes Geräusch signalisierte ihr, daß Tony seine Aktentasche in eine Ecke geworfen hatte.

»Tony?«

»O Mann, Liebling! Bin ich fertig!«

In diesem Moment bemerkte er, wie nervös sie war. *Jenny?* Aber Jenny starrte vom oberen Treppenabsatz bleich und aus großen Augen auf ihn herab. Tonys Blick schweifte von Mutter zu Tochter. »Was ist los?«

»Mr. Marchant?«

»Was wollen Sie?« Seine Stimme klang ungewöhnlich scharf.

»Sergeant Wainwright, Kriminalpolizei.«

»Ich weiß, wer Sie sind.« Tony starrte den großen, hageren Mann wütend an, der hinter seiner Frau aufgetaucht war und sie geradezu zwergenhaft klein erscheinen ließ.

»Und das ist Constable Henson«, fuhr Wainwright ungerührt fort und deutete auf seinen Kollegen. Die Diele wirkte plötzlich beklemmend eng.

Tony zog seinen Mantel aus und warf ihn übers Treppengeländer. »Kommen Sie lieber mit ins Wohnzimmer. Hier in der Diele kann man sich nicht unterhalten. Geh in dein Zimmer, Jenny!« rief er zur Treppe hinüber.

Jenny blieb unsicher stehen. Sie begriff die ungewohnte Strenge des Vaters nicht recht. Mary nahm den Mantel vom Treppengeländer, strich ihn glatt und sah ihre Tochter an. »Tu, was Dad gesagt hat, Liebes«, sagte sie freundlich. »Es ist alles in Ordnung.« Jenny drehte sich widerwillig um. Als Mary den Mantel an der kleinen Garderobe am Ende der Diele aufhängte, hörte sie, wie die Tür von Jennys Zimmer leise geschlossen wurde.

Die beiden Polizisten hatten ihre Mäntel anbehalten. Sergeant Wainwright saß entspannt in Tonys Lieblingssessel. Constable Henson hockte nervös auf der Sofakante. Sergeant Wainwrights Blick ruhte auf einem Stapel Unterrichtsmaterial, an dem Tony am vergangenen Abend gearbeitet hatte. Mary war es peinlich, wie kalt und wenig einladend das Zimmer trotz des Weihnachtsbaums im Erker wirkte.

»Kommen Sie von der Arbeit, Mr. Marchant?« erkundigte sich Wainwright.

»Ja.«

Wainwright musterte ihn. Tony Marchant empfand den Besuch der beiden Kriminalbeamten offenbar als äußerst störend. Er und seine Frau waren ein sehr ungleiches Paar. Tony Marchant war groß und kräftig und hatte kantige Züge. Wainwright vermutete, daß er wohl kaum disziplinarische Probleme mit seinen Schulkindern hatte. Mary Marchant dagegen war eine kleine, mollige Matrone mit mütterlichem Gesicht und einer altmodischen Frisur. Tonys braune Augen blitzten feindselig. Wainwright nahm es gelassen hin. Was sie zuvor mit Pearson und dessen Freundin erlebt hatten, war kaum zu überbieten. Sie hatten Pearson erst aufs Revier schaffen müssen, um ihn zu einer Aussage zu zwingen, während die Freundin die halbe Straße zusammengeschrien hatte.

»Sind nicht gerade Schulferien?« begann Wainwright.

Tony lachte humorlos. »Lehrer arbeiten auch in den Ferien, Mr. Wainwright.«

»Immer im Dienst, was?«

Tony fing Wainwrights unbeirrten Blick auf. »Wie Polizisten.« Er ließ sich beinahe zu einem Lächeln hinreißen.

»Blackbrook Grundschule, wenn ich mich recht erinnere. Da unterrichten Sie doch?«

»Richtig.«

»Die Schule ist vermutlich ans Internet angeschlossen, oder?«

Diesmal klang das Lachen verächtlich. »Wir haben drei reichlich altersschwache BBC Archimedes. Bestens geeignet für Schulprogramme, aber ans Internet können wir damit nicht. Ursprünglich hatten wir noch ein paar Computer mehr. Aber inzwischen ist bei uns so oft eingebrochen worden, daß uns die Schulbehörde keine neuen Geräte mehr spendiert. Im Sekretariat steht ein PC mit Modem. Aber der kann vom Lehrkörper nicht benutzt werden.«

»Mrs. Pearson hat anonyme E-mails erhalten.«

»Kate?« Die drei Männer drehten sich um und sahen Mary Marchant an. Und Wainwright bereute sofort, nicht weiter auf sie geachtet zu haben.

»Haben Sie noch Verbindung zu ihr?« fragte er.

Mary ging zum Fenster, schloß die Vorhänge gegen die einbrechende Dunkelheit und drehte die Lichter am Baum an. »Ich habe Kate seit Monaten nicht gesehen«, erwiderte sie, stellte sich neben den Stuhl ihres Mannes und legte eine Hand auf seine Schulter.

»Aha? Und warum nicht?« wollte Henson wissen.

Mary musterte den rothaarigen jungen Mann aufmerksam. Sie hatte ihn bisher kaum beachtet. Offenbar versuchte er, seinen Vorgesetzten mit jugendlichem Eifer zu beeindrucken.

»Ich glaube nicht, daß Sie das was angeht.« Mary runzelte mißbilligend die Stirn.

»Wir versuchen nur festzustellen, ob Sie für unsere Ermittlungen in Frage kommen«, entgegnete Henson. Offenbar wollte er Wainwrights erfolgreiches Spielchen mit Dr. Ingrams am Vortag imitieren. »Würde uns helfen, den Grund zu erfahren.«

»Dann fragen Sie Kate.« Marys Ton ließ keinen Zweifel daran, daß die Sache für sie damit erledigt war.

»Das tun wir«, bemerkte Wainwright gelassen. Dann richtete er den Blick auf ihren Ehemann und fragte: »Haben Sie Zugang zu den Computern Ihrer Schule, Mr. Marchant?«

»Zu Schulzeiten, ja. Aber ich habe doch bereits gesagt, daß wir dem Internet nicht angeschlossen sind.«

»Auch nicht der Computer im Sekretariat?«

»Wie gesagt . . . der ist für den Lehrkörper nicht zugänglich. Und zudem werden unsere Computer nachts in den Tresorraum eingeschlossen.«

»Immer?«

»Ohne Ausnahme.«

»Wer besitzt einen Schlüssel zu diesem Raum?«

»Mr. Arthon, der Direktor, und Pat Stillman, der die Informatikkurse organisiert und koordiniert.«

»Ich verstehe.«

»Ist das alles? Ich habe nämlich noch zu arbeiten.«

Wainwright hatte die Tür schon erreicht, als Mary sagte: »Ist Kate . . .«

Der Sergeant drehte sich um. »Ob mit ihr alles in Ordnung ist?« Sein Blick verriet nichts. »Das müssen Sie sie schon selbst fragen«, entgegnete er.

12

Kate konnte nicht schlafen. Sie hatte nichts anderes erwartet. Der Besuch bei Harmon war ein schwerer Gang für sie gewesen. Schon im voraus hatte sie gewußt, daß die kaum verheilten Wunden des Sommers wieder aufbrechen würden. Sie war daher auf Träume, sogar auf Alpträume gefaßt gewesen, in denen Melanie und eine düstere, gesichtslose Gestalt vorkamen. Was ihr schließlich den Schlaf raubte und sie mehr ängstigte, als sie beschreiben konnte, war die Tatsache, daß sie statt von Melanie von David geträumt hatte.

David. Ihr Mund war trocken, ihre Zunge so pelzig, daß sie kein Wort herausbrachte. Ihre Gedanken drehten sich im Kreis, sie suchte nach Worten. Etwas, das ihn beruhigen würde, seine Wut besänftigen. Aber es war bereits zu spät. Sie spürte es voller Verzweiflung. Und ihr Herz klopfte zum Zerspringen im Bewußtsein dessen, was kommen würde, was nach einem festgelegten Schema verlaufen würde. Sie sah bereits den Wortwechsel und den unvermeidbaren Schluß voraus.

»Du kannst wohl nie etwas richtig machen, was?« Sein Gesicht war rot vor Wut, aber sie konzentrierte sich auf seine Augen, seine dunklen, bösen Augen, die vor Haß blitzten.

»Ich . . .«

»HÖR AUF!« brüllte er und kam näher. Kate wich zurück, duckte sich instinktiv. In heiserem Flüstern fuhr er fort: »Tisch mir bloß nicht deine erbärmlichen, beschissenen Ausreden auf. Ich habe sie . . . so satt!«

Kate hörte zu. Gelegentlich riskierte sie einen Blick auf Melanie, die wimmernd auf der Couch lag.

»Ich habe gesagt, daß ich meinen Anzug aus der Reinigung geholt haben will. Ich hatte gesagt, ich will, daß die *Sportschau* aufgenommen wird. Und ich sagte, daß ich sie im Bett haben will, bevor ich nach Hause komme.« Er deutete mit dem Daumen über die Schulter. Melanie beobachtete sie voller Kummer, mit großen Augen, das Gesicht von kleinen roten Punkten übersät. Tränen glänzten auf ihren Wangen.

»Ich . . . ich glaube, sie hat Masern. Ich habe sie ins Bett gebracht, aber . . .«

»Gib jetzt ja nicht dem Kind die Schuld für deine Unfähigkeit, du blöde Schlampe!« Er versetzte ihr einen Stoß gegen die Brust. Kate fiel rückwärts, stieß den Telefontisch um und schlug mit dem Kopf gegen die Wand. Um sie drehte sich alles. Melanie hatte wieder angefangen zu weinen.

»Sieh dir an, was du angerichtet hast, du Nutte!« wütete er. »Bring das wieder in Ordnung!«

Kate kam schwankend auf die Beine. Das Blut in ihren Ohren rauschte. Sie hob den Telefontisch auf und stellte ihn an seinen Platz, ohne David auch nur einen Moment aus den Augen zu lassen. Wartete darauf, daß er mit der Faust oder einem Fuß zustieß.

»Drei einfache Bitten. Drei klare, unmißverständliche Aufträge. Und? Erledigt sie sie?« fragte er ein unsichtbares Publikum. »Genausogut hätte ich ein Kleinkind darum bitten können!« Er drehte sich zu Melanie um.

»Ich bring sie jetzt lieber ins Bett«, schlug Kate in dem verzweifelten Versuch vor, ihn von dem weinenden Kind abzulenken. »Ich bring sie ins Bett, und dann mache ich dir Abendbrot, okay?«

David wirbelte zu Kate herum. Er war außer sich vor Wut. »Du tust, was dir gesagt wird, verdammt! Das wirst du tun.«

»Ja, ja. Tut mir leid ...«

»Jetzt tut es dir leid«, sagte er leise. »Weil du weißt, was dir blüht.« Er schüttelte den Kopf. »Aber du kriegst es einfach nicht auf die Reihe, was? Du kapierst die Folgen deiner Handlungen einfach nicht.« Er lachte hart auf. »Was machst du hier eigentlich den ganzen, beschissenen Tag lang? Wie's hier überhaupt aussieht!« Er deutete auf die Packung Babypuder und die Creme neben der Wickelunterlage auf dem Fußboden.

»Ich mußte ihr die Windel wechseln. Ich wollte ...«

»Widersprich mir nicht!« warnte er. »Nimm den Kack da von meinem Fußboden.« Er hob die nasse Windel auf und warf damit nach Kate.

Sie machte erst gar nicht den Versuch, die Windel aufzufangen, ließ es lieber zu, daß diese sie mitten ins Gesicht traf. Dann erst hob sie sie auf. Der Ammoniakgestank verursachte ihr Brechreiz.

David starrte sie an. Es kam ihr wie eine Ewigkeit vor. Er bebte immer noch vor Wut. Dann deutete er, ohne sich umzudrehen, auf Melanie. »Bring sie weg. Ich will nicht, daß sie das sieht.«

Kate ging zu dem schreienden Kind und hob es auf, rannte ins Schlafzimmer hinauf, legte Melanie sanft in ihre Wiege, redete leise und beruhigend auf sie ein, obwohl sie ihre eigene panische Angst kaum unter Kontrolle hatte.

»Es ist ja . . . alles in Ordnung, Liebes.« Sie hatte Melanie erst eine Stunde zuvor ein Zäpfchen gegeben, riskierte jedoch nach kurzem Zögern eine zweite Dosis, aus Angst, daß ein greinendes Kind David noch mehr erregen würde.

Melanie schrie, als Kate die Tür zum Kinderzimmer zumachte. Kate entsorgte die Windel in der Küche und lief ins Wohnzimmer zurück.

David sah fern. Sie schlich in die Ecke, um Melanies Sachen aufzuräumen. Vielleicht ging alles gut. Vielleicht hatte er sich beruhigt.

Kate riskierte einen flüchtigen Blick auf ihren Mann. Er schien völlig auf den Bildschirm konzentriert. Sie ging auf Zehenspitzen in die Küche und briet ihm ein Omelett.

Das Tablett mit Teller, Teetasse und Butterbrot in einer Hand balancierend, öffnete sie die Tür und kehrte ins Wohnzimmer zurück. Er saß noch auf der Couch, leicht nach vorn gebeugt. Sie stellte das Tablett auf den Couchtisch und trat zurück, war sich der Nähe des heißen Getränks unangenehm bewußt.

David zog das Tablett auf seine Knie. Zehn Minuten lang aß er ruhig. Dann schob er es auf den Tisch zurück und befahl: »Hol mir ein Bier!«

Sie trug das Tablett in die Küche und schenkte ein Glas Bier ein. Aus Angst, ihn zu lange warten zu lassen, ließ sie das Geschirr einfach stehen und lief ins Wohnzimmer zurück. Auf dem Weg blieb sie nur einmal kurz stehen, um nach Melanie zu horchen. Sie jammerte noch immer, schien sich jedoch allmählich zu beruhigen. Kate stellte das Glas Bier auf den Couchtisch, ängstlich darauf bedacht, nichts zu verschütten.

Plötzlich hatte er sie beim Haar gepackt.

»Glaubst du, ich hab's schon vergessen?« zischte er.

»Nein, David, ich ...«

»Du hast gedacht, du kommst so davon, was?«

»Nein.«

»Seit einer halben Stunde sehe ich mir diese Scheiße hier an. Dabei wollte ich mir ...« Er zerrte an Kates Haaren und drückte ihr Gesicht gegen die Tischkante. »Dabei wollte ich was sehen?«

»Die *Sportschau*. Du wolltest die *Sportschau* sehen.«

Er wickelte sich ihr Haar um die Hand, preßte ihr Gesicht gegen die kühle Tischplatte aus Glas. Mit der freien Hand griff er unter das Couchpolster.

»Nein!« bettelte sie. »Bitte nicht, David!«

»Hast du es weggeräumt, du Schlampe? Wenn es weg ist, mache ich einen verdammten Krüppel aus dir.«

»Nein, ich schwör's! Es ist da. Ich habe nicht ... Ich würde nie ...«

»Wo zum Teufel ist es dann?«

Sein Griff wurde noch fester, und Kate wimmerte, ihre Hand griff nach seinem Arm.

»Wage es nicht!« warnte er.

»Hör auf, David! Bitte. Das ist Wahnsinn! Du hast kein Recht dazu!«

»Kein Recht? Kein beschissenes Recht? In meinem eigenen Haus?« Seine Hand suchte mit hastigen Bewegungen, versuchte das Messer zu erwischen. Kate hörte, wie das Bier dicht an ihrem Gesicht im Glas hin und her schwappte, und sie betete stumm, daß er nicht auf die Idee kommen möge, ersatzweise nach dem Glas zu greifen. »Ich hab's schon einmal gesagt! Gelegentlich muß man dich zurechtstutzen, du aufmüpfige kleine Ratte. Nur weil du in der Schule ein paar gute Noten gekriegt hast, hältst du dich gegenüber allen anderen für überlegen, was?«

»Nein ...«

»Ah, da ist es ja.« Seine Hand kam unter der Couch hervor. Zwischen den Fingern hielt er die Klinge eines Brotmessers, führte deren Biegsamkeit, seine scharfe Schneide und den soliden Griff vor.

»Es liegt schon eine ganze Weile hier, was?« fragte er und bog ihren Kopf weiter zurück, als sie nicht antwortete. »Ich sagte ...«

»Ja, ja. Es liegt schon eine Weile da. Aber David, du brauchst das nicht zu tun ... Es tut mir leid, daß ich die *Sportschau* nicht aufgenommen habe, aber Melanie war so krank. Ich habe mir Sorgen gemacht ...«

»Sorgen? Ich hoffe verdammt, du machst dir Sorgen. Ich hoffe es inständig, Kate. Du solltest deine Prioritäten richtig setzen. Aber weil du eine blöde Kuh bist, hast du noch nicht begriffen, was deine Prioritäten sind. Stimmt's?«

Er ließ den Messergriff dicht neben Kates Kopf auf das Polster sausen, und sie schrie auf.

»Es war ein Fehler. Ich habe einen Fehler gemacht. Ich tu's nie wieder.«

»Du machst zu viele Fehler, Kate. Zu oft und zu viele, Kate. Und das wird mir allmählich zu blöd ...«

»Bitte, tu mir nichts ...«, flüsterte sie. Tränen strömten ihr über die Wangen.

David seufzte und sah zum Fernsehapparat. Kate fühlte, daß

sich sein Griff in ihrem Haar lockerte. »Ich möchte dir ja gern entgegenkommen«, sagte er.

Kate wagte eine kleine Bewegung.

Wum!

Der Messergriff schnellte auf ihren Ellbogen herab. Sie schrie auf, versuchte sich loszureißen, aber sein Griff war wieder eisenhart.

»Ah, ich liebe dieses Gefühl«, sagte David und ließ die Messerklinge dicht vor ihrem Gesicht blinken. Die billige, dünne Klinge verlieh dem Messer eine Biegsamkeit, die ihn faszinierte. »Es ist so befriedigend . . . so elastisch.« Er demonstrierte es mit einem Schlag gegen ihre Schulter.

Kate schrie erneut auf und wand sich in seinem Griff. Das erboste ihn, und Schläge prasselten auf ihre Schultern, Arme und ihren Rücken nieder. Als er sie losließ, um weiter ausholen zu können, sprang sie fort, zur anderen Seite des Raumes, packte das Telefontischchen und hielt es vor sich.

Er stürmte auf sie zu, griff nach dem Tisch und entwand ihn ihr mit Leichtigkeit. Sie schrie auf vor Schmerz. Er lächelte und ließ den Messerschaft auf ihren Kopf niedersausen.

Kate ging in die Knie. Er schlug erneut zu, wieder auf den Kopf, immer darauf bedacht, sie über dem Haaransatz zu treffen. Kate versuchte sich mit den Armen zu schützen, während es Schläge auf Unterarme und Ellbogen hagelte.

Sie flüchtete in eine Ecke und war sich schmerzlich des Bildes bewußt, das er von ihr haben mußte, sah sich als die mitleiderregende, wimmernde Gestalt, die er verachtete. Sie wickelte sich in die langen, beigefarbenen Vorhänge des großen Fensters und bettelte um Gnade.

»Du kannst jetzt rauskommen«, befahl er ihr schließlich. »Setz dich hier hin.« Er klopfte auf das Couchpolster neben sich. Seine linke Hand baumelte gefährlich über der Stelle, an der er das Messer hatte verschwinden lassen.

Sie setzte sich.

Er küßte sie auf den Mund. Eine Hand massierte ihre Brust, die andere griff nach ihrem Ellbogen, dort, wo es am meisten schmerzte. Kate nahm es den Atem. Dann näherte sich seine Hand ihrem Gesicht.

»Siehst du, wozu du mich gebracht hast?« flüsterte er.

Er nahm ihr Gesicht in beide Hände und sah ihr in die Augen. Er weinte. »Siehst du? Ich will dir nicht weh tun. Schau mich an«, schluchzte er.

»Es tut mir leid . . .«, begann sie.

»Kate, Kate . . .«, murmelte er, während seine Hand zu ihrem Schenkel und dann tastend unter ihren Rocksaum glitt.

»Bitte, ich . . .«

Er stieß sie von sich. Sie fiel rücklings über den Couchtisch, stieß dabei das Bierglas um, dessen Inhalt sich über ihren Rock ergoß. Wie benommen blieb sie einen Moment liegen.

»Zwei Minuten!« brüllte er. »Zwei lausige Minuten, und es geht schon wieder los. Du kannst wirklich nichts auf die Reihe kriegen, was? Nicht eine einzige Sache. Keine einzige!« Und wie um dem Nachdruck zu verleihen, schlug er mit der flachen Hand zu. »Blödes Weibsstück!«

Er stand über ihr. Er beugte sich vor und packte sie beim Haar.

Und sie wachte auf.

Kate rannte in die Küche, kramte in der Küchenschublade herum und zog ein langes, spitzes Tranchiermesser heraus. Sie ging durch die ganze Wohnung, riß Türen auf, kontrollierte Schränke, Schubladen, ohne das Messer aus der Hand zu legen, und kehrte schließlich ins Wohnzimmer zurück. Sie zitterte vor Kälte. Sie setzte sich in einen Sessel, die Knie bis an die Brust gezogen, die Arme um die Beine geschlungen, das tröstliche Gewicht des Messers in ihrer Hand, und spürte die Zeit langsam, wie ein Güterzug beladen mit all den quälenden Erinnerungen, an sich vorüberrollen. Und sie drehte und wendete die Gedanken an die Vergangenheit in ihrem Kopf: Hätte sie sich früher von ihrer Mutter gelöst ... wäre sie David mutiger entgegengetreten ... hätte sie Melanie an jenem Tag selbst abgeholt ...

»Verdammt!«

Kate sprang ungeduldig auf. Wenige Minuten später trat sie in den strömenden Regen hinaus und ging mit entschlossenen Schritten in Richtung Stadtmitte.

Es war ein normales Haus in einer normalen Straße ... ein altes Bürgerhaus, dessen drei Etagen und der Keller von bis zu fünfzehn Familien gleichzeitig belegt waren: von Frauen und ihren Kindern mit traumatischen Erlebnissen. Das einstige Hauptportal mit seinem ornamentalen Bleiglasfenster war durch ein solides Bollwerk, eine Tür mit Spion und Vorlegekette an der Innenseite, ersetzt worden. Bernie öffnete. Unter ihrer schwarzen Lederjacke trug sie einen Flanellschlafanzug. Die Nieten an der Jacke klimperten leicht, als sie die Kette ausklinkte.

Kate war völlig durchnäßt. Das Haar klebte an ihrer Kopfhaut und an den Schläfen und sah aus wie dunkle Rinnsale. Ihre Wangen war gerötet, und ihre Augen glänzten, ob vor Fieber oder Wut konnte Bernie nicht erkennen. Kate trat wortlos ein und stand dann tropfend in der Diele, die Arme vor der Brust verschränkt, das Messer in der Hand, dessen Scheide im Licht der Halogenbeleuchtung über der Tür kalt glänzte.

Bernie drehte sich zu der Gruppe von Frauen um, die ängstlich aneinandergedrängt hinter ihr die Diele betreten hatten. »Alles in Ordnung«, sagte sie ruhig. »Es ist Kate. Eine Freundin.«

Erleichtert zerstreuten sie sich. Keine von ihnen war neugierig auf Kate. Dazu hatten sie selbst zuviel Schreckliches zu verarbeiten. Und instinktiv hatten sie erkannt, daß diese Frau ihr Schicksal teilte.

Bernie schloß die Tür, legte die Kette vor und folgte Kate in die Küche.

Der altmodische Küchenherd strömte wohlige Wärme aus. Kate setzte sich zitternd davor. Zu ihren Füßen bildete sich eine kleine Pfütze. Bernie öffnete eines der zahlreichen Messingtürchen am Herd und legte Kohle nach.

Kate rührte sich kaum.

Bernie setzte einen Wasserkessel auf und wandte sich dann Kate zu. Ihre wattierte Jacke war völlig durchweicht, die Jeans steif vor Nässe und Kälte. Sie zitterte heftig, während Regenwasser aus ihren Haaren tropfte und über ihr Gesicht rann. Das Messer hielt sie noch immer fest in der Hand. Bernie kniete vor ihr nieder, griff nach Kates Fingern und löste sanft ihren Griff. Kate überließ ihr widerstandslos das Messer. Dann zog Bernie ihr wie einem Kind Jacke und Jeans aus. Als Kate schließlich trockene Sachen anhatte und ihr Haar in ein Handtuch gewickelt war, drückte Bernie ihr einen Becher Kaffee in beide Hände.

Ob es die Wärme und der Duft des Kaffees oder Bernies beruhigende Ausstrahlung war, Kate fühlte jedenfalls, wie ihre Lebensgeister allmählich wiederkehrten. Bernie sah es, seufzte erleichtert auf, zog einen Stuhl heran und setzte sich der Freundin gegenüber.

Kates Zigarettenpackung war in der Jackentasche völlig durchweicht. Bernie bot ihr eine Zigarette aus ihrer Packung an und entzündete ein Streichholz. Kate beugte sich vor, konzentrierte sich auf die Flamme. Erst als sie sich zurücklehnte, fing sie den Blick aus Bernies grauen Augen auf. Sorge und eine Frage standen darin.

»Mit mir ist alles in Ordnung«, sagte Kate prompt und fügte hinzu: »Ich habe niemanden verletzt.«

Bernie blies das Zündholz aus. »Und warum dann das Messer?« fragte sie.

»Ich hatte einen Traum.«

Bernie nickte. Sie verstand. Träume waren manchmal schrecklicher als die Wahrheit.

Sie bot Kate einen Keks an, nahm sich ebenfalls ein Stück Gebäck und tunkte es in den Kaffee in ihrem Becher.

»Ich habe ihn gesucht«, sagte Kate unvermittelt.

Bernie wußte sofort, wen Kate meinte.

»Er ist da draußen, Bernie. Manchmal habe ich das Gefühl, daß er ganz nah ist.«

Bernie nahm die Hand der Freundin. »So findest du ihn nicht, Kate«, murmelte sie.

»Nein«, stimmte diese ihr zu. Sie saß einige Minuten schweigend auf ihrem Stuhl, ihre Augen ein tiefes, undurchdringliches Waldgrün. »Ich habe nachgedacht ...«, begann sie dann gedehnt. »Darüber, was du im Café gesagt hast. Ob es David, Kenneth oder Bob gewesen sein könnten. Vielleicht sogar Adam ... Hast du gewußt, daß sie ihn verhört haben, als Melanie verschwunden war?«

»Er war damals bei jemandem im Krankenhaus, stimmt's?« erkundigte sich Bernie.

Kate nickte. »Bei Sims ... du weißt schon, ich habe dir von ihm erzählt.«

»Welcher von ihnen könnte es getan haben?«

»Meinst du, wer die Gelegenheit hatte oder wer so gemein, verzweifelt oder wahnsinnig sein könnte, ein kleines Mädchen zu entführen und zu ermorden?«

»Verzeih, Kate. Wenn es dich zu sehr quält, darüber zu sprechen, lassen wir's.«

Kate schüttelte den Kopf. »Nein, du hast recht. Ich will ihn kriegen. Dazu muß ich mich an Dinge erinnern, die ich am liebsten verdrängen würde.«

»Also gut«, bemerkte Bernie. »Dann solltest du vielleicht auch mal an ein anderes Motiv denken.«

Kate sah sie fragend an.

»An Rache.«

Kate nickte. Zögernd akzeptierte sie Bernies Vermutung.

»Das Problem ist«, begann sie und tippte die Asche über dem Aschenbecher von der Zigarette. »Daß ich immer an Männer zu geraten scheine, die . . .« Sie runzelte die Stirn. Für einen Moment hatte sie den Faden verloren.

»Die mehr in der Hose als im Kopf haben?« schlug Bernie vor.

»So ungefähr.«

Bernie schenkte Kaffee nach und gab einen Schuß Whiskey aus einer Flasche hinzu, die verborgen in einem hohen Regal gestanden hatte. »Fangen wir mit den einfacheren Fällen an«, sagte sie. »Adam, zum Beispiel. Hattest du Streit mit ihm . . . kurz bevor Melanie umgebracht wurde?«

Kate schüttelte den Kopf, wärmte die Hände am Kaffeebecher und sog den würzigen Whiskeydampf ein. »Mary und Tony wollten mit den beiden Mädchen zur Eisbahn in Warrington fahren, damit ich an jenem Abend mit Adam ausgehen konnte. So war es wenigstens geplant, bis der Anruf vom Krankenhaus wegen Sims kam.« Sie schüttelte den Kopf, als wolle sie damit die Selbstvorwürfe verscheuchen, die sich wie gewohnt meldeten. »Nein, Adam und ich . . . wir kamen damals prima miteinander aus.«

»Aha. Was für ein Typ ist dieser Adam eigentlich? Stabil? Ausgeglichen? Labil? Hat er vielleicht irgendwelche seltsamen Neigungen?«

»Nicht, daß ich wüßte. So eng waren wir auch wieder nicht befreundet.«

»Kommen wir zu David.«

Kate zog die Schultern hoch. »Er ist labil und hat 'ne Menge abartiger Neigungen.« Bernie wartete. Sie wußte, es würde noch mehr kommen. »In der Woche davor hatte er versucht, Kontakt mit mir aufzunehmen. Nach sieben Jahren! Der Scheidungsvertrag enthielt eine Unterhaltsklausel. Er hat die Summe nie bezahlt, und ich habe nichts unternommen, sie einzutreiben. Solange er mich und Melanie in Ruhe ließ, war mir das Geld egal. Dann, plötzlich, aus heiterem Himmel, wollte er Melanie an ihrem Geburtstag sehen.«

Bernie nickte. Sie erinnerte sich. »Du hast einen Gerichtsbeschluß erwirkt. Hat er damals irgend etwas gesagt? Dich bedroht?«

Kate seufzte. »Er hat mir zwei Briefe geschickt. Ich habe sie zerrissen und weggeworfen, ohne sie zu lesen. Dann wurde der Gerichtsbeschluß, der ihm verbot, seine Tochter zu sehen, rechtskräftig, und es kamen keine Briefe mehr.«

»Könnte er es getan haben? Was glaubst du?«

Kate griff nach der nächsten Zigarette. Bernie gab ihr Feuer. »Beim ersten Brief habe ich hysterisch reagiert. Er war mit Maschine geschrieben. Ich dachte zuerst, es sei ein Geschäftsbrief. Die Erkenntnis kam dann wie ein Schock. Der absolute Terror. Ich glaube, ich hatte mir jahrelang eingeredet, er wisse gar nicht, wo ich wohnte. Das war natürlich idiotisch. Ein Mann wie David ruht nicht, bis er herausgefunden hat, was er wissen will. Aber was ihn betrifft, hatte ich vor allem Angst um mich . . . nicht um Melanie. Das klingt egoistisch, aber ich habe nie ernsthaft geglaubt, daß er ihr etwas tun würde. Und als ich wieder klar denken konnte . . . Wenn David mir wirklich etwas antun wollte, hätte er das schon vor Jahren tun können. Damals, als ich ihn verlassen habe. Findest du nicht?«

Bernie trank einen Schluck Kaffee und murmelte Unverständliches.

»Seit damals habe ich nichts mehr von ihm gehört«, fuhr Kate fort. »Die Polizei hat ihn gewarnt, mich in Ruhe zu lassen, als Melanie entführt wurde. Er hat seine Geschichte an die Boulevardpresse verkauft . . .«

»Ich habe sie gelesen«, unterbrach Bernie sie. »Ein unglaublicher Mist. Er, der liebevolle Ehemann und Vater, und du, die undankbare Schlampe.«

Kate stellte den Kaffeebecher ab. »Typisch für ihn, nachzutreten, wenn man am wenigsten in der Lage ist, sich zu verteidigen.« Das war eine von Davids Spezialitäten gewesen, wenn er ihr etwas heimzahlen wollte, weil sie sich gegen ihn gewehrt hatte. Er hatte stets gewartet, bis sie die Hände voller Einkaufstaschen gehabt hatte, beim Bügeln gewesen war oder den Wäschekorb getragen hatte, um ihr einen Schlag in die Nierengegend zu verpassen.

»Wenn es um mich geht, ist er zu den größten Gemeinheiten fähig, aber bei Melanie?« Sie dachte nach und fuhr sich durchs nasse Haar. »Schwer zu sagen. Als wir noch zusammen waren, hat er Melanie nie etwas getan.«

»Aber er hat damit gedroht«, sagte Bernie.

Kate seufzte. »Ja, er hat gedroht.«

»Aber es war nicht ernst gemeint?«

Kate warf ihr einen scheuen Blick zu. Bernie zuckte mit den Schultern. »Du brauchst dich bei mir nicht zu entschuldigen, Kate. Wie ich schon beim letzten Mal sagte: ›Verlaß dich auf deine Instinkte.‹«

Die Küchentür hinter ihnen knarrte, und ein kalter Luftzug wehte herein. Ein kleines Mädchen stand barfuß auf dem roten Ziegelboden. Sie war ungefähr sechs Jahre alt und hatte fast weißblonde Locken.

»Was gibt's denn, Scout?« fragte Bernie.

Die Kleine stellte einen Fuß auf den anderen, um ihn zu wärmen. »Da ist ein Mann draußen.«

Kate sprang sofort auf, aber Bernie drückte sie sanft auf den Stuhl zurück und zwinkerte ihr zu.

»Diesmal sitzt er in einem Wagen«, erklärte das Mädchen.

»Komm, dann sehen wir beide mal nach, ja?« Bernie hob die Kleine hoch, die ihre Arme um Bernies Hals schlang. »Anschließend bringe ich dich zu deiner Mami zurück, bevor sie dich vermißt.« Sie trug das Kind aus der Küche. Fünf Minuten später kam sie wieder zurück.

»Ist mit der Kleinen alles in Ordnung?« fragte Kate.

»Solange die Mutter von ihrem Vater fernbleibt schon.« Bernie seufzte. »Ich nenne die Kleine ›Scout‹, weil sie sich zur Wächterin des Hauses ernannt hat. Mutter und Tochter sind jetzt drei Wochen hier, aber ich habe die ganze Zeit nie jemand vor dem Haus entdecken können, wenn ich mit ihr nachgesehen habe.«

Kate bekam plötzlich eine Gänsehaut. »Und jetzt?«

»Keine Ahnung, ob es was zu bedeuten hat, aber als ich aus dem Fenster sah, ist gerade ein Wagen auf die Hauptstraße eingebogen.«

Kate rannte in den Flur. »Was für ein Wagen?«

»Das konnte ich im Dunkeln nicht sehen. Vielleicht ein blauer oder ein grauer.«

Kate öffnete die Tür und rannte auf die Straße. Das Regenwasser gurgelte und platschte in den Gullys. Sonst war alles ruhig. Niemand war zu sehen. Kate kehrte ins Haus zurück.

Beide schwiegen für eine Weile. Kate hörte, wie die Heizung ansprang. Es mußte inzwischen fünf Uhr morgens sein.

»Ich gehe jetzt lieber«, sagte sie schließlich.

»Bleib hier und schlaf noch ein bißchen«, drängte Bernie, hatte jedoch den eigensinnigen Blick in Kates Augen gesehen und wußte, daß Kates Entschluß unumstößlich war.

»Ich gehe nur bis zur Hauptstraße«, beruhigte Kate sie. »Von dort nehme ich ein Taxi.«

An der Tür drängte Bernie Kate, wenigstens ihre Jacke überzuziehen.

Kate lächelte halbherzig, als sie in die schwere Lederjacke schlüpfte.

»Ich hole mir die Jacke wieder, wenn ich dir deine Sachen bringe«, versprach Bernie.

Kate zog den Reißverschluß bis unters Kinn hoch und schloß die klirrenden Metallschnallen. »Na, wie sehe ich aus?« fragte sie.

Bernie dachte, daß Kate darin wesentlich besser aussah als sie selbst, behielt es jedoch für sich. »Gewöhn dich nur nicht zu sehr daran«, warnte sie nur.

»Ich kann ihn einfach nicht ausfindig machen.«

»Wer ist dran?« fragte Angie schlaftrunken.

Trevor Harmon legte die Hand über die Sprechmuschel des Hörers. »Shepherd«, flüsterte er.

»Oh, Gott! Du hast ihm doch nicht etwa unsere Privatnummer gegeben?«

»Nein, habe ich nicht.« Harmon hatte gehört, daß Leute wie Shepherd an jede erdenkliche elektronisch gespeicherte Information herankamen. Kate Pearsons Erfahrung, so beunruhigend sie auch sein mochte, hatte ihn nicht überrascht. So etwas kam vor. Betrug mit Hilfe von Computertechnik, Hakker, Diebstahl elektronisch gespeicherter Daten, das waren die Verbrechen des Computerzeitalters. Trotzdem war die Tatsache alarmierend, daß Shepherd ihn über seine private Geheimnummer erreicht hatte. Er fühlte sich plötzlich sehr verwundbar, fühlte sich in seiner Privatsphäre gestört, die ihm heilig war.

»Sind Sie noch da?« fragte Adam am anderen Ende.

Harmon setzte sich im Bett auf und drehte seiner Frau den Rücken zu.

»Wer hat Ihnen meine Nummer gegeben?« Am anderen Ende war es still. Harmon hatte das Gefühl, daß er eine peinliche, geradezu unverschämte Frage gestellt hatte. »Hat sie wieder eine Nachricht erhalten?« wollte er wissen.

»Ja.«

»Geht es ihr gut?«

»Sie weiß noch gar nichts davon. Ich ... ich habe mich in ihre Maildatei eingeklinkt ... nur probehalber. Sie kommt erst um neun Uhr ins Büro ...«

Harmon warf einen Blick auf die Uhr. Viertel nach sieben. Mr. Shepherd scheint ja eifrig bemüht, unseren Hacker zu entlarven, dachte er.

»Er hat seine Spuren sehr sorgfältig verwischt«, fuhr Adam fort. »Er hat wieder einen APS benutzt. Und der allein schon ist schwer zu knacken ...«

»Einen Anonymen Postdienst?«

»Ja. Wie ich schon sagte, es ist eine Methode, die Postadresse geheimzuhalten. Man kommt da nur schwer rein, aber es ist nicht unmöglich. Einige APSs führen Listen von ihren Kunden ... Die sind so etwas wie Nachschlagewerke echter und anonymer Adressen. Ich dachte, ich könnte einen Zugang zu dieser Liste finden, aber ...«

»Aber Sie konnten das System nicht knacken.«

Adam war auf der Hut. »Sagen wir mal so: Ich glaube, daß er sich nach der letzten Nachricht entschlossen hat, den Europäischen APS nicht mehr zu benutzen.«

»Was bedeutet, *daß* er einen Europäischen Post Service für die letzte Nachricht benutzt hat, oder?«

»Für den Absender, ja. Aber jetzt ist er nicht mehr dabei. Ich habe die letzte Nachricht bis zu diesem Mailservice zurückverfolgt. Aber näher bin ich nicht an ihn herangekommen.«

»Wo könnte er sich sonst noch verstecken?«

»Es gibt eine ganze Anzahl von APS-Diensten und Remailern. Einige verschlüsseln die richtige Adresse und schicken sie zusammen mit der Nachricht . . .«

»Können Sie die Adresse denn nicht entschlüsseln?« Harmon fand den Cyberjargon etwas ermüdend.

»Nicht möglich. Leider. Aber vielleicht lohnt es sich, eine Antwort zu schicken.«

»Eine Antwort an eine anonyme Adresse?« Harmon war skeptisch.

»Die meisten E-mail-Benutzer kopieren die Nachrichten automatisch als Teil der Antwort. Das dient als eine Art Protokoll . . . spart Zeit, wenn man nicht erklären muß, worauf man antwortet. Die verschlüsselte Adresse wird als erster Teil der Antwort geschickt, und der APS entschlüsselt sie und sorgt dafür, daß es an den richtigen Node gelangt.«

»Node?« fragte Harmon, der immer ungeduldiger wurde.

»Terminal, Computer . . . was auch immer.«

Es entstand eine Pause. Dann: »Wir könnten also eine Nachricht an jemanden verschicken, dessen Identität wir gar nicht kennen?«

»So ist es.«

»Angenommen, wir nehmen mit dem APS Verbindung auf. Wären die vielleicht bereit, uns zu helfen?«

»Vielleicht! Aber wie ich sehe, hat unser Mann die Post über diverse unterschiedliche Adressen geleitet, was bedeutet, daß er ursprünglich ein gestohlenes Login und Paßwort benutzt hat, und zur Sicherheit die Post auch noch über einen Remailer umdirigiert. Selbst wenn ich die Mail also zu einer Adresse zurückverfolgen kann, verhaften Sie dann vermutlich den Falschen.«

»Es gibt also keine Möglichkeit, durch die Mail seine wahre Identität festzustellen? Habe ich das richtig verstanden?«

»Es ist eine verdammt harte Nuß. Der Kerl ist . . . selbst für einen Hacker . . . geradezu krankhaft darauf bedacht, sämtliche

Spuren zu verwischen. Und bisher ist ihm das perfekt gelungen. Er wird nicht leicht zu fassen sein, aber ich bleibe am Ball.«

»Tun Sie das.« Harmon streckte den Arm aus, um den Hörer aufzulegen. Im nächsten Augenblick riß er ihn wieder ans Ohr. »Shepherd?«

»Ich bin noch da.«

»Wie lautet die neueste Nachricht?«

»›Gegen drei Uhr morgens durch die Stadt zu streifen ist gefährlich für eine alleinstehende Frau.‹ Sieht so aus, als beobachte er Kate rund um die Uhr.« Adam legte auf.

Harmon war wütend. Er liebte es nicht, wenn man Gespräche mit ihm eigenmächtig abbrach. Warum hatte Shepherd ihm den Inhalt der Nachricht nicht gleich zu Beginn des Gesprächs gesagt? Er dachte nach. Shepherd hatte genügend Zeit gehabt, ihm den wahren Grund seines Anrufs mitzuteilen. Er hatte es jedoch vorgezogen, diesen mit dem Gerede über APS, Nodes und verschlüsselte Adressen zu vernebeln. Und warum hatte Shepherd ihn zu Hause angerufen? Harmon vermutete dahinter einen kleinen Racheakt. Immerhin hatte Harmon Shepherd bei jeder ihrer Begegnungen das Leben schwergemacht. Jetzt demonstrierte der Computerfreak ihm seine Überlegenheit.

»Leg dich wieder hin. Es wird kalt unter der Decke.«

»Dafür aber warm im Zimmer«, entgegnete Harmon mürrisch. Er hatte bereits den Plan gefaßt, Kate Pearson anzurufen, bevor sie ihre E-mail lesen konnte.

»Für Spitzfindigkeiten ist es noch zu früh am Tag.« Angie wandte sich ihm zu, schlang einen nackten Arm um seine Taille und küßte ihn, als er einen Arm hob, um sie an sich zu ziehen.

»Mm?« Trevor Harmon starrte ins Weite und fragte sich, ob Mrs. Pearson einen Bewacher brauchte. Die angenehme Erregung von Angies Küssen nahm er nur undeutlich war.

»Um Himmels willen, Jan!«

»Dann tu du doch was!« Jan war den Tränen nahe, überschrie das gleichmäßige Gejammer des Jungen.

»William, komm da raus und iß dein Frühstück!« befahl er. Das Kind war plötzlich still. »Hast du mich gehört?« Keine Antwort. Wainwright sah unter den Küchentisch. William war ein kräftiger kleiner Junge, wohlproportioniert, mit glatter Haut und großen, intelligenten braunen Augen, die stets einen abwesenden Blick hatten. Seine blonde Lockenmähne war bereits wieder zu lang geworden. Es war jedesmal eine Katastrophe, wenn Jan versuchte, ihm die Haare zu schneiden. Jetzt spielte er mit einer seiner Spielzeugeisenbahnen, ließ sie entlang der Fugen der Bodenfliesen in der Küche fahren, von rechts nach links, zur Ecke hinauf und von dort zur nächsten Ecke, dann wieder links und nach oben und an der nächsten links.

»William!« Er packte den Arm des Kindes und zog daran. Augenblicklich setzten die hohen, spitzen Schreie wieder ein. William schlug mit der Eisenbahn zu und traf den Vater an der Stirn. Wainwright zuckte zurück, schlug sich den Kopf am Tisch an und fluchte, als er den Stuhl zurückstieß.

Jan hatte das fast übermächtige Bedürfnis zu lachen. *Geschieht dir recht,* dachte sie. *Geschieht dir verdammt recht.* Die Schreie hielten an, während Jan die Stirn ihres Mannes mit einem feuchten Küchentuch kühlte.

»Du mußt was mit ihm unternehmen!« brummte Wainwright.

»So, muß ich das? Ist er nicht auch dein Sohn?«

»Ich habe keine Zeit.«

»Dann nimm dir die Zeit, Bill. Dr. Fraser hört nicht auf mich. Er denkt, ich übertreibe.«

»Ist das ein Wunder?«

»Fang nicht wieder damit an! Mit William stimmt was nicht. Seit Monaten schon nicht.«

»Daß du ihn die ganze Zeit über hier im Haus behältst, macht es auch nicht besser. Warum kann er nicht in die Spielgruppe gehen wie ...«

»Wie wer? Wie normale Kinder?«

»Das wollte ich damit nicht sagen.«

»Warum denn nicht? Er ist nicht normal, Bill.« Das Gegreine hatte aufgehört. Jan hob das Tischtuch hoch. William rollte seine Eisenbahn wortlos über dieselben vorgegebenen Schienenmuster wie zuvor. »*Das* ist nicht normal! Weißt du, warum ich ihn nicht mehr in die Spielgruppe bringe? Sie wollen ihn dort nicht haben. Sie sagen, er kommt mit den anderen Kindern nicht aus. Er will nicht spielen, er kriegt Schreianfälle, er beißt, er tut nie, worum man ihn bittet, oder mißversteht Anweisungen bewußt.«

»Allmächtiger! Er ist vier Jahre. Willst du damit sagen, daß sie mit einem Vierjährigen nicht zurechtkommen?«

»Kannst du's denn?« konterte sie.

»Ich komme zu spät zum Dienst.« Wainwright hastete zur Tür. Die Geräusche der Spielzeugeisenbahn seines Sohnes verfolgten ihn bis in die Diele.

»Das ist ja prima!« Jan schrie, einem hysterischen Anfall nahe, hinter ihm her. »Lauf nur davon. Wie immer. Du mußt was unternehmen, Bill. So kann es nicht weitergehen. Mit *ihm* kann es so nicht weitergehen.«

13

Suzanne Walmsley kam mit Einkäufen beladen nach Hause. Auf dem Küchentisch lag eine Pralinenschachtel. Sie stellte ihre Tüten ab und griff nach dem Zettel, der zwischen Pralinenschachtel und der Pfeffermühle klemmte.

›I l d – D‹ stand darauf. Ihr Herz klopfte zum Zerspringen.

Sie stieß einen atemlosen Seufzer aus, betrachtete erneut den Zettel, fuhr mit dem Finger über die Buchstaben.

»Ich liebe dich auch«, flüsterte sie. Dann entdeckte sie in winzigen Blockbuchstaben in der untersten rechten Ecke des Kärtchens ›b. w.‹.

›Das Badezimmer muß geputzt werden. Wechsel die Bettwäsche.‹ Ihr Atem ging noch schneller. Sie lächelte. ›Ich hätte gern Chili zum Abendessen. Sei um sechs geduscht und fertig. Zieh das Rote an.‹ Sie griff nach dem Hackfleisch, das zuoberst in einer der Einkaufstüten lag. Wie hatte sie das nur erraten? Das war reine Telepathie, sie wußte es. Sie wußte es einfach.

Suzy eilte in die Diele, sobald sie den Schlüssel im Schloß hörte. Sie schlang die Arme um David und küßte ihn.

Er bemerkte mit Genugtuung, daß sie nach Zahnpasta schmeckte und ihr Haar nach Shampoo roch. Sie trägt das Chanelkleid, dachte er. Gute Wahl! Hätte von ihm sein können.

»Was ist denn los?« fragte er.

Suzy lachte, zog ihn ins Wohnzimmer und von dort zum Eßtisch. Er war gedeckt. Gut ein Dutzend Kerzen brannten auf dem Tisch und der Anrichte. Sie nahm ihm den Mantel ab, lachte atemlos und trug ihn zusammen mit der Aktentasche in die Diele. Dort hängte sie den Mantel mit zitternden Händen auf.

David lag auf der Couch am anderen Ende des Zimmers, als sie zurückkam. Er hatte die Augen geschlossen. Suzy zauderte, dann nahm sie ihren Mut zusammen und ging zum Getränkeschrank.

»Einen Drink, Davey?« erkundigte sie sich leichthin.

»Wodka-Tonic.«

Sie schenkte das Glas ein, fügte Eis aus dem Eiskübel hinzu und kniete neben ihm nieder.

»Harter Tag?« fragte sie, und ihr Magen krampfte sich vor

Angst zusammen. David streckte die Hand nach dem Glas aus, hielt die Augen aber noch immer geschlossen. Suzy reichte ihm das Glas und küßte dabei seine Hand.

»Du kannst jetzt das Essen auftragen«, sagte er.

Suzy sprang auf die Beine. Ihre Nerven waren zum Zerreißen gespannt. Sie hätte ihn nicht so überfallen dürfen. Sie hätte ihn hereinkommen und sich entspannen lassen sollen. Bleib ruhig! Wie dumm! Wie dumm! Sie war auf dem halben Weg in die Küche, als Musik ertönte.

Es war ihr Lied. ›Lady in Red.‹

Suzy stockte der Atem. Sie drehte sich um. Ein Lächeln auf den Lippen. Bereit. Seine Hand legte sich über ihren Mund, verschmierte den Lippenstift. Er zog sie an sich. Sein Atem ging rasch. Er bog ihren Kopf zurück, küßte ihre Kehle, fühlte ihren rasenden Puls. Dann hob er sie auf den Eßtisch, schob mit einer Hand das Besteck beiseite. Ihr Kleid rutschte hoch, und er stöhnte.

Es war nebelig, als Kate das Polizeirevier verließ. Auf die relativ warmen Luftmassen vom Vormittag war am frühen Nachmittag eine Kaltfront aus dem Osten gestoßen. Ein Dunstschleier hatte sich vor die strahlende Sonne geschoben und bis zum Einbruch der Nacht zu undurchdringlichem Nebel verdichtet. Kate zog die Handschuhe aus, schlug den Mantelkragen hoch und sah flüchtig nach links und rechts, bevor sie auf den Bürgersteig vor dem Polizeigebäude trat.

Dort zögerte sie. Sie hatte Harmon eine Kopie ihrer E-mail Dateien vorbeigebracht und war durch seine Fragen bezüglich ihres nächtlichen Ausflugs aufgehalten worden. Sie hatte es abgelehnt, sich nach Hause fahren zu lassen, obwohl Harmon darauf bestanden hatte. Harmon hoffte natürlich, daß der Mann, der sie beim Verlassen ihrer Wohnung gesehen hatte, der Mann, der auch das Frauenhaus beobachtet haben mußte, der Mann, von dem sie wußte, daß er Melanies Mörder sein mußte, sie auch jetzt beschattete. Sie hatte ein kleines Messer in der Tasche, und das gab ihr Sicherheit. Im dichter werdenden Nebel war der Verkehr zusammengebrochen. Aber nach der unheimlichen Stille zu urteilen, die jetzt herrschte, waren offenbar nur noch wenige Autos auf den Straßen unterwegs. Etliche Busverbindungen waren vermutlich eingestellt worden. Es war bereits nach sieben, aber sie hatte es nicht eilig, nach Hause zu kommen. Überhaupt nicht eilig.

Kate dachte über ihr Gespräch mit Bernie in den frühen Morgenstunden nach. Bei dem Versuch, den anonymen Absender der E-mail-Botschaften zu identifizieren, waren sie nicht sehr weit gekommen. Sie hatten nur über zwei der möglichen Verdächtigen gesprochen. Bevor sie zu ihren Beziehungen mit Bob Newman und Kenneth Ingrams gekommen waren, waren sie unterbrochen worden. ›Dr.‹ Ingrams, hatte Bernie im Café bereits betont. War Kenneth so arrogant, daß er stets darauf bestand, mit seinem korrekten Titel angesprochen zu werden? Als sie sich kennengelernt hatten, hatte er sich als Ken vorgestellt. Seine bemühten Aufmerksamkeiten schmeichelten ihr. Owen hatte sie damals zu einem Computerkurs an die Universität geschickt, an dem Kenneth ebenfalls teilnahm. Obwohl der Kurs unter seinem Niveau lag, hatte er die ganzen zehn Wochen ausgeharrt und sie geduldig bei der Erforschung des Internets unterstützt. Damals machte er nicht viel Aufhebens um seinen Titel, aber Kate vermutete, daß dies aus Angst geschah, sich eine Blöße zu geben, falls sich doch eine Wissenslücke auftun sollte.

Kate bog nach links in die Chester Road ab. Von der Straße drangen gedämpft vereinzelte Verkehrsgeräusche herüber. Die wattegleichen Nebelschwaden dämpften jeden Laut und verschluckten selbst das Licht der Straßenlaternen bis auf einen leicht gelblichen Schein. An der Ecke zur Boyer Street stieß

Kate unsanft gegen einen Pflanzkübel. Sie fluchte unterdrückt, tastete sich weiter und bog erneut nach links ab. Selbst auf dem Bürgersteig der Hauptstraße sah man kaum eine Handbreit vor sich.

Eisige Windstöße wirbelten den Nebel durcheinander. Er kroch unter den Kragen und in die Ärmellöcher. Das Pflaster glitzerte schwach. Es begann zu frieren.

Bernie hatte Rache als mögliches Motiv des Mörders vermutet. Kate konnte sich durchaus vorstellen, daß sich ein Mann wie Ingrams von Eifersucht leiten ließ – schließlich war seine Eifersucht die Ursache für das Ende ihrer Beziehung gewesen –, aber Rachegefühle? Hatte sie ihm je einen Grund gegeben, sich an ihr rächen zu wollen? Kenneth war damals unverhofft bei Technicom aufgetaucht, um mit ihr essen zu gehen. Er hatte den Wachmann Harry Yates mit seiner Visitenkarte von der Universität völlig überrumpelt. Harry hatte Owen angerufen und darum gebeten, Kenneth einen Passierschein ausstellen zu dürfen. Und Owen, der einen wertvollen Kontakt gewittert hatte, war einverstanden gewesen.

»Ich setz dich zu Hause ab, damit du duschen und dich umziehen kannst. Anschließend stehen Theater und ein Essen in meinem italienischen Lieblingsrestaurant auf dem Plan«, hatte er oben im Büro verkündet.

Kate hatte noch einen Bericht am Computer fertigstellen müssen, und Kenneth plauderte solange mit Owen. Kate war über seine arrogante Eigenmächtigkeit verärgert gewesen. Sie hatte keinen Babysitter organisiert und mußte Mary bitten, auf Melanie aufzupassen.

Als sie schließlich in den Lift gestiegen waren, hatte das Unheil seinen Lauf genommen.

»Wer ist dieser Computerfuzzi?«

»Wer?«

»Der Milchbubi, der ständig um dich herumgeschlichen ist.«

»Du meinst Adam«, sagte Kate. Sein verächtlicher Ton gefiel ihr nicht. »Er ist kein Fuzzi und schon gar kein Milchbubi.«

Sie spürte, wie Kenneth neben ihr innerlich kochte. »Das kannst du wohl kaum beurteilen, oder?«

Sie verließen den Lift und durchquerten die Empfangshalle. Harry schien zu ahnen, daß dicke Luft herrschte, denn er unterließ es, Kate in das übliche Feierabendgeplänkel zu verwickeln. Er beobachtete nur stumm, wie sie sich beide aus der Anwesenheitsliste austrugen, und nickte ihnen zum Abschied freundlich zu.

»Ich finde es reichlich billig, sich einem Mann an den Hals zu werfen, nur weil er dir schöne Augen macht«, sagte Kenneth unvermittelt und ging zur Fahrertür seines Wagen, den er unmittelbar vor dem Portal in der zweiten Reihe geparkt hatte, so daß er die Durchfahrt blockierte.

»Ich werfe mich niemandem an den Hals«, entgegnete Kate. »Und eigentlich dürftest du dich von einem ›Milchbubi‹ kaum bedroht fühlen, oder?«

Kenneth ließ sie in der Kälte stehen, während er die Fahrerseite aufschloß, seinen Mantel auszog, faltete und ihn sorgfältig auf dem Rücksitz verstaute, bevor er einstieg und die Beifahrertür öffnete.

»Danke«, sagte Kate.

Er sah sie kurz an. Ihre offensichtliche Verärgerung schien ihm eine gewisse Genugtuung zu verschaffen. »Ich wünsche nicht, daß du mit ihm verkehrst.«

»*Wie bitte?*«

»Liegt doch auf der Hand, worauf er's abgesehen hat. Der ist ja völlig hingerissen von dir.«

Kate lachte unvermittelt und laut, und er sah sie verdattert an. »Hast du Angst, daß er mich hinter dem Aktenschrank verführt? Heißer Sex im Aktenschrank . . . ist es das, was dich beunruhigt?«

Kenneth schlug zu, brutal und ohne Vorwarnung. Gleich darauf entschuldigte er sich, immer und immer wieder. Er streckte die Hand aus, um die vier roten Striemen zu kühlen, die seine Finger auf Kates Wange hinterlassen hatten, doch Kate zuckte vor ihm zurück und zischte: »Laß die Finger von mir, du Schwein!«

»Kate ...«

»Der Mann ist ein Kollege. Er bemüht sich um ein angenehmes Arbeitsklima. Daran ist nichts Besonderes.« Sie machte die Autotür auf und stieg aus. »Ich nehme den Bus.« Ihre Haut brannte unter den Regentropfen, die ihr über die Wange rannen.

»Was ist mit dem Theater? Dem Essen? Ich habe schon alles organisiert.«

Kate schlug die Tür zu und sah dem Wagen nach, der mit quietschenden Reifen davonfuhr, einem Lastwagen die Vorfahrt nahm und bei Rot über eine Ampel raste.

Am darauffolgenden Tag und in den nächsten zwei Wochen hatte er Blumen geschickt. Sie hatte sie weggeworfen. Er schrieb Briefe, die sie verbrannte. Er rief an, bis er es leid wurde, daß sie ständig wieder auflegte. Aber er hatte sie kein einziges Mal bedroht. Eigentlich hatte er ihr leid getan. Wären ihre Erfahrungen mit David nicht gewesen, hätte sie ihm vielleicht noch eine Chance gegeben. Das alles war Monate vor Melanies Entführung geschehen. Und Kenneth war in New York gewesen, als es passierte.

Sie hörte ein schleifendes Geräusch hinter sich, blieb stehen und versuchte vergeblich den Nebel mit Blicken zu durchdringen. Das Blut rauschte in ihren Ohren. Sie ging weiter, all ihre Sinne waren wach. Der Klang menschlicher Stimmen ganz in der Nähe ließ sie zusammenfahren.

Eine Frau und ein Mann hatten eine Auseinandersetzung.

Kate mußte unwillkürlich lächeln und ging weiter.

Das Ende ihrer Beziehung zu Newman war weniger dramatisch gewesen ... aber ebenso belanglos und prosaisch wie die ganze Affäre. Hauptmerkmale dieser Verbindung waren Oberflächlichkeit und Langeweile. Kate vermutete, daß sein Heiratsantrag nur ein lustiger Versuch gewesen war, die öde Routine aufzubrechen. Sie schnaubte verächtlich und blies eine Wolke kondensierten Atems in die Luft. Heiratsantrag war wohl nicht ganz der richtige Ausdruck. Er hatte ihr gesagt, er wolle, daß sie zu ihm *gehöre!*

Kate hatte nie vermocht, das unangenehme Gefühl abzuschütteln, das sie bei der Erinnerung an ein Zimmer überfiel, das er stets unter Verschluß hielt. Ein Zimmer, das er in einem vergeblichen Versuch, witzig zu sein, als seinen ›Damen‹-Salon bezeichnet hatte. Es handelte sich um einen düsteren Raum, dessen Vorhänge stets geschlossen blieben und der ausschließlich mit Porzellanpuppen vollgestopft war. Puppen auf dem Fußboden, Puppen auf den extra dafür angefertigten Podesten, Puppen auf Regalen, Porzellanpuppen in Vitrinen. Kate hatte angesichts dieser rosawangigen Porzellanwesen stets mit Erstickungsanfällen gekämpft.

Bob nahm sie häufig von ihren angestammten Plätzen, um sie mit einem Pinsel sorgfältig zu säubern, bevor er sie dann wieder einschloß. Jedenfalls hatte Kate damals beschlossen, niemals zu Bob Newmans kostbarem Eigentum zu gehören. Nach der Ablehnung seines Heiratsantrags hatten sie sich noch einen Monat lang von alter Gewohnheit treiben lassen, dann hatte er plötzlich nicht mehr angerufen. Und Kate war erleichtert gewesen.

Aus den Augenwinkeln registrierte sie auf einmal, wie sich ein dunkler Schatten aus dem Nebel löste, und ihr Puls ging schneller, bis sie die Umrisse einer großen Roßkastanie erkannte. Offenbar hatte sie das unbebaute Grundstück hinter dem Rathaus von Trafford erreicht. Ein Wagen kroch im

Schrittempo vorbei, und Kate rückte weiter von der Bürgersteigkante ab.

Eine Männerhand legte sich plötzlich über ihren Mund und riß ihren Kopf zurück. Sie fiel rücklings über einen Drahtzaun und ließ dabei das Messer fallen. Sie hörte, wie es klirrend auf den Asphalt schlug. Eine zweite Hand packte sie am Oberarm. Sie bekam keine Luft mehr.

»Du hast sie umgebracht, du Schlampe . . .«

Kate riß die Arme hoch, versuchte mit ihren Händen nach seinen Augen zu greifen. Sie konnte den Kopf nicht wenden, aber plötzlich befanden sich ihre Finger in seinen Augenhöhlen. Er ließ sie abrupt los, stieß sie von sich weg, taumelte fluchend rückwärts. Kate stürzte und schürfte sich beide Knie schmerzhaft auf dem grobkörnigen Asphalt auf.

Sie begann zu schreien. Mühsam rappelte sie sich auf, stolperte über ein Hindernis und schlug sich eine Handfläche auf. Dabei ertastete sie einen Stein und warf ihn schreiend nach dem Angreifer.

Schritte! Diesmal kamen sie von der Straße her. Jemand . . . ein Mann rief etwas. Und dann ertönte im Hintergrund eine Frauenstimme.

»Alles in Ordnung, Schätzchen?« Eine Gestalt trat aus dem Nebel, zaghaft, als wolle sie Kate nicht erschrecken. Sie erkannte die Stimme des Mannes wieder. Er war es gewesen, der sich vorhin mit der Frau gezankt hatte.

»Ist mit ihr alles in Ordnung?« Die Stimme der Frau klang schrill vor Angst.

Kate sah über die Schulter zurück in die Finsternis. »Ein Mann . . . Er hat mich gepackt. Ein Mann . . .«, wiederholte sie atemlos.

»Er ist fort, Schätzchen. Ihnen kann nichts mehr passieren.« Dann rief er der Frau zu: »Komm und hilf mir, Liebes. Sie hat eine unangenehme Begegnung gehabt.«

Die Frau kam unsicher auf sie zu. »Sie haben sich ja die Knie aufgeschürft«, sagte sie. Kate starrte auf ihre zerrissenen Strümpfe und die blutigen Knie hinab und brach in Tränen aus. »Beruhigen Sie sich. Es ist ja alles gut«, tröstete die Frau sie.

»Wir bringen Sie nach Hause. Oder möchten Sie lieber ins Krankenhaus?«

»Nein . . . danke.« Kate zitterte heftig. »Mir geht's gut.«

»Was ist mit der Polizei?«

»Nein.« Kate hätte es nicht ertragen, dorthin zurückzukehren, hatte in diesem Augenblick Harmon und seiner Wut nichts entgegenzusetzen. Noch einen Vortrag über Sicherheit und wie man Schwierigkeiten aus dem Weg gehen konnte, hätte sie nicht ertragen. Als ob das alles ihre Schuld sei!

»Haben Sie irgendwo Ihren Wagen geparkt?« erkundigte sich der Mann.

»Nein, ich bin zu Fuß unterwegs«, erwiderte Kate unter Tränen. »Er . . . muß mir gefolgt sein . . .«

»Ist ja gut«, beruhigte sie der Mann, der offenbar Angst hatte, sie könne gleich wieder zu schluchzen anfangen. »Unser Wagen steht vorn an der Straße. Sind nur ein paar Schritte. Können Sie so weit gehen?«

Kate schwieg auf der ganzen Fahrt nach Hause. Sie brauchten lange für eine Strecke, die man normalerweise in zehn Minuten zurücklegte. Der Nebel begann sich teilweise zu lichten, doch an manchen Stellen war er noch immer undurchdringlich. Kreuzungen und Abzweigungen waren nur schwer zu erkennen. Die Frau – sie hatte sich als Pam vorgestellt – tätschelte unaufhörlich Kates Hand. Schließlich hielten sie vor dem Viktorianischen Wohnhaus mit seinem löchrigen Zaun und der windschiefen Gartentür an, und Kate spürte förmlich, wie die Frau an ihrer Seite sie bedauerte.

»Ich hab's drinnen ganz hübsch«, erklärte sie beinahe trotzig. Dann lächelte sie verlegen. »Danke. Das war sehr nett von Ihnen. Ich sollte Ihnen Benzingeld geben.«

»Kommt nicht in Frage!« wehrte Pam entschieden ab.

Sie wechselte einen Blick mit ihrem Mann. »Ich begleite Sie rein, ja? Mache Ihnen eine schöne, heiße Tasse Tee . . .«

»Nicht nötig. Es geht mir schon viel besser. Ich nehme ein Bad und gehe gleich ins Bett. Ich habe Ihre Zeit schon lange genug in Anspruch genommen.«

»Sollen wir jemanden anrufen . . . Jemand, der Ihnen Gesellschaft leistet?« Keith, Pams Ehemann, schien sie nur ungern allein zu lassen.

»Nicht nötig«, beharrte Kate und drückte den Türhebel hinunter. »Ich bin Ihnen wirklich sehr dankbar.«

Pam wandte den Blick ab und zuckte mit den Schultern. »Sie hätten dasselbe auch für uns getan«, versicherte sie. »Wir warten zumindest noch, bis Sie im Haus sind . . .«

Kate lächelte dankbar, stieg aus dem Wagen und fühlte, wie steif ihre Knie bereits waren. Ein eiskalter Luftzug und feuchter Nebel legten sich auf ihre Haut, nahmen ihr den Atem. Sie ging den Gartenpfad entlang, die Haustürschlüssel griffbereit in der Hand. Sie steckte den Schlüssel unsicher ins Schloß und drehte sich um, um ihren Rettern zuzuwinken, bevor sie hineinging. Der Wagen war nur schemenhaft am Straßenrand zu erkennen. Als kurz die Hupe ertönte, bevor der Wagen davonfuhr, wußte Kate, daß man ihr Signal verstanden hatte.

14

In der Wohnung war es kalt. Kate zündete sofort die Gasöfen an und ließ Badewasser ein. Ihre Knie waren blutig und schmerzten. Vorsichtig säuberte sie die Wunden und legte sich eine halbe Stunde ins heiße Badewasser. Das Wohnzimmer war bereits warm, als sie dorthin zurückkehrte. Sie hatte ihren Bademantel an und das Federbett über eine Schulter gelegt. In der Hand hielt sie einen Becher Kaffee.

Sie griff nach der Kassettenbox auf dem Tisch, öffnete sie und nahm das Band von *River of Dreams* heraus, das sie am Morgen vor der Arbeit gehört hatte. Adam hatte es für sie gekauft. Er wußte, daß sie Billy Joel mochte. Gelegentlich war Kate überrascht, wieviel Adam von ihr zu wissen schien.

Sie döste bei ›Blonde over Blue‹ vor sich hin und fuhr erschrocken auf, als plötzlich ›A Minor Variation‹ einsetzte und sie hastig die Lautstärke zurückdrehen mußte. Nach Mrs. Wilsons Beschwerden stand ihr nicht der Sinn.

Sie lehnte sich in ihren Sessel zurück und genoß die weiche, warme Sicherheit des Federbetts. Sie kuschelte sich tief in seine Falten und fragte sich, warum sie ihren Angreifer nicht verfolgt hatte. Er war über das unbebaute Grundstück davongerannt. Äste hatten unter seinen Schritten geknackt, und sie hatte deutlich gehört, wie er über Steine und Abfall gestolpert war. Wenn es Melanies Mörder gewesen war, hätte sie ... Hätte sie, was? Ihn verhaftet? Ihn getötet, wie sie es sich so oft in ihrer Phantasie vorgestellt hatte?

Kate schüttelte den Kopf. Der Killer, der Mann, der sie jetzt terrorisierte, war kalt und berechnend. Er war jemand, der nichts dem Zufall überließ, kein Risiko einging. Heute, dort draußen im unwegsamen Gelände, überlegte sie, war nichts sicher gewesen. Und daraus schloß sie, daß ihr Angreifer ein anderer gewesen sein mußte. Aber wer?

›Lullaby‹ war die nächste Nummer. Der Text fing sie augenblicklich ein, sie horchte auf den ruhigen, gleichmäßigen Rhythmus der Musik, der sie an den Herzschlag eines schlafenden Kindes erinnerte. Sie spielte mit dem Gedanken, aufzustehen und das Band abzuschalten, aber die sanfte, eindringliche Melodie hatte eine lähmende Wirkung, und sie spürte plötzlich, daß sie lautlos weinte.

Der Sänger erzählte von Versprechen. Versprechen, die sie Melanie gegeben hatte. Versprechen, die sie nicht gehalten hatte ... nicht hatte halten können ... denn Melanie war allein und voller Angst vor einem wahnsinnigen Mörder gestorben. Ihre Tränen rollten unaufhörlich. Sie hatte nicht einmal das Bedürfnis, sie zurückzuhalten. Es waren Tränen der Trauer, nicht der Bitterkeit. Tränen des Bedauerns darüber, was sie und Melanie verloren hatten. Tränen für Melanies verlorene Chancen. Tränen der Heilung.

»Oh, Mel ...«

»*Mami ...*«

Kate erstarrte.

»*Mami ...*«

Sie sah sich wie gehetzt um. Ihr war plötzlich eiskalt.

»Melanie?«

»*Bitte ... Ich will nach Hause.*«

»Gütiger Himmel, Melanie ...!« Kate war aufgesprungen. Sie rannte zur Dielentür. Die schmerzenden Knie spürte sie nicht mehr.

»*Mam – iii!*« Die Stimme war hinter ihr, kam aus dem Wohnzimmer.

»Nein! Nein!« Kate schrie, taumelte zum Kassettenrekorder. Voller Entsetzen starrte sie auf den Lautsprecher.

»*Mir gefällt's hier nicht.*« Melanies Stimme wurde schrill vor Angst. »*Ich will nach Hause ...*«

Die Stimme verstummte abrupt, und Kate fingerte an der Lautstärkeneinstellung herum. Doch aus dem Lautsprecher kam nichts mehr, außer einem leisen Rauschen. Kate stieß einen Schrei aus, als die Musik plötzlich in ihren Ohren explodierte. Dann tauchte sie in Stille ein, sank kopfüber und dankbar in die Bewußtlosigkeit.

»Jetzt begreifst du endlich.« Er horchte in den Kopfhörer, hörte den stampfenden Rhythmus und das durchdringende Poch, Poch, Poch, das mit der Musik nichts zu tun hatte.

»Jetzt begreifst du endlich, was Schmerzen sind.« Und er empfand leichte Genugtuung darüber, daß sie jetzt für die Wunden zu zahlen begann, die sie ihm zugefügt hatte.

Pochender Rhythmus aus der Anlage. Pochen von oben. Pochen in ihrem Kopf. Pochen an der Wohnungstür. Kate starrte zur Decke hinauf. Ein paar Farbplättchen lösten sich, schwebten träge herab, während das Pochen andauerte. Sie blinzelte, als Staubpartikel auf ihrem Gesicht landeten. Ruhig, geradezu heiter mitten in dem Lärm, dachte sie: Ich liege auf dem Fußboden. Aber das war ohne Bedeutung.

Dann fragte sie sich flüchtig, weshalb sie eigentlich auf dem Fußboden lag. Es mußte ein Irrtum sein.

Melanie. Kate schlug die Hand vor den Mund, um einen Schrei zu ersticken.

Glas klirrte, und ein eisiger Luftzug wehte herein.

»Mrs. Pearson?«

Kate kannte die Stimme, konnte jedoch nicht antworten.

»Sie liegt auf dem Boden«, sagte die Stimme. »Ich kann sie sehen.« Man rief erneut nach ihr, und Kate antwortete, überrascht über die Heiserkeit ihrer Stimme. Sie rappelte sich auf.

»Nein. Bleiben Sie liegen«, drängte Wainwright. »Wir sind gleich bei Ihnen.«

Kate achtete nicht auf ihn. Sie richtete sich langsam zum Sitzen auf und wartete, bis sich das Schwindelgefühl legte.

»Melanie«, sagte sie lautlos.

Mrs. Wilson hatte die Polizei gerufen, nachdem sie Kates Schreie gehört hatte. Offenbar hatten die Schreie gut fünf Minuten angedauert und dann abrupt geendet.

»Ich muß ohnmächtig geworden sein«, flüsterte Kate. Ihre Kehle schmerzte trotz der Tasse Tee, die ihr die Polizistin in Uniform gebracht hatte. Sie saß inmitten von Polizisten und Technikern von der Spurensicherung. Die vielen Leute verwirrten sie.

Wainwright, der spürte, wie aufgewühlt sie war, bat die Uniformierten, das Zimmer zu verlassen. Kate griff nach einer Zigarettenpackung auf dem Couchtisch. Ihre Finger zitterten derart, daß Wainwright ihr die Zündhölzer aus der Hand nahm. Sie lächelte dankbar. Er mußte ihre Hand ruhig halten, um ihr die Zigarette anzünden zu können, und wartete, bis sie einen Zug getan hatte, bevor er fragte: »Besser?«

Kate nickte. Sie wickelte unaufhörlich eine Haarsträhne um ihren Finger. Wainwright hatte ihr eine Jacke um die Schultern gelegt. Trotzdem zitterte sie noch immer heftig.

»Sie müssen uns sagen, ob etwas fehlt oder ob sie glauben, daß hier etwas verändert wurde.«

Kate wandte dem Sergeant ihr sorgenvolles Gesicht zu.

»Keine Ahnung. Das Tonband . . . Wie hat er das nur auf das Band gebracht?«

Wainwright schüttelte den Kopf.

»Warum tut er das? Warum läßt er mich nicht in Ruhe?« Sie senkte die Stimme. »Heute abend, nachdem ich Mr. Harmons Büro verlassen hatte, ist mir jemand gefolgt.«

Wainwrights Augen wurden groß. »Haben Sie ihn gesehen?«

Kate zuckte mit den Achseln. »Der Nebel war zu dicht. Es war zu dunkel.«

»Soll ich irgend jemanden benachrichtigen? Jemand, der bei Ihnen bleiben soll? Irgend jemanden?«

Kate schüttelte unglücklich den Kopf. Es wäre unfair, Bernie vom Frauenhaus wegzuholen, und die Freundschaft mit Mary hatte sie mit ihren bitterbösen Vorwürfen zerstört.

»Wir stellen eine weibliche Polizistin zu Ihrer Sicherheit ab, aber Sie sollten heute nacht jemanden haben ... einen Freund oder eine Freundin ... mit dem sie reden können.«

Kate schüttelte nun erneut den Kopf.

»Haben Sie die Nummer Ihres Hausarztes?« wollte Wainwright wissen.

»Ich will keine Pillen mehr«, erwiderte Kate müde. »Ich brauche keinen Arzt. Ich brauche meinen Seelenfrieden.«

»Trotzdem ...«

»Ich möchte mich gern etwas hinlegen«, sagte sie.

Wainwright seufzte frustriert. Er dachte kurz nach. »Ich lasse das Fenster mit Brettern vernageln. Sie legen sich eine Weile hin. Dann kontrollieren wir zusammen die Wohnung.«

Kate nickte müde. Ihr war plötzlich übel vor Erschöpfung.

Aus der Dunkelheit ihres Zimmers hörte sie, wie die Polizei auf Zehenspitzen durch ihre Wohnung ging, hörte Wortfetzen und jemanden am Telefon. Plötzlich schien nichts mehr ihr zu gehören. Sie war verzweifelt.

Kate wurde von einem zögernden Klopfen an ihrer Tür geweckt. Sie fuhr hoch, knipste das Licht neben ihrem Bett an und entdeckte ungläubig, daß es beinahe Mitternacht war. Ihr Herz klopfte rasend, aber sie beruhigte sich schnell und hinkte zur Tür. Ihre Knie waren steif und blutverkrustet, und die Haut um die Schürfungen spannte und zog. Sergeant Wainwright stand vor der Tür. Er wirkte verlegen.

»Chefinspektor Harmon ist im Wohnzimmer«, begann er. »Er würde gern mit Ihnen sprechen. Vorausgesetzt, Sie fühlen sich besser.«

Kate strich sich das Haar hinter die Ohren. »Ich muß eingeschlafen sein«, murmelte sie verlegen und leicht schuldbewußt.

»Also, wenn Sie soweit sind«, begann Wainwright. »Wir ...

ehm ... die Kollegen von der Spurensicherung würden gern ...« Er sah über ihre Schulter ins Schlafzimmer.

»Oh! Ja, natürlich. Entschuldigung.« Sie trat in den Flur. »Sie können rein«, fügte sie hinzu und stieß die Tür weit auf.

Harmon trug einen Abendanzug. Das Modell sah teuer aus, die Fliege saß tadellos. Er wirkte auf dem Teppich vor dem Gasofen seltsam fehl am Platz. Harmon sah sie abwartend an.

Sie hielt seinem Blick trotzig und herausfordernd einige Sekunden lang stand und wußte doch, daß er sie durchschaute, daß er verstand, wie verzweifelt sie war. Sie wollte dieses Verständnis nicht, doch sie war zu müde, um den Schein zu wahren. Sie senkte den Blick und verschränkte die Arme vor der Brust.

Harmon trat näher und berührte leicht ihre Hand. Kate zuckte zurück. Sie sah auf. Ihre Augen brannten vor Wut. »Offensichtlich will er noch immer mit mir ›kommunizieren‹, nicht wahr, Inspektor?« Sie spuckte die Worte aus, als hätten sie einen bitteren Geschmack.

»Es tut mir so leid, Kate.«

Das ist jetzt das zweite Mal in wenigen Tagen, daß er mich Kate genannt hat, dachte sie, und aus unerfindlichen Gründen fröstelte sie.

»Wir gewähren Ihnen Personenschutz rund um die Uhr«, hörte sie ihn sagen.

»Verzeihen Sie den Zynismus, aber wie lange?«

Harmon sah sie ruhig an. »So lange, wie es sein muß.«

Ein Beamter von der Spurensicherung reichte Harmon die Kassette in einem versiegelten Plastikbeutel. »Drei Fingerabdrücke, Sir. Wir überprüfen sie im Labor.«

Harmon nickte. Der Mann war entlassen. »Woher haben Sie das hier?« fragte er und hielt das Band hoch.

»Es war ein Geschenk.«

»Von wem?«

»Adam Shepherd hat es mir gekauft.«

»Hatten Sie es zuvor schon mal abgespielt?«

»Glauben Sie, Adam hat es getan? Wollen Sie das damit andeuten?«

Harmon antwortete nicht.

»Ich habe das Band schon tausendmal abgespielt. Er hat es mir schon vor Monaten geschenkt ... zu meinem Geburtstag.«

»Und wann war das genau?« fragte Harmon.

»Im April.« Sie beobachtete Harmons Reaktion. »Ja, Inspektor. Bevor Melanie entführt wurde. Bevor sie ermordet wurde. Sie verschwenden Ihre Zeit mit Adam.«

Harmon zog es vor, darauf nicht zu antworten, und wechselte das Thema. »Sie haben Sergeant Wainwright erzählt, heute abend sei Ihnen ein Mann gefolgt.« Er sah auf die Uhr. »Gestern abend«, verbesserte er sich.

Kate nickte. »Ich glaube nicht, daß es derselbe Mann ist.«

»Wie kommen Sie darauf?« fragte Harmon sofort hellwach.

»Es paßt nicht zu ihm. Er, der Mann, der mir E-mails schickt und jetzt das ... getan hat«, sie deutete auf das Band in der Plastiktüte, »... wäre viel vorsichtiger. Der Mann, der mir gestern abend gefolgt ist, hat riskiert, geschnappt zu werden. Ein Mann und eine Frau sind mir zu Hilfe gekommen, als sie meine Schreie hörten. Und da war etwas ...« Sie verstummte.

Der Lauscher rückte den Ohrhörer zurecht. Hatte sie zu reden aufgehört, oder hatte er den Sender verloren?

»Sie kennen ihn?« fragte Harmon.

Kate sah ihn zuerst verdutzt an. Dann schien ihr die Bedeutung der Frage zu dämmern. »Ob ich ihn kenne? Ich bin nicht sicher. Er hat geflüstert, aber es kam mir so vor, als wolle er seine Stimme verstellen.«

Harmon wartete, aber sie schüttelte den Kopf. »Es ist sinnlos. Ich kann mich nicht erinnern.«

»Vielleicht haben Sie seine Stimme erkannt. Oder etwas anderes könnte vertraut gewesen sein ... ein Geruch, vielleicht?«

Ein Geruch. Kate dachte nach. Als er sie gepackt hatte, hatte sie sich eingebildet oder gespürt, daß ihr etwas bekannt vorkam. War es ein Rasierwasser gewesen? Sie erschauderte, und die unfreiwillige Bewegung verscheuchte die Erinnerung. »Er ...« Die Stimme versagte ihr, sie trank einen Schluck Tee. Es war kalt geworden, und sie zog eine Grimasse. »Er hat mir den Mund zugehalten.«

»Hat er Sie verletzt? Ist mit Ihnen alles in Ordnung?«

»Ich bin okay.«

»Trug er Handschuhe?«

»Ich glaube ... ja. Aber ich bin nicht sicher.«

»Vielleicht rochen die Handschuhe. Waren es Lederhandschuhe?«

Kate schüttelte den Kopf. »Ich weiß nicht.« Allein der Gedanke daran schnürte ihr die Kehle zu.

»Also gut«, seufzte Harmon. »Wir unterhalten uns später weiter ... wenn Sie sich erholt haben. Wo ist das passiert?«

»An dem unbebauten Grundstück an der Chester Road, hinter der Trafford Town Hall.«

»Großer Gott!« entfuhr es dem Inspektor. »Das ist doch gleich bei uns um die Ecke! Warum sind Sie nicht zurückgelaufen und haben Alarm geschlagen? Wir hätten ihn vielleicht erwischt.«

Kate war verwirrt. »Man konnte kaum die Hand vor den Augen sehen. Ich konnte nicht erkennen, in welche Richtung er gerannt ist. Und ich war ziemlich fertig ... Ich wollte nur nach Hause. Warum klagen Sie mich schon wieder an!« schrie sie plötzlich. »Ich habe nichts Unrechtes getan.«

»Nein«, stimmte Harmon zu und versuchte seinen Ärger im Zaum zu halten. »Aber Sie sollten vorsichtiger sein. Wenn das der Mann ist, der Melanie umgebracht hat . . .«

»Ich habe doch schon gesagt, der Kerl, der mir vom Revier aus gefolgt ist . . .«

»War ein anderer«, warf Harmon ein.

»Ja.«

»Und der, der sich an dem Band zu schaffen gemacht hat?«

»Ist der Mörder.«

»Sind Sie sicher?«

»Verlassen Sie sich darauf!« sagte Kate wütend.

Harmon nickte. »Wenn das so ist, dann sind Sie ernsthaft in Gefahr.« Es entstand eine Pause. Kate bemerkte, daß die Polizisten und die Leute von der Spurensicherung ruhig geworden waren. Es schien beinahe, als hielten sie den Atem an.

Als Harmon die Unterhaltung erneut aufnahm, dröhnte seine Stimme durch eine unnatürliche Stille. »Ich schlage ernsthaft vor, Sie sollten heute bei Freunden übernachten, Mrs. Pearson.«

Kate schüttelte den Kopf. Bernie hatte um diese Zeit selbst genug zu tun.

»Die Freundin, die mit Ihnen im Midland Hotel übernachtet hatte . . . ist das nicht Mrs. Marchant gewesen?«

»Wir haben seit dem Sommer keinen Kontakt mehr«, erklärte Kate. Allein der Gedanke an den Krach mit Mary machte sie verlegen. »Es wäre kaum fair, sie um diese nachtschlafene Zeit anzurufen und sie zu bitten, mich bei sich aufzunehmen. Außerdem«, fügte sie hinzu, »will ich niemanden in Gefahr bringen.«

Allein in seinem ordentlichen Zimmer lächelte der Lauscher. *Wie nobel. Wie richtig. Das geht nur dich und mich etwas an, Kate, mein Liebling.*

Wainwright gähnte herzhaft.

»Machen Sie jetzt Schluß, Sergeant Wainwright«, sagte Harmon. »Sie sehen aus, als könnten Sie eine Mütze Schlaf brauchen.«

»Ist schon gut, Sir«, erwiderte Wainwright und rieb sich die Stirn. »Möchte sowieso bezweifeln, daß ich zu Hause zum Schlafen komme.«

Sie saßen in Harmons Wagen vor Kates Haus. Es herrschte kaum noch Verkehr. Nur gelegentlich fuhr ein Lieferwagen oder ein Taxi im Nebel vorbei. Harmon hatte als Vorsichtsmaßnahme die Scheinwerfer brennen lassen. Er sah Wainwright an, doch er konnte ihn kaum erkennen, denn der schwache Schein der Straßenlaterne wurde vom Nebel fast vollständig verschluckt. Er knipste die Innenbeleuchtung des Wagens an.

»Sie sehen schrecklich aus«, bemerkte er.

»Ich weiß.«

»Warum wollen Sie nicht schlafen?« Harmon starrte geradeaus und sah sein eigenes Spiegelbild geisterhaft in der Windschutzscheibe.

»Mein Schlafbedürfnis ist intakt.«

»Wer oder was läßt Sie dann nicht schlafen?« Harmon spürte, wie der Sergeant neben ihm unruhig wurde. »Kann ich Ihnen irgendwie helfen?« fragte er hartnäckig.

»Ich glaube nicht.« Wainwright war über den Anruf wegen Kate Pearson erleichtert gewesen. William hatte gerade einen seiner Wutanfälle gehabt und sich geweigert, ins Bett zu gehen. Jan hatte ihn angeschrien. In der Zeit zwischen sechs Uhr, als er nach Hause gekommen war, und neun Uhr, als der Anruf ihn erreichte, hatte William vier Wutanfälle gehabt, in deren Verlauf ein Spiegel zu Bruch gegangen war. »Ich weiß nicht«, sagte er wie zu sich selbst. »Vielleicht hat Jan recht. Ein Spezialist sollte ihn sich ansehen.«

»Wen?« Harmon war zu dem Schluß gelangt, daß Wainwright Eheprobleme hatte. In Polizistenfamilien war das keine Seltenheit. Er hatte die Schnittwunde auf Wainwrights Stirn als das Ergebnis eines handfesten Streits gedeutet. Er wiederholte seine Frage, als Wainwright nicht antwortete.

»Wie?« Er schien fast zu schlafen. »Ach so. William.«

»William? Ihr Sohn? Ist er krank?«

Wainwright lachte humorlos. »Nicht im üblichen Sinn. Er ...« Wainwright verstummte. »Ich will Sie nicht damit langweilen. Was soll ich für morgen vorbereiten?«

»Nichts, bis wir die Laborergebnisse haben. Erzählen Sie mir von Ihrem Jungen.«

Wainwright zuckte mit den Schultern. »Da gibt's nicht viel zu erzählen. Er schläft nicht. Er benimmt sich schlecht. Er hört nicht. Er redet nur mit uns, wenn er was will.«

»Klingt nach einem typischen Teenager.«

»Aber William ist vier. Für mich ist das Kind ein Rätsel. Ich fände es nur halb so schlimm, wenn er nicht so gewalttätig wäre.« Der Ausdruck ›gewalttätig‹ kam ihm bei einem Kind geradezu absurd vor. Wainwright verfiel in Schweigen.

»Die Schnittwunde an Ihrer Stirn?« fragte Harmon.

Wainwright fuhr abwesend mit dem Finger darüber. »Unter anderem ...«

»Wenn es hilft, könnte ich Angie bitten, einen Termin zu arrangieren ... bei einem Kinderarzt«, fügte er hastig hinzu, als er den skeptischen Ausdruck des Sergeants sah.

»Unser Hausarzt hält ihn für normal. Er behauptet, er sei nur in einer schwierigen Phase.« Er seufzte. »Er war immer ein so lieber Junge. Hat nie Schwierigkeiten gemacht ...«

»Trotzdem sollte man auf Nummer Sicher gehen. Holen Sie sich Rat bei einem Experten.«

Wainwright schloß die Augen. Harmon glaubte für einen Moment, er sei eingeschlafen.

»Himmel Herrgott! Er ist erst vier Jahre alt!« brach es dann unvermittelt laut aus ihm heraus.

»Vielleicht ist es besser, der Sache jetzt auf den Grund zu gehen, solange er noch so klein ist.«

»Vielleicht. Ich denke darüber nach, okay?«

Harmon wußte, daß mit Wainwright keine Diskussion mehr möglich war, und ließ das Thema ruhen. Er knipste die Innenbeleuchtung aus, bevor er den Motor anließ und den Wagen in den milchig-weißen, undurchdringlichen Nebel lenkte.

15

Die Stimmung war eindeutig schlecht. Kate spürte es den ganzen Vormittag über. Mr. Owen war um neun Uhr im Großraumbüro erschienen ... schon das war ungewöhnlich. Normalerweise zog er es vor, seine Angestellten aus der relativen Sicherheit seines eigenen Büros zu beobachten. An diesem Morgen warf er eisige Blicke in die Runde, bis er gewiß war, daß sich alle an die Arbeit gemacht hatten, und zog sich erst dann in sein Zimmer zurück. Zurück blieb eine ungute, nervöse Atmosphäre. Kate fragte sich, ob ihre Kollegen erfahren hatten, daß man sie unter Polizeischutz gestellt hatte. Mr. Owen war notwendigerweise informiert worden, aber er war nicht der Typ, der solche Angelegenheiten mit seinen Angestellten besprach. Ein Constable war vor dem Vorzimmer postiert worden, angeblich um unnötige Spekulationen unter den Leuten im Hauptbüro zu vermeiden, mit denen Kate zusammenarbeitete.

Sie versuchte die Blicke und die geflüsterten Bemerkungen um sie herum zu ignorieren. Sie hatte einen Job zu erledigen. Sie setzte sich sofort an ihren Platz und überprüfte ihre E-Mail. Wie erwartet war eine anonyme Nachricht gekommen. Sie lud sie ins Hauptprogramm, las sie jedoch nicht. Statt dessen klickte sie das Symbol ›Option‹ an.

Bis jetzt ist alles nach deiner Nase gegangen, dachte sie. Damit ist es nun vorbei. Ich schlage dort zu, wo es am meisten weh tut, du gemeiner Bastard.

Sie hatte die ganze Nacht darüber nachgedacht, nachdem alle, bis auf ihren Bewacher, gegangen waren. Es war drei Uhr morgens, als der letzte Beamte die Wohnung verlassen hatte, und sie keinen Schlaf mehr finden konnte. In diesen schlaflosen Stunden war sie zu der Erkenntnis gelangt, daß sie es zugelassen hatte, daß dieser Mann sie wie eine Marionette lenkte. Es war Zeit, daß sie wieder ihre eigene Herrin wurde. Zwar war ihr Peiniger noch immer im Vorteil, aber sie setzte auf das Überraschungsmoment. Vielleicht wurde er unvorsichtig. Jedenfalls würde er sich gezwungen sehen, direkten Kontakt zu ihr zu suchen, anstatt weiter durchs Internet zu surfen, um seine Anonymität zu wahren.

Das Tonband war der Wendepunkt gewesen. Melanies Mörder, der sich als Herr über Melanies Leben aufgeschwungen hatte, versuchte jetzt mit derselben Selbstverständlichkeit, *ihr* Leben zu beherrschen, es zu manipulieren, um eine kranke Phantasie zu befriedigen. Kate war wie von Sinnen vor Wut darüber, daß dieses Tier, das ihr Melanie genommen hatte, das Kind auch noch gezwungen hatte, ein Tonband zu besprechen. Möglicherweise hatte er Melanie glauben gemacht, er habe es Kate geschickt, aber die habe nicht geantwortet. Darüber jedoch wollte sie erst gar nicht nachdenken. Es genügte schon zu wissen, daß er bewußt Einzelteile von Melanies Kleidung gesammelt und Tonbandaufnahmen von einem verängstigten Kind gemacht hatte.

Chefinspektor Harmon hatte sie mit seiner Bemerkung auf die Idee gebracht, der Mann scheine das zwanghafte Bedürfnis zu haben, mit ihr zu kommunizieren. Er hatte ihre Schwäche ausgenutzt, indem er Melanie als Überbringerin von Nachrichten mißbraucht hatte.

Die letzte Mitteilung des Mörders wartete bereits auf dem Bildschirm, aber Kate las sie nicht. Sie tippte eine kurze Nachricht ein. Es dauerte nur Sekunden. Sie tippte schnell und zwang sich, dabei nicht auf den Bildschirm zu sehen. Diesen Gefallen wollte sie ihm nicht tun. Nachdem sie die Antwort abgeschickt hatte, löschte sie seine Mitteilung zusammen mit ihrer Erwiderung und rief den Systembetreuer an. Ihre Bitte überraschte ihn. Trotzdem war er bereit mitzumachen, nachdem sie versichert hatte, daß die Änderung nur vorübergehend sein würde.

Minuten später klingelte das Telefon. Kate wartete einen Moment, sammelte alle ihre Kraft und Entschlossenheit für das, was kommen würde. Er reagierte offenbar schneller, als sie erwartet hatte. Er schien sie ganz genau zu beobachten.

»Kate?«

Als sie die Stimme hörte, fiel ihr ein, daß sie einen Denkfehler gemacht hatte. Ihre Telefongespräche wurden abgehört. Über dieses Medium konnte er also nicht mit ihr in Verbindung treten. Zuerst wußte sie mit der Stimme nichts anzufangen.

»Bist du noch da?« fragte die Frauenstimme.

»Ja. Wer . . .?« Im nächsten Moment kam die Erleuchtung. »Bist du's, Mary?«

»Ist mit dir alles in Ordnung?« klang es besorgt.

»Mir geht's gut.« Die Frage verblüffte Kate. Woher konnte Mary wissen, was in der vergangenen Nacht geschehen war?

»Ich habe versucht, dich zu Hause zu erreichen. Ich kann es kaum glauben, daß du im Büro bist. Bist du okay?«

»Ja. Glaub mir, es geht mir gut. Aber . . . warum fragst du?«

»Hörst du kein Radio?«

»Nicht mehr.«

Am anderen Ende blieb es still. »Kam es etwa in den Nachrichten?«

»Sie sagen, du seist überfallen worden.«

»Das ist übertrieben. Ich bin im Nebel in Panik geraten und gefallen«, log sie. »Nichts Schlimmes.«

»Und weshalb wurde dann die Polizei zu deiner Wohnung gerufen?«

Kate wurde übel. »Was haben sie gesagt?«

»Sie haben deine Nachbarin ... Mrs. Wilson ... interviewt.« Kate hatte in Marys Gegenwart über Mrs. Wilson nie vorteilhaft gesprochen. »Sie behauptet, sie habe die Polizei angerufen, weil sie Schreie gehört hat.«

»Besten Dank, Mrs. Wilson«, murmelte Kate. »Sonst noch was?« Mary antwortete nicht. »Komm schon, Mary. Ich krieg's früher oder später doch zu hören.«

»Sie haben die ... das mit Melanie wieder aufgerollt und gesagt, daß der ... der Mörder nie gefaßt wurde.«

Komisch, wie schwer es den Leuten fällt, das Wort auszusprechen, dachte Kate, der Marys Zögern nicht entgangen war.

»Danke, das ist mir auch bekannt.«

»Kate, ist alles in Ordnung? Ich meine, was ist eigentlich los? Soll ich zu dir kommen? Ich könnte dich heute abend besuchen.«

»Nein, Mary ... danke. Ich glaube, es ist besser, wenn du nicht kommst.«

»Ich verstehe ...«

Nein, dachte Kate, das tust du nicht. »Mary, bitte nimm's mir nicht übel. Ich bin wirklich froh, daß du angerufen hast. Es ... es ist so lange her.«

»Hm.«

»Und jetzt habe ich dich schon wieder beleidigt. Das wollte ich nicht, glaub mir. Es ist ... ich kann das nicht erklären. Hör mal, wenn das alles vorbei ist ...«

»*Was?*« Marys Stimme wurde hektisch. »Wenn *was* vorbei ist? Um Himmels willen, Kate, was ist bloß los? Warum läßt du dir nicht helfen?«

»Mary, bitte versuch zu verstehen. Es ist besser, viel besser, wenn wir uns nicht sehen ... auch nicht miteinander reden ... Hab noch etwas Geduld.«

Es entstand eine peinliche Stille. »Wie geht es Jenny?« fragte Kate und griff damit nach dem erstbesten Rettungsanker.

Mary schwieg weiter. Kates Wangen brannten. »Tut mir leid, daß ich ihr zum Geburtstag nicht geschrieben habe ...«

»Herrgott, glaubst du, daß uns das wichtig ist? Wir vermissen dich. Wir wollen, daß du uns besuchst, Kate. Tony würde dich jederzeit abholen, das weißt du.«

»Ja, das weiß ich. Ich weiß es«, sagte Kate leise, und Mary beruhigte sich für einen Moment.

»Jenny läßt dich grüßen. Sie vermißt dich. Und sie vermißt Melanie so sehr. Komm zu uns. Komm Weihnachten.«

»Nein«, lehnte Kate sanft ab. »Danke, aber nein. Nicht, daß ich nicht kommen will ...«

»Dann komm!«

Marys Stimme klang tränenerstickt, und Kate merkte, daß sie um ihre Fassung kämpfte. Sie hielt den Hörer fester und sagte: »Vielleicht zu Neujahr. Vielleicht dann.« Damit legte sie lautlos auf.

»Könntest du die ausmachen?«

Kate sah verdattert auf. »Was?« fragte sie.

Moira deutete auf Kates Hand. Ihre Miene drückte vornehme Verachtung aus. Rauch stieg von einer Zigarette auf, die sie unbewußt während des Telefonats angezündet hatte.

Kate ging zum Fenster und öffnete es. Ein eisiger Luftzug und weihnachtliche Klänge drangen vom Platz unten herauf. Sie starrte Moira unverwandt an, während sie die Zigarette aus dem Fenster schnippte.

Moira zog geräuschvoll die Luft ein. »Das ist wirklich unmöglich!« rief sie.

Ein flüchtiges Lächeln umspielte Kates Mund. »Ich bin lieber unmöglich als eine dickfellige Langweilerin, die sich immer in alles einmischt«, bemerkte sie gerade laut genug, um verstanden zu werden.

»Das reicht. Das muß ich mir nicht gefallen lassen. Der Himmel weiß, daß ich versucht habe, Verständnis aufzubringen, aber diesmal bist du zu weit gegangen. Ich werde mich bei Mr. Owen über dich beschweren.«

»Tu, was du nicht lassen kannst«, sagte Kate unbeeindruckt. »Ich bin von heute an auf unbegrenzte Zeit beurlaubt. Ich bezweifle also, daß er etwas unternehmen wird.«

Moira richtete sich kerzengerade auf. Sie konnte den Triumph kaum verbergen.

»Wir wissen natürlich, daß du unter Streß gestanden hast . . .«

»Wirklich Moira? Wie feinfühlig von euch.«

»Vielleicht ist es das Beste, wenn du dir freinimmst. Weihnachten ist immer ein schwieriges Fest. Ich bin sicher, Mr. Owen will nur dein Bestes.«

Kate nickte ernst. »Das glaube ich auch.« Sie hätte hinzufügen können, daß sie um Urlaub gebeten hatte, blieb jedoch stumm.

Moira versuchte es mit einer anderen Taktik. »Wir haben alle von . . . deinen Schwierigkeiten gestern abend gehört. Schreckliche Geschichte. Wirklich schrecklich.«

Kate fragte sich, wieviel bereits in den Radionachrichten bekanntgegeben worden war. Harmon war nicht der Mann, der Details verbreiten ließ, und Mrs. Wilson wußte eigentlich nicht viel. Das sanfte Klappern der Computertastaturen verlangsamte sich. Das konnte nur bedeuten, daß viele die Ohren spitzten und auf ihre Antwort warteten.

»Sonst noch was, Moira?«

»Ich wollte nur sagen, falls ich irgend etwas tun kann . . .«

Wie zum Beispiel Einzelheiten aus mir rausquetschen, um den Rest der Belegschaft damit zu füttern, dachte Kate. »Ja«, erwiderte sie. »Du kannst wirklich etwas tun.« Das Klappern der Tasten war beinahe gänzlich verstummt. Viele hörten jetzt offen zu.

Moira wurde rot vor Glück und befeuchtete die Lippen in Erwartung saftiger Details.

»Du kannst dich jetzt verpissen und dich aus meinen Angelegenheiten raushalten.«

Moira schnappte nach Luft und bewegte tonlos wie ein Fisch die Lippen. Kate sah ihr nach, als sie in die Sicherheit von Owens Aquarium abtauchte.

In der Mittagszeit entwischte sie ihrer Bewacherin von der Polizei und setzte sich auf den Albert Square. Weihnachtseinkäufer eilten zielbewußt über das Kopfsteinpflaster auf die Fußgängerzone zu, während der Verkehr um den Platz brandete. Der Nebel hatte sich gegen zehn Uhr gelichtet und glitzernden Rauhreif hinterlassen. Bei seinem Anblick empfand Kate so etwas wie Optimismus. Irgendwie schien das Wetter ihre eigene Situation zu symbolisieren. Seit Melanies Tod war sie lange durch gefährlichen Nebel gestolpert. Jetzt lag ihr Weg klar und mit kalter Schönheit vor ihr. Sie lachte laut auf.

Im Rathaus fand ein Empfang statt. Würdenträger fuhren in schwarzen Limousinen und schwarzen Anzügen vor, die Frauen glänzten mit auffälligen Hüten. Sie fröstelten in der Kälte, und ihr Lächeln war so brüchig wie die Eiszapfen, die sich an den Statuen auf dem Platz gebildet hatten. Königin Viktoria, die stolz in der Mitte der steinernen Gruppe stand, wirkte mit dem tropfenden Zapfen unter ihrer arroganten Nase beinahe lächerlich. Gelegentlich blieben Touristen stehen und sahen zu dem überdimensionalen, aufblasbaren Weihnachtsmann auf, der an der Rathausuhr hing. Kates Blick fiel auf einen kleinen Jungen an der Hand seiner Mutter, der vor Aufregung von einem Bein auf das andere hüpfte. Er riß sich los und jagte einige Tauben. Sie flogen in wilder Panik auf, und ihre Federn surrten in der Luft.

Die Mutter rannte hinter dem Jungen her und riß ihn zurück. »Du bleibst bei mir, wie ich gesagt habe. Sonst kriegt dich der böse Mann.«

»Bleib bei ihr. Bleib ganz nah bei ihr«, flüsterte Kate und empfand ihre Einsamkeit mit einer Übermacht, die jedes Geräusch in ihrer Umgebung auszulöschen schien. Sie fühlte sich mutterseelenallein, isoliert wie unter einer großen Glasglocke, getrennt von allen anderen Menschen, gebrandmarkt durch ihre Erfahrung.

»Was für ein Spiel spielst du, Kate?«

»Adam«, antwortete Kate und versuchte nicht, sich zu erklären.

Er setzte sich neben sie.

»Wo bist du gewesen?« fragte sie. Adam hatte bei ihrer Ankunft im Büro nicht an seinem Arbeitsplatz gesessen. Seine Abwesenheit hatte sie verwundert. Sonst war er in dieser Woche jeden Morgen früher als die anderen zur Arbeit erschienen.

»Ich habe mit Harmon gesprochen.«

»Worüber?«

»Darüber, wo ich gestern abend gewesen bin.«

»Weshalb?«

»Das solltest du mir sagen.«

»Oh«, murmelte Kate. »Die denken doch wohl nicht ...«

»Und ob sie es denken, Kate. Sie denken es.« Er sah sie fragend an. »Also?« forderte er.

»Ich ... eh ... Ich hatte gestern abend Probleme.«

»Warum hast du mich nicht angerufen?«

»Es war spät und ...«

»Kate, du solltest aufhören, alle anderen Menschen auszuschließen. Begreifst du nicht, daß man dir helfen möchte? Was ist mit deiner Freundin ... dieser Mary? So hieß sie doch, oder? Wenn du mit mir nicht reden willst, warum dann nicht wenigstens mit ihr?«

»Komisch, daß du das sagst. Sie hat mich vor einer Stunde angerufen.«

Adam zog fragend die Augenbrauen hoch.

»Offenbar wurde im Radio ein reichlich verzerrter Bericht in den Morgennachrichten gesendet.«

»Und?«

»Und nichts. Wir haben uns unterhalten.« Sie zuckte mit den Schultern.

Adam seufzte resigniert.

»Was hat Owen gesagt ... als du zu spät gekommen bist, meine ich?«

»Er war nicht gerade entzückt.«

»Adam, ist alles in Ordnung?«

Die Frage kam unvermittelt und überraschend. Im ersten Augenblick schien Adam verblüfft, dann warf er den Kopf zurück und lachte. Es war das erste Mal seit Monaten, daß Kate ihn laut lachen hörte. Er hatte ein ansteckendes, ehrliches, tiefes und maskulines Lachen.

»Habe ich irgendwas Lustiges gesagt?« fragte sie.

Er schüttelte den Kopf. »Jemand folgt dir nach Hause, überfällt dich in deiner eigenen Wohnung«, begann er resigniert, »und du fragst mich, ob mit mir alles in Ordnung ist.«

Kate zuckte erneut mit den Achseln und lächelte. Doch allmählich verschwand das Lächeln, und sie runzelte die Stirn. »Niemand ist mir gefolgt ... jedenfalls nicht bis nach Hause«, widersprach sie.

»Oh.«

»Wie kommst du darauf . . .?«

Adam wandte den Blick ab. »Dann habe ich wohl was falsch verstanden.«

»Was hat Mr. Harmon eigentlich gegen dich?« wollte sie wissen.

Adams Gesichtsausdruck wechselte, und er erwiderte bitter: »Ich habe einmal einen dummen Fehler gemacht, als ich noch ein halbes Kind war.«

Kate blieb ernst.

»Es ist verdammt schwer, aus seinem Leben was zu machen, wenn einem niemand eine Chance gibt«, fuhr er fort. »Wie soll man etwas wiedergutmachen, wenn die Leute dir nicht vertrauen?«

Kate hätte gern mehr gewußt, zögerte jedoch, so daß er fortfuhr: »Jedenfalls verschwinde ich nächsten Sommer von hier. Ich habe ein Angebot von der Uni. Und das nehme ich an.«

Kate vergaß für einen Augenblick ihre Sorgen. »Das ist ja großartig«, sagte sie. »Ich freue mich wirklich für dich.« Sie küßte ihn flüchtig auf die Wange und drückte seinen Arm.

Adam war plötzlich verlegen. »Es ist ein Computerkurs. Ich interessiere mich für Neurale Computer.« Er fuhr sich mit dem Finger an die Schläfe.

»Was ist?« fragte Kate, die sein Zögern bemerkte.

»Neulich . . . als du mich gefragt hast, woran ich arbeite . . .« Er hielt inne.

»Ja?« fragte sie vorsichtig.

»Das war ein Programm . . . sie haben mich gebeten, eine Arbeit von mir einzureichen . . . sozusagen als Bewerbungsunterlage.«

»Oh, Adam!« Kate war so erleichtert, daß sie befreit auflachte. »Entschuldige! Ich dachte schon . . .«

»Ich weiß, was du gedacht hast.«

Kate schüttelte den Kopf. »Es tut mir so leid«, wiederholte sie.

Adam lächelte. »Ist schon okay.«

»Mrs. Pearson!«

Kate sah überrascht zu der jungen Frau auf, die plötzlich vor ihnen aufgetaucht war. Die tiefstehende Wintersonne blendete Kate, so daß sie Constable Barratt im ersten Augenblick nicht erkannte. »Ach, Sie sind's.« Dann stellte sie Adam die Polizeibeamtin vor, die sie beschützen sollte. Die schlanke, attraktive Blondine hätte jederzeit für eine Sekretärin oder eine Computerfachfrau gehalten werden können. Inspektor Harmon hatte sie als Teilzeitangestellte bei Technicom eingeschleust.

»Freut mich, Sie kennenzulernen, Constable Barratt«, sagte Adam und streckte die Hand zum Gruß aus. Sein Blick jedoch schweifte ab.

»*Miß* Barratt«, korrigierte sie ihn. »Verraten Sie niemandem, wer ich bin.« Sie drückte Adam kurz die Hand und wandte sich wütend an Kate. »Harmon reißt mir den Kopf ab, wenn er das erfährt.«

Kate zog amüsiert die Augenbrauen hoch. »Wenn Sie's ihm nicht sagen . . . von mir erfährt er nichts.«

Constable Barratt musterte sie verärgert. Kate seufzte. »Na gut. Gehen wir.«

»Eine Frau ist gestern abend in ihrer Wohnung in Trafford überfallen worden«, las Moira. »Kate Pearson, deren Tochter im Juli dieses Jahres ermordet worden war, ist Ziel eines Telefonterrors, wie Kollegen berichteten. Die Polizei verweigert jede Stellungnahme. Allerdings dürfte die Tatsache von Bedeutung sein, daß Chefinspektor Harmon die Ermittlungen leitet, der schon mit dem Mord an Melanie Pearson befaßt war.« Jemand hustete, und Moira sah auf. »Oh«, sagte sie. »Ich dachte, du wärst nach Hause gegangen.« Es klang wie ein Vorwurf. »Du stehst in der Zeitung.«

Die Kollegen wandten sich unauffällig, aber zögernd wieder ihren Computern zu. Sie wollten nichts verpassen. Kates Blick schweifte zu Adams Schreibtisch. Er war leer. Sie ging zu Moira.

»Morgenausgabe?« fragte sie.

»Direkt aus der Presse.« Moiras dunkle Knopfaugen blitzen gehässig. »Scheint so, als hätten sie noch immer keine Spur vom Mörder.«

Kate nickte. Sie beugte sich vor, schnappte sich die Zeitung, bevor Moira es verhindern konnte, und riß sie voller Wut in kleine Stücke.

Moira starrte sie mit offenem Mund an. »Du . . .! Du . . .!« zischte sie atemlos.

Kate beugte sich zu Moira hinab. »Ein Wort«, sagte sie. »Nur ein Wort, und ich schwöre, ich . . .« Eine leichte Berührung an ihrer Schulter ließ sie mit geballter Faust herumfahren.

»Lassen Sie das lieber, ja?«

Kate starrte Constable Barratt direkt in die Augen. Ihr Atem ging schwer.

»Ist die Aufregung nicht wert«, fügte Barratt hinzu und warf Moira einen warnenden Blick zu, bevor sie Kate beim Ellbogen nahm. Kate schüttelte den Griff ab. Barratt jedoch wich keinen Zentimeter, und so ging Kate schließlich zu ihrem Schreibtisch.

»Vielleicht ist es besser, Sie machen Schluß für heute«, schlug Constable Barratt vor. »Ich regel das mit Ihrem Boss.«

»Erst erledige ich meine Arbeit.«

Kate arbeitete am Entwurf eines Hardware-Liefer- und Wartungsvertrags für eine Firma, die Gefriertüten herstellte. Owen hatte darauf bestanden, daß sie ihn fertigstellte, bevor sie ihren Urlaub antrat. Kate suchte unter dem Stichwort ›Vertragsentwürfe‹ in ihrem Verzeichnis und klickte das entsprechende Symbol an, um die Datei zu öffnen. Nachdem sie die Überschrift überprüft hatte, bewegte sie den Cursor zum Dateiende.

Vom Bildschirm starrte ihr Melanie voller Angst entgegen. Das Kind hatte geweint. Ihr Pferdeschwanz war verrutscht, Haarsträhnen hatten sich aus dem Haarband gelöst. Ihre Schuluniform war schmutzverschmiert. Kate streckte die Hand aus und berührte den Bildschirm. Sie erwartete, daß das Bild verschwinden würde. Melanie trug das Haarband, das ihr per Post zugeschickt worden war. Sie hielt die Hände hinter dem Rücken. Offenbar war sie gefesselt. Unter dem Bild stand:

Sag Mami adieu, Melanie.

Kate atmete unwillkürlich wieder den Geruch des Leichenschauhauses ein, jene eisige, von Desinfektionsmitteln und Schmierseife gesättigte Luft, in die sich die Ausdünstungen des Todes mischten. Sie griff nach dem Telefonhörer. John mußte sie bitten, ihre Frage zu wiederholen. Kates Stimme war nur ein heiseres Krächzen: »Prüfen Sie, ob er im System ist.«

Sie hörte gedämpft das Klappern von Johns Tastatur. »Ich kriege gar nichts rein. Was ist es?«

»Ich . . .« Kate versagte die Stimme. Alles verschwamm vor ihren Augen. Sie konnte es nicht aussprechen. Sie versuchte gleichmäßig zu atmen, aber schon das war beinahe zuviel für sie.

»Ich schalte mich jetzt in deinen Terminal ein«, sagte John. Am anderen Ende war es still. Der Cursor bewegte sich, obwohl sie mit beiden Händen den Telefonhörer umklammert hielt. John hatte das Bild von ihrem Monitor übernommen.

»Kate?« ertönte es plötzlich am anderen Ende.

Kate schwieg. Sie machte die Augen zu und versuchte das schreckliche Bild auszumerzen. Vergeblich. Es schien sich in ihre Netzhaut eingebrannt zu haben.

»Kate, ich schließe jetzt deine Datei ab.«

Kate fand die Sprache wieder. »Nein!«

»Warum nicht? Das war doch verabredet. Um fünf Uhr sollte ich deine sämtlichen Dateien sowieso löschen. Auf die paar Stunden kommt's jetzt auch nicht an.«

»John«, drängte Kate. »Du mußt den Inhalt sichern, sämtliche Dateien auf Diskette abspeichern. Harmon muß sie sehen.«

Nach einer Pause: »Also gut. Aber du hältst dich da raus, verstanden? Mach deinen Monitor aus und überlaß mir den Rest, ja?«

Kate schaltete den Monitor ab und hatte das Gefühl, sich dadurch vom Leid der Tochter abzuwenden. »Fertig«, sagte sie.

»Und jetzt geh nach Hause!«

Aber Kate rührte sich nicht vom Fleck. Adam mußte gemerkt haben, daß etwas nicht stimmte, denn er kam zu ihr und redete mit ihr. Kate nahm ihn kaum wahr. Sie sah Melanies Bild vor sich, hörte eine dämonische Stimme, die sagte:

Sag Mami adieu, Melanie

Adam berührte ihren Arm. Sie zuckte entsetzt zurück. »Laß mich in Ruhe!« zischte sie.

Adam war wie vor den Kopf gestoßen. Constable Barratt, die die Szene beobachtet hatte, ließ den Becher Kaffee stehen, den sie gerade aus dem Automaten gezogen hatte, und eilte zu den beiden hinüber.

Owen stand in der Tür seines Allerheiligsten und vertrat ihr den Weg. »Schaffen Sie sie hier raus, bevor ich meine Meinung ändere und aus dem Urlaub eine Kündigung mache«, sagte er leise.

Barratt warf ihm einen vernichtenden Blick zu. »Sie sind vielleicht ein Herzchen, Mr. Owen«, bemerkte sie.

16

Natürlich wollte Harmon wissen, warum sie Urlaub genommen hatte. Kate war auf die Frage vorbereitet. Hatte sich die Antwort bereits zurechtgelegt.

»Das haben Sie doch nicht mal nach Melanies Tod getan«, erinnerte er sie.

Damals war sie insgesamt drei Wochen von der Arbeit freigestellt gewesen. Wäre sie noch länger zu Hause geblieben, wäre sie komplett verrückt geworden. Aber nur wenige hatten verstanden, weshalb sie so schnell an ihren Arbeitsplatz zurückgekehrt war.

»Und die Tage, die Sie frei genommen hatten, dienten dazu, den Presserummel abzuwimmeln.«

Kate musterte ihn eingehend. Seit Melanies Tod hatte sie Mühe, die Menschen in ihrer Umgebung einzuschätzen, ehrliche Anteilnahme von Neugier, Aufrichtigkeit von Unaufrichtigkeit zu unterscheiden.

»Sie kennen meine neueste elektronische Post«, begann sie. »Ist sie nicht Grund genug?«

Harmon sah sie weiter schweigend an.

»Es war falsch, daß ich nach Melanies Entführung Hilfe ausgeschlagen habe. Und es war noch dümmer, jede Unterstützung abzulehnen, nachdem meine Tochter ermordet aufgefunden worden war. Doch es war ein verständlicher Irrtum ... in Anbetracht der Umstände, meine ich.« Sie hielt einen Moment inne, zögerte, holte tief Luft und begann von neuem: »Diesmal bin ich völlig verunsichert. Der Kerl macht mir angst, Mr. Harmon. Seit einer Woche verfolgt er mich auf Schritt und Tritt. Er ... er hat mein kleines Mädchen fotografiert ... wie sie fleht, nach Hause zu dürfen. Wie konnte er mir das antun?« Sie verstummte. Ihr Atem ging unregelmäßig.

Harmon blieb stumm, schien sie jetzt seinerseits zu studieren. Er glaubt mir nicht, dachte Kate. Aber er *muß* mir glauben. Sergeant Wainwright, der freundliche, verläßliche Sergeant Wainwright, kam zu ihr und legte ihr die Hand auf die Schulter. Die Wärme dieser schlichten, menschlichen Geste gaben ihr Kraft. Sie zwang sich, langsam und gleichmäßig zu atmen. »Er ist ein Ungeheuer«, fuhr sie fort. »Ich kann nicht tatenlos zusehen und warten, daß er mir immer mehr Post schickt. Das bringt mich um.«

»Das verlangen wir auch nicht von Ihnen, Mrs. Pearson. Wir versuchen sämtliche E-mails zum Absender zurückzuverfolgen und überwachen Ihre normale Post. Außerdem hören wir Ihr Telefon ab. Eine Polizistin ist rund um die Uhr nur zu Ihrer Sicherheit abgestellt.«

»Genau aus diesem Grund fühle ich mich zu Hause sicherer. An meinem Arbeitsplatz wäre ich jetzt sowieso zu nichts nütze.« Sie sah Harmon gerade in die Augen, versuchte zu erzwingen, daß er ihr glaubte. »Ich habe die Opferrolle satt«, erklärte sie nachdrücklich.

»Wir tun, was wir können«, antwortete er.

»Das weiß ich. Ich weiß, daß Sie's versuchen. Aber er ist schlau.« Sie hielt nachdenklich inne. »Nein, nicht schlau ... gerissen. Es macht ihm Spaß, andere für seine Zwecke zu mißbrauchen. Und er ist allen anderen immer drei Schritte voraus. Er hat einen untrüglichen Instinkt. Ich fürchte, ich habe ihm da nichts entgegenzusetzen.« Sie zuckte mit den Schultern. »Sie halten mich vermutlich für feige, aber ...«

Harmon ließ sie nicht aus den Augen. Dieser Blick machte sie allmählich nervös. Sie glaubte plötzlich zu verstehen, wie Adam sich in Harmons Gegenwart fühlen mußte.

»Nein«, sagte er zu seiner eigenen Überraschung. »Ich halte Sie nicht für feige. Ich halte Sie für eine ungewöhnlich mutige Frau.«

Kate senkte den Kopf. Sie hatte Angst, er könnte ihre Gedanken lesen.

»Aber irgendwann stoßen wir alle an unsere Grenzen«, fügte er hinzu.

»Die habe ich für meinen Teil schon vor langer Zeit überschritten, Mr. Harmon.«

Harmon sah Kate nach, wie sie aus dem Zimmer ging. Er wartete, bis sich die Tür hinter ihr geschlossen hatte. Dann fragte er: »Wer ist heute abend für sie zuständig?«

»Jill Jackson«, erwiderte Sergeant Wainwright prompt.

»Sagen Sie ihr, sie soll sie nicht aus den Augen lassen. Es ist ... ich weiß nicht.« Er verstummte. »Sie hat so etwas an sich ... Ich glaube, sie ist zu allem fähig. Finden Sie nicht?«

»Nein. Wie kommen Sie darauf?« Wainwright war entsetzt.

»Der ganze Unsinn ... daß sie sich zu Hause wohler fühlt und so weiter ... das klang nicht echt. Und wann hat Kate Pearson schon mal Schwächen eingestanden?« Er schüttelte den Kopf. »Bitten Sie Constable Jackson um höchste Wachsamkeit.«

Wainwright überließ Chefinspektor Harmon für einige Momente seinen Gedanken. Dann begann er: »Ehm ...«

»Hm?« Harmon war noch ganz versunken.

»Es geht um die Spur, die ich verfolgt habe.«

»Und? Was dabei rausgekommen?«

»Die Computerabteilung an der Universität hat mir eine Liste sämtlicher Paßworte zur Verfügung gestellt, die gestohlen wurden ... offenbar hatte man sie in einer Datei im Großcomputer abgelegt. Kate Pearsons Paßwort war auch dabei.«

Harmon sah ihn scharf an. »Wohl kaum anzunehmen, daß sie den Schuldigen ausfindig gemacht haben, oder?« Die Frage war rein rhetorisch.

Wainwright schüttelte den Kopf. »Es heißt, der Hacker könnte überall sein. Offenbar haben sie ständig Probleme mit

Computerfreaks, die versuchen, sich in ihr System einzuklinken. Es gelingt fast nie, sie ausfindig zu machen.«

Harmon seufzte. »Wir leben in einer unvollkommenen Welt, Sergeant. Was haben Sie über den nächtlichen Angreifer herausbekommen?«

»Nicht viel. Leider. Bis auf die Tatsache, daß Shepherd es nicht gewesen ist.«

»Ach ja?«

»Er hat bis 19.40 Uhr gearbeitet, also bis kurz nachdem Mrs. Pearson überfallen wurde.«

»Gibt es Zeugen?«

»So gut wie. Er muß sich in das Computersystem im Büro einloggen und ausloggen. Dabei werden die Zeiten registriert. Er hat sich präzise um 19.40 Uhr ausgeloggt.«

»Wie praktisch! Aber was hätte ihn davon abhalten können, seinen Computer laufen zu lassen und sich für eine halbe Stunde aus dem Büro zu verabschieden?« fragte Harmon.

»Eine Sicherheitsmaßnahme des Betriebssystems. Wird an einem Computer über fünf Minuten lang nicht gearbeitet, wirft das Sicherheitssystem den Anwender automatisch aus dem Programm ... und loggt ihn aus«, fügte er hinzu. »Damit will man verhindern, daß sich die Angestellten für unerlaubte Zigarettenpausen verabschieden. Bei laufendem Betriebssystem wäre Hackern Tür und Tor geöffnet.«

»Ist es denn sicher, daß Shepherd während der fraglichen Zeit an seinem Computer saß?«

»Jeder hat ein eigenes Login und Paßwort, und der Nachtwächter hat nur Shepherd im Büro gesehen.«

»Hm. Was ist mit Mr. Pearson?«

»Der Fall liegt schwieriger. Er hat den ganzen Tag über Kundenbesuche gemacht.«

»Wo?«

»In und um Manchester«, erwiderte Wainwright.

Harmon nickte.

»Und seine Freundin sagt, daß er seit sechs Uhr abends mit ihr zusammen war.«

»Die treue Seele.«

»Er sitzt jetzt in Raum 2. Falls Sie mit ihm sprechen möchten, Sir?«

Harmon zog die Augenbrauen hoch.

»Er war nicht besonders kooperativ«, erklärte Wainwright.

»Und seit wann ist er hier?«

»Ungefähr seit vier Uhr. Die Leute in seinem Büro sagen, daß er einen Großteil des Tages Besuche gemacht hat. Sein Handy hat er nicht immer dabei ... Manche Kunden mögen das nicht. Ich hatte Tippet und Baines geschickt, um ihn zu Hause abzufangen.«

Harmon nickte. »Ich rede mit ihm. Aber vorher ... Was ist mit Dr. Ingrams?«

»War sehr hilfsbereit«, antwortete der Sergeant. »Netter Bursche. Er hat sich als allererstes nach Mrs. Pearson erkundigt. Genau wie beim letzten Mal. Wollte sofort wissen, ob es ihr gutgeht.«

»Und wo ist er gestern abend gewesen?« erkundigte sich Harmon unbeeindruckt.

»Er hat eine Vorlesung über ›Den Untergang des Verbrennungsmotors im einundzwanzigsten Jahrhundert‹ gehalten. Er ist der Meinung, daß bis zum Jahr 2010 Batterien die einzige Energiequelle sein werden. Die Vorlesung dauerte von 19.00 Uhr bis 20.30 Uhr. Zwischen 18.30 Uhr und 18.50 Uhr ist er nach eigenen Angaben in seinem Büro gewesen. Anschließend ist er ins Auditorium maximum gegangen, um die Dias für seinen Vortrag in den Projektor einzuordnen.«

»Hat ihn dabei jemand gesehen?«

Wainwright nickte. »Der Hausmeister. Er ist für den großen Vorlesungssaal zuständig. Er bestätigt, ihn schon weit vor

Beginn der Vorlesung gesehen zu haben. Über die genaue Zeit allerdings war er sich nicht sicher.« Finde jetzt bloß kein Haar in der Suppe, dachte Wainwright gereizt.

»Und Newman? Was ist mit ihm?«

»Er gibt im Augenblick einige Seminare über die Neustrukturierung von Verwaltungen im Auftrag des Stadtrates von Bolton in einem Forte-Hotel in Westhoughton.«

Harmon zog die Mundwinkel herunter. »Nicht weit weg, also. Weiter.«

»Gestern endete sein Seminar um 18.00 Uhr. Danach, sagt er, sei er auf sein Zimmer gegangen, um zu duschen und sich vor dem Abendessen noch etwas hinzulegen. Zeugen hat er nicht. Er hätte also bis 18.30 oder 18.45 an der Deansgate sein können.«

»Und Mrs. Pearson wurde zwischen 19.15 und 19.30 überfallen. Der Nebel könnte ihn aufgehalten haben. Wissen wir, wie lange?«

Wainwright schüttelte den Kopf. »Kommt drauf an, welche Strecke er gefahren ist.«

»Finden Sie das raus, ja? Die Verkehrspolizei sollte uns dabei helfen können.«

Wainwright nickte. »Ich tippe allerdings auf Pearson«, sagte er.

»Wieso das?«

»Überzeugen Sie sich selbst«, sagte er mit einem Grinsen.

Harmon und Wainwright wechselten einen Blick. »Ein paar häßliche Kratzwunden haben Sie da, Mr. Pearson.«

Pearson brummte gereizt, sagte jedoch nichts. Er war nicht in redseliger Stimmung.

»Woher stammen die?«

»Ohne meinen Anwalt sage ich gar nichts.«

»Das nehmen wir zur Kenntnis. Aber warum sind Sie so wenig kooperativ?«

»Ich habe Kunden, die mich erwarten. Mein Büro weiß nicht, wo ich bin. Meine Freundin ist zu Hause sicher schon hysterisch vor Angst. Man hat mich ohne Erklärung hierhergebracht und wie einen Verbrecher behandelt. Kooperation beruht auf Gegenseitigkeit, finden Sie nicht?«

»Eine Binsenweisheit, Mr. Pearson. Aber ...« Harmon hob die Hände. »... auf eine Erklärung haben Sie natürlich ein Recht.« Er machte Anstalten zu gehen.

»Wohin zum Teufel gehen Sie?« fragte Pearson.

Harmon blieb mit dem Rücken zu ihm stehen. »Lassen Sie Mr. Pearson seinen Anwalt anrufen. Und sagen Sie mir Bescheid, sobald er hier ist«, beauftragte er Wainwright. »Dann fahren wir mit der Unterhaltung fort.«

»Heh! Heh! Moment mal!« protestierte Pearson. »Das kann Stunden dauern!«

»Sie haben das Recht auf juristischen Beistand, Mr. Pearson.«

Pearson starrte auf die abgewetzte Schreibtischplatte. »Fragen Sie. Dann kann ich entscheiden, ob ich antworten will.«

»Ein faires Angebot. Fangen wir mit meiner Frage von vorhin an. Woher haben Sie diese Kratzer?«

»Von Suzy ... meiner Freundin. Sie ist manchmal wie 'ne Katze.«

»Und das heißt? Tut mir leid, aber das müssen Sie schon erklären.«

Pearson sah hilfesuchend zu Wainwright und dem Constable an der Tür. »Sie hat was von 'ner Katze, wissen Sie?« Er bewegte die Finger wie Krallen.

»Das heißt also, daß Ihre Freundin Sie gekratzt hat?«

Pearson versuchte, den Inspektor mit Blicken zu vernichten, was ihm nicht recht gelingen wollte. »Ja, das heißt es.«

»Wo sind Sie gestern abend zwischen 19.15 Uhr und 19.45 Uhr gewesen?«

Pearsons Blick schweifte ab. »Zu Hause. Suzy kann das

bestätigen.« Er lächelte, was ihm ein gefährlich raubtierhaftes Aussehen verlieh. »Verbreitet diese Schlampe schon wieder gemeine Lügen über mich?«

»Ich fürchte, ich verstehe nicht ganz, wen Sie meinen, Mr. Pearson.«

»Kate. Es geht doch um sie, oder? Hören Sie, ich will mit dieser miesen Schlampe nichts mehr zu tun haben. Sie hat mir nur Schwierigkeiten gemacht. Melanie wird entführt . . . wen greift man sich zuerst? Mich. Ich bin ein Verdächtiger im Mordfall meiner eigenen Tochter. Gütiger Himmel! Sie kriegt Fanpost . . . und wer kriegt die Schuld? Ich. Ich will Ihnen mal was sagen«, erklärte er und lehnte sich auf seinem Stuhl zurück. »Sie sollten nach einem Mann mit einem Labrador und einem Blindenstock suchen.«

»Danke für den Rat, Mr. Pearson. Ich werd's mir merken.«

Harmon machte eine Pause und ließ Pearson seinen kleinen Triumph auskosten. »Sie haben recht. Es geht um Ihre Exfrau. Mrs. Pearson ist seit mehreren Wochen sadistischen Quälereien ausgesetzt. Gestern abend ist sie auch noch auf offener Straße überfallen worden. Die Frage ist wirklich, warum wir immer gleich auf Sie kommen, Mr. Pearson.«

»Ich nenne das Schikane«, erwiderte Pearson.

»Ich nenne das gesunden Menschenverstand.«

»Jetzt hören Sie aber . . .«

»Nein, Mr. Pearson, Sie hören *mir* zu.« Harmon beugte sich tief zu Pearson herab. »Ich habe die Absicht, der Sache ein Ende zu machen.«

Pearson sah weg. »Suzy wird bestätigen, daß ich den ganzen Abend zu Hause war.«

»Ich bin sicher, daß sie uns alles erzählt, was Sie von ihr verlangen«, entgegnete Harmon, richtete sich auf und schob lässig die Hand in die Tasche. Er hatte sich völlig unter Kontrolle. »Was nicht heißt, daß das die Wahrheit ist.«

»Ich habe jahrelang einen großen Bogen um diese Schlampe gemacht. Warum sollte ich plötzlich meine Meinung ändern?«

Harmon zuckte die Schultern. »Ich bin kein Psychiater, Mr. Pearson. Trotzdem habe ich den Eindruck, daß Sie an Verfolgungswahn leiden. Leute wie Sie handeln nicht immer rational.«

»Leute wie ... Okay, das reicht. Ich will meinen Anwalt sprechen.«

»In Ordnung.« Harmon war sowieso fertig. »Sobald er hier ist«, erklärte er gelassen, »sagen Sie ihm, daß wir Gewebeproben für einen Vergleich mit den Hautabschürfungen brauchen, die wir unter Mrs. Pearsons Fingernägeln sichergestellt haben.«

Pearson lachte plötzlich. »Habe nichts dagegen.«

Harmon trat ans Fenster und starrte auf die Lichter der Stadt hinab. »Er lügt, wenn er nur den Mund aufmacht, Sergeant.«

»Was sollte das mit den Gewebeproben?« wollte Wainwright wissen. »Wir haben doch keine. Es gab keinen Grund ... Mrs. Pearson hatte Handschuhe an.«

»Ja«, antwortete Harmon und drehte sich um. »Und Pearson war sich seiner Sache sehr sicher, stimmt's? Warum nur?«

»Vielleicht, weil er unschuldig ist.«

»Oder weil er wußte, daß ich bluffe. Weil er wußte, daß sie Handschuhe anhatte.«

»Woher stammen dann die Kratzer?«

»Nach Kratzspuren von Fingernägeln sahen die mir nicht aus. Aber der Mann, der Kate Pearson gestern abend überfallen hat, ist offenbar über das unbebaute Grundstück hinter dem Rathaus von Trafford geflohen. Und dabei mußte er über den Zaun an der Grenze zum Rathausplatz klettern ...«

»Und der Zaun ist auf beiden Seiten von Dornengestrüpp

überwuchert«, ergänzte Wainwright, der endlich begriffen hatte.

Beide schwiegen eine Weile. Harmon ließ sich in seinen Stuhl fallen, streckte seine langen Beine von sich und überlegte.

»Ich glaube, wir suchen zwei Täter«, erklärte er unvermittelt.

»Wie kommen Sie darauf, Sir?«

Harmon zuckte mit den Achseln. »Denken Sie doch nach! Ein Mann deponiert eine überspielte Tonbandkassette in Mrs. Pearsons Wohnung und überfällt die Frau noch am selben Abend, um ihr einen Schreck einzujagen. Das paßt nicht zusammen. Ich glaube, Mrs. Pearson hat in diesem Punkt recht. Außerdem war der Überfall reichlich dilettantisch. Was man von den übrigen Aktionen unseres Mannes wahrlich nicht behaupten kann.« Er seufzte. »Ich werde das Gefühl nicht los, daß wir etwas Wichtiges übersehen. Hat Stretton irgendwas herausfinden können?«

»Nicht die Bohne, Sir. Unser Hacker ist aalglatt, scheint mir.«

Harmon seufzte erneut. »Sagen Sie Stretton, er soll am Ball bleiben. Früher oder später muß dieser Bursche einen Fehler machen.«

»Was ist mit Pearson?«

»Der Kerl hat recht. Wir haben nichts gegen ihn in der Hand. Lassen Sie ihn laufen ... Mit einer offiziellen Entschuldigung ...«, er hielt die Hand hoch, um Wainwrights Einwände abzuwehren, »... und lassen Sie ihn diskret beschatten.«

Wainwright ging hinaus, um Pearsons Entlassung vorzubereiten, und Harmon wandte sich wieder zum Fenster. Die Lichter der Stadt glitzerten hinter der Scheibe. Irgendwo dort draußen war Melanies Mörder. Und Harmon hatte die Absicht, ihn zu finden. Was ihm Sorgen machte, war, daß Kate Pearson dieselbe Idee haben und ihm zuvorkommen könnte.

17

Er sah zu, wie an diesem kürzesten Tag des Jahres das Tageslicht verging, und fragte sich, warum man diesen Vorgang »Einbruch der Dunkelheit« nannte. Dunkelheit bricht nicht herein, dachte er. Sie senkte sich nieder. Sie drang ein, unbemerkt, fand den Weg in die entferntesten Winkel jedes Kellers, jedes Raumes, jeder Gasse und jedes Durchganges, füllte jede Ecke aus.

Sein Zimmer war kalt, aber er spürte die Kälte kaum. Die sauberen, leeren Oberflächen und ordentlich eingeräumten Bücherregale um ihn herum waren ihm Behaglichkeit genug.

Ich hätte dich vielleicht an alldem teilhaben lassen, dachte er und fühlte gleichzeitig, wie sich sein Magen zusammenkrampfte. Er sah sich im Raum um, empfand eine tiefe Freude angesichts der weißen, glatten Wände, die das schwindende Licht wenige Minuten lang mit einem malvenfarbenen Hauch überzog. Er prüfte mit kritischem Blick die penible Anordnung von Disketten und Handbüchern in den Regalfächern neben seinem Schreibtisch und war zufrieden.

Er wartete auf die absolute Dunkelheit, bevor er seinen Computer einschaltete. Er summte eine Melodie. Seine hohlen, glanzlosen Augen schimmerten für den Bruchteil einer Sekunde. Die Kontrollämpchen an Monitor und Drucker flammten auf, als die Geräte anliefen. Kaum hatte sich das Licht stabilisiert, spiegelte es sich in seinen Augen wider: zwei gleichmäßige Rechtecke, ausgerichtet wie zwei grüne Glasscherben, hart und zerstörerisch wie sein Wille.

Er wartete den Check seines UNIX-Betriebssystems ab und wechselte von dort in ein anderes Betriebssystem. »Gehen wir für die Vorstellung heute abend nach . . . Glasgow!« murmelte er und tippte die Kommandos ein. Das Sammelprogramm, das er in den vergangenen Monaten hatte laufen lassen, hatte über hundert hochbrisante Paßwörter der Belegschaften von Universitäts- und Forschungslabors im Vereinigten Königreich bei Cern, NASA und MIT herausgefischt. Die Datenwächter der Universitäten hatten einige davon abgefangen, aber seine kleinere, wesentlich wichtigere Datei nicht entdeckt.

Er fragte sich, ob die Polizei noch immer versuchte, ihn aufzuspüren. Er lachte, und sein Atem bildete kleine Kondenswölkchen in der kalten Luft des abgedunkelten Raumes. Der Ton seines Gelächters war schrill und unmusikalisch und klang in der sterilen, kalten Luft hohl und leer.

Er tippte sich immer tiefer in die unendliche Weite des Netzwerks, und seine Finger bebten vor Erregung. Es war der erste Kontakt seit seiner letzten Botschaft.

Es war seine Absicht gewesen, sich zuerst in Kathys – den Namen hatte er für diesen Tag gewählt – System einzuschalten. Aber wie so oft wurde er abgelenkt und fand sich bei seinen Streifzügen plötzlich in Regionen wieder, auf die er gar nicht abgezielt hatte. Er klinkte sich spontan in das Computersystem des Polizeipräsidiums ein und hinterließ eine Nachricht für Harmon unter dem Motto:

Die Beziehung zwischen Melanie und dem schwarzen Bobby.

Frage: Wann ist ein totes Mädchen wie ein Chefinspektor? Antw.: Wenn sie Melanie heißt! ('tschuldigen Sie den Schreibfehler).

Kapiert? .-D

Das Computersystem der Polizei geriet in hellen Aufruhr. Er loggte sich aus und schaltete sich über einen anderen Weg wieder in das Internet ein, wobei er jedes Risiko, entdeckt zu werden, mied.

Dann tippte er eine Nachricht für Kate ein:

Hat das Schlaflied gefallen?
Hat man sich adieu gesagt?

Schließlich schickte er die Post ab. Schon bald würde er im Betriebssystem des Büros surfen. Vielleicht würde er ein paar Dateien zerstören, ihre Post lesen, einige eigene Zeilen hinzufügen, vielleicht ein weiteres eingescanntes Bild in ihre Dateien laden.

Er zögerte das Vergnügen noch weiter hinaus, schloß die Augen und stellte sich vor, wie sie seine letzte Nachricht las. Noch immer bebend, noch immer tief verletzt von der Tonbandaufnahme, die er in das Stereosystem ihrer Wohnung eingespeist hatte. Er konnte den Mitschnitt abspielen, den er von Kate gemacht hatte, während sie das Band hörte – die Wanze, die er in ihrer Wohnung versteckt hatte, war ihr Geld wert gewesen.

Obwohl er das Internet liebte und in der Macht schwelgte, die es ihm verschaffte, empfand er es in einem Punkt als unbefriedigend: Es fehlte der unmittelbare, direkte Kontakt. Das, was ihn ursprünglich am Internet so angezogen hatte, nämlich daß es als Kontaktmedium diente, frustrierte ihn jetzt: Anonymität war sein größter Pluspunkt und sein schwerwiegendster Nachteil. Mehr als alles andere wollte er sie leiden sehen, wie sie ihn hatte leiden lassen. Er erlebte eine gottgleiche Macht, indem er aus dem Nichts des Cyberspace zuschlug, aus dem Äther, sozusagen, aber es fehlte etwas . . .

Ihr Leben außerhalb der Firma konnte er nur mit indirekten Mitteln erreichen – ihr Bankkonto, ihre Rechnungen –, aber diese Dinge konnten niemals eine so intime Funktion ausüben wie das Band, das speziell für sie angefertigt worden war ... und Melanie die Möglichkeit gab, aus dem Grab zu sprechen.

Sich in ihrer Wohnung aufzuhalten, ihre Habseligkeiten zu befingern, ihr Parfüm einzuatmen, das in der Luft ihres Schlafzimmers hing, hatte ihm ein tiefes Lustgefühl verschafft. Auf ihrem Bett liegend, war er versucht gewesen, zu warten, bis sie nach Hause kam. Es ging nicht um Sex, sagte er sich, sondern um ein überdimensionales Gefühl von Macht ...

Zehn Minuten später spazierte er durch das Technicom-Betriebssystem und suchte nach Dateien, die mit Kates Initialen gekennzeichnet waren. Verdutzt brach er ab und startete erneut. Er fand keine einzige Datei mit den Initialen KMP.

Er spulte die Dateiverzeichnisse ab. Die Worte glitten langsam über den Bildschirm, ließen das Licht in seinen Augen flackern ... ein müder Abklatsch des Lebens. Die rollenden Bilder machten ihn schwindelig. Er loggte sich aus, schwitzte, war sich bewußt, daß seine Aktivitäten Spuren hinterlassen könnten. War ihm die Universität von Manchester dichter auf den Fersen, als er angenommen hatte? Er loggte sich als nächstes über die Universität von Liverpool ein, fand Zugang zu Katherines Büro-System (Katherine, nicht mehr Kate, denn er war wütend auf sie), benutzte ihr eigenes Login und Paßwort, und seine Verwirrung wuchs. Er war ausgesperrt.

Er ging in sein eigenes Betriebssystem zurück, loggte sich unter seinem Namen und Paßwort ein, tippte ›elm‹ ins UNIX, um in seine Mailbox zu kommen. Er hatte ein hohles, leeres Gefühl in der Magengegend. Sein letzter Brief war zurückgekommen, tauchte in der Liste auf:

Mail-Adresse unbekannt.

Darunter stand eine andere Nachricht, die über seinen Remailer adressiert war.

<Von : K. M. Pearson>

Seine Wangen brannten für einen Augenblick, dann war die Hitze erloschen. Er starrte ungläubig auf den Bildschirm. Sie hatte ihre Dateien gelöscht. Es gab keine andere Erklärung. Er war wütend. Das kam völlig unerwartet. Das hätte nicht passieren dürfen.

Er bewegte den Cursor nach unten, markierte die gesamte Nachricht und drückte dann auf die Enter-Taste. Das Original seiner Nachricht war da, unverändert, ganz oben auf dem Bildschirm.

Hat das Schlaflied gefallen?
Hat man sich adieu gesagt?

Darunter ihre Antwort:

Es ist gut, in Kontakt zu bleiben, aber noch besser, die Macht zu behalten;-)

Ich klinke mich jetzt aus. Schicken Sie also Ihre Liebesbriefe ins Nichts, wenn Sie wollen. Ich werde nicht da sein;-D

Dunkle Röte breitete sich von seinem Halsansatz über den Kragenrand hinweg aus.

»Oh, und ob du da sein wirst, Katherine, schneller als ich geplant hatte, und schneller als du denkst. Du wirst dort sein.« Sie hatte versucht, ihn auszumanövrieren, mit ihrem Straßenköterinstinkt und mit ihrer Schulbildung, aber es reichte eben nicht.

»Du hast mich immer unterschätzt«, murmelte er.

18

Das Haus war dunkel, als er zurückkam. In der Diele herrschte eine seltsame Stille. Normalerweise empfing Suzy ihn bereits an der Tür, redete aufgeregt auf ihn ein, nahm seinen Mantel und ertränkte ihn in Küssen. Deprimiert streckte Pearson die Hand nach dem Lichtschalter aus.

»Sie haben dich gehen lassen«, sagte Suzy von der unsichtbaren Treppe her.

Pearsons Hand fuhr vom Schalter zurück. »Gütiger Himmel! Hast du mir einen Schreck eingejagt!« Er knipste das Licht an. Suzy hielt sich die Hand schützend über die Augen und blinzelte. Sie hatte geweint.

»Mein Gott, du siehst aus wie eine Heulsuse! Ekelhaft!« sagte er. »Geh und wasch dir das Gesicht.« Suzy lief gehorsam die Treppe hinauf.

Als sie zurückkam, musterte er sie wohlwollend. Sie hatte sich wirklich Mühe gegeben. Ihr Haar war frisiert, und sie hatte die auffälligsten Rötungen mit Make-up abgedeckt. Nur der Glanz und die intensivere Farbe ihrer Augen verrieten, daß sie geweint hatte.

»Komm her!« Er streckte den Arm nach ihr aus. Sie setzte sich neben ihn auf die Couch, noch immer ungewöhnlich bedrückt, und sah zu ihm auf. Ihre Augen glänzten unnatürlich. Dann barg sie den Kopf an seiner Brust. In Augenblicken wie diesen erschien sie ihm trotz ihres zügellosen Temperaments unglaublich zerbrechlich und daher über alle Maßen anziehend. Beschützerinstinkt übermannte ihn, und er hielt sie fest an sich gepreßt. So saßen sie eine Weile beieinander. Er strich über ihr Haar, spürte, wie sich ihr Busen hob und senkte, fühlte ihren warmen Atem auf seiner Haut.

Er hob sein Glas an die Lippen, und die Eiswürfel klirrten,

als er trank. »Diese Schweine!« Sein Ton war eher nachdenklich. Suzy runzelte die Stirn. Sie wußte nicht recht, ob er eine Reaktion von ihr erwartete.

»Schweinebande!« Suzy erkannte ihr Stichwort und fragte: »Es ist wegen Kate, stimmt's?«

»Schlampe!«

»Ich wußte, daß sie dahintersteckt.« Als er sie am Vorabend allein gelassen hatte, ohne ein Wort fortgegangen war, hatte sie geahnt, daß er sich auf die Suche nach Kate gemacht hatte. Diese Kate war in ihrer Beziehung allgegenwärtig, stellte eine ständige Bedrohung dar. »Warum quält sie dich so?«

Er schnaubte verächtlich. »Ihr glauben sie jeden Dreck. Schätze, dieser Harmon, der schwarze Teufel, besorgt's ihr.«

Suzy kicherte, und er küßte sie aufs Haar. Sie roch nach Shampoo und Puder.

»Ich habe sie nie belästigt. Bin ihr aus dem Weg gegangen. Aber das genügt ihr nicht. Sie will unbedingt Rache.«

»Blöde Kuh«, sagte Suzy und kuschelte sich enger an ihn, bevor sie ängstlich fortfuhr: »Ich dachte, du kommst nicht zurück, Davey.« Ihre Stimme bebte. »Ich hatte solche Angst ...«

Pearson umarmte sie heftig. »Genau, das ist ihre Absicht. Sie will uns trennen. Sie ist so furchtbar verklemmt! Deshalb kriegt sie keinen Kerl. Alles, was sie kriegen kann, ist diese ... diese Lesbe. Aber mit diesem Fettsteiß rumzumachen ist wohl auch nicht sehr befriedigend. Unsere Beziehung will sie ruinieren, das ist es.«

Suzys Augen schwammen in Tränen. »Ich weiß nicht, was ich ohne dich täte, Davey. Ohne dich würde ich sterben.« Pearson sah in ihr bleiches Kindergesicht inmitten der dunklen Lockenpracht. In Augenblicken wie diesen fühlte er sich wie ein König.

»Ich laß das nicht zu! Mach dir keine Sorgen«, sagte er, neigte den Kopf und drückte einen Kuß auf ihre Lippen.

Moira war allein zu Hause und blätterte die Zeitungen durch. In den überregionalen Tageszeitungen stand noch nichts. Die *Manchester Evening News* – sie hatte sich ein neues Exemplar besorgt – brachte als einziges Blatt die Story vom Überfall.

Sie schlug ihr Notizbuch auf. Der letzte Eintrag war vom 31. August. Wie schnell die Medien vergessen, dachte sie mißbilligend. Seit Juli hatte Moira eine detaillierte Chronik der Ereignisse geführt, in der eigene Kommentare und Büroklatsch ebenso enthalten waren wie Zeitungsausschnitte. Keine krankhafte Neugier, rechtfertigte sie sich. Sie sammelte einfach über jeden, den sie kannte, Zeitungsausschnitte. Wenn es jemand schaffte, in die Zeitung zu kommen, verdiente er auch einen Platz in ihrem Notizbuch. Moira hatte dieses Hobby gemeinsam mit ihrer Mutter angefangen. Die Mutter hatte Moira darin unterstützt, die Todesanzeigen befreundeter oder verwandter Familien auszuschneiden. Es wurde ihr zur lieben Gewohnheit, die sie auch nach dem Tod ihrer Mutter beibehielt. Zum einen hatte sie damit an den Abenden etwas zu tun, und zum anderen war es ein Tribut an das Andenken ihrer Mutter.

Kate hatte selbstverständlich ein Notizbuch ganz für sich allein. Das hieß, mittlerweile füllte ihre Geschichte bereits eineinhalb Hefte mit Hintergrundinformationen, Bildern und Notizen. Es hatte so viel Material gegeben . . . besonders in den ersten Tagen.

Sie schnitt den Artikel penibel mit einem Passepartoutmesser aus. Warum war Kate nur so gemein zu ihr? Das konnte sie nicht begreifen.

Moiras Hand zitterte plötzlich, sie glitt ab und schnitt sich mit der scharfen Klinge des Passepartoutmessers in den Finger. Dunkles Blut verfärbte die Ränder des Zeitungsausschnitts und tropfte auf das Foto von Kate. Moira beobachtete fasziniert, wie das Zeitungspapier das Blut aufsog und das Foto sich zu wellen begann.

Tippet und Baines parkten das Auto fünfzig Meter vor Pearsons Haus und gingen die restliche Strecke zu Fuß. Dabei kamen sie an einem Zivilfahrzeug vorbei, das am Straßenrand stand. Die Kollegen Foster und Lipson waren halb erfroren. Sie drehten gelangweilt und unglücklich die Köpfe, als Baines ans Fenster klopfte.

»Ihr könnt euch freuen«, versprach Baines. »Gleich gibt's hier Action!«

Foster entgegnete mürrisch, das einzige, worauf er an diesem Abend noch scharf sei, sei ein Glas Brandy, ein paar Hackpastetchen und seine Frau.

Tippet zerrte Baines am Ärmel weiter. »Komm schon, Charlie«, drängte er. »Ich will den Zirkus hinter mich bringen.«

Das Haus war frisch gestrichen, der Garten tadellos in Ordnung. Die Rasenfläche war kahl, aber die Ränder waren geharkt und frei von Unkraut. Der Frost hatte sich wie eine dünne Zuckerschicht auf die nackte Erde gelegt. Sie standen in eisiger Kälte auf der Eingangstreppe und stampften mit den Füßen. »Auf diesen Teil des Abends bin ich überhaupt nicht scharf«, seufzte Baines.

»Das mußt ausgerechnet du sagen«, maulte Tippet. »Letztes Mal ist sie doch auf mich losgegangen.« Tippet war froh, daß Baines bei diesem Einsatz dabei war. Er wog mehrere Zentner und hatte mehr Fett auf den Rippen, als gesund sein konnte. Trotzdem war er schnell und beweglich, sowohl im Denken als auch im Handeln. Claire Tippet klingelte. Nach einigen Minuten ging das Flurlicht an. »Aufgepaßt. Der Tanz beginnt!«

»Ich glaub mich tritt ein Pferd. Das sind doch schon wieder diese Scheißer von der Polente!« Pearson starrte sie finster aus dem Türrahmen an.

»Können wir reinkommen, Sir?« erkundigte sich Baines.

»Nein. Nächste Frage!«

»Ich muß darauf bestehen, Sir.« Baines lächelte angriffslustig und ließ keinen Zweifel daran, daß er sich notfalls gewaltsam Zugriff verschaffen würde.

»Haben Sie einen Haftbefehl?«

»Den könnten wir jederzeit beschaffen. Aber ...«, Baines stemmte eine fleischige Hand gegen die Haustür, um zu verhindern, daß Pearson sie ihnen vor der Nase zuschlug, »... ich rate Ihnen, es nicht darauf ankommen zu lassen. Bei uns ist eine Beschwerde wegen Belästigung eingegangen.«

Pearson rollte die Augen. »Ihre Platte hat 'nen Kratzer. Ich komme gerade erst vom Polizeirevier. Habe mit der E-mail, die die dämliche Kuh angeblich kriegt, nichts zu tun. Vermutlich hat sie die Geschichte nur erfunden. Harmon pißt in den Wind.«

»Trotzdem steht fest, daß von Ihrem Privatanschluß aus mehrfach bei Mrs. Pearson angerufen wurde.«

»Blödsinn!« Pearson sah von einem zum anderen. »Soll das ein Witz sein?«

»Im Gegenteil«, mischte Tippet sich ein. »Einige der Anrufe habe ich persönlich entgegengenommen.« Sie beobachtete, wie es in Pearson arbeitete. »Ich bin dafür, wir reden drinnen weiter«, erklärte sie energisch. Pearson trat instinktiv zurück, als sie sich durch die Tür drängte.

»Heh, ich hab Sie nicht aufgefordert ...«, begann er verdattert.

»Ist Miß Walmsley zu Hause, Sir?« Tippet stieß die Wohnzimmertür auf. Sie hatte die zierliche Gestalt sofort entdeckt, die zusammengeduckt auf der Couch saß und mit großen, runden Augen zur Tür starrte. Selbst im gedämpften Licht des Zimmers erkannte Tippet noch einen frischen Bluterguß an ihrem Hals. Fehlt nur noch, daß sie Daumen lutscht, dachte sie.

»Ich hatte Angst, Davey«, sagte Suzy.

»Halt deine verdammte Klappe!« zischte er.

»Jetzt mal halblang, Mr. Pearson«, konterte Tippet. »Wie

wär's, wenn *Sie* zur Abwechslung die Klappe hielten? Wir sind nämlich eigentlich wegen Miß Walmsley hier.« Sie wandte sich wieder Suzanne Walmsley zu. »Sie haben heute abend einige Telefonate geführt.« Das war eine Feststellung.

Suzy nickte. Ihre Augen hingen wie gebannt an Pearson. »Ich wollte ihr nur sagen, daß sie damit aufhören soll. Daß sie uns in Ruhe lassen soll, Davey.«

»Woher haben Sie Mrs. Pearsons Nummer?« fragte Baines.

»Sie steht im Telefonbuch«, erwiderte Suzy verdutzt.

Sie hörten beide, wie Pearson scharf die Luft einsog.

»Sie hat eine Geheimnummer«, bemerkte Baines.

»In unserem Telefonbuch steht sie ... im Adreßbuch«, verbesserte Suzy sich nervös.

»Wie sind Sie an Mrs. Pearsons Telefonnummer gekommen, Sir?« wollte Tippet wissen.

»Kann mich nicht erinnern.« Pearson zuckte heftig mit den Schultern.

»Es ist illegal, sich in die Datenbank der britischen Telekom zu hacken, Sir«, warnte sie.

»Wofür halten Sie mich? Für einen Computerfreak, der die Nächte damit verbringt, sich in geheime Dateien zu hacken? Ist wirklich nicht meine Vorstellung von Erotik.«

»Nein, Sir, das ist offensichtlich.« Tippet legte all ihre Wut in diese Bemerkung und starrte Pearsons Freundin so durchdringend an, daß Suzy automatisch den Kragen ihrer Bluse hochschlug.

»Wie sind Sie an diese Nummer gekommen?« wiederholte Baines.

»Mein Anwalt hat sie mir gegeben«, gab Pearson zögernd zu.

»Er hat *was* getan?«

»Unfreiwillig sozusagen. Sie stand in einer Akte, die er offen liegengelassen hatte, als er kurz den Raum verließ. Ich hatte nie die Absicht, sie anzurufen. Ich wollte einfach nur ihre Nummer haben. Für alle Fälle.«

»Für welche Fälle?« erkundigte sich Tippet. »Für den Fall, daß Sie den Wunsch haben sollten, sie zu schikanieren?«

»Nein!« Pearson dachte kurz nach. Er hatte keine Lust, noch weiter sinnlos vergeudete Stunden auf dem Polizeirevier zu verbringen. Zwar war er diesen Scheißern keine Erklärung schuldig, aber ihm waren die Hände gebunden. Immerhin hatte er Suzy versprochen, dafür zu sorgen, daß sie nie wieder getrennt werden würden. Die dämliche Kuh brauchte dringend eine Abreibung, sobald die Polizei gegangen war, aber sein Versprechen mußte er halten. Es war ihm wichtig, gerade in diesem Punkt nicht zu versagen. »Begreifen Sie doch«, begann er. »Kate hat mich mit unserer Tochter sang- und klanglos verlassen. Sie hat weder eine Nachricht noch eine Adresse hinterlassen. Sie hat sich nie bei mir gemeldet, bis ich von ihrem Anwalt erfuhr, daß sie die Scheidung eingereicht hatte. Ich bin damals Heiligabend nach Hause gekommen, und sie waren fort. Verduftet. Sie hat einen Gerichtsbeschluß gegen mich erwirkt, damit ich mein eigenes Kind nicht sehen konnte. Ich brauchte diese Nummer. Ich brauchte eine Möglichkeit, mit ihr in Verbindung zu bleiben. Aber ich habe nie davon Gebrauch gemacht«, fügte er hinzu.

»Sind Sie jetzt fertig?« fragte Baines.

Pearson wurde rot vor Wut. »Es ist kein Verbrechen, neugierig zu sein«, sagte er.

»Aber Drohanrufe sind durchaus strafbar«, entgegnete Baines. »Holen Sie Ihren Mantel, Schätzchen.«

Suzy sah aus, als würde sie ohnmächtig werden. Sie war totenbleich.

»Setz dich!« brummte Pearson. »Sie geht nirgendwohin mit.«

»Seien Sie vernünftig, Mr. Pearson«, riet Tippet. »Wenn sie

freiwillig mitkommt, gibt es keine Anzeige. Wir wollen nur ein paar Punkte klären. Wenn wir uns erst einen Haftbefehl besorgen müssen, kriegt mein Boß schlechte Laune. Könnte gut sein, daß er es dann auf eine Gerichtsverhandlung ankommen läßt.«

»Wäre ein gefundenes Fressen für die Presse«, bemerkte Baines und grinste gemein.

Pearson murmelte zähneknirschend: »Hol deinen Mantel!«

Suzys panisches Entsetzen brachte ihn beinahe um.

»Davey ...«, jammerte sie.

Baines nahm Suzy beim Ellbogen und stellte sie sanft auf die Beine. Der Anblick von Baines fleischiger Hand auf Suzys Arm war offenbar mehr, als Pearson ertragen konnte.

»Laß deine Wichsgriffel von ihr!« brüllte er.

Baines blieb unbeeindruckt. »Tun Sie sich einen Gefallen«, riet er Pearson onkelhaft. »Halten Sie sich von Ihrer Exfrau fern. Sie sitzen schon tief genug im Dreck.«

Pearson schwieg. Insgeheim kochte er vor Wut. Die Polizei würde sich wundern. Wenn er erst mit Kate fertig war, würde sie wünschen, nie mit ihm ins Bett gegangen zu sein. Mehr noch. Sie würde wünschen, nie geboren zu sein.

19

»Ich gehe schon!« rief Kate. Es klopfte an der Wohnungstür. Sie fürchtete, daß es Mrs. Wilson war, weil sie den Fernseher zu laut eingestellt hatte.

Constable Jackson, die in der Küche Brot röstete, rannte ins Wohnzimmer und sah gerade noch, wie ihr Schützling im Flur verschwand.

»Mrs. Pearson, Sie dürfen nicht ...«, schrie sie und rannte hinterher. »Ich hasse diese Babysitter-Jobs«, murmelte sie atemlos und griff nach dem Türknauf. Ihre Hand, noch fettig vom letzten Buttertoast, rutschte ab, und sie fluchte unterdrückt.

»Mary.« Kate starrte auf die Frauengestalt im Hausflur, ohne sie hereinzubitten.

Constable Jackson stürzte keuchend in den Flur und blieb abrupt stehen. Sie spürte die Verlegenheit der beiden Frauen und wußte nicht recht, wie sie sich verhalten sollte.

»Hallo«, sagte Mary. »Die Haustür unten war offen. Deshalb bin ich gleich hochgekommen. Ist dir hoffentlich recht ...«

Jill Jackson erfaßte die Besucherin mit geschultem Blick. Einen Meter fünfundsiebzig groß, mollig und trotz der unvorteilhaften, alt machenden Frisur nicht älter als fünfunddreißig. Sie trug einen altmodischen Mantel und hatte in einer Hand eine Handtasche, in der anderen einen Einkaufskorb.

Kate ließ die Hand mit der Zigarette hinter ihrem Rücken verschwinden. Constable Jackson beobachtete die Szene verdutzt.

»Ist ein bißchen kühl hier draußen«, bemerkte die Frau im Mantel.

»Oh, entschuldige ...« Kate trat zurück, um die Tür weiter aufzumachen, und trat dabei Constable Jackson auf die Zehen. Sie entschuldigte sich abermals, zerstreut. Der unerwartete Besuch schien sie durcheinanderzubringen.

Die Frau namens Mary trat ein und lächelte schüchtern. Kate drehte sich zu Constable Jackson um, um sie bekannt zu machen, und rümpfte plötzlich die Nase.

»Ist da was angebrannt?« fragte sie.

»Mist! Der Toast!« Constable Jackson riß die Wohnzimmertür auf. Rauchwolken schlugen ihr entgegen.

Kate machte die Tür hinter ihr wieder zu. Ihre Hand zuckte angewidert von dem fettigen Türknauf zurück.

»Mein Kindermädchen!« murmelte sie und deutete mit

dem Kopf in Richtung Wohnzimmer. »Fragt sich nur, wer hier auf wen aufpassen sollte.«

Mary Marchant zog den Mantel aus und lachte.

»Würde mich wundern, wenn von der Wohnung noch was übrig ist, wenn ihre Schicht vorbei ist«, seufzte Kate.

Mary schüttelte lächelnd den Kopf. »Warum kaufst du dir nicht endlich einen anständigen Toaster?«

»Weil Toast nur richtig gut schmeckt, wenn er auf der Herdplatte geröstet wird«, erwiderte Kate und wischte den Türknauf mit einem Papiertaschentuch ab. »Zuerst überall Magnesiumpulver wegen der Fingerabdrücke und jetzt auch noch Fett. Ist ja schlimmer als mit Kindern«, fuhr sie fort und fühlte plötzlich einen Stich in der Herzgegend.

Mary berührte unwillkürlich Kates Arm. Kate erkannte denselben Schmerz in Marys Augen.

»Oh, Mary, ich weiß nicht, ob ich noch mehr ertragen kann!«

Mary legte die Arme um die Freundin und drückte sie an sich. »Du Idiotin!« sagte sie. »Du hättest nur was sagen müssen. Ich warte auf deinen Anruf seit ...« Sie verstummte. Beide wußten seit wann.

Seit dem Streit. Seit Kate Mary beschuldigt hatte, an Melanies Tod schuld zu sein. Seit Kate den Hörer eine Woche lang neben dem Telefon hatte liegen lassen. Seit Kate jedesmal aufgelegt hatte, wann immer Mary sie an ihrem Arbeitsplatz zu erreichen versuchte.

»Ich habe schreckliche Sachen gesagt.«

»Nichts, was ich mir nicht auch selbst vorgeworfen habe.«

Kate löste sich aus der Umarmung, hielt die Freundin auf Armeslänge von sich und betrachtete prüfend ihr Gesicht. Sie sah die Sorgenfalten um Augen und Mund.

»Dich trifft keine Schuld an dem, was mit Melanie passiert ist.«

Mary ließ den Kopf hängen. »Ich mache mir immer noch Vorwürfe.«

Die Tür ging auf, und Constable Jackson erschien auf der Schwelle. »Ich ... ehm ... ich habe die Hintertür aufgemacht. Der Rauch hat sich schon fast verzogen.«

Kate nickte, ohne den Blick von Mary zu wenden.

»Also ...«, begann Constable Jackson verlegen, »... ich sehe jetzt ein bißchen fern. Ist das in Ordnung?«

»Ja, natürlich«, antwortete Kate.

Jill Jackson verschwand im Wohnzimmer.

Zwischen Kate und Mary herrschte minutenlanges Schweigen. Beiden war klar, daß sie ganz von vorn anfangen mußten.

»Mary ...« Kate versagte die Stimme. Sie war den Tränen nahe.

Mary machte eine wegwerfende Handbewegung und lächelte unter Tränen. »Wieso stehen wir eigentlich im Flur herum? Wir könnten schon längst Tee trinken und verbrannten Toast essen.«

»Mutter Courage und ihr unverwechselbarer Sinn fürs Praktische«, bemerkte Kate lachend. »Komm rein, Mary.«

›Mutter Courage‹ war Marys Spitzname in der Schule gewesen. Wer das dringende Bedürfnis gehabt hatte, sich auszusprechen, war zu Mary gegangen. Ihr mütterlicher Sinn fürs Wesentliche, ihr Mut und ihr gesunder Menschenverstand hatten ihr diesen Spitznamen eingebracht.

Kate folgte Mary durchs Wohnzimmer.

»Gütiger Himmel! Ist ja wie in einem Kühlschrank hier!« stöhnte Mary, als sie die Küche betrat.

»Entschuldigung!« rief Jill kleinlaut aus dem Wohnzimmer.

Kate machte die Hintertür zu und ging mit Mary zur Eßecke im Wohnzimmer zurück, wo es etwas wärmer war. »Heizt sich schnell wieder auf«, sagte sie, und die Polizistin tat ihr plötzlich leid. »Wir wollen uns unterhalten, Sie haben doch nichts dagegen, daß ich die Tür zumache, oder?« Sie deutete auf die gläserne Schiebetür in dem Torbogen, der das Wohnzimmer vom Eßzimmer trennte.

Jill schüttelte den Kopf. »Natürlich nicht. Aber schließen Sie die Hintertür bitte ab, ja?«

»Das mache ich sofort«, erwiderte Kate, kehrte gehorsam in die Küche zurück und drehte den Schlüssel an der Hintertür zweimal um.

Kate kochte Tee, und sie und Mary setzten sich an den kleinen Eßtisch.

»Mary«, begann Kate zögernd. »Was du vorhin im Flur gesagt hast . . . stimmt das wirklich?«

Das Lächeln verschwand aus Marys Gesicht. Sie starrte in ihre Teetasse. »Wenn ich sie nur gebracht hätte . . .«

»Darauf hattest du keinen Einfluß . . . und ich auch nicht«, unterbrach Kate sie eindringlich. »Ich wünschte, ich könnte zurücknehmen, was ich damals gesagt habe . . . Ich habe das nie ernsthaft gemeint.« Sie schüttelte den Kopf. »Ich muß vollkommen durchgedreht gewesen sein.«

Mary griff nach Kates Hand. »Warst du auch«, murmelte sie. »Aber wer wäre das nicht gewesen? Ein Kind auf diese schreckliche Art zu verlieren . . .«

Kate runzelte die Stirn. »Es war, als hätte ich eine ansteckende Krankheit, weißt du? Melanie hatte so viele Freundinnen. Ich habe ihre Mütter beim Einkaufen gesehen, wie sie ihre Kinder in die Schule brachten und so weiter. Sie haben so getan, als kennen sie mich nicht.« Sie sah Mary fragend an.

»Ich glaube, sie hatten Angst . . . konnten nicht damit umgehen, was mit Melanie passiert war.« Sie schnippte die Asche von der Zigarette in den Aschenbecher.

»Du hast 'ne Menge durchgemacht«, sagte Mary.

»Das entschuldigt nicht, was ich zu dir gesagt habe. Ausgerechnet zu dir, Mary . . .« Sie wartete, bis sich ihre Blicke trafen. »Es war nicht deine Schuld. Auf gar keinen Fall.« Sie schüttelte den Kopf. »Aber am Anfang konnte ich keine Kritik an meinem kleinen Mädchen ertragen. Zum Beispiel, wie unordentlich sie war. In meiner Erinnerung habe ich Melanie idealisiert. In meiner Erinnerung war sie vollkommen.« Sie sah Mary an und brauchte eine Weile, bis ihr Blick wieder klar wurde. »Ich weiß, was du jetzt denkst.« Sie lächelte.

»Was denn?«

»Niemand ist vollkommen, stimmt's?«

Mary zuckte mit den Schultern.

»Ich weiß«, seufzte Kate. »Jetzt weiß ich es. Melanie war eine völlig normale Elfjährige. Ich erinnere mich an das Gute und das Schlechte, und ich liebte sie, wie sie war. Werde sie immer lieben«, fügte sie leise hinzu. »Aber über die Schuld komme ich nicht weg.« Sie runzelte die Stirn, als Mary sie trösten wollte. »Er weiß das. Ihr Mörder. Der Psychopath, der mir diese Briefe und . . . Dinge schickt. Er weiß es, und er benutzt es, um seine sadistische Lust zu befriedigen. Ich will nicht auf diese Weise benutzt werden. Einmal im Leben genügt.«

»Kate, du machst mir Sorgen. Ich hoffe, du kommst nicht auf die Idee, etwas Dummes zu tun . . .«

»Keine Angst«, sagte Kate und lachte. »Ich tue alles, was die Polizei vorschlägt. Vorausgesetzt, es hilft, dieses Schwein zu fassen.« Sie wurde ernst. »Aber ich will dich da nicht mit hineinziehen.«

»Kate!« widersprach Mary.

»Und vor allem nicht Jenny«, fügte Kate hinzu.

Mary griff sich an den Hals. »Der Himmel steh uns bei! Ich dachte nicht . . .«

Kate starrte in ihre Teetasse. »Ich möchte niemanden in Gefahr bringen, Mary.«

Mary überlegte. »Also gut«, entschied sie schließlich. »Solange das nicht vorbei ist, bestehe ich nicht darauf, daß du uns besuchst, und ich bringe Jenny nicht hierher. Aber ich bin deine Freundin, Kate. Und nichts und niemand kann mich davon abhalten, zu dir zu kommen.«

»Mary, verstehst du nicht. Er hat seine Augen und Ohren überall. Er beobachtet mich. Er könnte dir bis nach Hause folgen. Komm so lange nicht mehr her, bis die Sache vorbei und er gefaßt ist.«

Marys Ausdruck gefror. Kate kannte das gut. Mit schmalen Lippen und unbeweglich trotzte sie allen Überredungskünsten.

»Mary, sei bitte vernünftig«, drängte Kate.

Mary sagte nichts. Statt dessen räumte sie den Tisch ab.

»Ich sage der Polizei, daß sie dich schon an der Tür abweisen sollen«, drohte Kate. »Ich lege auf, wenn du mich anrufst.«

Mary ging in die Küche.

»Mary!« rief Kate frustriert.

Mary ließ Spülwasser ein und nahm die leere Toastbrotpackung von der Arbeitsfläche, die Constable Jackson dort liegengelassen hatte, um sie in dem Mülleimer zu werfen. Als sie den Mülleimerdeckel hochklappte, stiegen ihr dunkle Rauchschwaden entgegen, die nach verbranntem Toast stanken.

Kate mußte unwillkürlich lachen. »Constable Jackson kann ich nur wärmstens empfehlen. Inspektor Harmon wird sich freuen«, sagte sie. »Ich leere erst mal den Mülleimer aus. Du kannst inzwischen abspülen, wenn dir das hilft.«

Mary blieb unbewegt. Sie ging ins Wohnzimmer zurück, um Constable Jacksons Kaffeebecher und Teller zu holen.

Er trug Handschuhe und betastete die Haarspange. Ein Finger fuhr über die Goldverzierungen. Dann hob er die hellroten Handschuhe hoch, schlaff und leblos lagen sie in seinen Händen. Darunter waren die Briefe. Seine Wahl fiel auf einige mit besonders eindringlichem Inhalt. Er steckte sie sorgfältig in die Frühstückstasche.

Mit dem Täschchen im Schoß saß er eine Weile still da. Sein Blick schweifte zum Fernsehschirm. Ein großer Mann ... *Der schwarze Bobby* ... stand neben Kate. Sie trug ihr Haar offen, das ihr locker über die Schultern fiel. *Dieses Haar!* Wie er es liebte, dieses Haar zu berühren, es zu streicheln, es durch seine Finger gleiten zu lassen ...

»Nein, nein«, sagte sie gerade. »Sie sollte bei ihrer Freundin Jenny sein ... bei ihrer Freundin. Sie wollten zusammen zu Abend essen.«

Zurückspulen. Wiedergabe. Ihre Augen voller Verzweiflung. Ihre Haut wächsern. »Sie sollte bei ihrer Freundin Jenny sein ... bei ihrer Freund ... Jenny ... ihre Freundin ... ihre Freundin ... Jenny ...«

»Jennifer, Liebes«, hauchte er, »du weißt, sie hätte bei dir sein sollen, aber statt dessen war sie bei mir. Jennifer, du hast etwas sehr Böses getan.«

Draußen war es kalt, bitterkalt. Im orangeroten Licht vor dem Haus waren keine Sterne zu sehen. Nur hin und wieder fuhr ein Auto vorbei. Es war nach sieben, und die Hauptverkehrszeit war vorüber.

Kate hob den Deckel der Mülltonne hoch und ließ die Tüte hineingleiten. Irgendwo bellte ein Hund.

Ein Geräusch. Kate drehte sich um.

Stechende Schmerzen!

Sie lag auf den Knien auf der Erde und wußte nicht, wie sie dorthin gekommen war. Wie Messerstiche drangen die Schmerzen von den offenen Kniewunden in ihre Oberschenkel, und noch immer begriff sie nichts.

Eine Hand packte sie beim Haar und bog ihren Kopf nach hinten. Sie roch sein Eau de Cologne. Es war derselbe Duft, den sie schon am Vorabend gerochen hatte, ein Geruch, an den sie sich aus längst vergangenen Zeiten zu erinnern glaubte. Und dann ging ihr ein Licht auf.

»David!«

»Du miese Schlampe hast sie umgebracht!«

Kates Kopf dröhnte. Sie fühlte warmes Blut von ihrer Stirn über die Wangen rinnen, wie Tränen.

»Du hast sie umgebracht, weil du dich nicht um sie gekümmert hast, und jetzt kriege ich die Schuld. Es genügt dir nicht, daß du dein Leben zerstört hast . . . du mußt unbedingt auch mein Leben kaputtmachen.« Er weinte.

Sein Gesicht war dicht vor ihrem Gesicht. Sein Atem roch nach Whiskey. Er lag auf den Knien wie sie. Eine Hand hatte er in ihrem Haar, in der anderen hielt er eine Flasche.

Halb leer oder halb voll, schoß es Kate durch den Kopf.

Seine Augen funkelten böse. Sie erkannte den krankhaften Haß und die Angst und die Qual, die er hinter seiner haltlosen Wut versteckte. Und da wußte sie, daß sie keine Angst mehr vor ihm hatte, ihn nie wieder fürchten würde.

»Du redest Blödsinn«, sagte sie. »Die Macht der Gewohnheit, was?«

Er bewegte wortlos die Lippen, dann holte er mit der Flasche zum Schlag aus.

Doch Kate stürzte sich auf ihn, brachte ihn aus dem Gleichgewicht. Sie drückte ihre Finger in seine Augen, und er fiel schreiend auf den Rücken. »Schlampe! Miese Schlampe!«

Kate schlug mit der Rechten auf ihn ein und merkte erst, als sie seine Stirn traf, daß sie noch den Deckel der Mülltonne in der Hand hielt.

Ihr Atem ging schwer. Sie hatte ihn verletzt! Und sie wünschte plötzlich, sie hätte das schon vor Jahren getan. Es kostete sie einige Überwindung, nicht weiter zuzuschlagen, ihm alles heimzuzahlen.

»Sag ja nie wieder Schlampe zu mir!« keuchte sie. »Und komm ja nie wieder in meine Nähe, sonst mache ich Kleinholz aus dir.«

Er holte mit der Faust aus, doch sie parierte den Schlag und traf ihn mit dem Blechdeckel direkt über dem Ohr. Dann kippte sie vornüber. Ihr war schwindelig vor Übelkeit. Sie verlor das Gleichgewicht und fiel ins Bodenlose.

Irgendwo, weit weg, hörte sie Schreie. Sie wollte helfen, konnte jedoch nichts sehen. Die Schreie wurden leiser, und um sie herum wurde es dunkel, immer dunkler.

Eigentlich müßten Sterne zu sehen sein, schoß es ihr durch den Kopf, und das kam ihr wahnsinnig komisch vor.

20

Angie hielt die Tür auf. Sie hatte einen Ausdruck in den Augen, der einem amoklaufenden Stier hätte Einhalt gebieten können. Trotzdem blieb ihre Stimme höflich: »Sergeant Wainwright. Kommen Sie doch rein. Sie möchten vermutlich Trevor sprechen. Er bringt gerade Michael ins Bett.«

An diesem Abend hatte sich Michael hartnäckig geweigert, ohne eine Gutenachtgeschichte von seinem Vater ins Bett zu gehen. Angie führte Wainwright ins Wohnzimmer. Die Beleuchtung paßte zur Musik: gedämpft und beruhigend. Sie bot ihm einen Drink an, den er jedoch ablehnte. Der Sergeant wirkte unruhig, wenn nicht sogar erregt. Trevor hatte recht gehabt, dachte sie. Er hatte sichtlich an Gewicht verloren, seit sie ihn das letzte Mal gesehen hatte.

»Wie geht's Jan?« erkundigte sie sich.

»Gut. Die Sache ist wirklich wichtig.«

»Er kommt gleich.« Angie lächelte ungerührt. »Und was macht William?«

»Wie?«

»Wie geht es William?«

Wainwright musterte sie prüfend, suchte in ihren Zügen nach Anzeichen, die die Harmlosigkeit ihrer Fragen Lügen straften. Aber er vermochte Angie Harmon, die für ihn stets undurchsichtig war, auch diesmal nicht zu deuten.

»Will geht's gut. Jan geht's gut. Ich ...« Er stand auf, wollte darauf drängen, Harmon zu holen, als sich die Tür öffnete.

»Stretton hat da was gefunden, Sir«, platzte Wainwright heraus.

Harmon sah ihn nur verblüfft an. Er kehrte gerade aus der Welt der Kindermärchen zurück und hatte den Übergang noch nicht ganz geschafft.

»Er glaubt, er hat unseren Hacker.«

»Wirklich? Großer Gott!« Harmon war sofort hellwach. Er hatte die letzte Mitteilung über Melanie gelesen und war entsetzt gewesen. Seitdem glaubte er besser zu verstehen, was Kate Pearson durchmachte. Aber Melanie war nicht seine, sie war Kates Tochter gewesen. Hätte in der Mitteilung der Name eines seiner Jungen gestanden ... Er hatte Angie nichts von der elektronischen Post erzählt, sie jedoch ermahnt, gut auf die Jungen aufzupassen.

Unmittelbar nach der Lektüre der E-mail hatte Harmon Stretton, der eigentlich dienstfrei hatte, angerufen und ihn aufs Revier gebeten, um ihn auf den Hacker anzusetzen. Und seitdem hatte Stretton alle Hände voll zu tun. Innerhalb weniger Stunden hatte ein Hacker mindestens sechsmal das Sicherheitssystem von Technicom durchbrochen. Stretton war es jedoch bisher nie gelungen, die Schwachstelle zu orten.

»Wo ist er?«

»In Inspektor Davies' Büro, Sir.«

Harmon warf Angie einen schuldbewußten Blick zu.

»Geh schon«, sagte sie. »Aber vergiß nicht: Auch Superman braucht gelegentlich etwas Schlaf.«

Über ihr, ein einzelner Stern, wunderschön in seiner Einzigartigkeit.

Kate versuchte zu blinzeln, aber irgend etwas hinderte ihr Augenlid daran, sich zu schließen. Ihr Auge tränte in dem intensiven Licht, und sie fuhr zurück, wollte der unangenehmen Helligkeit entgehen. Sie bereute die Bewegung jedoch sofort, als das Pochen in ihren Schläfen zu einem brennenden Schmerz wurde, der ihren Schädel zu sprengen drohte.

»Ah«, sagte eine Stimme hinter dem Licht, hinter dem Schmerz. »Sie ist zu sich gekommen.« Das Licht erlosch augenblicklich.

Kate versuchte in der Dunkelheit etwas zu erkennen.

»Kate, ist alles in Ordnung?« Das war Marys Stimme.

Sie versuchte zu antworten, doch ihr Mund war zu trocken.

»Sie ist in Ordnung.« Die erste Stimme hatte für sie geantwortet. Sie gehörte offenbar zu einem Mann in einem weißen Mantel. »Gehirnerschütterung, ein paar Platzwunden. Nichts Schlimmes.«

Kate legte sich in die Kissen zurück. »Ich hätte nichts gegen Tee und eine Zigarette«, murmelte sie hoffnungsvoll.

»In diesem Krankenhaus darf nicht geraucht werden«, erklärte der Arzt mitleidlos. »Aber ein Glas Wasser können Sie haben. Wir müssen Sie heute nacht hierbehalten«, fügte er hinzu, während Mary ihr ein Glas Wasser aus dem Plastikkrug auf dem Nachttisch einschenkte. »Zur Beobachtung.« Er schrieb etwas auf ihre Krankenkarte und hängte diese dann an den Bettpfosten. »Morgen früh komme ich gleich als erstes zu Ihnen.« Damit verschwand der Arzt durch die Tür in den Flur, wo er sich kurz mit einer für Kate unsichtbaren Person unterhielt.

Mary hielt das Glas an ihre Lippen. Kate trank und legte sich entspannt zurück. »Begreifst du jetzt, warum ich niemanden mit hineinziehen will?«

Mary setzte sich auf den Bettrand. »In diesem Punkt brauchst du dir keine Sorgen mehr zu machen. Die Polizei hat ihn geschnappt. Zwei Beamte haben ihn sofort verfolgt. Wer konnte schon ahnen, daß du allein in den Garten gehen würdest.« Das klang vorwurfsvoll.

»Schimpf bitte nicht mit mir, Mary. Das besorgt sicher Harmon zur Genüge, wenn er kommt . . . oder ist er schon hier?«

Mary schüttelte den Kopf. »Er war dienstlich unterwegs.«

»Wieviel Uhr ist es?«

»Halb acht.«

»Mußt du nicht nach Hause? Tony macht sich sicher Sorgen.«

»Er ist mit Jennifer beim Bowling. Er kommt erst um neun zurück.«

»Wo ist er?«

»Er ist beim Bowling«, wiederholte Mary langsam.

»Nicht Tony . . . David. Schon gut, Mary. Ich habe eine Gehirnerschütterung, aber sonst bin ich noch ganz gut auf dem laufenden.«

»David ist in sicheren Händen . . . bei der Polizei. Du hast nichts zu befürchten.«

»Er ist hier, stimmt's?«

»Kate . . .«

»Ich habe ihn mit dem Mülltonnendeckel getroffen. Zweimal«, fügte sie zufrieden hinzu. »Er *ist* hier, oder?«

»Die Polizei bewacht ihn.«

Kate lächelte. »Keine Sorge, Mary. Ich bin okay. Mir macht er keine Angst mehr.«

»Mir schon. Und du hättest auch Angst, wenn du vernünftig

wärst. Aber die Polizei hat ihn in Gewahrsam genommen. Und da bleibt er auch.«

»Das ist noch nicht das Ende der Geschichte, mußt du wissen.«

Mary sah sie erstaunt an. »Wie meinst du das?«

»David ist mir neulich im Nebel gefolgt und hat mir im Garten aufgelauert. Aber David hat mir nicht die E-mails geschickt. Er hat nicht das Tonband überspielt. Er hat Melanie nicht umgebracht.«

Mary schwieg.

»Er schlägt Frauen, und er ist ein Charakterschwein, und ich hasse ihn. Aber er hat seine Tochter nicht umgebracht.«

Mary sammelte Fusseln von Kates Decke. Sie sah Kate an und wandte hastig den Blick.

»Sag es«, forderte Kate sie auf.

Mary zuckte mit den Schultern.

»Du meinst, daß ein gewalttätiger Mensch wie David zu allem fähig ist.« Kate legte die Hand auf den Arm der Freundin. »Zu *fast* allem, Mary. Er könnte *mich* umbringen«, erklärte sie so emotionslos, daß Mary sie entsetzt ansah. »Aber nicht Melanie. Er hat immer versucht, sie zu schützen ... auf seine verdrehte Art. Er hat mir immer befohlen, Melanie aus dem Zimmer zu bringen, bevor er ... bevor er auf mich losgegangen ist. Sie hat niemals gesehen, wie er ...« Kate hielt inne und gestikulierte wild. Mary stand unentschlossen auf. »Ich muß mich übergeben«, stöhnte Kate und erbrach sich über die Bettkante.

Die Krankenschwester handelte schnell und geschickt, zeigte jedoch kein Mitgefühl.

»Ich hasse Krankenhäuser«, jammerte Kate, nachdem die Schwester gegangen war.

Mary gab ihr einen Schluck Wasser.

Kate schwieg für eine Weile, dann begann sie erneut: »Ich

glaube wirklich nicht, daß es David war. Dafür fehlt ihm die nötige Selbstdisziplin. Meine Güte, ich gäbe alles für eine Zigarette!«

Mary wartete.

Nach einem weiteren Schluck Wasser fuhr Kate fort: »Der Killer läuft noch frei rum, Mary. Und er ist wütend. Er ist zu allem fähig. Du mußt verstehen, warum ich dich jetzt nicht in meiner Nähe haben will. Bitte, versteh das doch!«

»Ich verstehe nur, daß du mich in deiner Nähe brauchst«, konterte Mary.

Kate seufzte.

»Ich geh jetzt lieber. Ich möchte vor Tony und Jenny zu Hause sein.«

Kate sah im Geiste vor sich, wie Mary die beiden an der Tür begrüßte, die Teekanne auf dem Stövchen, den Toast im Toaster, lächelnd und bereit zuzuhören. Immer bereit zuzuhören ...

»Kate, ist alles in Ordnung?« Marys Stimme hallte seltsam fern wider.

»Hmm?« hörte sie sich sagen. »Ich muß kurz eingenickt sein. Ich bin so müde ...«

»Draußen vor der Tür steht ein Polizist. Es kann dir also nichts passieren.« Kate merkte noch, daß Mary lauter geworden war, um sich verständlich zu machen, konnte jedoch nicht verhindern, daß sie erneut einnickte.

Als sie wieder zu sich kam, fühlte sie den Gummiknopf der Notklingel in ihrer Hand. »Mary!« rief sie in panischer Angst.

Mary kam durch die Tür zurück. »Alles in Ordnung, Liebes. Soll ich lieber bleiben?«

»Nein, geh nach Hause. Aber wie kommst du ...?«

»*Du* hast Probleme! Ich kriege eine Freifahrt in einem Streifenwagen. Also, draußen steht ein Bobby, damit du dich nicht einsam fühlst.«

»Ich hoffe, es ist nicht Constable Jackson.«

»Das ist nicht fair, Kate. Du hättest niemals allein hinausgehen dürfen.«

»Okay, alles meine Schuld.«

»Das mußt du Harmon sagen«, drängte Mary. »Das arme Mädchen hat eine Heidenangst vor dem, was ihr von ihm blüht.«

»Sie kriegt einen Persilschein«, erklärte Kate gereizt, lächelte jedoch gleich wieder entschuldigend.

»Er ist ein ziemlich kräftiger junger Mann«, sagte Mary. »Soll ich ihn reinschicken?«

»Nicht jetzt. Ich habe Kopfschmerzen.«

Mary lachte und winkte ihr zum Abschied durch die Tür zu.

Kate sank in die Kissen zurück. Sie fühlte sich plötzlich einsam. Sie lag in einem Einzelzimmer. In der Ecke hing ein Waschbecken. Die Wände waren cremefarben gestrichen, der Fußboden grau gekachelt. Könnte jedes beliebige Krankenhaus sein, dachte Kate und bekam plötzlich einen Schreck. Sie hatte Mary gar nicht gefragt, wo sie eigentlich war.

Ein Blick auf den Bettbezug beruhigte sie. *Royal Manchester Hospital* stand in grünen Lettern auf den glattgebügelten Rändern.

Kate wachte abrupt auf. Sie horchte. Da war es wieder, ein schüchternes Klopfen an der Tür.

»Herein.« Erstaunt stellte sie fest, daß sie noch immer undeutlich sprach, und fragte sich, ob das von der Gehirnerschütterung kam oder ob man ihr Beruhigungsmittel gegeben hatte.

Ein Polizist in Uniform streckte den Kopf zur Tür herein. »Ein Mr. Shepherd ist hier. Wollen Sie ihn sehen?«

»Adam?« Ihr Denkvermögen arbeitete noch langsam. Und wenn es nicht Adam war? »Könnten Sie ihn reinbringen, Constable?«

Kate atmete erleichtert auf. »Gott sei Dank«, rief sie aus. »Du bis es!«

»Natürlich bin ich es. Wer sonst?«

Sie lächelte. »Schon gut, Constable. Danke. Sie können gehen. Wieviel Uhr ist es?« fragte sie, als sie allein waren.

»Elf Uhr. Was ist passiert?«

»Was mir passiert ist? David ist mir passiert.«

»Du siehst schrecklich aus.«

»Danke für die Blumen.«

Adam setzte sich auf einen Stuhl neben dem Bett. »Ich dachte, die Polizei paßt auf dich auf.«

»Ja, also . . . Mary ist gekommen, und . . .«

»Mary? Deine Freundin Mary?« unterbrach er sie.

»Genau die. Die Polizistin, die mich beschützen sollte, war im Wohnzimmer, und ich wollte den Mülleimer draußen leeren, und . . .«

»Bist du verrückt? Du bist nach allem, was dir passiert ist, allein rausgegangen? Du könntest tot sein!«

»Bin ich aber nicht«, entgegnete Kate bestimmt. »Ich habe mich gewehrt. Und das nicht schlecht.« Sie lächelte flüchtig. Adam seufzte gereizt. »Wer hat dir gesagt, daß ich hier bin? Harmon?«

»Harmon?«

»Woher weißt du, daß ich hier bin? Hat Harmon es dir gesagt?«

»Nein. Nicht Harmon. Ich habe eine Nachricht erhalten . . . eine E-mail von dir.« Er wartete gespannt auf ihre Reaktion.

»Nicht von mir«, erklärte Kate, schüttelte den Kopf, was augenblicklich rasende Kopfschmerzen und Übelkeit auslöste.

»Habe ich mir's doch gedacht«, sagte Adam mit Genugtuung. Er rutschte nach vorne auf die Stuhlkante und beugte sich zu ihr hin. Kate hatte plötzlich den Wunsch, sein Haar zu berühren. Vor Melanies Entführung, als zwischen ihnen noch alles in Ordnung war, war sie ihm gern mit den Fingern durchs Haar gefahren. Sie runzelte die Stirn. Das mußte die Gehirnerschütterung sein! Adam sah plötzlich auf, und sie blinzelte. Der Augenblick war vorüber. »Ich habe noch bis spät im Büro gearbeitet ... Kate, ich glaube, ich bin diesem Phantom sehr nahe gekommen. Ich habe mir den Superuser-Status verschafft, was mir die totale Kontrolle über das Betriebssystem gibt.« Als er Kates besorgten Blick auffing, fuhr er fort: »Nur damit ich die Dateien von allen Angestellten durchsehen kann. Ich muß dem Bastard auf die Spur kommen. Er könnte sich praktisch in jeder Datei bei uns verstecken. Schätze, er benutzt ein Paßwort mit hoher Priorität, das ihm einen bevorzugten Zugang zum System verschafft. Anderenfalls könnte er sich nicht in deine laufenden Dateien einschalten und sie verändern.«

Kate erinnerte sich an die erste Nachricht, die sie im November vorgefunden hatte. ›Warum läßt du es zu, daß er mir weh tut, Mami?‹ Sie war in einem Bericht aufgetaucht, den sie für Owen geschrieben hatte. Und dann war da die Mitteilung vom Vortag, mit dem Foto von Melanie. Sie nickte zustimmend.

»Das Phantom verschafft sich Zugang und durchkämmt sämtliche Verzeichnisse. Und an diesem Punkt schalte ich mich ein. Ich bin ihm auf den Fersen.« Adams Augen glänzten wie im Fieber. Kate hatte ihn noch nie so erlebt. »Er wird ganz schön in Panik geraten, wenn er feststellt, daß deine sämtlichen Dateien spurlos verschwunden sind.«

»Das hast du gemerkt?«

»Natürlich habe ich das gemerkt, Kate. Ich habe praktisch jede Datei in dem ganzen verdammten Betriebssystem durchgecheckt, um das Phantom zu finden. Wenn eine Datei eröffnet oder eine alte gelöscht wird – besonders wenn es sich um deine Datei handelt –, dann merke ich das.«

Er hatte John James zu Hause angerufen. Er hatte das Betriebssystem mehrere Stunden lang geprüft, sich in Verzeichnisse und Dateien eingeloggt. Die Erkenntnis, daß Kates Dateien praktisch komplett gelöscht worden waren, hatte ihn wie ein Schlag getroffen. »Was zum Teufel geht hier vor!« hatte er gesagt und angenommen, John wisse sofort, wovon er rede. »Kates Dateien«, fuhr er fort, als John am anderen Ende verständnislos schwieg.

»Da mußt du schon präziser werden«, sagte John müde. »Um diese Zeit ist mein Computergehirn abgeschaltet.«

»Ihre Dateien«, wiederholte Adam gereizt. »Warum hast du sie gelöscht?«

»Ich kapiere nicht, was dich das angeht, ob Kates Dateien gelöscht sind«, sagte John plötzlich erregt. »Und ich kann nicht behaupten, daß es mir paßt, wenn du in meinem Server rumfingerst.«

»Komm schon, John. Ich bin immer fair zu dir gewesen. Eine Hand wäscht die andere. Die Sache ist wichtig. Gerade hat jemand Kates Dateien aufgerufen und mir dann eine Nachricht geschickt.«

Adam spürte Johns Nervosität und Anspannung. »Was für eine Nachricht?«

Adam zögerte. »Kate liegt im Krankenhaus«, sagte er schließlich.

»Großer Gott!«

»Ich bin auf dem Weg dorthin. Trotzdem möchte ich gern wissen, warum sie ihre Dateien gelöscht hat.«

Also hatte John es ihm gesagt und damit Adams Wissenslücke bezüglich der letzten E-mail an Kate geschlossen. Außerdem hatte er den Verdacht geäußert, daß Kate mit dem Hacker in Verbindung getreten sei.

»Bist du total verrückt geworden, auf seine Post zu antworten, Kate? Ist dir klar, was du da tust?«

»John hat also aus der Schule geplaudert.«

»Mein Gott, Kate! Der Typ ist vermutlich ein Irrer! Ein Mörder! Und du tust so, als sei das ein Krimi von Agatha Christie.«

Kate schloß die Augen. Sie war zu müde, um zu streiten oder sich weiter zu erklären. »Denk was du willst«, war alles, was sie herausbrachte. »Und was, bitte, hat der Hacker getan, als er meine Dateien nicht mehr finden konnte?«

Adam zuckte mit den Schultern. »Er ist durchgedreht. Ist wie ein Panzer durch sämtliche Verzeichnisse gewalzt ... und hat sich anschließend ausgeklinkt.«

»Hast du ...«

Adam schüttelte den Kopf. »Er war ein paar Minuten da ... dann ist er untergetaucht und war weg. Etwas später hatte der Postmaster einen Brief für dich. Aber der ist mit dem Vermerk ›Anwender unbekannt‹ zurückgegangen.«

Kate wußte, daß die Sendung über den Organisator von E-mail eine Methode war, Nachrichten an eine Person zu schicken, deren vollständige Adresse unbekannt war.

»Und du hast die Sendung also nicht bis zum Absender zurückverfolgen können, nehme ich an.«

»War wieder eine anonyme Sendung, die über einen Remailer lief. Das Schwein geht kein Risiko ein.«

»Bis auf gestern.«

»Wie meinst du das?«

»Du weißt doch, was gestern abend passiert ist, oder? Harmon hatte dich deshalb vorgeladen. Der Kerl ist in meine Wohnung eingebrochen und hat eine Nachricht auf die Musikkassette überspielt, die du mir zum Geburtstag geschenkt hattest ... das Billy-Joel-Band.«

Adams Augen wurden groß. Davon hatte John nichts erwähnt. Aber vielleicht hatte er es nicht gewußt. »Sie haben seine Stimme auf Band?«

Kate schüttelte den Kopf. »Es war Melanies Stimme.«

Im Zimmer wurde es plötzlich totenstill. Das einzige Geräusch war schließlich das Klappern des Plastikkruges, aus dem Kate sich ein Glas Wasser einschenkte. Adam ging auf dem gekachelten Fußboden auf und ab.

»Ich bin ihm ganz dicht auf den Fersen«, murmelte er.

»Adam, kannst du dich nicht setzen?« bat sie. »Mir wird schwindelig, wenn ich dir zusehe.«

Adam gehorchte.

»Du hast mir noch nicht gesagt, was in der E-mail stand.«

Er starrte sie einen Moment lang verständnislos an. Dann schien er wie aus einer Trance zu erwachen. »Ach so. Ja richtig. Also die Post ist, wie gesagt, zurückgegangen. Anschließend hat er sich wieder eingeloggt, diesmal unter dem Paßwort des Systemverwalters, und hat deine Datei neu installiert. Danach ist er verschwunden und nach einigen Minuten wiederaufgetaucht ... unter deinem Namen ... er hat sich unter deinem Namen wieder eingeloggt.«

»Dann ist die Nachricht unter meinem Namen verschickt worden. Wie lautet sie?«

»Ich hab sie hier.« Adam reichte Kate einen Computerausdruck.

Adam bitte komm.
Ich habe solche Angst.
Ich bin im R M Hospital.
Ich brauche dich. Kate.

Kate gab ihm den Zettel wortlos zurück, und Adam fuhr fort: »Zuerst habe ich es für einen seiner gemeinen Tricks gehalten und sofort das Krankenhaus angerufen. Als sie mir sagten, daß du tatsächlich eingeliefert worden bist, bin ich aus allen Wolken gefallen.«

»Woher hat er das gewußt?« Wie konnte er sich in das Technicom-Betriebssystem hacken, sich ein- und wieder ausloggen und gleichzeitig ihre Wohnung beobachten? Kate fröstelte. »Den erwischen sie nie«, murmelte sie resigniert.

»Ich habe versucht, auf einem anderen Weg an ihn heranzukommen. Er loggt sich immer über ein Universitäts- oder Forschungsinstitut ein. Ich arbeite mit einigen Kumpels aus dem Internet zusammen. Sie checken gerade, ob bei einer Fakultät der Uni Manchester irgendwelche ungewöhnliche Aktivitäten auftauchen. Du weißt schon ... ob Programme auch spätnachts laufen, wenn normalerweise alles abgeschaltet ist, und ob da jemand tätig ist, der sich ungewöhnlich häufig ein- und ausloggt ...«

Er hielt inne. Sie sahen beide zur Tür. Draußen auf dem Flur wurden Schritte und Stimmen laut. Bevor Adam sich von der Stelle rühren konnte, flog die Tür auf, und drei Männer stürmten herein.

21

Sie packten Adam und drückten ihn mit dem Gesicht nach unten aufs Bett. Adam protestierte erstickt.

Kates Stimme ging in dem geräuschvollen Durcheinander unter. Draußen im Flur diskutierte eine Krankenschwester lautstark mit dem diensthabenden Constable, der alle Mühe hatte, die Frau zu beruhigen.

Dann kam Chefinspektor Harmon herein, und es wurde schlagartig still.

Adam trug mittlerweile Handschellen. Die beiden Beamten hatten ihn in die Zange genommen. An seiner rechten Backe begann sich ein Bluterguß abzuzeichnen.

»Was ist hier los?« fragte Kate. Ihre Stimme bebte.

»Schafft ihn raus und lest ihm seine Rechte vor«, befahl Harmon.

»Nein, warten Sie . . .« Kate war so wütend, daß sie vorübergehend sogar das Übelkeitsgefühl unterdrücken konnte, das sich deutlich zurückgemeldet hatte. »Was zum . . .« Sie schluckte. »Was zum Teufel ist hier los?«

Adam war totenbleich und wirkte seltsam schmal und verletzlich zwischen den beiden muskulösen Kriminalbeamten.

»Tut mir leid, wenn wir Sie erschreckt haben, Mrs. Pearson. Ich hätte Ihnen das gern erspart. Glauben Sie mir. Aber ich mußte davon ausgehen, daß Sie in großer Gefahr sind.«

»In Gefahr? Durch Adam? Machen Sie sich nicht lächerlich!«

Harmon bedeutete seinen Leuten, Adam aus dem Zimmer zu bringen. Kate griff erneut ein. »Nein! Egal, was Sie mir zu sagen haben, Adam soll es hören.«

»Na gut«, sagte Harmon grimmig. »Wir kommen gerade aus Mr. Shepherds Wohnung, Mrs. Pearson.«

Adam wurde bleich.

»Machen Sie sich auf einen Schock gefaßt.«

Kate sah ihn ungeduldig an.

»Wir haben dort Kleidungsstücke und eine Frühstückstasche sichergestellt, die vermutlich Ihrer Tochter gehört haben.«

»Das ist nicht wahr!« entfuhr es Adam.

»Außerdem besprochene Tonbänder und Briefe.«

Kates Blick schweifte zwischen Inspektor Harmon und Adam hin und her.

»Briefe?« flüsterte sie entsetzt.

»Von Melanie geschrieben.«

»Kate, ich weiß nichts davon.«

Kate starrte auf die Bettdecke. Sie war froh, daß sie bereits lag.

»Kate, bitte ... sieh mich an!«

Harmons Backenmuskeln zuckten. »Schafft ihn raus!« zischte er.

»Kate!« rief Adam.

Kates Blick ging ins Leere. *Briefe,* dachte sie immer wieder. *Briefe und Tonbänder ...*

»Kate, ich schwöre bei Gott! Ich habe keine Ahnung, wie die Sachen dorthin gekommen sind. Ich weiß von alledem überhaupt nichts ...«

Die beiden Kripobeamten zerrten ihn aus dem Zimmer, doch seine Stimme war auch auf dem Flur noch zu hören.

»Kate, ich schwör dir, ich habe Melanie nichts getan. Ich schwöre ...«

Kate starrte weiter auf die Bettdecke. Ihre Hände waren vom Weiß des Bettbezuges kaum zu unterscheiden.

»Es hat angefangen«, murmelte sie.

»Was haben Sie gesagt?« fragte Harmon sofort nach.

»Einen Schluck Wasser bitte.«

Er hob den Becher auf, der auf den Boden gefallen war, und spülte ihn über dem Waschbecken aus.

Kate hatte die Augen geschlossen. Sie war aschfahl. Harmon berührte ihren Arm und erschrak, wie weiß sich ihre Haut gegen seine Haut abhob. Wie kalt sie war.

Kate schlug die Augen auf. »Wie sind Sie darauf gekommen?«

»Auf Shepherd?«

»Haben Sie einen Tip bekommen?«

»Ach so«, sagte Harmon. »Verstehe. Sie glauben, jemand hat ihn denunziert?«

»War es so?«

»Einer meiner Leute versucht seit Tagen herauszubekommen, wer Ihnen diese E-mails schickt und an Ihren Dateien herumbastelt. Ihr Arbeitgeber, Mr. Owen, hat ihm zu diesem

Zweck die Paßworte von Mitarbeitern überlassen, die einen gewissen Prioritätsstatus haben. Dabei hat er entdeckt, daß sich Shepherd seit Wochen in das Betriebssystem von Technicom hackt.«

»Darum hatten Sie ihn doch praktisch gebeten!« protestierte Kate.

»Richtig. Aber seine Aktivitäten haben sich nicht nur auf Technicom beschränkt. Er hat sich außerdem in die Betriebssysteme verschiedener Universitäten eingewählt.«

»Er wollte versuchen, den Hacker zu finden. Er hat mir gesagt, daß er dazu alle verfügbaren Mittel ausschöpfen wolle.«

»Er hat Ihnen eine E-mail geschickt.«

»Adam? Wirklich?«

»Jedenfalls kam sie von seiner E-mail-Adresse.«

»Meine sämtlichen Dateien sind gelöscht.«

»Aus diesem Grund ist die Post zu Shepherds Mailbox zurückgekommen.«

»Adam wußte, daß meine Dateien gelöscht sind. Er hat es mir gerade gesagt. Und er ist der Meinung, daß das Phantom in praktisch jede Datei bei Technicom eindringen kann.«

»Das Phantom?«

»So nennt Adam den Hacker.«

»Sie auch?«

Einen Moment wurde es sehr still. »Ich nenne ihn das, was er ist: einen Mörder.«

»Die Indizien, die wir in seiner Wohnung gefunden haben ...«

»Könnte der Mörder dort plaziert haben. Er ist schließlich auch in *meine* Wohnung gekommen, oder?«

»Wir glauben, daß Shepherd in Ihre Wohnung eingebrochen ist.«

»Wie bitte?«

»Shepherd ist zwischen zwölf und zwei Uhr am Donnerstag nachmittag nicht im Büro gewesen ... Das war der Tag, an dem Sie überfallen wurden. Er hätte ausreichend Zeit gehabt, Ihren Kassettenrecorder zu präparieren.«

»Aber er hat mir doch geholfen, die Sache mit den Einkäufen über meine Kreditkarte aufzuklären.«

»Eine gute Methode, den Verdacht von sich abzulenken.«

»Warum sollte er plötzlich so unvorsichtig geworden sein, mir eine E-mail zu schicken, ohne einen Remailer zu benutzen?«

»Er wollte unter allen Umständen Kontakt zu Ihnen herstellen. Im Büro waren Sie nicht mehr zu erreichen. Wie ich schon immer gesagt habe, scheint es ihm ein dringendes Bedürfnis zu sein, mit Ihnen zu kommunizieren.«

»Wenn es Adam war, hätte er nur zum Telefonhörer greifen müssen. Er hat meine Privatnummer. Und er weiß, wo ich wohne.«

»Er muß geradezu zwanghaft aus einer Position der Macht heraus mit Ihnen kommunizieren«, führte Harmon aus.

Sie maßen sich eine Weile lang schweigend mit Blicken.

»Wie lautete die letzte Nachricht?«

»›Keine Spielchen mehr‹.«

»Das ist alles?«

Harmon nickte.

Kate nippte an ihrem Wasserbecher. Ihr Kopf dröhnte. »Sie haben ihn verhört, kurz nachdem Melanie gefunden worden war. Er hatte ein Alibi.«

»Wir haben da einige Widersprüche bezüglich der Uhrzeiten entdeckt.«

»Was für Widersprüche?«

»Mrs. Pearson, ich möchte jetzt nicht ins Details gehen. Ich kann nur soviel sagen, daß Mr. Shepherd nicht für den gesamten fraglichen Zeitraum geradestehen kann. Und dadurch besteht der Verdacht, daß er Melanie im Juli durchaus hätte entführen können.«

»Nein«, sagte Kate. »Das ist nicht möglich.«

»Tut mir leid.« Harmon stand neben Kates Bett. Sie hatte die Augen geschlossen. Sie war erschöpft. »Versuchen Sie zu schlafen«, riet er. »Es tut mir wirklich aufrichtig leid.«

Kate antwortete nicht. Harmon blieb noch einige Minuten neben ihrem Bett, überlegte, ob er ihr seine Theorie weiter ausführen, ob er ihr begreiflich machen sollte, daß Shepherd, der ihr während all der Zeit so nahegestanden hatte wie niemand sonst, einen unschätzbaren Vorteil gehabt hatte. Und er dachte daran, daß der geschickte Computerfreak vorbestraft, labil und unberechenbar war.

Außerdem hatte Shepherd Melanie gut gekannt, und die Polizeipsychologen gingen davon aus, daß das Kind mit einem ihm bekannten Mann mitgegangen war. Davon abgesehen hätte Harmon Kate darauf hinweisen können, daß Shepherd genau gewußt hatte, wie der Hacker an Kates Kreditkartennummer gekommen war. Außerdem kannte er sich in ihrer Wohnung aus. Was die Nachricht auf Tonband betraf, so hatte ausgerechnet Shepherd ihr das Original geschenkt. Schließlich und endlich hatte Shepherd gewußt, daß Kate im Krankenhaus lag. Würde es Kate überraschen, wenn er ihr eröffnete, daß man Abhörvorrichtungen in Shepherds Wohnung entdeckt hatte? Harmon war sicher, daß sie bei einer Durchsuchung von Kates Apartment Wanzen zutage fördern würden. Aber es erschien ihm nicht günstig, gerade jetzt um die Erlaubnis für eine Hausdurchsuchung zu bitten.

Kate Pearson war körperlich angeschlagen, und allein das Wissen um die Existenz von Briefen und Tonbändern ihrer Tochter war wohl mehr, als sie im Augenblick verkraften konnte. Harmon hatte ein schlechtes Gewissen. Sie hatten Shepherd zuviel Handlungsspielraum gelassen, sein Alibi viel zu oberflächlich geprüft, Kates Exmann zu nachlässig überwacht ...

Im Flur wartete Wainwright.

»Wie geht es ihr?«

»Was glauben Sie wohl?«

»Nimmt sie's schwer?«

»Sie nimmt es gar nicht, Sergeant. Sie kann nicht glauben, daß der Mann, dem sie am meisten vertraut, das Monster sein soll, das ihr kleines Mädchen umgebracht hat.«

»Dieses Schwein!«

»Wo ist er jetzt?«

»In einer Zelle. Soll ich einen Verhörraum vorbereiten?«

»Nein. Lassen wir ihn in seinem Saft schmoren ... Höchste Sicherheitsstufe. Er soll wie ein rohes Ei behandelt werden. Wir können uns nicht den geringsten Fehler leisten, kapiert?«

Wainwright verstand nur zu gut. Er selbst hatte Mühe gehabt, sich angesichts des perversen Schweins zurückzuhalten. Und da er nicht sicher war, daß sich seine Beamten dieselbe freiwillige Selbstdisziplin auferlegten, hatte er bereits entsprechende Anweisungen gegeben und sich vorgenommen, die folgende Routine persönlich zu überwachen.

Harmon wußte sofort, wie Wainwrights nachdenkliche Miene zu deuten war, und sagte nichts. »Holen Sie bitte Craine dazu.«

»Er hat ein paar Tage Urlaub.«

»Trotzdem.«

»Na gut. Aber wozu?«

»Haben Sie nicht gesagt, er habe Interesse an dem Fall bekundet? Er soll die Aufwärmrunde mit Mr. Shepherd absolvieren.« Damit wandte sich Harmon zum Gehen.

»Wohin wollen Sie, Sir?«

»Ich will ein paar Stunden schlafen, Sergeant. Und ich

schlage vor, Sie tun dasselbe. Sie sehen ziemlich fertig aus. Die Laborberichte liegen erst morgen vor. Heute nacht können wir nichts mehr tun. Sobald die Wachablösung organisiert ist, gehört der Abend Ihnen. Wir sehen uns morgen früh um halb acht. Ich schätze, Mrs. Pearson ist dann wach. Wir brauchen ihre Erlaubnis für eine nochmalige Hausdurchsuchung.«

Es war bereits nach Mitternacht. Wainwright wünschte sich tatsächlich nichts sehnlicher als ein paar Stunden Schlaf. Harmon wirkte trotz der offenkundigen Anzeichen von Erschöpfung beinahe zufrieden.

Daß in den folgenden vierundzwanzig Stunden die Hölle losbrechen sollte, konnte zu diesem Zeitpunkt zum Glück keiner von ihnen wissen.

22

Jenny hatte schon den Schlafanzug an, als Mary kam.

»Wie geht es ihr?«

»Ganz gut«, antwortete Mary. »Gut.« Sie warf Tony einen Blick zu, der besagte, daß sie am liebsten nicht darüber sprechen würde.

»Kommt sie Weihnachten?«

»Nein Jenny, Liebes.«

»Oh!«

»Aber ich soll dich vielmals grüßen. Und es tut ihr leid, daß sie dir nicht zum Geburtstag geschrieben hat.«

Jenny runzelte die Stirn. »*Das* ist doch nicht wichtig«, erklärte sie und wiederholte damit Marys Dialog mit Kate.

»Ich habe ihr auch gesagt, daß du das nicht tragisch nimmst. Sie ist ...« Mary gab ihrem Mann erneut ein Blicksignal. »Sie hat noch ein paar Dinge zu regeln. Aber danach besucht sie uns. Das hat sie versprochen.«

»Du hast gesagt, sie kommt Weihnachten«, entgegnete Jenny vorwurfsvoll.

»Ich habe nur gesagt, daß ich alles tun werde, um Tante Kate dazu zu überreden.«

»Du hast es versprochen!«

»Jenny, deine Mutter hat nichts dergleichen gesagt. Jetzt hör auf.«

»Nein, tue ich nicht. Tue ich nicht!«

»Jenny, das reicht!«

Das Mädchen starrte Mutter und Vater böse an.

»Liebes, ich weiß, du bist enttäuscht, aber ...«

»Bin ich nicht. Ich hasse sie. Ich will sie nie mehr sehen.« Sie sprang auf und rannte aus dem Zimmer. Ihre Eltern blieben verdattert zurück.

Tony sah, wie sich Marys Augen mit Tränen füllten. »Sie ist schon den ganzen Abend so gereizt.«

»Ich habe den Eindruck, das ist sie jetzt immer seit ... seitdem es passiert ist«, murmelte Mary. »Ich komme nicht mehr an sie ran. Was ich auch tue, was ich auch sage ... alles ist falsch.«

»Sie hat's nicht leicht, Liebes.«

»Ich auch nicht!« Mary war über die Schärfe ihrer Stimme selbst erschrocken. Ihr verzweifelter Gesichtsausdruck allerdings war Entschuldigung genug.

»Ist schon gut.« Es folgte eine bedrückende Stille. »Hat sie denn gesagt, daß sie am Neujahrstag kommen will?« fragte Tony schließlich.

»Sie hat gesagt, sie will's versuchen.«

»Jenny macht das schwer zu schaffen.«

Mary biß sich auf die Lippe. »Ich tue, was ich kann, Tony.«

»Ich weiß, aber ...«

»Aber was? Was soll ich denn noch machen? Kate gegen ihren Willen hierher zerren?«

»Komm, komm!« Er legte die Arme um seine Frau.

»Sie ... David war da ... Sie ist rausgegangen zur Mülltonne. Der Rauch war ... Ach, ich weiß schon gar nicht mehr, was ich sage.« Sie holte tief Luft und fing von vorn an: »Kate liegt im Krankenhaus, Tony.«

»Großer Gott! David?«

Mary nickte. »Er hat ihr im Garten aufgelauert ... sie mit einer Flasche niedergeschlagen.«

»Und? Ist sie verletzt?«

Mary seufzte. »Sie hat eine Gehirnerschütterung. Aber sie sagte, sie habe keine Angst mehr vor ihm.«

»Wo ist er? Wissen sie das?«

»Sie haben ihn verhaftet.«

»Ein Glück.«

»Kate hat ihm den Mülltonnendeckel übergezogen.«

Die Vorstellung war komisch, doch Tony konnte nicht lachen. Er war David Pearson nur einmal begegnet, nachdem Kate ihn verlassen hatte. Das hatte gereicht.

»Bestimmt zeigt er Kate wegen Körperverletzung an«, bemerkte er sarkastisch.

Mary schwieg.

Ein Jammern, wie das eines kranken Tiers, ertönte in frostiger Luft. Suzy kauerte völlig verängstigt in einer Ecke des Wohnzimmers. Die Polizei hatte sie freigelassen, während David in Haft geblieben war. Sie durfte nicht einmal mit ihm sprechen. Jetzt war sie allein. Die Einsamkeit machte sie ganz krank.

Mary klopfte zaghaft an Jennys Zimmertür.

»Geh weg!«

»Kann ich nicht. Ich will mit dir reden.«

»Ich aber nicht mit dir.«

»Jenny, ich bitte dich ...«

»Geh weg! Ich hasse dich!«

»Nein, das tust du nicht.«

»Doch. Und ich hasse *sie.* Du hast versprochen, daß sie kommt.«

»Jenny, deiner Tante Kate geht es nicht gut.«

Schweigen.

Mary starrte auf die Tür. Jenny war nie so gewesen. Wie sollte das erst in der Pubertät werden?

»Sie möchte dich wirklich gern besuchen.«

»Warum kommt sie dann nicht?«

»Sie hat vieles zu erledigen. Aber sie versucht es an Neujahr.«

»Das sagt sie nur, um uns abzuwimmeln. Neujahr kommt sie auch nicht.«

»Darf ich nicht reinkommen? Durch die Tür kann man sich nicht gut unterhalten.«

Mary nahm das folgende Schweigen für Zustimmung und öffnete vorsichtig die Tür.

Jenny hatte geweint. Mary spürte sofort, daß die Wut und Enttäuschung ihrer Tochter wie eine Wand zwischen ihnen standen.

»Ich habe mir auch gewünscht, daß Tante Kate kommt«, begann Mary.

»Warum hast du sie dann nicht dazu gebracht, uns zu besuchen?«

Mary setzte sich ans Bettende. »Dazu kann man niemanden zwingen, Jenny.« Sie überlegte kurz, wieviel sie sagen konnte, ohne Jenny zu ängstigen. »Tante Kate ist noch immer sehr traurig . . .«

»Du meinst, sie ist deprimiert. Du hältst mich für dumm, aber ich weiß, daß Leute Depressionen kriegen können.«

»Na gut. Dann ist Tante Kate eben deprimiert. Was mit Melanie geschehen ist, kann sie nicht vergessen. Sie denkt, daß sie Weihnachten kein fröhlicher Gast sein kann.«

»Ich habe ein Geschenk für sie.«

»Ich weiß. Ich bin auch enttäuscht.« Mary griff nach Jennys weißem Eisbär.

»Was ist, wenn . . .«

»Was denn, Liebes?«

»Wenn sie nie mehr kommt?«

»Sie kommt, Jen. Da bin ich sicher.«

»Nein, tut sie nicht.«

»Wie kommst du denn darauf?«

»Weil ihr euch gestritten habt. Und jetzt ist sie nicht mehr deine Freundin.«

Jenny hatte das Gesicht zur Wand gewandt.

»Streitest du nie mit deinen Freundinnen, Jenny?«

»Doch, manchmal.«

»Deshalb ist man sich doch nicht ewig böse, oder?«

»Mit Penny Barnsley rede ich immer noch nicht.«

Mary lächelte. »Seit eurem Krach ist doch nicht mal eine Woche vergangen.«

»Aber du und Tante Kate . . . ihr habt seit einer Ewigkeit nicht mehr miteinander geredet.«

»Aber jetzt sind wir wieder Freundinnen«, entgegnete Mary.

»Wirklich?« Jenny sah ihre Mutter hoffnungsvoll an.

»Ehrenwort.«

»Penny Barnsley hat gesagt, daß ihre Mutter gesagt hat, wenn sie Kate wäre, würde sie dir nie verzeihen können.«

Mary zuckte zusammen. Kein Wunder, daß Jenny mit ihren Freundinnen Probleme hatte, wenn sie so mit ihr redeten. »Das hat sie gesagt?« Jenny nickte. »Dann kannst du Penny Barnsley bestellen, daß sie eine blöde Kuh ist.«

»Das habe ich ihr schon gesagt.« Jenny wurde rot. Sie hatte noch viel drastischere Ausdrücke benutzt. »Mami . . . hat Tante Kate dir die Schuld gegeben . . . weil du Mel nicht abgeholt hast? Habt ihr euch deshalb gestritten?«

Mary überlegte. Lügen hatte keinen Sinn. Jenny würde es merken. »Wir haben uns deshalb gestritten, ja«, antwortete Mary. »Tante Kate war wegen Melanie so aufgebracht ...« Jenny schluchzte so herzzerreißend auf, daß Mary erschrak. »Jenny, was ist denn?«

»Es ist alles meine Schuld!« Das Schluchzen ging in schrille Schreie über, und Mary hörte Tony auf der Treppe.

»Mary?«

»Alles in Ordnung, Tony.«

Er zögerte vor der Tür. Dann hörte sie ihn langsam ins Wohnzimmer zurückgehen.

Jenny heulte hysterisch. Mary nahm sie bei den Schultern und schüttelte sie. »Hör jetzt auf damit!« befahl sie.

Jenny schlug schluchzend die Hände vors Gesicht.

»Jenny, was ist denn los? Komm, sag es mir!«

»Es ist alles m-meine Sch-Schuld«, schluchzte sie.

»Was ist deine Schuld?«

»Das m-mit Melanie.« Jenny warf sich aufs Bett und weinte hemmungslos weiter.

Mary streckte die Hand nach ihr aus. Sie hatte fast Angst, das Kind zu berühren. »Laß den Unsinn, Jenny. Es ist nicht deine Schuld. Melanie ist ... ist von einem bösen Mann entführt worden. Du kannst doch nichts dafür.«

Jenny wischte sich mit einer Hand die Nase ab. Sie hatte Schluckauf und hustete gleichzeitig. Dann rief sie plötzlich: »Ich kann doch was dafür! Es w-war alles ... w-wegen mir.«

»Jenny, du redest wirres Zeug.« Sie strich ihrer Tochter über den Kopf. Jenny wurde ruhiger. Schließlich setzte sie sich auf und putzte sich die Nase. »Du mußt mir das erklären, Kleines. Ich verstehe dich nicht.«

Jenny sah sie unglücklich an. »Also gut ...« Mary strich ihr eine feuchte Haarsträhne aus dem Gesicht. »Wir ...« Ihre Augen füllten sich erneut mit Tränen.

»Nun, Liebes?«

»Ich kann nicht. Nicht, wenn du mich ansiehst.«

»Dann schaue ich jetzt dieses tolle Poster von Gary oder Barry oder Dean oder wie immer er heißt an, ja?« Kein Lächeln, nicht die Spur von Ärger darüber, daß die Mutter sich die Namen ihrer jeweiligen Helden nie merken konnte. Mary war besorgt. Sie saß neben ihrer Tochter, hatte einen Arm um sie gelegt.

»Wir hatten uns gestritten«, begann Jenny. »Ich wollte, daß sie Liz Turner zu ihrer Geburtstagsfeier einlädt. Sie wollte nicht, und ... ich habe ›blöde Ziege‹ zu ihr gesagt und sie könne allein nach Hause gehen.« Jenny verstummte.

Im ersten Augenblick war Mary verdutzt. Ihr wurde plötzlich bewußt, wie sehr sich Jennys Schuldbewußtsein vertieft haben mußte, als sie, Mary, sich immer wieder darüber gewundert hatte, wie Melanie nur unbemerkt an ihr vorbeigekommen war. Jenny hatte all das für sich behalten und sich die Schuld gegeben. Mary umarmte sie. »Viele Mädchen gehen allein von der Schule nach Hause. Du konntest doch nicht wissen ...«

»Aber ich wußte, daß sie den langen Weg nehmen würde, damit du sie nicht triffst. Aber ich habe es nicht gesagt ...«

»Jenny.« Mary kniete sich vor ihre Tochter und wischte ihre Tränen ab. »Du bist für das, was Melanie zugestoßen ist, nicht verantwortlich. Der einzig Schuldige ist der Mann, der uns Melanie weggenommen hat.« Sie strich Jenny übers Haar und schob sie sanft ins Bett.

Jenny glühte vom langen Weinen, hatte Schluckauf und schluchzte unglücklich, aber nach einigen Minuten wurde sie ruhiger. Mary redete beruhigend auf sie ein, bis Jenny den Kopf vom Kissen hob und fragte: »Mami, du sagst es doch nicht Tante Kate, oder?«

Mary verstummte. »Warum denn nicht, Kleines?«

»Sie haßt mich jetzt schon. Und wenn du's ihr sagst, haßt sie mich auf ewig.«

»Nein, das stimmt nicht. Deine Tante Kate hat dich sehr gern. Das war immer so und wird auch so bleiben.«

Jenny murmelte Unverständliches.

»Was hast du gesagt?«

»Ich wünschte, ich wäre an Mels Stelle gewesen.«

Mary hatte plötzlich Angst um ihr Kind. Sie nahm sie bei den Schultern und rief: »Jenny, sag das nie wieder! Dein Vater und ich ... wir wären verloren ohne dich.« Jennys Augen wurden groß vor Angst. Mary lockerte ihren Griff und fuhr sanfter fort: »Wir lieben dich doch so sehr.« Sie küßte die heiße Stirn ihrer Tochter.

Jenny begann wieder zu weinen. »Tut mir leid, Mami. Ich hasse dich natürlich nicht.«

»Das weiß ich, Jen.«

»Und Tante Kate auch nicht ... auch wenn sie mich haßt.«

»Was gar nicht stimmt. Paß auf! Ich hol dir jetzt eine Tasse heiße Schokolade, ja? Und dann kannst du noch eine halbe Stunde Radio hören, wenn du möchtest.«

Jenny nickte. Radio hören im Bett war ein Privileg, das ihr sonst nur bei Krankheit gewährt wurde. Als ihre Mutter zur Tür ging, sagte sie: »Aber du erzählst es ihr nicht. Versprich es, Mami!«

Er saß draußen im Dunkeln. Das Computersystem der Schulbehörde entpuppte sich als harte Nuß. Alles war auf Ferienbetrieb eingestellt. Trotzdem hatte er einen Zugang gefunden ... nur durch seine eigensinnige Beharrlichkeit. Jede Firma, jedes Institut – ob Verwaltung oder Universität – hatte eine Schwachstelle. Die E-mail war das einfachste Schlupfloch, denn welchen Sinn machte der Anschluß ans Internet, wenn man nicht rund um die Uhr Mail austauschen konnte? Ob Tag oder Nacht, an Arbeits- oder Wochentagen, Feiertagen oder Ferien, er entdeckte immer einen Weg.

In den Datenbanken der Schulbehörde waren freundlicherweise sämtliche Mädchen mit dem Vornamen Jennifer aufgelistet, die die Trafford Park High School besuchten. Er schloß ein Dutzend aufgrund der Geburtsdaten aus, womit drei aus dem richtigen Geburtsjahr übrigblieben. Jenny *(ihre Freundin Jenny)* mußte jetzt im achten Schuljahr sein.

Er hatte das Band ihrer Unterhaltung mit der Besucherin vom Vorabend abgespielt und mehrere Namen aufgeschnappt. Constable Jackson – sie war unwichtig – und den Namen Mary. Der Ausdruck ›Mutter Courage‹ war etwas später gefallen und sicher scherzhaft gemeint. Tony war ebenfalls erwähnt worden. Der Ehemann der Besucherin, wie er annahm. Aber der schönste Moment war gewesen, als ihm klar wurde, daß der Gast Jennys *(ihrer Freundin Jenny)* Mutter war. Beinahe hätte er es wegen der Hintergrundgeräusche aus dem Fernseher überhört. Aber dann hatte Kate es selbst gesagt. Natürlich hätte er sie auch so gefunden, durch einen einfachen *Eliminierungs*-Prozeß. Das Wort weckte sein Interesse: Es versprach zahlreiche amüsante Vergnügungen auf seinem Weg zu Katie.

Letztendlich entpuppte sich die Identifizierung des Kindes als nicht so einfach wie erwartet, doch das machte das *Jagderlebnis* nur noch reizvoller. Er lächelte unwillkürlich. Eine Jennifer Courage war nirgends verzeichnet. Aber es gab eine Jennifer Gordon, eine Jennifer Marchant und eine Jennifer Sheridan. Hinter welchem Namen verbarg sich also ›Mutter Courage‹?

Es hatte keiner großen Phantasie bedurft, darin einen kindischen Spitznamen zu vermuten. Natürlich kannte er die Vornamen von Jennys Eltern. Sheridans Eltern wurden unter Andrew und Gillian geführt, die der Gordon hießen Darren und Michelle. Blieb also nur Katherines gute, loyale Freundin

Mary Elizabeth Marchant, 53. The Leas, Old Trafford, Manchester. Die Adresse lag in einem wohlhabenderen Wohnviertel als Katies reichlich heruntergekommenes Apartmenthaus. Tja, Mutter Marchant, jetzt hab ich dich doch!

Und so stand er schließlich dort, draußen vor ihrer Tür, und drinnen hatten sie keine Ahnung. Bald würde er seinen Schachzug machen. Heiligabend als Zeitpunkt war nicht ohne Reiz. Es würde Kate Pearsons endgültiger Isolierung die Krone aufsetzen, dachte er.

23

Kate schlief schlecht. Die Schwestern kamen alle halbe Stunde, um sich zu vergewissern, daß sie nicht ins Koma sank. In den frühen Morgenstunden wurden die Intervalle länger, so daß sie ungestört von vier bis fünf Uhr früh schlief. Dann allerdings wachte sie schweißgebadet auf. Sie hatte den Mann ohne Gesicht durch den Wald verfolgt, während Melanie irgendwo nach Hilfe rief.

Sie war dem Mann dicht auf den Fersen gewesen, hatte angenommen, daß er sie zu Melanie führen würde. Doch während sie ihm folgte, war Melanies Stimme immer schwächer geworden, so daß Kate in panische Angst geriet. Sie rannte durch das dichte Unterholz aus Farnkraut und Brombeerranken, brach durch dichtes sommerlich grünes Gestrüpp, zerriß ihre Kleider, getrieben von dem Wunsch, Melanie zu erreichen, bevor es zu spät sein konnte. Doch plötzlich fiel ihr ein, daß Melanie ja tot war, und sie weinte in hilfloser Trauer.

Plötzlich war der Mann wieder da. Der Mann ohne Gesicht beobachtete sie, saß auf einem Stein neben einem Fluß, und Kate wußte, daß er hinter der konturlosen Maske lächelte. Er sprang auf die Beine und rannte lachend in den Wald zurück.

Kate fand sich plötzlich in einem alten Haus wieder und wußte nicht, wie sie dorthin gekommen war. Im Haus war es kalt, und sie fröstelte. Sie öffnete alle Türen, doch sämtliche Zimmer waren leer. Kahle Wände, weiß getüncht, klinisch rein, starrten ihr entgegen.

Sie ging eine gewundene Treppe hinauf zu einem Raum, der das gesamte Dachgeschoß des Hauses einnahm. Er hatte einen blanken Holzfußboden, und der feine Duft von Bienenwachs stieg ihr in die Nase.

An jeder Wand des Zimmers waren Fenster, durch die Kate auf weite Teile der Stadt hinuntersehen konnte.

»Von hier aus kann ich alles beobachten«, sagte eine Stimme. Sie war vertraut und fremd zugleich.

Kate drehte sich abrupt um und entdeckte dort, wo zuvor nichts gewesen war, einen Schreibtisch. Auf dem Schreibtisch standen ein Computer, ein Drucker und ein Modem, und an dem Schreibtisch saß der Mann ohne Gesicht.

Nur diesmal hatte er plötzlich ein Gesicht. Er war David.

Im orangeroten Schein der Nachtbeleuchtung mußte Kate sich darauf besinnen, wo sie war, und versuchte ruhig und gleichmäßig zu atmen. Ihr Puls wurde mit jedem Atemzug ruhiger, und das schmerzhafte Pochen in der Brustgegend ebbte allmählich ab.

Warum hatte sie von David als dem Mann ohne Gesicht geträumt?

Weil Mary es nicht ausschloß, daß er Melanies Mörder war?

Vielleicht.

Weil David ein feiger Sadist war?

Möglich.

Konnte es David gewesen sein?

Sie zwang sich, die Möglichkeit ernsthaft in Erwägung zu ziehen. Die Polizei war überzeugt, daß der Täter aus ihrer nächsten Umgebung kam. Und da sie bisher nicht in der Lage gewesen waren, ihn zu entlarven, bedeutete das, daß er seine Spuren sehr sorgfältig verwischt hatte. Oder es war jemand, den sie und die Polizei einfach nicht verdächtigten.

Davids Job erlaubte es ihm, ständig in der ganzen Stadt und näheren Umgebung wie Bolton, St. Helens und Warrington unterwegs zu sein. Er konnte gehen, wohin er wollte und wann er wollte, seine Chefs vertrauten ihm, und solange die Verkaufszahlen stimmten ...

Er hatte Kate beschuldigt, Melanie umgebracht zu haben. Das war nichts Neues. Er hatte sie oft für seine eigenen Fehler verantwortlich gemacht. Wenn sie das Abendessen rechtzeitig fertig gehabt hätte, wenn sie nicht das Falsche zum falschen Zeitpunkt gesagt hätte, wenn sie ihn hätte überzeugen können, daß sie ihn bewunderte und fasziniert an seinen Lippen hing, wenn sie eine bessere Ehefrau/Geliebte/Mutter gewesen wäre, wenn sie seine Gedanken hätte lesen können, sich seinem Willen unterworfen hätte, seinem Urteil, seinen Wünschen ...

Daß sie ihn in all diesen Dingen enttäuscht hatte, war – natürlich – ihr Fehler gewesen. Und wenn er sie schlug und sie erniedrigte, so war das für ihn eine logische Konsequenz ihres Versagens gewesen.

Aber Kate spürte, daß die Anschuldigung ›Du hast sie umgebracht‹ von den üblichen Beschuldigungen abwich. Da schwang nicht jene Andeutung mit: ›Du hast mich dazu gebracht, es zu tun.‹

Doch dann erinnerte sich Kate plötzlich, daß Mary ihr gesagt hatte, daß er noch in ihrer Wohnung verhaftet worden war. Das bedeutete, daß Adam die E-mail mit der Nachricht, daß sie im Krankenhaus lag, *nach Davids Verhaftung* erhalten hatte. Sie nahm an, daß das Absenden von E-mails zeitlich verzögert werden konnte, indem man sie auf Umwegen zur Bestimmungsadresse schickte. Und der Anonyme Post Service verlangsamte die Vorgänge sowieso. Aber Adam hatte nichts von einem Remailer erwähnt. Er hatte gesagt, die Nachricht sei direkt aus ihrer neu installierten Datei gekommen. Zu dieser nächtlichen Stunde, wenn nur wenige Leute das Internet nutzten, würde die Mail innerhalb weniger Minuten den Adressaten erreichen. Sie mußte unbedingt mit Adam die Zeit vergleichen, aber sie nahm nicht an, daß Harmon sie ohne weiteres mit ihm sprechen ließ. Sie konnte Harmon fragen, sobald sie die andere Nachricht – die ›Keine Spielchen mehr‹-Nachricht – zurückverfolgt hatten . . . aber was würde das beweisen? Wenn sie ebenfalls nach Davids Verhaftung abgeschickt worden war, entlastete ihn das. Zumindest in dieser Angelegenheit.

Kates Kopf dröhnte. Warum versuche ich dieses Schwein zu entlasten? Zwei Gründe fielen ihr ein. Einmal wollte sie nicht glauben, daß der eigene Vater Melanie all das angetan haben könnte, und zweitens wollte sie unbedingt den echten Täter finden. Es würde sie kaum zufriedenstellen, wenn nur ›irgend jemand‹ bestraft wurde. Das genügte nicht. Sie würde erst ruhen, wenn der Mann gefaßt wurde, der Melanie ermordet hatte.

Dann wurde ihr unvermittelt klar, daß der Mörder auch sie nicht eher in Ruhe lassen würde. Und daß er sich freiwillig stellen würde, entsprach kaum dem Bild, das sie von ihm hatte.

Die anderen Männer, die sie kannte, hatten allesamt Alibis. Aber ein Mann mußte es sein. Denn welche Frau würde ein Kind entführen und es umbringen? Eine Frau gemeinsam mit einem Mann, wie das Paar, das in den Mooren vor Manchester seine Opfer vergraben hatte? Das brachte sie zurück zu David und seiner Freundin. Gut, dachte sie, von jedem Verdacht freisprechen kann ich ihn nicht.

Bob Newman war am Tag, als Melanie verschwand, bei einer Konferenz in Liverpool gewesen. Ingrams in Amerika. Adam im Krankenhaus bei seinem Freund, der im Sterben gelegen hatte. Alles konnte bewiesen werden. Aber Harmon hatte behauptet, es gebe ›Ungereimtheiten‹. Was bedeutete das? Und wenn sie sich in bezug auf Adam täuschten, konnten sie sich dann nicht auch bei den anderen geirrt haben?

Ihre Gedanken wanderten zu Adam. Die Polizei hatte Indizien in seiner Wohnung gefunden. Kate hatte Adam mehr vertraut als allen anderen. Hatte er mit ihren Gefühlen gespielt? Hatte er ihr geholfen oder vorgegeben zu helfen, um ihr nahe zu sein, um sie während dieses fünfmonatigen Alptraums beobachten zu können? Ob er ...

Es gab etwas in seiner Vergangenheit, worüber er nicht sprach, was er stets nur andeutungsweise erwähnte. Sie hatte das Gefühl, daß Sims irgendwie damit zusammenhing. Er war kein Freund gewesen, mit dem man Adam normalerweise in Verbindung bringen würde: Punkerfrisur, Tätowierungen, Drogensucht. Sims war jemand gewesen, der sich nie an irgendwelche Regeln oder Gesetze gehalten hatte. Kate hatte ihn nicht gemocht. Sein aggressives Auftreten hatte sie zu sehr an David erinnert.

Adam sprach immer nur von einem ›Fehler‹. Was für ein Fehler war das gewesen? Harmon verhielt sich ihm gegenüber merkwürdig. Es war, als warte er nur darauf, daß Adam ihm ins offene Messer rannte. Harmon beobachtete ihn stets wie die Schlange das Kaninchen. Und Adam wußte das.

Adam war Melanie mehrfach begegnet. Sie hatten einiges gemeinsam unternommen. Melanie hatte Adam gemocht.

Aber Adam?

Er hatte viele Begabungen. Er wußte alles über Computer. Obwohl sie in ihren Jobs das arbeiteten, hatte nur Adam eine geradezu gefühlsmäßige Beziehung zu Computern. Adam nannte das Computerlogik. Hatte man diese verinnerlicht, konnte man seiner Ansicht nach jedes Problem lösen. Adam brauchte fast nie ein Handtuch, empfand es beinahe als persönliche Niederlage, wenn er dazu gezwungen war.

Der Killer hatte dieselbe Fertigkeit, aber ...

Kate stöhnte und griff nach dem Krug mit Wasser.

Adam hatte ihr geholfen. Er hatte sie nie gedrängt, ihr nie das Gefühl von Verpflichtung gegeben. Mit Ausnahme des Vorfalls im italienischen Restaurant ...

Und da war er mit Recht böse auf sie gewesen. Wenn sein Ärger gerechtfertigt war, gab ihm das nicht auch einen Vorwand, sie zu bestrafen? Wie viele Male hatte sie ihn ausgelacht, war überheblich gewesen, hatte ihm das Gefühl gegeben, sie halte ihn für einen dummen Jungen? Hatten sie sich wirklich gut verstanden in jenem Sommer, bevor Melanie getötet wurde? Sie glaubte ja. Und sie hatte damals auch geglaubt, daß Adam und sie ein Liebespaar werden würden. Kate hatte sich nicht mehr so glücklich gefühlt, seit ...

Sie gab auf. Es tat weh, überhaupt an Glück zu denken, während ihre Tochter tot war. Schlimmer als das ... es schien Melanies Andenken zu beschmutzen.

Die Krankenschwester kam, maß bei Kate Fieber, Puls, Blutdruck und Pupillengröße und stellte wie bei den vorausgegangenen Visiten einige belanglose Fragen. Kate antwortete mechanisch. Dann war sie wieder allein.

Sie seufzte. Adam, so mußte sie sich eingestehen, hatte sehr wohl die Gelegenheit zu töten gehabt. Aber was war mit dem Motiv? Nur ein schwacher Charakter würde aus kleinen Niederlagen ein Motiv für einen Mord konstruieren. War Adam schwach? Sie dachte an den sensiblen Mann, an den Mann ohne übersteigertes Geltungsbedürfnis, der ihr in den vergangenen Monaten Hilfe und Stütze gewesen war. Wie oft hatte sie ihn zurückgestoßen, und doch war er immer für sie dagewesen und bereit zu helfen. War das Schwäche?

Aber was war mit den Tonbändern und Briefen? Kate wurde

schwindelig. Sie sank in die Kissen zurück, zwang sich regelmäßig und tief zu atmen und wartete, bis sich das Übelkeitsgefühl gelegt hatte.

Als es schließlich soweit war, hatte sie einen Entschluß gefaßt.

5.30 Uhr. Die Zelle war dunkel wie die Hölle. Aus allen Ritzen und Poren dünstete sie den abgestandenen Gestank nach Urin, Schweiß und Erbrochenem aus, der nur noch von der Penetranz des Desinfektionsmittels überlagert wurde. Adam hörte das Röcheln eines Betrunkenen, der sich in der Nebenzelle übergab.

Kate glitt aus dem Bett. Die stechenden Kopfschmerzen hatten sich zu einem dumpfen Druck in den Schläfen reduziert. Sie richtete sich auf und zwang sich, keine überhasteten Bewegungen zu machen. Dann ging sie vorsichtig zum Schrank.

Sie öffnete ihn mit einem ängstlichen Seitenblick auf die Zimmertür, aber sie blieb geschlossen. Vom Korridor her drangen Stimmengemurmel und gelegentlich Schritte zu ihr herein. Sie mußte Geduld haben, den Zeitpunkt klug wählen. Die Plastiktüte mit dem Logo ›*Royal Manchester Hospital*‹ enthielt alles, was Kate brauchte.

»Na, was bringen Sie mir?«

Der Mann im Laborkittel sah müde aus. Sein Haar war wirr, und er hatte einen Eintagesbart.

»Nicht viel. Die Handschrift in den Briefen stimmt mit den Schriftproben aus der Schule überein. Die Bänder sind gängige Massenware.«

»Irgendwelche Fingerabdrücke?« fragte Wainwright.

Der Mann schüttelte den Kopf. »Keine Fingerabdrücke, keine Haare, keine Rückstände, bis auf eine Spur von Puder, das vermutlich von der Innenseite eines Chirurgenhandschuhs stammt.« Er deutete auf die einzelnen in Tüten versiegelten und beschrifteten Gegenstände, die man in Shepherds Wohnung sichergestellt hatte. »Die Briefe, das Tonband, die Frühstückstasche ... alles ist sorgfältig abgewischt worden. Ich würde sogar sagen, der Typ ist geradezu besessen davon.«

»Wovon?«

»Sauberkeit. Die Gegenstände sind nicht nur abgewischt worden, um Fingerabdrücke zu entfernen. Sie wurden sogar auf Hochglanz poliert.«

»Poliert?«

»Buchstäblich. Wir haben es mit einem Reinlichkeitsfanatiker zu tun.«

»Im Ernst?«

»Riecht tatsächlich so. Gewißheit verschaffen uns erst die Testergebnisse, aber ...«

»Wenn Sie das sagen, genügt es mir.« Petes Geruchsorgan war legendär. Er hatte zahllose Wetten gewonnen, wenn es um das Erraten von Parfümmarken ging, und er konnte sieben unterschiedliche Export-Biersorten allein an dem Geruch unterscheiden.

Wainwright rieb sich das Kinn. Er würde sich rasieren müssen, bevor der Chef eintraf. Er war nach Hause gefahren, wie ihm geraten worden war, hatte jedoch keinen Schlaf gefunden und nur darauf gehorcht, daß William aufwachen und seine üblichen nächtlichen Wanderungen beginnen würde. Nachts, wenn sie schliefen, schien William ein besonderes Vergnügen an destruktiven Experimenten zu entwickeln. Es genügte ihm nicht, die Keksdose zu entdecken. William pflegte vielmehr Packungen mit Cornflakes, Mehl, Marmelade, Butter und Milch auf dem Fußboden auszukippen. Wenn sie ihn schließlich fanden, hatte er sich bereits einem anderen Zeitvertreib zugewandt und schien vergessen zu haben, was er angerichtet hatte. Also hatte Wainwright sich schließlich in seinen Sessel gesetzt, Bier getrunken und ferngesehen, bis es Zeit war, Frühstück zu machen. Anschließend war er zum Dienst gefahren.

»Danke, Pete.«

»Ich weiß, es ist nicht viel«, bemerkte dieser.

»Na ja . . . aber wir haben wenigstens Fakten, bevor wir mit dem Verhör anfangen.«

»Wie ich höre, macht Craine die Aufwärmrunde.«

»Die Buschtrommel?«

»Er ist bei mir gewesen und hat sich nach den Laborergebnissen erkundigt.«

Wainwright nickte und entspannte sich. Er mochte keinen Klatsch. Das Gerede hatte die Eigenschaft, auch außerhalb des Reviers Kreise zu ziehen. Seine familiären Probleme kursierten bereits in den unterschiedlichsten Variationen.

»War er enttäuscht?«

»Sie kennen doch Inspektor Craine. Kein Mann von vielen Worten.« Pete lachte.

Es war keine Überraschung, daß die Beweisstücke keine brauchbaren Spuren aufwiesen. Auch auf dem Paket, das man Mrs. Pearson geschickt hatte, hatten sich keine Abdrücke befunden. Sie hatten nur Indizienbeweise gegen Shepherd in der Hand. Und das Fehlen von Fingerabdrücken machte diese auch nicht gerade überzeugender.

»Sollten Sie nicht Mrs. Pearson bewachen?«

Constable Bingley lächelte. Es war das Lächeln, das er sich stets für die hübschesten Mädchen vorbehielt, und es verfehlte seine Wirkung nie. Schwester Ford jedenfalls war bereits Feuer und Flamme.

»Ich bin eigentlich nur zu ihrer Beruhigung hier«, klärte er sie auf. »Wir haben das Schwein, das hinter ihr her war . . .

Verzeihen Sie den Ausdruck. Aber ein Mann, der einer Frau das antut...«

Schwester Ford erwärmte sich zusehends für ihn.

»Schätze, Harmon zieht uns morgen vormittag sowieso hier ab.«

»Harmon?«

»Mein Boß. Prima Typ. Ein Schwarzer«, fügte er hinzu, als überrasche ihn diese Kombination selbst immer wieder.

Schwester Ford zog die Augenbrauen hoch.

Constable Bingley errötete entwaffnend. »Bitte verstehen Sie mich nicht falsch.«

Kate horchte vom Zimmer aus auf die gedämpften Stimmen. Sie öffnete die Tür einen Spalt breit und spähte zum Schwesternzimmer hinüber, aus dem ein heller Lichtschein in den Korridor fiel. In dem gläsernen Kubus lehnte ihr Polizist. Er hatte ihr den Rücken zugewandt und unterhielt sich angeregt mit einer der Schwestern.

Kate machte sich bereit, die Schuhe in der Hand. Eine Stimme wurde laut. Sie mußte aus einem der Mehrbettzimmer kommen. Sie war bereits einmal an jenem Tag hier gewesen, als man Melanies Leiche gefunden hatte. Sie wußte also, daß die Stationen des Krankenhauses aus Mehrbettzimmern und einigen wenigen Einzelzimmern bestanden. Auf jeder Station befand sich ein Glaskubus, in dem das jeweilige Schwesternzimmer untergebracht war.

Kate horchte. Jemand übergab sich. Eine Schwester beruhigte die Patientin.

Gelächter drang durch die offene Tür. Die Schwester flirtete mit dem Polizisten. Kate zwängte sich durch die Tür.

In diesem Augenblick war ein Geräusch zu hören. Die Stimme des Polizisten wurde plötzlich lauter. Kate schlüpfte ins Zimmer zurück, kroch ins Bett und zog die Decke bis unters Kinn. Constable Bingley steckte den Kopf durch die Tür.

»Sie schläft«, hörte sie ihn flüstern.

Kaum war er verschwunden, setzte Kate die nackten Füße vorsichtig auf den kalten Linoleumboden. Die Schuhe hielt sie noch immer in der Hand. Sie sah sich suchend um. Es gab zwei Türen. Eine führte auf den Flur, die andere in eine Dusche mit Toilette. Sie ging in die Toilette und entdeckte eine zweite Tür auf der gegenüberliegenden Seite. Dahinter vermutete sie ein Mehrbettzimmer, deren Patienten offenbar diese sanitäre Einrichtung mitbenutzten.

Sie schob den Riegel zur Seite und öffnete die Tür einen Spalt breit. Die Betten im Zimmer auf der anderen Seite waren leer. So kurz vor Weihnachten waren viele Patienten nach Hause entlassen worden. Kate schloß die Tür zu ihrem Zimmer ab und schlich in den Saal. Sie hörte den Polizisten draußen auf und ab gehen. Sie hastete auf leisen Sohlen zur Tür hinüber. Die Schwesternstation war leer. Wenn es ihr gelang, unbemerkt zur anderen Seite des Flurs zu schleichen, war sie nur noch einen Steinwurf von dem Korridor entfernt, der zu den Aufzügen führte.

Wenigstens hoffte sie, daß der Flur auf der anderen Seite dorthin führen würde. Doch dann beschloß sie, lieber auf Nummer Sicher zu gehen. Sie schaffte es bis zum Stationszimmer und blieb stehen. Niemand hatte sie gesehen. Kate nahm allen Mut zusammen und schlich den Gang an den Wirtschaftsräumen und Duschen vorbei, huschte von dort direkt zur Feuertreppe und begann mit dem schwindelerregenden Abstieg.

Sechs Uhr morgens. Noch zwei Stunden, bis es hell werden würde. Platzangst quälte ihn. Adam beobachtete das Guckfenster in der Zellentür. In fünf Minuten würde es aufgehen, und der wachhabende Sergeant würde einen Blick hereinwerfen. Adam bezwang die aufkeimende panische Angst, indem er sich auf das kommende Ereignis konzentrierte, das ihm den Beweis liefern würde, daß der Sergeant da war und man ihn nicht vergessen hatte. Sie mußten ihn bald aus der Zelle holen, wenn auch nur zum Verhör.

»Was zum Henker ...!« Constable Bingley war Schwester Ford ins Krankenzimmer gefolgt. Kate Pearson war verschwunden. »Wie ist sie an mir vorbeigekommen? Ich bin die ganze Zeit dagewesen! Wie hat sie das geschafft? Ich habe um halb fünf noch nach ihr gesehen. Sie waren doch dabei, Schwester! Sie können das bestätigen!«

Schwester Ford drückte die Klinke der Toilettentür hinunter. Sie war verschlossen. Die Schwester klopfte. »Mrs. Pearson? Ist alles in Ordnung?« Keine Antwort.

Bingley folgte ihr in das große Zimmer. Sie stieß die Verbindungstür zur Toilette auf. Sie war leer.

»Oh, Kacke!« entfuhr es Bingley. »Mein Boß macht mich einen Kopf kürzer.«

»Frühstück!« Der diensthabende Sergeant schob ein Tablett durch die Öffnung. Adams Magen krampfte sich zusammen. »Ich glaube nicht, daß ich ...«

»Essen Sie etwas Toast und Tee. Sie werden's brauchen.«

»Kann ich Mr. Harmon sprechen?«

»Ist noch ein bißchen früh am Tag.«

»Keine Ahnung, wie sie an mir vorbeigekommen ist, Sir«, protestierte Bingley. Unter Wainwrights wütendem Blick wurde er puterrot.

»Haben Sie eine Ahnung, seit wann sie fort ist?«

Die Augen des Constable schweiften kurz zu der Krankenschwester ab, die neben Wainwright stand.

»Zuletzt habe ich gegen halb oder Viertel vor sechs nach ihr gesehen, Sir.«

Wainwright registrierte beinahe unbewußt, daß die Schwester kaum merklich nickte.

»Wann haben Sie bei Mrs. Pearson zum letzten Mal Fieber gemessen?« wandte er sich an sie.

»Viertel nach fünf. Wir hatten einen schwierigen Fall in einer anderen Abteilung, deshalb hatte ich mich verspätet. Als ich dann um sechs ... ich meine um halb sieben ... wieder zu ihr kam ... war sie verschwunden. Constable Bingley hat sofort Alarm geschlagen.«

Sergeant Wainwright warf einen Blick auf die Uhr. Es war halb acht.

»Gütiger Himmel! Dann kann sie praktisch schon seit zwei Stunden unterwegs sein.«

»Und sind Sie nicht auf die Idee gekommen, zwischendurch mal nach ihr zu sehen?« fragte Harmon gefährlich ruhig.

»Ich wollte sie nicht stören, Sir. Ich meine, sie war erst nach Mitternacht eingeschlafen, und bei den ständigen Störungen durch die Schwestern dachte ich ...«

»Sie haben wirklich *gedacht,* Sergeant?«

»Man hat mir gesagt, ich solle jeden prüfen, der durch diese Tür kommt und geht, Sir.« Bingley deutete auf die Tür zum Seitenflügel. »Aber da war niemand. Das schwöre ich.« Er führte seine Vorgesetzten zur Tür der Toilette, die in den großen Krankensaal führte. »Von dieser Tür konnte ich nichts ahnen. Niemand hat mir gesagt, daß Mrs. Pearson auf keinen Fall ihr Zimmer verlassen darf. Ich meine, sie ist doch keine Kriminelle ...«

»Na gut, Constable. Sieht so aus, als hatte sie es darauf abgesehen, unbemerkt davonzukommen«, seufzte Harmon. »Fahren Sie aufs Revier zurück und schreiben Sie Ihren Bericht. Punkt neun liegt er auf meinem Tisch, verstanden?«

Die Neonbeleuchtung tauchte jedes häßliche Detail des Verhörraumes in grelles Licht. Es war Viertel vor neun. Adam hatte kein Auge zugetan. Um halb neun hatte der diensthabende Sergeant ihn in den Verhörraum 2 gebracht. Seitdem ließ man ihn warten.

Die Zelle hatte unliebsame Erinnerungen geweckt, und das Verhörzimmer ließ noch weitere lebendig werden. In seiner wachsenden Beklemmung erschien ihm das Gespräch mit Harmon die einzige Chance, dem Rattenloch zu entkommen.

»Ich muß doch bitten, ja?«

Adam sah abrupt auf. Abwehr und Aggression spiegelten sich in seinen Augen.

Der Polizist in Uniform deutete auf Adams Fuß, der nervös gegen das Tischbein wippte. Adam hörte sofort auf, fing jedoch nach wenigen Minuten an, mit den Fingern auf den Tisch zu trommeln. Constable Ormrod unterband auch das mit herrischer Geste. Adam verschränkte die Arme vor der Brust und starrte auf die Resopalplatte des Tisches. Rechts von ihm in einer Mauernische stand ein Tonbandgerät.

Nikotindunst hatte sich wie ein gelblicher Film über die Wände gelegt. Das Plastikgitter vor der Neonröhre war mit Staub und Fliegen verklebt.

»Ich möchte Chefinspektor Harmon sprechen«, sagte Adam.

»Ja, das sagten Sie bereits. Ich bin nicht schwerhörig«, entgegnete Constable Ormrod.

»Ich muß unbedingt mit ihm reden.«

»Er ist beschäftigt.«

»Wie lange wollen Sie meine Zeit noch verschwenden?«

»Ach, der Herr hat was Besseres zu tun, was?« schnaubte der Constable verächtlich.

»Ich will Harmon sprechen.«

»Schluß jetzt, oder ...!« Constable Ormrod beugte sich vor.

Er hatte die Hände zu Fäusten geballt. An Größe und Statur war er Adam überlegen.

Adam sah ihn herausfordernd an. »Oder . . . was?« erkundigte er sich. Ormrod warf ihm einen warnenden Blick zu. »Mein Pech, ausgerechnet mit einem Schimpansen eingesperrt zu sein.«

»Pech, meinen Sie? Glauben Sie, ich habe mich drum gerissen, auf ein perverses Schwein wie Sie aufpassen zu müssen?«

Adam lachte. »Ihr Urteil steht schon fest, was? Man hat noch nicht mal Anklage gegen mich erhoben, aber für Sie bin ich schon der perverse Kindermörder. Und da behaupten einige, die Mühlen der Justiz mahlen langsam!«

Der Constable biß die Zähne zusammen. Die Anweisungen von ›oben‹ waren eindeutig gewesen. Sergeant Wainwright hatte dringend davor gewarnt, das perverse Schwein auch nur anzurühren. Dem Constable blieb daher nichts anderes übrig, als sich in Selbstbeherrschung zu üben, bis Inspektor Craine kam. Ormrod lächelte unwillkürlich. Craine wenigstens würde dem Bastard das Maul stopfen. Soviel war sicher.

»Wo ist er?« fragte Adam. Es war nicht zu übersehen, wie mühsam der Polizeibeamte seine Wut unterdrückte. Beim geringsten Anlaß würde er explodieren. Adam hatte Angst. Aber er mußte mit Harmon sprechen, mußte ihn überreden, ihn aus diesem stinkenden Loch herauszulassen. Um jeden Preis. Auch um den Preis, vom Constable Prügel zu beziehen. Adam schob seinen Stuhl zurück und legte schwungvoll die Beine auf den Tisch. Die Beherrschung des jungen, seit einer halben Stunde zur Tatenlosigkeit verurteilten Polizisten begann sichtlich zu bröckeln.

Ormrod biß die Zähne zusammen und tröstete sich mit dem Gedanken daran, was Craine mit dem Bastard anstellen würde.

»Kennen Sie den Unterschied zwischen einem Polizisten

und After Eight?« Adam machte eine Kunstpause. »Nein?« Er lächelte. »Die Leute mögen After Eight.«

Das Lächeln im Gesicht des Polizisten gefror. Doch Adam ließ es noch nicht dabei bewenden. Das konnte er sich nicht leisten. Wenn Kate beschloß, die Sache selbst in die Hand zu nehmen, mußte er in ihrer Nähe sein, in ihrer unmittelbaren Nähe. Und die Zeit drängte. Kate war nicht die Frau, die lange fackelte. Und Ormrod war eine harte Nuß. Adam beobachtete ihn aufmerksam. Ein kleines Pfeifkonzert sollte sein Nervenkostüm wohl endgültig ruinieren.

»Aufhören! Schnauze!« zischte Ormrod.

Adam pfiff ungerührt weiter.

Constable Ormrod kochte innerlich vor Wut, zwang sich jedoch, seinen Posten an der Tür nicht zu verlassen.

Und Adam pfiff fröhlich vor sich hin.

Ormrod versuchte verzweifelt, sich auf andere Dinge zu konzentrieren, begann im Geiste sämtliche Spieler von Manchester United namentlich aufzuzählen; vom Sturm bis zur Verteidigung und rückwärts, Ersatzspieler eingeschlossen. Und doch brachte ihn Adams Melodie immer wieder aus dem Konzept – bis er mit einem Schlag erkannte, welches Lied Shepherd pfiff. Ormrod hatte zu dem Einsatzteam gehört, das zu Mrs. Pearsons Wohnung gerufen worden war. Shepherd pfiff die Melodie vom Tonband. Von jenem Tonband, auf dem eine völlig verängstigte Melanie flehte und bettelte.

Ormrod machte einen Satz und rammte den Tisch in Shepherds Brustkorb, so daß dieser mitsamt dem Stuhl umkippte und zu Boden stürzte. Adam lag auf dem Rücken und schnappte nach Luft. Ormrod warf sich auf ihn.

»Was ist hier los?«

Scheiße, schoß es Ormrod durch den Kopf. Laut sagte er: »Ich habe ihn gewarnt, Sir. Ich habe ihm prophezeit, daß er mit dem Stuhl umkippt, wenn er nicht zu wippen aufhört.«

»Helfen Sie ihm auf!«

Inspektor Craine war über einen Meter achtzig groß und hatte die Statur eines Preisboxers. Ormrod packte Shepherd schweigend beim Revers.

»Ganz vorsichtig, Constable. Sie kennen Chefinspektor Harmons Anweisungen ... was diesen Häftling betrifft.«

»Gegen ... gegen mich wurde noch keine ... Anklage erhoben«, keuchte Adam. »Entweder Sie holen das nach, oder ich haue hier ab.«

Craine zog die Augenbrauen hoch. »Alles zu seiner Zeit, mein Sohn. Immer mit der Ruhe. Und was das Abhauen betrifft ...« Er schüttelte den Kopf. »Davon kann ich nur abraten.« Er bückte sich nach einem Aschenbecher aus Metall, der zu Boden gefallen war, und stellte ihn wieder auf den Tisch. »Wissen Sie«, erklärte er süffisant und strich sich mit nikotingelben Fingern über den Schnauzbart. »Ich war kaum begeistert, als man mich um zwei Uhr morgens aus dem Bett und aus dem wohlverdienten Weihnachtsurlaub geholt hat. Wollte mit meiner Frau zur Schwägerin nach Cornwall fahren. Und meine Frau ist erst recht sauer!«

Inspektor Craine war verschnupft, daß er nicht von vornherein auf den Fall angesetzt worden war. Immerhin hatte er sein Interesse deutlich bekundet. Und ausgerechnet in dem Augenblick, als er sich auf ein paar Tage Urlaub gefreut hatte, fiel es Harmon ein, daß er ihn brauchte.

»Sie wissen, warum Chefinspektor Harmon mich speziell für Sie geholt hat, oder?« Ohne auf eine Antwort zu warten, fuhr er fort: »Weil mir ein gewisser Ruf vorausgeht. Ich kann so schön gemein sein. Constable Ormrod kann ein Lied davon singen.«

Ormrod wandte den Blick ab.

Craine war stolz auf seinen Ruf, und er wußte verdammt gut, daß sein erstes Verhör mit diesem besonderen Häftling auch sein letztes sein würde. Und da es ihm die Weihnachtsferien bei seiner Schwägerin versaut hatte, die im Gegensatz zu seiner Frau eine exzellente Köchin war, war er entschlossen, sich dafür schadlos zu halten.

Adam rutschte auf seinem Stuhl hin und her, starrte auf die zerkratzte, schäbige Tischplatte und versuchte, ruhig durchzuatmen.

»Holen Sie Mr. Shepherd ein Glas Wasser, Ormrod!«

Adam sah das merkwürdige Flackern in den Augen des Constable und ahnte nichts Gutes. Er wollte protestieren, brachte jedoch kein Wort heraus. Ormrod verließ den Raum.

Craine beugte sich über den Tisch, packte Adam im Nacken und zog ihn über den Tisch zu sich heran. »Pech, daß Constable Ormrod die Beherrschung verloren hat«, begann er leise. »Ich hasse Undiszipliniertheiten. Aber eines sollten Sie wissen: Im Vergleich zu mir ist Ormrod ein sanftes Reh.« Dann wurde seine Stimme scharf: »Also versuchen Sie ja nicht, mir hier ans Bein zu pinkeln.«

Damit stieß er Adam wieder auf seinen Stuhl zurück und beobachtete mit zufriedenem Interesse, wie dieser mühsam um Fassung rang.

Constable Ormrod kehrte mit einem Glas Wasser zurück, und Craine stellte es vor Adam auf den Tisch.

»Also, können wir jetzt anfangen, Sir?« Er schaltete das Tonbandgerät ein, nannte Datum und Uhrzeit und die Namen der Anwesenden.

»Ich verweigere die Aussage«, erklärte Adam. »Ich habe nicht geschlafen. Ich bin müde. Und ich möchte mit Mr. Harmon sprechen.«

»Chefinspektor Harmon ist im Moment nicht verfügbar, Sir.«

»Ich habe diese Ausflüchte satt!«

»Ich muß Sie bitten, sitzen zu bleiben, Sir.« Craines Faust sauste wie ein Vorschlaghammer auf Adams Schulter herab.

»Erzählen Sie mir bitte etwas von den Kassetten und Briefen, die wir in Ihrer Wohnung gefunden haben.«

Adam schwieg.

»Was ist mit der Kassette, die Sie Mrs. Pearson gegeben haben?«

»Welche Kassette?«

Ormrod trat von einem Bein auf das andere, sagte jedoch nichts.

»Die Kassette *River of Dreams*. Eine Aufnahme mit Billy Joel. Nicht mein Geschmack. Aber so recht scheint sie Ihnen auch nicht gefallen zu haben. Sie haben das Band teilweise überspielt. Mit einer Nachricht von Melanie Pearson.« Adam schüttelte den Kopf. »Mr. Shepherd schüttelt den Kopf«, sagte Craine für den offiziellen Bericht. »Ihre Fingerabdrücke sind auf der Kassette.«

»Sie war ein Geschenk von mir.«

»Sie geben also zu, das Band zusammengeschnitten zu haben.«

»Gütiger Himmel, nein! Ich hatte es ihr zum Geburtstag gekauft.«

»Zu Melanies Geburtstag?« stellte Craine sich dumm.

»Nein, zu Kates . . . nicht zu Mels.«

»Mel haben Sie sie also genannt? Sie kannten das kleine Mädchen wohl gut, was?«

»Lassen Sie mich in Ruhe!«

»Wir haben das Original in Ihrer Wohnung gefunden.«

Adam sah auf. Welches Original? Er hatte dem Affen doch bereits gesagt, daß er die Kassette gekauft hatte. Und zwar bei Virgin.

»Das Band mit Melanies Stimme drauf.«

Adam senkte erneut den Kopf.

»Das Band, auf dem sie bettelt und fleht, wieder nach Hause zu dürfen.«

Adam schloß die Augen.

»Wie übrigens auf den meisten anderen auch. Hat man mir wenigstens gesagt.« Er machte bewußt eine Kunstpause, die Adam tatsächlich beinahe dazu verleitet hätte, alles hinauszuschreien, um Craine zur Vernunft zu bringen. Aber Craine brach sein Schweigen eine Sekunde zu früh: »Da ist so ein Hall auf dem Band«, sagte er. »Unsere Fachleute meinen, das kommt, weil es in einem leeren Raum aufgenommen worden ist. In einem Raum mit Wänden aus nacktem Beton. Also nicht in Ihrer Wohnung. Soviel steht fest. Vielleicht in einem Keller oder einem Lagerhaus?« Er wartete auf eine Reaktion. Als keine kam, fuhr er fort: »Der Keller Ihres Wohnhauses wird benutzt. Der kommt also nicht in Frage. Ihr Nachbar war nicht gerade begeistert, als wir ihn aus dem Bett geholt haben.«

Adam stöhnte unterdrückt. Sein Nachbar war zufällig auch sein Vermieter.

»Wo war es, Adam?«

Adam schüttelte den Kopf.

»Mr. Shepherd schüttelt den Kopf«, sagte Craine erneut.

»Lassen Sie mich mit Mr. Harmon reden.«

»Der ist nicht verfügbar . . . wie gesagt.«

»Ich will einen Anwalt!«

Darauf hatte Craine gewartet. Es hatte lange gedauert, bis Shepherd das eingefallen war. »Mal sehen, was sich machen läßt, Sir. Um diese frühe Stunde ist das schwierig. Haben Sie jemanden im Sinn?«

An Adams Wange zuckte ein Nerv.

Craine hielt das Band an und notierte die Zeit, während Constable Ormrod die Meldung weitergab.

Fünf Minuten später nahm Craine das Verhör wieder auf.

»Kommen wir auf die Bänder und Briefe zurück, die wir gefunden haben. Was mich verwirrt ist, warum Sie sie so lange behalten haben, ohne sie zu benutzen? Warum haben Sie damit bis ... ja bis wann? ... bis November gewartet, um sie Mrs. Pearson zu schicken?«

»Ich sage nichts mehr ohne meinen Anwalt.«

»Das ist Ihr gutes Recht«, erklärte Craine. »Was ist mit der E-mail?« erkundigte er sich noch im gleichen Atemzug. »Dieses ganze Computerzeug ist mir ein Rätsel. Und was diese Joysticks betrifft, habe ich meine eigene Theorie. Jungs tun damit, was Jungs immer getan haben ... nur eben mit einer Maschine.«

»Ihre Kinder spielen auch gern Computer.«

Craine war sich der Unterstellung wohl bewußt. »Ja. Aber die sind 12 und 13 Jahre alt. Die echten Wichser sind die, die es noch als Erwachsene tun.«

Keine Antwort.

»Und dann gibt's noch die Perversen.«

Nur ein Zucken der Augenlider verriet, daß Adam überhaupt zuhörte.

»Erst kürzlich hat es einen Skandal gegeben. Kids haben Pornoadressen angewählt und sich verdammt unmißverständliche Fotos auf den Bildschirm geholt.«

Adam schüttelte den Kopf.

»Mr. Shepherd schüttelt den Kopf. Sind Sie auch auf so was scharf, Adam?«

Adam starrte Craine wütend an, sagte jedoch nichts.

»Natürlich ist das Internet das gefundene Fressen für diese kranken Gehirne«, bemerkte Craine. »Scheint sie anzuziehen wie Scheiße die Fliegen.« Er musterte Shepherd eingehend. »Ich glaube, Sie hüpfen auch gern im Internet rum, was Sir?«

»Surfen.«

»Was?«

»Man nennt das ›im Internet surfen‹.«

»Sie müssen es ja wissen.« Craine begann die Sache Spaß zu machen. »Also, was mich wirklich vom Hocker reißt, sind die Typen, die sich in die Computer anderer Leute einschalten und sie auf den Kopf stellen. Wie heißen die noch? Hacker. Wissen Sie was über diese Leute?«

»Bitte, lassen Sie mich mit Harmon reden«, sagte Adam resigniert.

»Sie sind doch ein Fachmann auf dem Gebiet . . . als Hacker meine ich. Stimmt's nicht, Adam?«

»Ich weiß wirklich nicht, was Sie meinen.«

»Nein? Dann will ich Ihr Gedächtnis ein bißchen auffrischen. 1989. Klingelt's da?«

Adam wurde bleich.

Craine beugte sich vor. »Sie sind vorbestraft, Mr. Shepherd.«

Adam blinzelte. »Das hat nichts mit dem zu tun, was passiert ist . . .«

»Nein? Ich finde, da gibt's etliche Parallelen. Auch damals wurden Sicherheitssysteme von Computern geknackt, Nachrichten in Dateien fremder Leute abgelegt, E-mails an Firmenangestellte geschickt . . .« Er hielt inne. »Mr. Shepherd schüttelt den Kopf. Wie lange haben Sie deshalb gesessen? Hatte man Sie nicht zu drei Jahren Jugendhaft verknackt?«

»Ihr macht mich krank!« Shepherd wirkte wie versteinert. Craine kannte die Anzeichen, wartete gespannt, war auf alles gefaßt.

»War's nicht das Verteidigungsministerium? Sie machen keine Halbheiten, was?«

»Sie tun so, als hätte ich Staatsgeheimnisse gestohlen. Ich war praktisch noch ein Kind. Ich habe mich in das Computersystem des Verteidigungsministeriums gehackt, okay. Tolle Sache. So schwierig ist das gar nicht.«

»Sie haben sich in das Verteidigungsministerium gehackt«, wiederholte Craine.

»Ich habe nichts gestohlen. Ich habe keinen Virus hinterlassen. Ich bin rein, habe mich umgesehen und mit dem Systembetreuer ein Schwätzchen gehalten.«

»Und wurden erwischt.«

»Ich habe dem Mann genau gesagt, wie er das verdammte Schlupfloch in seinem idiotischen System zumachen kann, oder? Und zum Dank hat er euch auf mich gehetzt.«

»Die Staatsanwaltschaft hielt das Vergehen für schwerwiegend genug, Sie für drei Jahre aus dem Verkehr zu ziehen.«

»Gütiger Himmel!« Adam schlug mit der Faust auf den Tisch. »Man könnte denken, ich hätte jemanden umgebracht! Ich habe nie jemandem etwas zuleide getan . . .«

»Wirklich nicht, Sir?«

24

In der ersten Morgendämmerung huschte eine Gestalt wie ein Schatten durch die langsam erwachende Straße. Ihr Haar schimmerte für Sekunden rötlich unter dem Licht einer Laterne, dann war sie vorbei.

Sie lief die Fassaden der einst prächtigen, mittlerweile jedoch heruntergekommenen Häuser im viktorianischen Stil entlang und suchte nach Adam Shepherds Hausnummer.

Kate Pearson entdeckte einen Schatten auf der Veranda. Sie zuckte zurück und wünschte, sie hätte ein Kopftuch gehabt, um ihr Haar zu verstecken. Die Gestalt trat aus dem Dunkeln näher an die Balustrade. Es war Constable Barratt! Sie trat frierend von einem Bein auf das andere und wirkte schmal und verloren im grauen Zwielicht.

Kate fühlte sich automatisch an ihre eigene unzureichende Kleidung erinnert und fröstelte heftig. Constable Barratt gähnte und wandte sich ab. Kate hastete weiter und bog in einen hohen Durchgang ein, in dem ihre Schritte von den hohen Terrassenmauern vielfach zu beiden Seiten widerhallten. Am Ende bog sie nach links ab, blieb stehen und sah um die Mauerecke zurück. Niemand folgte ihr.

Kate wandte sich erneut nach links und hastete durch eine schmale Gasse zwischen Hinterhöfen hindurch, in denen Hunde wütend bellten.

Atemlos erreichte sie die nächste Querstraße und mußte sich über einem Gully übergeben.

Eine Frau zerrte bei ihrem Anblick angeekelt ihre Kinder auf die andere Straßenseite. Kate beachtete sie gar nicht. Sie setzte sich auf eine niedrige Gartenmauer und atmete tief, um sich und ihren Magen zu beruhigen.

Sie kramte ein Papiertaschentuch aus der Hosentasche und wischte sich den Mund ab. Ihre Hand zitterte, und als sie aufzustehen versuchte, schien sich alles um sie zu drehen. Erschrocken ließ sie sich wieder auf die Mauer sinken, stützte die Ellbogen auf die Knie und wartete, bis der Schwindelanfall vorüber war.

Adam zitterte. Craine hatte die Hintergründe seiner Verurteilung detailliert beschrieben, das Fehlen von gleichaltrigen Freunden als Beweis für schwere soziale Probleme angeführt, den Vorfall in der Jugendstrafanstalt Withenstop wiederaufgerollt, als er einen Mithäftling verprügelt hatte und in Einzelhaft genommen wurde. »Er war krankenhausreif, als Sie mit ihm fertig waren.«

»Billy Kinsella war der Obermacker im Trakt«, erklärte Adam. »Er war der Ansicht, es sei ein fairer Kampf. Davor hatte er mich mehrfach grundlos verprügelt. Er und ein paar Kumpane. Er hat dafür gesorgt, daß er zur Gartenkolonne kam, damit er mich noch mehr drangsalieren konnte. Er hat mich wochenlang immer wieder gestoßen, mir ein Bein gestellt oder Nierenhaken verpaßt, wenn die Wärter nicht aufgepaßt haben.

Eines Tages ist er im Duschraum auf mich losgegangen. Nur waren diesmal seine Kumpane nicht dabei. Also habe ich meine Chance genutzt und es ihm heimgezahlt.«

»Zwei gebrochene Rippen«, las Craine von einem Blatt ab. »Ein ausgeschlagener Zahn. Nierenprellung. Schnitte und Blutergüsse am ganzen Körper. Hier steht, Sie hätten ihm so brutal in die Eier getreten, daß er eine Woche lang nicht aufrecht gehen konnte. Saftige Abrechnung!« Er starrte Adam an. »Hat Ihnen zusätzliche sechs Monate und zwei Wochen Isolationshaft eingebracht«, sagte er. »War's das wert?«

Adam zuckte die Achseln. »Er hat mich von da an in Ruhe gelassen. Und nicht nur er. Alle.«

»Machen Sie das immer so mit Menschen, die Sie nicht in Ruhe lassen, Adam? Erteilen Sie ihnen eine Lektion, die sie nicht vergessen?«

Adam runzelte die Stirn.

»Rächen Sie sich dort, wo's am meisten weh tut?« Craine kaute einige Minuten an seinem Schnurrbart. Er ließ Adam nicht aus den Augen.

Adam konnte den Blick des Mannes kaum noch ertragen. Selbstverständlich wußte der Inspektor Bescheid. Es mußte alles in seiner Akte stehen: der wahre Grund, weshalb er versucht hatte, Billy Kinsella umzubringen. Aber Adam log geradezu zwanghaft, konnte selbst noch immer kaum glauben, daß ihm das wirklich passiert war.

»Sie warten an Schultoren, nicht wahr?« fuhr Craine fort. »Sehnen sich danach, sie zu berühren, wollen sie beobachten. Wie sie sich bewegen, wie ihre Röcke wippen, wenn sie gehen. Sie tragen sie wieder kurz . . . schon aufgefallen?« Ein heiseres Lachen. »Dumme Frage.«

Adam sah weg.

»Es ist ihre Haut. Sie ist so . . . weich, so straff.« Er grinste böse. »Da fragt man sich, was sonst noch straff ist, was?«

»Herrgott im Himmel . . .«

»Haben Sie sie deshalb entführt, Adam? Weil Sie verrückt nach ihr waren?«

»Nein.«

»Warum dann?«

»Hören Sie! Ich habe Melanie nicht entführt.« Adam wollte Craine sagen, daß er sich irrte, aber er wußte nicht, wie er das anstellen sollte, ohne schuldbewußt zu klingen. Und zudem ahnte er, daß er diesen Mann sowieso nicht überzeugen konnte.

Craine redete weiter, sagte dem Tonband, daß Adam den Kopf schüttelte. Adam war sich dessen gar nicht bewußt gewesen. Und dann sagte er noch etwas über Melanie. Adam versuchte, nicht zuzuhören.

»Rippenbrüche . . .« Craine hielt inne, blätterte die Akte auf dem Tisch durch. »Interessant. Zwei gebrochene Rippen.«

»Ich muß mir das nicht anhören.«

»Die Spuren von Fesseln an beiden Hand- und Fußgelenken. Auffällige Blässe . . .«

Aufhören.

»Schädelfraktur durch den Schlag mit einem schweren Gegenstand. Ein Stein? Ist es ein Stein gewesen, Adam? Oder ein Hammer?«

»Das weiß ich nicht!«

»Eingedrückt wie eine Eierschale . . .«

Großer Gott, Melanie . . .

»Gehirnmasse überall auf dem Boden . . .«

»Bitte!« Adam verbarg das Gesicht in den Händen.

»Na, gut, mein Sohn. Beruhigen Sie sich.« Craine wartete. Hatte keinen Sinn fortzufahren, solange der Junge ihm gar nicht zuhörte. »Sie wurde in diesem großen leeren Keller getötet, stimmt's? Wir haben eine Mischung aus Schmutz und Kalk unter ihren Fingernägeln gefunden. Dann haben Sie sie in den Wald gebracht und sie wie ein Stück Müll weggeworfen.«

»Aufhören!« brüllte Adam. »Hören Sie sofort auf! Sie reden von Kates kleiner Tochter, verdammt noch mal!«

Craine versuchte es mit Suggestion, modulierte seine Stimme, tat mitfühlend. »Tut mir leid, daß ich Ihnen das noch mal zumuten muß. Ich weiß, Sie mögen Kate Pearson. Aber für sie ist alles noch schlimmer. Allein daran denken zu müssen, sich zu fragen, ob . . .« Er sah Adam traurig an. »Sie täten ihr einen Gefallen, endlich zuzugeben, was Sie getan haben, damit sie ihr Leben leben kann . . . das heißt, das, was davon übrig ist. Mr. Shepherd schüttelt den Kopf.«

Craine musterte Shepherd prüfend. Die Warnzeichen waren wieder da. Er atmete unregelmäßig und war den Tränen der Verzweiflung nahe. Sehen wir mal, wieviel er noch verkraftet, dachte Craine. Er setzte sich ein Limit von weiteren fünf Minuten.

»Ist nicht leicht für sie«, fuhr er fort. »Der Gedanke daran, was Sie mit ihrem kleinen Mädchen gemacht haben. Sie so liegen zu lassen . . . das Gehirn überall verspritzt, die Augen weit aufgerissen, die Käfer, die ihr übers Gesicht krabbeln.«

»Gütiger Himmel!« stöhnte Adam. Ihm war übel.

»Kate hat Ihnen vertraut. Sie hat Sie in ihre Wohnung gelassen. In ihr Leben. Sie sind zusammen zum Bowling gegangen. Sind mit ihr und Melanie Rollschuh gelaufen. Und die ganze Zeit war der Gedanke da . . . im Unterbewußtsein. Aber *sie* haben Sie in Ruhe gelassen. Ein kleiner Trost, möchte ich meinen.«

Adam preßte die Augen zu.

»Natürlich halten die Seelenklempner Sie für einen Pädophilen. Es gibt da diese gewisse Theorie.« Er wartete, bis Adam die Augen aufschlug. Der Junge schwitzte jetzt, wischte sich mit zitternder Hand übers Gesicht. »Impotenz«, sagte Craine und zog die Mundwinkel herunter. »Diese Quacksalber! Schätze, es wäre nicht verwunderlich nach allem, was sie mit Ihnen gemacht haben.« Er zwinkerte Adam zu. »Ich meine in Withenstop.« Er beugte sich vor und blies Adam seinen Atem ins Gesicht. Er roch nach Kaffee und Nikotin. »Ich meine, Billy Kinsella galt schließlich nicht umsonst als der ›Schwanz vom Dienst‹ in Ihrem Trakt, was?« Adam zuckte zusammen, als sei er geschlagen worden. Craine grinste, als erwarte er, daß Adam sich mit ihm über einen gelungenen Witz amüsiere. »Also, was mich betrifft, möchte ich gern glauben, daß Sie sie ... wie lautet der korrekte Ausdruck ... als *Virgo intacta* zurückgelassen haben. Aus Entsetzen über Ihre Tat. War es so, Adam? Als Sie gesehen haben, was Sie mit dem kleinen Mädchen gemacht hatten, ist Ihnen da schlecht geworden?«

Adams Kinnmuskeln zuckten.

Zwei Minuten.

»Aber die Seelenklempner bezweifeln, daß Sie überhaupt zu soviel Mitgefühl fähig sind. Sie glauben, da stecke was anderes dahinter. Was völlig anderes. Aber das kann ich nicht beurteilen. Ich bin kein Experte. Ich kann nur weitergeben, was die Medizinmänner so reden. Die meinen nämlich, Kate sei Schuld an Ihrer ... Impotenz. Bei ihr sind Sie abgeblitzt. Sie hat Sie einfach ignoriert. Und wenn Kate Pearson Sie gelegentlich beachtet hat, dann nur, um Sie einzuschüchtern, Sie niederzumachen. Sie hat Sie öfter in der Öffentlichkeit bloßgestellt. Ja, wir haben mit Ihren Kollegen im Büro gesprochen. Kate Pearson hat eine sehr spitze Zunge.«

Adam zuckte mit den Schultern.

»Unsere Psychoheinis behaupten, Sie seien ganz heiß auf die gute Kate gewesen, aber dieses ständige Genörgle und Gezicke ... Sie kennen die Frauen. Sie hat Ihnen das Gefühl gegeben, ein Stück Scheiße zu sein.« Er hatte seine letzten

Worte mit Bedacht gewählt und die nötige Geringschätzung hineingelegt.

Adam starrte den Inspektor haßerfüllt an.

»Hübsches kleines Mädchen, diese Melanie«, wechselte Craine abrupt das Thema. »Als sie noch am Leben war, meine ich. Dunkelhaarig und große Augen. Beine bis unter die Achseln. Für ein Kind gut gebaut. Wissen Sie, was die Psychologen meinen? Sie wollten ihre Mutter ficken, aber die hat Sie nicht gelassen. Also haben Sie das Kind genommen. War weniger riskant. Aber nicht mal bei der Kleinen konnten Sie einen hochkriegen.«

Adam stürzte sich auf Craine.

Der Polizist bewegte sich überraschend schnell und wendig und landete einen linken Haken mitten in Adams Gesicht. Adam sah Sterne. Er lag auf dem Boden. Seine Nase blutete.

»Schwein!« keuchte er. »Gemeines Schwein! Ich habe sie nicht angerührt. Niemals.« Er schluchzte. »Ich habe Melanie nie etwas getan. Ich habe niemandem je etwas getan.«

Dreieinhalb Minuten, dachte Inspektor Craine mit einem Blick auf die Uhr. Kein schlechtes Ergebnis.

25

»Komm schon, Jenny!«

Mary hatte Jenny mindestens schon sechsmal gerufen, aber der Gefühlsausbruch vom Vorabend und das Schlafdefizit machten sich offenbar bemerkbar.

»Laß sie, wenn sie müde ist«, sagte Tony. Er griff nach dem Radio, doch Mary stieß seine Hand beiseite.

»Die Chance kommt nie wieder. Mrs. Callaghan hat den Kindern eingebleut, was für eine große Ehre es ist, dort singen zu dürfen. Und sie hat recht ...« Mary hielt inne. »Jenny!«

»Ich komme schon.« Jennys Stimme klang belegt und gereizt.

»Will ich auch hoffen, kleines Fräulein«, warnte Mary.

Tony hatte inzwischen doch das Radio angestellt. Als Mary zurückkam, machte sie es sofort wieder aus. »Jetzt kommen doch Nachrichten, du Schussel!« flüsterte sie.

Jenny stolperte fünf Minuten später in die Küche und starrte angewidert auf die aufgeweichten Cornflakes in ihrer Schüssel.

»Nun mach schon!« drängte Mary. »Dein Toast ist noch warm. Iß jetzt!«

Jenny schob die Schüssel von sich. »Ich habe keinen Hunger«, erklärte sie. »Ich trinke nur Tee.«

»Kommt nicht in Frage. Du ißt wenigstens eine Scheibe Toast. Draußen ist es eiskalt.«

Jenny verdrehte die Augen.

Draußen schimmerte der graue Ford Capri matt im grauen Licht des Morgens. Der Motor dröhnte leise. Er hatte das Radio eingeschaltet und suchte nach einem Nachrichtensender.

Er hatte wenig geschlafen. Trotzdem sprühte er vor Energie. Sein Plan hatte ungeahnte Kräfte in ihm freigesetzt, seine Sinne auf die wunderbaren Möglichkeiten des Tages gelenkt.

›Gedanken zum Tag‹, ertönte es aus dem Radio. Er hörte dem Vortrag mit einer gewissen Herablassung zu, genoß seine beruhigende Vorhersehbarkeit: die einleitende Anekdote. Die Lesung. Das Gebet. Die abschließenden Worte der Weisheit, die das Tagwerk begleiten sollten.

»Am Anfang war das Wort«, intonierte der Sprecher.

»Und das Wort war Rache.« Der Hörer hatte laut gesprochen. Er lächelte und spann das Thema weiter. »Und das Wort wurde Fleisch ...« In Person eines kleinen Mädchens. Einer

Tochter. Einem Einzelkind. Zuerst Melanie, kleine Mel ... Annie in zärtlichen Momenten. Jetzt Jennifer.

Der Mann atmete tief, schloß die Augen und genoß den Geruch sauberer Polster. Sie sind beide Einzelkinder, überlegte er. Wenn erst das andere Kind auch weg ist, wenn deine Freundin dich zurückstößt, dann hast du nichts mehr, meine Katie. Und wenn du nichts mehr hast, weißt du, wie es für mich gewesen ist.

»Lassen Sie ihn untersuchen, ja? Wer hat Dienst?«

»Dr. Mitra, Sir.«

Harmon war niedergeschlagen. Kate Pearson war spurlos verschwunden, und er wußte nicht, was sie vorhatte. Kates Exmann klagte wegen Körperverletzung gegen sie. Und Shepherd hatte eine blutige Nase.

»Gibt's was Neues von Mrs. Pearson?«

»In ihrer Wohnung ist sie nicht aufgetaucht«, erwiderte Wainwright. »Ich habe Jackson dort postiert, und zwei unserer Leute sind auf dem Weg zu ihrer Firma.«

»Jackson soll sich so unauffällig wie möglich verhalten, ja? Sagen Sie ihr das! Sie darf sie uns auf keinen Fall verscheuchen.«

Wainwright ging. Chefinspektor Harmon blieb zurück und starrte trübsinnig aus dem Fenster.

»Morgen, Harry.« Der Wachmann sah von seiner Zeitung auf.

»Hallo, Kate. Ich dachte, Sie hätten Urlaub ... Verdammt, was ist denn mit Ihnen passiert?«

»Kleiner Unfall«, sagte Kate und lächelte. »Ist doch in Ordnung, wenn ich kurz ins Büro raufgehe? Habe in der Eile gestern ein paar Kleinigkeiten vergessen.«

»Kenne das.« Harry lächelte, und Kate wandte sich von der

Empfangstheke ab. »Sie müssen mir nur hier unterschreiben«, sagte er.

Kate hielt ihre Ungeduld im Zaum. »Klar doch«, antwortete sie mit einem gezwungenen Lächeln.

»Es ist jetzt . . .« Harry warf einen Blick auf die Uhr. »8.30 Uhr.«

»Dann beeile ich mich lieber«, erklärte Kate. »Keine Lust, der ganzen Horde zu begegnen.«

Harry nickte mitfühlend und verkniff sich weitere Fragen. Die junge Frau tat ihm leid.

»Nichts Schlimmes.« Dr. Mitra war sofort gekommen, hatte das morgendliche Operationsprogramm vorzeitig abgebrochen und die übrigen Patienten seinen Kollegen überlassen. Es war Heiligabend und verhältnismäßig ruhig.

»Nasenbluten«, erklärte er Harmon. »Scheint als Kind dazu geneigt zu haben. Sein Blutdruck ist ziemlich hoch.« Dr. Mitra zögerte. »Da ist offenbar auch eine Prellung über dem Wangenknochen . . .«

Harmon nickte. »Ist bei seiner Verhaftung passiert. Ein Unfall. Wie fanden Sie ihn?« Harmon war sicher, daß Dr. Mitra Shepherd nach dem Grund für sein Nasenbluten gefragt hatte. Die Antwort interessierte ihn.

»Es zeichnet sich ein Bluterguß in der Augenregion ab.«

»Ich meine, welchen Eindruck hat er auf Sie gemacht?«

Dr. Mitra sah Harmon durch seine Brille an. »Er ist sehr erregt.«

»Und?«

Der Arzt zog ein blendend weißes Taschentuch aus der Jackettasche und begann seine Brille zu putzen.

»Er sagt, er sei auf Mr. Craine . . . ›losgegangen‹«, zitierte der gebürtige Inder, dem die englische Idiomatik gelegentlich noch Rätsel aufgab. »Und er behauptet, provoziert worden zu sein.« Harmon nickte. »Er will unbedingt mit Ihnen reden, Trevor.«

Harmon wußte, daß die Benutzung seines Vornamens ein Signal dafür war, daß Dr. Mitra noch mehr zu sagen hatte ... allerdings nicht in offizieller Funktion. Im Dienst verkehrten der Chefinspektor und der Polizeiarzt stets förmlich miteinander.

»Bringen Sie Mr. Shepherd eine Tasse Tee und führen Sie ihn in den Verhörraum zurück.« Harmon hatte das zu Craine gesagt, der die Anweisung umgehend an eine Polizistin weitergab.

»Kommen Sie doch bitte in mein Büro, Sanjit.«

Das Signal wurde erwidert. Sie hatten sich verstanden.

Auf Harmons Schreibtisch stand ein Tablett. Er goß jedem eine Tasse Tee ein. »Du willst mir noch etwas sagen.« Das war eine Feststellung. Harmon hatte automatisch zum vertrauten ›Du‹ gewechselt.

Dr. Mitra betrachtete ihn über den Rand seiner Tasse hinweg.

»Du hast eine Menge Indizienbeweise gegen diesen jungen Mann«, bemerkte er.

»Ziemlich belastende Indizienbeweise«, erklärte Harmon beinahe trotzig.

Dr. Mitra sah ihn ernst an. »Er behauptet, Melanie Pearson nicht ermordet zu haben.« Nach einer Pause fügte er hinzu: »Er sagt, daß er Kate Pearson liebt.«

»Glaubst du ihm?«

Dr. Mitra seufzte. »Ich kenne ihn kaum. Trotzdem macht er einen ehrlichen Eindruck. Jedenfalls scheint er zu *glauben*, daß er die Wahrheit sagt.«

In Gedanken versunken nippte er an seinem Tee.

»Soll das heißen, daß er sich das nur einbildet?« Harmon hob seine Schultern. »Daß er nicht ganz dicht ist?«

»Ich hatte nur ein paar Semester Psychiatrie, Trevor«, entgegnete Dr. Mitra vorwurfsvoll.

»Wir sind doch unter uns.«

Sanjit Mitra neigte den Kopf zur Seite. »Also . . . streng vertraulich?« Er überlegte sich seine Antwort gut. »Unter uns gesagt . . . Mr. Shepherd scheint mir ein wenig neurotisch veranlagt zu sein. Die Polizei macht ihn nervös, verursacht bei ihm klaustrophobische Anwandlungen. Aber für psychotisch halte ich ihn nicht.«

»Er hat in einer Jugendhaftanstalt beinahe einmal einen Mitgefangenen umgebracht.«

»Ach ja? Ich frage mich, was ihn dazu provoziert haben könnte. In einer solchen Anstalt ist ein Junge wie Shepherd sicher ein leichtes Opfer für alle möglichen Perversen.«

Harmons Stimmung sank auf den Nullpunkt. Mitra hatte wie immer den Nagel auf den Kopf getroffen.

»Was schlägst du vor?« erkundigte er sich.

»Ich schlage . . . nichts . . . vor. Aber Mr. Shepherd bittet ständig darum, mit dir sprechen zu dürfen. Und zwar dringend. Und das schon seit seiner Verhaftung gestern abend. Wäre fair, ihm diesen Wunsch zu erfüllen. Was den Zwischenfall mit deinem Inspektor Craine betrifft, hat er sich auch verdammt anständig verhalten.« Er hob abwehrend die Hand. »Nur eine Vermutung meinerseits.«

Harmon lächelte flüchtig. »Ich wollte sowieso heute morgen mit ihm sprechen, Sanjit.«

Dr. Mitra schien erleichtert. »Gut. Normalerweise mische ich mich auch nicht in die Angelegenheiten der Polizei ein.«

Harmon lachte lauthals.

»Und du läßt ihn ausführlich zu Wort kommen, ja?« fügte der Arzt mit einem beinahe entschuldigenden Lächeln hinzu.

Kate saß an ihrem Terminal. Sie hatte bereits Adams Schreibtisch durchsucht, aber wie erwartet außer einigen Stiften und einem Päckchen Kaugummi nichts gefunden. Disketten ließ Adam nie offen herumliegen. Dafür war er zu vorsichtig. Aber er hatte behauptet, dem Hacker dicht auf den Fersen zu sein. Irgendwo mußte er seine Suche doch dokumentiert haben ...

Vermutlich hat er die Unterlagen mit nach Hause genommen, dachte Kate entmutigt. Wenn das so war, dann hatte sie keine Chance. Adams Disketten befanden sich mittlerweile sicher bereits in den Händen der Polizei. Und Kate konnte sich kaum vorstellen, daß er derartige Vorgänge in seinen Dateien bei Technicom gespeichert hatte. Trotzdem mußte sie sich selbst überzeugen.

Sie kannte sein Login: 1stBite – und gab es ein. Der Computer begann zu piepen und forderte sie auf, die Eingabe zu wiederholen. Sie runzelte verwirrt die Stirn. Sie hatte sorgfältig darauf geachtet, die richtige Kombination von Klein- und Großbuchstaben zu benutzen. Dann ging ihr ein Licht auf. Sie hatte einen dummen Rechtschreibfehler gemacht. Sie lachte unwillkürlich und tippte schnell und sicher ›1stByte‹ ein.

Auf dem Monitor leuchtete die Aufforderung auf, das Paßwort einzugeben. Jetzt kam der schwierigere Teil. Adam war mit Paßwörtern äußerst vorsichtig. Er liebte Cyberpunk-Romane. Gisons *Neuromancer,* Brummers *The Shockware Rider* und Sterlings *Schismatrix* hatte er nach der Lektüre begeistert an sie weitergegeben. Vielleicht sah er sich als ein Cyber-Cowboy wie Case in *Neuromancer,* der Cyberspace als sein ›Heim ohne Grenzen, sein Land‹ bezeichnete.

Sie tippte ›Case‹ ein. Der Piepton des Computers sagte ihr augenblicklich, daß es das falsche Paßwort gewesen war. Noch zwei Fehlschläge, und sie würde aus dem System fliegen. Dann war das Programm gesperrt, bis Adam den Systembetreuer veranlaßte, es neu zu installieren. Und falls es keine befriedigende Erklärung für den Fehler gab, würde es eine Untersuchung geben.

Verdammter Mist!

Kate dachte hektisch nach. Sie wollte nicht aus dem Programm geworfen werden. Sie hätte sich das überlegen müssen, bevor sie sich einzuloggen versucht hatte. Denk nach! Ein weiteres Buch, das Adam ihr gegeben hatte, war *Cyberpunk*. Es hatte die aufkommende Angst vor Hackern in den achtziger Jahren zum Thema. Die Hauptperson war ein Jugendlicher, der ein Programm geschrieben hatte, um die Sicherheit des UNIX-Systems der Universität von Berkeley auf die Probe zu stellen. Die Aktion war als intellektuelle Spielerei, als eine Art Geschicklichkeitstest beim Hacken gedacht gewesen. Sie hatte niemandem Schaden zufügen sollen und endete doch damit, daß Tausende von Computern lahmgelegt wurden. Adam hatte Mitleid mit dem Jugendlichen gehabt, der zu einer dreijährigen Haftstrafe auf Bewährung und 10 000 $ Geldbuße verurteilt worden war, die ihm im Vergleich zu Mitnicks einjähriger Jugendstrafe unverhältnismäßig hart erschienen war. Der siebzehnjährige Mitnick hatte immerhin Software im Wert von mehreren hunderttausend Dollar von der Firma DEC gestohlen.

»Robert Morris!« rief Kate triumphierend aus. Das war der Name des Jungen, mit dem sich Adam so sehr zu identifizieren schien. Er hatte ein Lieblings-Login: ›rtm‹. Brillant! Sie lachte laut auf. Auch Adams Lieblingsantwort auf dämliche Fragen von faulen Kollegen, die am Computer nicht weiterkamen, war ›rtm‹ – read the Manual – lies das Handbuch – ein Kürzel aus dem Internet.

Sie tippte ›rtm‹ ein und drückte auf Enter.

Der Computer piepte. Verdammt!

Wenn nicht ›rtm‹ . . . was dann? Dann erinnerte sie sich an die Szene im Büro, als Adam den Ausdruck benutzt hatte, und schüttelte ungehalten den Kopf. Nicht ›rtm‹ – sondern ›rtfm‹: read the flaming manual – lies das verdammte Handbuch! Sie versuchte es damit. Sofort begann der Computer, das Betriebssystem hochzufahren.

»Halleluja«, murmelte Kate.

In Adams Dateien war nichts Interessantes zu entdecken. Überhaupt nichts. Er konnte natürlich das Wichtige in einer versteckten Datei oder unter seiner User ID, der Benutzerkennung, abgelegt haben. Der Schweiß stand Kate auf der Stirn. Mittlerweile waren bereits einige Kollegen ins Büro gekommen und warfen ihr seltsame Blicke zu. Sie mußte mit ihrem Kopfverband und der schmutzigen Kleidung wirklich ein komisches Bild abgeben! Aber niemand sprach sie an, und dafür war sie dankbar.

Sie wollte schon aufgeben, als ihr plötzlich etwas einfiel. Hatte Adam nicht gesagt, daß er Freunde aus dem Internet um Hilfe bei der Suche nach dem Hacker gebeten hatte? Solche Leute würden natürlich übers Internet mit ihm Kontakt aufnehmen. Kate rief Adams Mailbox auf.

Dort lagen fünf bislang ungelesene Nachrichten. Kate gab den Druckbefehl, wartete, bis der Ausdruck fertig war, und löschte mit einer stummen Entschuldigung an Adam die entsprechenden Mail-Dateien.

»Du mußt bei Mrs. Callaghan bleiben«, befahl Tony. »Du gehst ohne die anderen nirgendwohin!«

»Okay, Daddy.« Jenny riß sich von ihm los.

»Jenny, ich meine das sehr ernst!«

»Weiß ich.« Sie versuchte, vernünftig zu sein. »Ich weiche nicht von ihrer Seite, in Ordnung? Und ich warte mit den anderen, bis du mich abholst.«

»Ich warte Punkt zwölf Uhr vor dem Theater. Also trödle nicht rum!«

»Mach ich nicht, Dad. Da ... sie gehen schon los!«

»Gut.« Tony küßte sie auf die Wange, und Jenny tauchte glücklich in der Menge der Schulkinder unter. Mrs. Callaghan und zwei weitere Lehrer stellten die Schüler in Zweierreihen auf, zählten ihre Schäfchen und marschierten dann mit ihnen in Richtung Einkaufszentrum und Royal Exchange Theatre davon.

Tony beobachtete mit äußerst gemischten Gefühlen, wie Jenny hinter der nächsten Ecke verschwand.

»Sie wollten mich sprechen?«

»Wird Kate noch immer von Ihren Leuten bewacht?«

Harmon antwortete nicht.

»Sie ist in großer Gefahr!«

»Jetzt nicht mehr.«

»Er läuft noch frei rum ... irgendwo!«

»Bitte, Mr. Shepherd, ersparen Sie mir weitere Ausführungen.«

»*Er* hat die Sachen in meiner Wohnung versteckt«, beharrte Adam.

»Und das Tonband? Hat *er* das auch zusammengeschnitten?«

»Natürlich! Wo ist Kate? Sie glaubt mir. Lassen Sie mich mit ihr reden.«

»Mr. Shepherd, Ihre Wohnung ist voll von belastendem Material.« Harmon hatte sich zwar bereit erklärt, mit Shepherd zu reden, aber das bedeutete nicht, daß er Dr. Mitras Meinung teilte, der Mann sei unschuldig. »Sie hatten die Mittel, das Motiv und die Gelegenheit, Melanie Pearson zu entführen.«

Shepherd war im ersten Moment perplex. »Ich habe Melanie gekannt. Das ist richtig. Aber ein Motiv? Und wieso Gelegenheit?«

»Ich schätze, Inspektor Craine hat die möglichen Motive bereits mit Ihnen erörtert.«

»Er hat ja nichts anderes im Kopf!« Adam starrte düster auf die Tischplatte. Sein Gesicht war rot vor Scham und Wut.

»Was die Gelegenheit betrifft . . .«

»Ich war im Krankenhaus. Das haben die Krankenschwestern unter Eid bestätigt.«

»Sie haben bestätigt, wann Sie gekommen und wann Sie gegangen sind, das stimmt«, fuhr Harmon besänftigend fort. »Aber wir hatten Grund, diese Aussagen zu überprüfen. Sie sind bei Ihren Streifzügen durchs Internet ein wenig unvorsichtig geworden, Mr. Shepherd. Und dann haben wir die . . . Gegenstände Ihrer seltsamen Fetischverehrung in Ihrer Wohnung entdeckt.« Adam protestierte, doch Harmon ließ sich nicht beirren. Er übertönte ihn ärgerlich: »Die Schwestern können nicht bestätigen, daß Sie die ganze Zeit über im Zimmer Ihres Freundes gewesen sind, wie ursprünglich angenommen wurde.«

Adam starrte ihn erstaunt an.

»Ihrer Aussage nach haben Sie Ihren Freund häufig besucht und dabei auch für seine Bedürfnisse gesorgt. Also hat das medizinische Personal sie beide meistens ganz allein gelassen.«

Adam strich sich über die Augenbrauen. Harmon registrierte die Geste sofort.

»Sie könnten das Krankenzimmer durchaus verlassen haben. Und zwar zwischen zwei Uhr nachmittags, als Schwester Unsworth Ihnen eine Tasse Tee brachte, und Viertel vor sechs am Abend, als Oberschwester Briggs nach Ihrem Freund gesehen hat.«

»Ich bin die ganze Zeit über dagewesen.«

»Was leider niemand bestätigen kann. Ist also durchaus möglich, daß Sie Ihren Freund verlassen, Melanie entführen, sie irgendwo verstecken und anschließend ins Krankenhaus zurückkehren, ohne daß es jemand merkt.«

»Aber das habe ich nicht getan! Sims hatte Hepatitis. Herrgott, er lag im Sterben! Er war mein Freund! Ich hätte ihn niemals allein gelassen.« Wie sollte er Harmon erklären, wie wichtig im Gefängnis ein Freund war? Jemand, dem man in einer Atmosphäre von Gewalt und Mißtrauen vertrauen konnte, jemand, der dir Rückendeckung gab, wenn Tiere wie Kinsella es auf dich abgesehen hatten? Ein Freund, ein Vertrauter. Für Harmon war Sims nur einer von vielen Junkies, der sich letztendlich das Gift selbst gespritzt hatte, mit dem sein Körper nicht mehr fertig wurde. Wenn es nicht Hepatitis gewesen wäre, wäre es irgendwann AIDS gewesen. Und trotzdem war er ein Mensch mit Gefühlen . . . der mehr Schmerzen ertragen mußte, als Harmon sich vorstellen konnte.

Harmon fuhr gleichmütig fort: »Er lag an jenem Tag schon halb im Koma. Die Schwestern vertrauten darauf, daß Sie ihnen jede Veränderung im Zustand Ihres Freundes sofort melden würden.«

Harmon merkte, daß Shepherd ihm plötzlich nicht mehr in die Augen sehen konnte.

»Na und?«

»Genau das haben Sie nicht getan, als Sims immer tiefer in die Bewußtlosigkeit sank. Sie haben keine Schwester gerufen. Warum nicht? Weil Sie gar nicht im Zimmer waren?«

Adam schüttelte ungläubig den Kopf.

»Sie stecken in der Zwickmühle, Mr. Shepherd. Wenn es stimmt, daß Sie bei Ihrem Freund geblieben sind, haben Sie sich der Sterbehilfe schuldig gemacht. Haben Sie das Krankenhaus aber verlassen, blüht Ihnen eine Mordanklage.«

Shepherd saß wie gelähmt auf seinem Stuhl. Er schien am Boden zerstört zu sein. Als er schließlich etwas sagte, mußte sich Harmon vorbeugen, um ihn zu verstehen.

»Er lag im Sterben. Er wußte es. Die Ärzte und Schwestern wußten es, obwohl sie es ihm nie offen gesagt hatten. Aber sie haben es mir gesagt. Seine Leber war bereits zu stark in Mitleidenschaft gezogen. Er war ... sterbenskrank, wissen Sie? Manchmal ...« Shepherd starrte geradeaus. »Er hatte plötzlich Halluzinationen. Sie sagten, es seien die Toxine in seinem Blut. Sein Körper konnte sie nicht mehr abbauen. Sie können sich in Ihren schlimmsten Alpträumen nicht vorstellen, was er durchgemacht hat. Es war schon schrecklich genug, dabei zusehen zu müssen. Sims hat gesagt, es sei hundertmal schlimmer als ein schlechter Trip.«

Harmon bemerkte, daß Shepherd eine Gänsehaut bekommen hatte. »Oberschwester Briggs hat ausgesagt, daß man Sie benachrichtigt hatte.«

Shepherd nickte.

»Warum nicht seine Familie?«

»Er hatte mich als seinen nächsten Verwandten angegeben. Er hatte keine Familie. Jedenfalls niemanden, der sich um ihn gekümmert hätte.«

»Und Sie beschlossen, das Pflegepersonal nicht zu rufen, als offensichtlich wurde, daß er medizinische Hilfe brauchte?«

»Er lag im Sterben. Er wollte nicht, daß sein Leiden künstlich verlängert wurde. Er wollte nicht, daß jemand sein Herz massierte, versuchte, ihn mit Elektroschocks wiederzubeleben, damit er noch ein paar Tage länger in der Hölle schmoren konnte. Er ...« Shepherd verstummte. Er schluckte schwer. »Sims hat mich gebeten, seine Hand zu halten, bis es vorbei war. Sowieso hatte niemand erwartet, daß er die folgende Nacht überleben würde. Deshalb haben sie mich ja direkt aus dem Büro ins Krankenhaus geholt.«

»Sie haben also seine Hand gehalten und fast vier Stunden gewartet, bis er starb?«

»Nein.«

Harmon wartete gespannt auf ein Geständnis. Wartete darauf, daß Shepherd eingestand, es nicht länger ertragen zu haben, seinen Freund allein gelassen, einen Spaziergang gemacht und irgendwo Kaffee getrunken zu haben. Er, Harmon, wollte an dieser Stelle das Stichwort ›Mädchenschule‹ einwerfen, ihm suggerieren, er sei ganz unbewußt dort gelandet, habe Melanie allein entdeckt und ihr angeboten, sie nach Hause zu bringen. Es würde dauern, aber irgendwann würde Shepherd die Entführung gestehen, und dann gab es für ihn kein Zurück mehr.

»Nein?« erinnerte Harmon Shepherd sanft.

Adam hatte den Blick eines weidwunden Tiers. »Nein«, wiederholte er. »Es waren dreieinhalb Stunden.« Dann sah er weg. »Ich . . . ehm . . .« Seine Stimme zitterte. »Ich hatte Sims versprochen, ganz auf Nummer Sicher zu gehen, bevor . . .« Er hüstelte. »Bevor ich es den Ärzten sage.« Er starrte wütend auf seine Hände, konnte jedoch nicht verhindern, daß eine Träne auf seine weißen Fingerknöchel fiel.

Harmon war entsetzt. Er hätte es beinahe selbst geglaubt.

26

»Kate?« Mary schloß auf. Sie benutzte den Schlüssel, den Kate ihr vor vielen Jahren gegeben hatte, damit sie jederzeit für Melanie und Jenny das Abendessen zubereiten konnte, falls Kate nicht rechtzeitig aus dem Büro kam. Sie hatte ihn seit dem Sommer nicht mehr benutzt. Trotz des bitteren Streits hatte sie sich jedoch nie dazu überwinden können, den Schlüssel zurückzugeben. Das hätte bedeutet, daß sie jede Hoffnung auf eine Versöhnung aufgegeben hatte.

In der Wohnung herrschte Grabesstille. Mary wurde sich plötzlich bewußt, daß Kate seit dem Sommer stets in diese unnatürlich sterile Ruhe heimkehrte, in der sie kein Lachen, keine andere menschliche Stimme empfing. Mary stand im Flur und versuchte sich zu erinnern, wie es gewesen war, als noch der Lärm der beiden Mädchen die Wohnung erfüllt hatte. Wenn es nun Jenny statt Melanie gewesen wäre, überlegte sie ... und verdrängte entsetzt die Vorstellung. Kate schien nicht zu Hause zu sein. Sie ging ins Wohnzimmer.

Dort stieß sie einen schrillen Schrei aus, als ihr Blick auf die Silhouette einer jungen Frau fiel, die sich gegen das Erkerfenster abzeichnete.

»Mrs. Marchant?«

»Was, um Himmels willen, machen Sie hier?« verlangte Mary zu wissen.

Constable Jackson ließ die Schultern hängen. »Mich unauffällig verhalten«, antwortete sie düster.

Angesichts der Größe und Statur der jungen Polizistin klang das wie ein Witz, aber Mary war das Lachen vergangen.

»Wie sind Sie hier hereingekommen?« Sie musterte Constable Jackson ärgerlich. Die Polizistin wurde rot.

»Ich ... ehm ...« Ihr Blick schweifte flüchtig zur Küchentür. »Ich habe eine Glasscheibe eingeschlagen. Mit Erlaubnis meines Vorgesetzten«, fügte sie eifrig hinzu, um Kate Pearsons Freundin zu besänftigen. Seit dem Vorfall an der Mülltonne wußte sie, was in der so harmlos und bieder aussehenden Mrs. Marchant steckte.

»Wo ist Mrs. Pearson?« wollte Mary wissen. Constable Jackson zuckte verlegen mit den Schultern. »Was soll das heißen? Sie wissen es nicht?«

Jill Jackson haderte stumm mit ihrem Schicksal. Wieder einmal ein lausiger Job, der an ihr hängengeblieben war. »Sie ist heute morgen aus dem Krankenhaus verschwunden ...«, begann sie.

»Sie haben eine Frau mit einer Gehirnerschütterung einfach davonspazieren lassen . . .?«

»Augenblick, bitte!« fiel die Polizistin ihr ins Wort. »Ich habe damit nichts zu tun. Ich war nicht mal in der Nähe. Soviel ich weiß, hat eine Krankenschwester bei der Visite entdeckt, daß sie nicht mehr in ihrem Bett lag. Deshalb bewache ich ihre Wohnung. Für den Fall, daß sie hierherkommt.«

Mary schüttelte den Kopf. »Was ist nur mit Kate los? Was hat das bloß zu bedeuten?«

In der Menge bewegte sich ein Mann, unauffällig, gut gekleidet, mit einem Durchschnittsgesicht, das sich problemlos in die Masse der Weihnachtseinkäufer fügte. Er trug Handschuhe und in jeder Hand ein Päckchen. Das eine sollte durch einen Kurierdienst weiterbefördert werden, für das andere, etwas größere, wollte er selbst einen geeigneten Platz finden. Aber das hatte noch Zeit.

Die Stimmen des Kinderchors hatten einen angenehmen Klang. Er löste sich aus der Menge und blieb kurz stehen, um eine Münze in die Sammelbüchse zu stecken. Ein Windstoß hob die Kapuze seines Parkas hoch und stülpte sie ihm über den Kopf. Jennys Miene wurde starr, doch im nächsten Moment war der Eindruck vorüber, und sie konzentrierte sich wieder auf den Text des Liedes.

Der Mann hob den Kopf und blickte Mrs. Callaghan lächelnd in die Augen. Die Lehrerin nickte ihm zum Dank zu, war jedoch auf eine ihr unerklärliche Weise beunruhigt – ein Gefühl, das sie für den Rest des Vormittags belasten und erst in einem Traum eine logische Bedeutung bekommen sollte, der ihr den sowieso schon leichten Schlaf in den frühen Morgenstunden raubte. Und der Mann lächelte. Er ging lächelnd weiter. Er wartete auf seine Chance. Wartete auf eine Gelegenheit.

»Auf ihre Bitte wurden ihre sämtlichen Dateien gelöscht. Sie hatte das mit John, unserem Systembetreuer, besprochen. Das habe ich gewußt. Warum hätte ich die Dateien neu installieren sollen, nur um mir zum Schein eine Nachricht per E-mail zu schicken?«

»Keine Ahnung, Mr. Shepherd. Vielleicht um den Verdacht von sich abzulenken.« Harmon hatte das Verhör mit Shepherd wieder aufgenommen. Er war entschlossen, der Sache auf den Grund zu gehen.

»Schön und gut«, sagte Adam. »Und danach habe ich eine E-mail Mitteilung direkt aus meiner Datei und unter meinem richtigen Namen an Kate geschickt. Schlauer geht's wohl nicht. Lenkt jeden Verdacht auf wundersame Weise von mir ab.«

Harmon mußte ihm recht geben. Für einen Hacker schien das nicht gerade die logische Strategie zu sein. »Die Indizien aus Ihrer Wohnung allein reichen für eine Verurteilung aus.« Er wartete gespannt auf Shepherds Reaktion, doch der zuckte nur die Achseln.

»Die sind mir untergeschoben worden«, konterte er. »Meine Fingerabdrücke haben Sie auf keinem dieser Gegenstände gefunden, oder?«

Harmon kaute auf der Unterlippe. »Und was ist mit der E-mail?«

»Die kann von überall her stammen. Viele Hacker kennen sich auch blendend mit dem Telefonnetz aus. Die wählen sich in die Relais mehrerer Fernvermittlungen ein und überwinden zahllose Landesgrenzen, bevor sie schließlich bei der Zieladresse landen. Und in jedem Stadium dieses Vorgangs wird eine andere falsche Kreditkartennummer benutzt. Wie will man da den Verursacher noch feststellen? Diese Leute könnten ihre Mitteilungen auch über den PC in Ihrem Büro laufen lassen . . . wenn sie wollten.«

Harmon entging nicht, daß in Shepherds Stimme Bewunderung mitschwang.

»Diese Art Talent beeindruckt Sie, was?« murmelte er.

»Wenn man es als intellektuelle Herausforderung begreift, in ein angeblich sicheres System einzudringen, ist das durchaus eine aufregende Sache.« Adam hatte sofort gemerkt, worauf Harmon abzielte. »Aber ich habe damit niemandem geschadet. Niemals. Echte Hacker tun so was nicht.«

Harmon lachte. »Erste Benimmregel im Internet, oder was? Versuchen Sie mir die Etikette der Hacker zu verkaufen?«

Adam hielt seinem Blick stand. »Überprüfen Sie's«, sagte er ernst. »Ich war nicht mal im Gebäude, als ich Kate diese Nachricht geschickt haben soll.«

»E-mail kann man von überall schicken. Das habe ich von Ihnen gelernt.«

»Sie haben meine Wohnung durchsucht. Haben Sie ein Modem gefunden? Nein. Wie hätte ich ohne Verbindung zum Internet die Post auf den Weg bringen sollen? Als die E-mail an Kate verschickt wurde, war ich auf dem Weg ins Krankenhaus.«

»Richtig, das hätte ich beinahe vergessen. Die E-mail, die besagte, daß Mrs. Pearson im Krankenhaus liegt. Die hat Ihnen vermutlich das ... wie haben Sie ihn genannt? ... das Phantom geschickt?« Shepherds unbeirrter Blick war Antwort genug. »Und Sie sind sofort ins Krankenhaus gefahren? Obwohl Sie doch wußten, daß Kates Dateien gelöscht waren?«

Adam warf ihm einen verächtlichen Blick zu. »Ich bin nicht blöd«, konterte er. »Natürlich habe ich zuerst im Krankenhaus angerufen.«

»Läßt es sich irgendwie feststellen, daß die E-mail tatsächlich von Ihrem Büroterminal an Kates Mailbox geschickt wurde, nachdem Sie das Gebäude von Technicom bereits verlassen hatten?« fragte Harmon.

Adam erlaubte sich, den Augenblick des Triumphs zu genießen. Harmon schien jetzt immerhin die Möglichkeit in Betracht zu ziehen, daß er die Wahrheit sagte.

»Ich habe mich aus der Anwesenheitsliste ordnungsgemäß ausgetragen«, sagte er und versuchte, nicht zu eifrig bemüht zu klingen. »Die Listen geben Aufschluß darüber, wann wer die Firma betritt oder verläßt. Jeder Eintrag wird vom Sicherheitsdienst gegengezeichnet. Im übrigen wird die Eingangszeit jeder E-mail ebenfalls exakt registriert.«

Kate saß auf einer Parkbank in Piccadilly Gardens. Das kleine Oval mit Kirschbäumen und Blumenbeeten war voller Menschen, die sich von den anstrengenden Festtagseinkäufen erholten. Um sie herum brandete der Verkehr. In der Menge fühlte sie sich sicher. Niemand belästigte sie. Niemand beachtete sie. Alle waren viel zu sehr mit sich selbst beschäftigt.

Sie las Adams E-mails in der Hoffnung, auf brauchbare Informationen zu stoßen. Adam hatte seltsame Freunde im Internet: Anthrax, D-liver, Worf, Trimorph, Lonny und Zed hatten alle geantwortet. Ihre Mitteilungen waren kurz, aber freundlich. Jede deutete in dieselbe Richtung.

Sie hatte sich im Kreis gedreht. Hatte man ihr nicht oft genug gesagt, daß sie immer wieder bei Männern zu landen schien, die nichts taugten? Ihre ehemaligen Liebhaber hatten auf die eine oder andere Weise stets Gewaltbereitschaft bewiesen. Der Versuch, den Absender der E-mails durch eine Charakteranalyse dieser Herrn ausfindig zu machen, hatte ihren Blick nur noch weiter vernebelt. Sie hätte sich mehr auf deren Talente konzentrieren sollen. Schließlich hatte er ihr seine Fähigkeiten sogar vorgeführt ... und sie war nicht darauf angesprungen. Er hatte Zugang zum Internet. Und er hatte – fiel ihr plötzlich ein – sogar eine Vorliebe für die italienische Küche. Die Spielsachen, die er an das italienische Restaurant geschickt hatte, waren ein überdeutlicher Hinweis gewesen.

Die ganze Zeit über hatte er ein abgefeimtes Spiel gespielt. In einem Augenblick der Schwäche spielte Kate mit dem Gedanken, mit ihren Informationen zu Inspektor Harmon zu gehen. Doch dieses Gefühl löste sich ebenso schnell auf wie ihr kondensierter Atem in der Winterluft.

Einem sanften ›Wum‹ aus der Richtung des Einkaufszentrums folgte ein kollektiver Aufschrei des Entsetzens. Anschließend herrschte sekundenlang eine unnatürliche Stille. Es war, als habe selbst der Verkehr angehalten, um zu horchen. Endlich heulten die Sirenen von Feuerwehr und Polizei auf.

Die Menschen im Park sahen einander erschrocken an. Das Geräusch hatte zu harmlos und schwach für eine Bombe geklungen, war nicht lauter gewesen als eine pralle Mehltüte, die auf dem Fußboden zerplatzte. Dann stieg über der Deansgate eine dunkle Rauchsäule auf. Jetzt erst kam Bewegung in die Menge der Weihnachtseinkäufer. Die Vorstellung, daß mitten in der City eine Bombe hochgegangen sein könnte, mobilisierte alle.

Kate stand auf und löste sich aus der Menge. Bomben kümmerten sie nicht. Sie hatte Wichtigeres zu tun. Es war nur eine Frage der Zeit, bis Harmon zu demselben Schluß gelangte.

In Harmons Büro herrschte rege Betriebsamkeit. Die beiden zusätzlich installierten Telefone klingelten unaufhörlich. Inspektor Craine diskutierte mit Harmon und versuchte seinen Standpunkt zu verteidigen. Den Wunsch, Shepherd zum zweiten Mal in die Mangel zu nehmen, hatte er vorerst zurückgestellt. Vielmehr erboste es ihn, daß Harmon dem perversen Kerl überhaupt glaubte.

»Er lügt wie gedruckt«, behauptete Craine.

»Da bin ich nicht sicher.« Harmon griff zum Telefon und bedeutete Wainwright, das nächste Gespräch am zweiten Apparat entgegenzunehmen. Er sagte kurz etwas und legte wieder auf. »Das können wir abhaken«, verkündete er. »Shepherd hatte das Technicom-Gebäude eine halbe Stunde vor Eintreffen der Mitteilung ›Keine Spielchen mehr‹ verlassen. Stretton hat das überprüft.«

»Trotzdem . . .«

»Sir.« Wainwright schaltete sich ein. Er deutete auf die Sprechmuschel. »Jill Jackson. Kate Pearson hat Besuch. Mrs. Marchant. Sie möchte wissen, ob Kates Freundin in der Wohnung bleiben kann.«

Harmon nickte. »Falls Kate Pearson dort auftaucht, sieht sie wenigstens ein vertrautes Gesicht. Ist weniger abschreckend.« Ein Polizeibeamter kam herein und legte ihm ein Papier zur Unterschrift vor. Harmon bedeutete Wainwright, nicht aufzulegen. »Fragen Sie die Jackson, ob Mrs. Marchant eine Ahnung hat, wo Kate sein könnte.« Damit wandte er sich wieder Craine zu. »Wenn es Sie beruhigt, Inspektor, sollten Sie vielleicht Stretton fragen, ob es möglich ist, E-mails zeitlich verzögert abzuschicken. In diesem Fall könnte Shepherd die Nachricht mit dem Befehl ins Internet eingegeben haben, sie erst zu einem bestimmten Zeitpunkt auszuliefern.«

Wainwright fühlte sich durch den Trubel gestört. Er hatte Mühe, sich zu konzentrieren. Craines endloses Gezeter wegen Shepherd machte ihn nervös und aggressiv. Das Schlafdefizit hatte seine Haut dünn werden lassen. Der Sergeant gab Harmons Instruktionen an Jill Jackson weiter und legte den Hörer auf. Er brauchte frische Luft, wenn er angesichts von Craines Quengelei nicht explodieren wollte.

»Sergeant . . .«

»Bin sofort wieder da, Sir.« Wainwright verließ unbeirrt das Büro, ging zum Lift und fuhr in die Eingangshalle hinunter. Unten angekommen, sah er sich einer wogenden Menge von Reportern gegenüber, die bei seinem Anblick sofort schreiend versuchten, die Absperrung zu durchbrechen. Wainwright trat augenblicklich den Rückzug an. In der Kantine herrschte Ruhe. Er trank zwei Becher Kaffee, obwohl es ihn nach Stärkerem verlangte, um den Mut aufzubringen, Jan anzurufen und in Harmons Büro zurückzukehren.

Harmon hatte inzwischen einen weiteren Anruf entgegengenommen. Er kam von Bernie Comiskey, und sie war wütend. Bernie Comiskey hatte Kates Kleidungsstücke zurückgebracht und war dabei auf Mary Marchant gestoßen. Mary hatte sie über den neuesten Stand der Dinge aufgeklärt. Daraufhin war sie sofort ins Präsidium gefahren, dort jedoch nicht an den Reportern vorbeigekommen, die den Eingang belagerten.

»Das nennen Sie Personenschutz?« schrie sie jetzt in den Hörer, um den Krach an der Bar im gegenüberliegenden Trafford Hall Hotel zu übertönen, an der sich ebenfalls etliche Reporter eingefunden hatten.

»Miß Comiskey, wir haben zwei Verdächtige vorläufig in Haft genommen. Wir glauben nicht, daß Mrs. Pearson in Gefahr ist.«

»Dann haben Sie also mit Mrs. Marchant gesprochen?«

Harmon richtete sich zu seiner vollen Größe auf. »Nein. Wieso?«

Bernie horchte auf. Das hatte erstaunt geklungen. »Mary ist überzeugt, daß Kate weiß, wer ihr die E-mail geschickt hat. Und jetzt ist sie hinter ihm her.«

»Weiß Mrs. Marchant, wo Kate sein könnte?«

»Nein. Sonst würde sie wohl kaum gemütlich auf ihrem Hintern sitzen und abwarten, was passiert.«

»Richtig.« Harmon schloß die Augen und massierte sich die Nasenwurzel. »Da muß ich Ihnen recht geben.«

»Sir.« Wainwrights Miene war beredt. Harmon bat Bernie Comiskey, sich einen Moment zu gedulden. Er legte die Hand über die Sprechmuschel und sah den Sergeant fragend an.

»Constable Jackson ist am Apparat«, begann Wainwright.

»Gerade wurde ein Päckchen in Mrs. Pearsons Wohnung abgegeben.«

»Abgegeben? Wie? Durch wen?«

»Von einem Motorradkurier. Jackson hat ihn sofort festgenommen.«

Harmon atmete hörbar auf.

»Sir . . . Entschuldigung!« Constable Barratt stand in der Tür. Eine Kollegin hatte sie in Shepherds Wohnung abgelöst. »Die Presse will ein Interview.«

»Sorgen Sie dafür, das Constable Jackson bis zu uns durchkommt, ohne peinliche Fragen beantworten zu müssen«, wies Harmon Wainwright an. »Und machen Sie einen Verhörraum für den Kurier frei, sobald er da ist. Wo ist Mrs. Marchant?«

»Sie ist in der Wohnung geblieben, Sir. Für den Fall, daß Mrs. Pearson auftauchen sollte.«

Kate klopfte ungeduldig an die Trennscheibe des Taxis. »Was ist los? Wieso kommen wir nicht weiter?« fragte sie. Der Chauffeur schob die Scheibe zurück. Zigarettenqualm drang in den Fond des Wagens. Kate atmete ihn tief und dankbar ein. Sie hatte vergessen, Zigaretten zu kaufen.

»Die City ist dicht«, antwortete der Taxifahrer. »Bombenalarm heißt es.«

»Können Sie die Innenstadt nicht umfahren?« wollte Kate wissen.

»Wird aber teuer.«

»Egal. Bringen Sie mich auf dem schnellsten Weg zu der Adresse.«

Der Fahrer wendete in einer weiten Kurve über zwei Gegenfahrbahnen, ignorierte das lautstarke Gehupe und die quietschenden Bremsen der anderen Verkehrsteilnehmer und fuhr weiter. Er lächelte vergnügt.

Harmon sah zu, wie der Spezialist von der Spurensicherung das Päckchen über einer Plastikfolie öffnete. Er benutzte dazu Skalpell und Pinzette. Dann griff er in die Schachtel und nahm einen zusammengefalteten Zettel heraus. Er klappte ihn mit Hilfe der Pinzette auseinander und hielt ihn Harmon hin, damit dieser ihn lesen konnte.

»Mein Gott!« rutschte es Wainwright heraus, der über Harmons Schulter sah.

»Schätze, wir sollten Mr. und Mrs. Marchant zu uns bitten«, sagte Harmon.

27

Das Gespräch mit dem Kurier war unergiebig. Der Mann rauchte nervös eine Zigarette nach der anderen und schwitzte in seiner Motorradkombi.

Harmon musterte ihn mit durchdringendem Blick. »Ich hab nur die Päckchen in der Zentrale abgeholt und ausgeliefert. Das ist alles. Kein Mensch hat mir gesagt, von wem die Dinger sind.«

»Rufen Sie beim Hermes Botenservice an, Constable Barratt. Fragen Sie, ob jemand Mr. Ahmeds Geschichte bestätigen kann.« Er fixierte den Kurier mit unheilvollem Blick. »Sie haben das hier also im Büro der Firma abgeholt?«

Ahmed nickte und wischte sich einen Schweißtropfen von der Nase. »War eine ganz normale Lieferung. Sollte Punkt zwölf bei der Adresse sein. Daran habe ich mich gehalten.«

Craine kam herein. Er sah aus, als habe er eine Zitrone gelutscht. Er deutete mit dem Kopf zur Tür.

Harmon trat in den Korridor. »Was Wichtiges, Inspektor?« fragte er.

»Möglich. Stretton sagt, die E-mail-Sendung könnte verzögert worden sein, wenn Shepherd sie durch einen Remailer geschickt hat, um seine Identität geheimzuhalten.«

»Hat er aber nicht.«

»Nein.« Craines Mund wurde schmal. »Die Nachricht ging direkt von seinem an Mrs. Pearsons Terminal.«

»Also keine Zeitverzögerung. Damit ist er entlastet, Inspektor.«

Craine zuckte mit den Schultern. »Für mich hat der trotzdem 'ne Macke.«

Harmon zog die Augenbrauen hoch. »Das«, begann er, »ist in diesem Land noch kein Verbrechen.« Er griff nach der Türklinke zum Vernehmungszimmer und fügte dann boshaft hinzu: »Teilen Sie Shepherd die Neuigkeit mit, und bitten Sie ihn, noch ein bißchen hierzubleiben. Wir brauchen ihn vielleicht ... und sein Talent im Umgang mit Computern.«

Mary zitterte am ganzen Körper. Constable Jackson reichte ihr ein Glas Wasser. »Es wird alles gut werden, Mrs. Marchant«, tröstete sie Mary.

»Wird es natürlich nicht!« fuhr Mary sie an. »Seien Sie doch nicht so naiv! Es ist bei Melanie schließlich auch nicht gutgegangen, oder?«

Harmon zog einen Stuhl heran und setzte sich Mrs. Marchant gegenüber. »Ich weiß, es ist schwer für Sie«, begann er. »Aber bitte versuchen Sie, sich zu erinnern. Hat Mrs. Pearson irgend etwas gesagt, das uns weiterhelfen könnte?«

»Wo ist Tony?«

»Wir versuchen ihn zu finden. Zu Hause war er nicht.«

»Er wollte Jenny abholen. Oh, mein Gott! Er wird außer sich sein vor ...«

»Mrs. Marchant, wir bringen ihn so schnell wie möglich her. Also, falls es irgend etwas gibt ... Es würde uns helfen, den Mann zu finden, der Ihre Tochter mitgenommen hat.«

»Sie ahnte, daß er's tun würde.«

»Wie bitte?«

Mary fuhr fort, ohne auf die Frage zu reagieren: »Sie hat darum gebeten, daß wir sie in Ruhe lassen, bis es vorbei ist. Sie hat gesagt, es sei gefährlich. Ich wollte nicht auf sie hören.«

»Hat Mrs. Pearson einen Verdacht geäußert? Ich meine, in bezug auf die Person, die ihr die E-mails schickt?«

Mary runzelte die Stirn. Sie hörte die Stimme des Chefinspektors, ohne die Bedeutung seiner Worte zu begreifen. In ihrem Kopf drehte sich alles. »Es ist noch nicht vorbei«, murmelte sie geistesabwesend.

»Mrs. Marchant!« brachte Harmon sich in Erinnerung.

»Das hat Kate gesagt. ›Es ist noch nicht vorbei.‹«

Das Taxi kam in dem dichten Weihnachtsverkehr nur langsam vorwärts.

»Der halbe Nordwesten macht seine verdammten Weihnachtseinkäufe in Manchester und blockiert alles«, schimpfte der Fahrer. »Wenn das so weitergeht, muß ich über Stretford fahren und von dort auf die M63.«

»Tun Sie, was nötig ist«, sagte Kate. »Egal was es kostet. Und zünden Sie uns doch mal eine Zigarette an, ja?«

Harmon schickte Constable Jackson mit Mrs. Marchant auf eine Tasse Tee in die Kantine. Der Chefinspektor lehnte an seinem Schreibtisch, das Kinn auf der Brust, und sah den beiden eine Weile nach. Mary Marchant war am Boden zerstört.

»Sagen Sie Jackson Bescheid, ja? Sie soll rausfinden, ob Marchant vielleicht irgendwo ein Versteck hat . . . vielleicht irgendwo abseits vom Geschehen . . .«

»Glauben Sie, daß er dahintersteckt?«

Harmon seufzte. »Ich weiß überhaupt nicht mehr, was ich

glauben soll, Bill. Ich hoffe um seiner Frau willen, daß er's nicht ist. Geben Sie eine Suchmeldung durch. Vielleicht ist es ja so, wie sie gesagt hat . . . und er sucht seine Tochter.« Harmon stöhnte. Manchmal war es ein lausiger, beschissener Job.

»Wo sollen wir anfangen? Im Arndale Centre?«

»Liegt doch auf der Hand. Dort sollte die Schulfeier stattfinden.«

Als Wainwright wenige Minuten später zurückkam, stand Harmon am Fenster und horchte auf das ferne Rauschen des Verkehrs. Er drehte sich langsam um. Er fühlte sich, als säßen ihm die ganze Müdigkeit und das ganze Elend des vergangenen Berufsjahres in den Knochen.

»Was gibt's?« fragte er und wußte im selben Augenblick, daß es wieder eine Hiobsbotschaft war.

»Das Arndale Centre ist geschlossen. Wegen Bombenalarm. Im Foyer des Royal Exchange Theatre ist ein Sprengsatz hochgegangen. Jetzt suchen sie im ganzen Komplex nach weiteren verdächtigen Päckchen.«

»In der Weihnachtszeit? Das kann dauern.« Harmon preßte den Handballen gegen sein rechtes Auge. Seit einer Stunde quälte ihn ein stechender Schmerz. »Und die Schulfeier?«

»Wurde abgebrochen. Die Lehrerin versucht im Moment ihre versprengten Schäfchen wieder zusammenzutreiben. Vier Schülerinnen werden noch vermißt.« Wainwright nickte als Antwort auf Harmons unausgesprochene Frage. »Ja, Jenny Marchant ist eine davon.«

»Gütiger Himmel! Und der Vater?«

Wainwright schüttelte den Kopf. »Keine Spur von ihm.«

In diesem Moment klingelte das Telefon auf Harmons Schreibtisch. Es dauerte einige Sekunden, bis die beiden Polizeibeamten aus ihrer Starre aufschreckten und beide gleichzeitig nach dem Hörer griffen.

Harmon war der Schnellere. Er hörte zu und sagte nur ein

Wort: »Okay.« Dann legte er auf. »Keine Fingerabdrücke auf dem Zettel«, sagte er zu Wainwright. »Was Neues vom Kurier?«

»Ich habe Diana Rowson auf ihn angesetzt. Ich frage mal nach.«

»Und schicken Sie jemanden zu Mrs. Pearsons Wohnung. Jemanden in Zivil. Falls noch mehr Lieferungen kommen, wollen wir niemanden durch eine Uniform verscheuchen.«

Kate erfaßte eine gewisse Erregung, als sie von der Autobahn in die Außenbezirke von Eccles abbogen. Die Stadt wird von mehreren Autobahnen verschandelt. Die M63 verläuft am Westrand in nordsüdlicher Richtung, und die M602 zerschneidet sie praktisch von Ost nach West. Sie fuhren jetzt auf das inselartige Dreieck zu, dessen eine Seite der Manchester Ship Canal am Rand der Altstadt von Eccles bildete. Es war hier, in einem der alten Kontorhäuser aus viktorianischer Zeit, wo sie ihn zu finden hoffte.

»Ich habe mich bei Sergeant Rowson erkundigt, Sir. Das Päckchen ist um 10.30 Uhr von einem kleinen Mann mit dunklem Haar und dunkler Brille in der Zentrale abgegeben worden.«

Harmon runzelte die Stirn. Die Beschreibung paßte auf keinen ihrer Verdächtigen. Vielleicht hatte er ja einen Strohmann benutzt.

»Die Instruktionen waren maschinengeschrieben. Das Päckchen sollte pünktlich um 12.00 Uhr mittags geliefert werden.«

Harmon nickte nachdenklich. »Es wird Zeit, daß wir uns wieder mit Mr. Shepherd unterhalten.«

»Ich bereite ein Vernehmungszimmer vor«, sagte Wainwright.

»Nicht nötig. Inspektor Craine sitzt mit ihm in der Kantine. Shepherd soll in mein Büro kommen.« Wainwrights Überraschung war offensichtlich. »Ist Stretton irgendwo?«

»Er hat gleich Dienstschluß.«

Harmon zog die Augenbrauen hoch. »Dann muß er seinen Feierabend verschieben. Holen Sie ihn. Sagen Sie ihm, er könne was von Shepherd lernen.« Er warf einen Blick auf den Computer auf seinem Schreibtisch.

»Wir haben Marchant gefunden, Sir!« Constable Barratt streckte den Kopf zur Tür herein.

»Wo?«

»Im Arndale Centre. Er war halb verrückt vor Angst. Offenbar sucht er seit Stunden nach seiner kleinen Tochter.«

»Wo ist er jetzt?«

»Auf dem Weg hierher. Wo wollen Sie mit ihm reden?«

»Im Vernehmungszimmer. Holen Sie Mrs. Marchant dazu, sobald er hier ist.«

»In Ordnung. Sir . . .?«

Harmon runzelte die Stirn. »Ach so, ja. Die Presse. Keine Interviews. Zuerst muß ich wissen, was eigentlich los ist.«

»Das war's nicht, Sir. Diese Comiskey ist wieder am Telefon. Sie will unbedingt zu ihnen. Sie droht, mit der Presse zu reden, wenn Sie nicht mit ihr sprechen.«

»Die Comiskey?« Harmon hatte sie völlig vergessen. Wie lange mochte sie wohl wartend am Telefon ausgeharrt haben, bis ihr endgültig der Kragen geplatzt war?

»Dann sollte ich wohl lieber ein paar Worte mit ihr wechseln. Bitten Sie Miß Comiskey, zur Sicherheitskontrolle am Parkplatz zu kommen. Dort holen Sie sie ab. Geben Sie mir . . .«, er warf einen Blick auf die Uhr, ». . . fünf Minuten.«

»Was ist mit Shepherd, Sir?« wollte Wainwright wissen.

Harmon rieb sich die Stirn. »Fragen Sie ihn, ob er etwas essen möchte. Was ist mit Ihnen, Sergeant?«

Wainwright stellte erstaunt fest, daß er tatsächlich Hunger hatte. Seit Tagen ernährte er sich ausschließlich von Kaffee und Alkohol. »Keine schlechte Idee. Und Sie, Sir?«

Harmon überlegte. »Bringen Sie mir ein paar Sandwiches ... aber nur, wenn sie frisch sind.« Er setzte sich an seinen Schreibtisch. Bernie Comiskey war ihm nicht nur in ihrer Eigenschaft als Kate Pearsons Freundin bekannt. Bernie fungierte schon seit Jahren als Beraterin der Polizei, wenn es um Fälle mit Gewalt in der Ehe ging. Sie hatte mehrere Fortbildungsseminare über dieses Thema abgehalten, und Harmon hatte sie stets als eine streitbare, aber kompetente Frau erlebt, die nicht auf den Mund gefallen war. Er wußte also, was ihm bevorstand.

»Nehmen Sie Platz, Miß Comiskey. Tut mir leid, daß wir unterbrochen wurden. Im Augenblick geht's hier drunter und drüber.« Er musterte sie aufmerksam. Ihre neue Frisur machte sie auch äußerlich zu dem Bullterrier, für den er sie immer gehalten hatte.

»Was ist eigentlich los?« fragte sie.

Die beiden tasteten sich mit Blicken ab. Bernie repräsentierte eine soziale Gruppe, die von der Polizei traditionsgemäß stiefmütterlich behandelt wurde. Das war ein Fehler, denn eigentlich wollten sie dasselbe. Aber Harmon hatte an einem Tag wie diesem weder die Kraft noch die Lust, das Problem mit ihr zu lösen. Die Comiskey hielt seinem Blick unerschrocken stand.

»Wir tun, was wir können, um Mrs. Pearson zu finden.«

»Sicher.« Ihr Ton war ebenso zweideutig wie das Wort. »Aber was ist denn eigentlich los?«

Harmon wartete auf ihren nächsten Zug.

»In Ihrem Bereitschaftsraum ist der Teufel los, Mr. Harmon. Die Atmosphäre ist so aufgeladen, daß man Angst haben muß, daß sie jeden Moment explodieren könnte.«

»Wir wollen Mrs. Pearson so schnell wie möglich finden.« Eine nebulöse Antwort auf eine nebulöse Frage.

»Warum?«

Harmon runzelte die Stirn.

»Wenn Sie den Richtigen schon haben, warum dann die Eile?« Bernie versuchte Harmons Miene zu deuten. »Oder sollten Sie vielleicht den Falschen gefaßt haben?« Ihr Blick irrte kurz ab. »Sie ist hinter ihm her, stimmt's?«

»Wie kommen Sie darauf?«

»Weil es Kate ähnlich sieht. Für den Fall, daß Sie den Falschen haben und sie den Richtigen kennt. Mary hat mir gesagt, daß Kate gestern nacht ihrem Exmann eine anständige Portion Prügel verpaßt hat. Könnte mir vorstellen, daß sie sich jetzt für den weiblichen James Bond hält.«

Harmon sah sie fragend an.

»Na, eben unbesiegbar«, klärte Bernie ihn auf.

Harmon fuhr sich mit der Hand über die Stirn. Bernie wurde klar, daß sie ins Schwarze getroffen hatte. Sie fröstelte unwillkürlich. »Sie bringt sich in Lebensgefahr«, murmelte sie.

»Wir finden Sie«, wiederholte Harmon und wünschte, er könne selbst daran glauben.

»Da wäre ich nicht so sicher.«

Keiner von beiden sagte ein Wort, bis Harmon das Schweigen brach: »Miß Comiskey, ich habe leider zu arbeiten.«

Bernie rührte sich nicht vom Fleck. Sie hatte sich ausgemalt, was Kate zustoßen könnte, falls sie den Mann fand, den sie suchte. Jetzt dachte sie an ihr Gespräch im Frauenhaus. Aber es fiel ihr nichts ein, das der Polizei weitergeholfen hätte. »In Ordnung«, sagte sie schließlich. »Aber ich bleibe in der Nähe. Unternehmen Sie etwas, um das Desaster aus der Welt zu schaffen, das Sie angerichtet haben. Anderenfalls kann ich sehr unangenehm werden.«

Harmon zweifelte nicht daran.

Entrückt und hell überragte das Haus im trüben Licht die Gartenkulisse aus sorgfältig geschnittenen Hecken und Büschen. Der reich verzierte Dachvorsprung, die Fensterrahmen und die Tür waren allesamt weiß gestrichen, die Kellerfenster vergittert und die Läden geschlossen. Auch diese waren lakkiert . . . in grellem Weiß.

Harmon hatte dafür gesorgt, daß er Marchants Reaktion beobachten konnte, sobald er seine Frau sah, und Wainwright sollte Mrs. Marchant nicht aus den Augen lassen. Sie fiel ihrem Mann buchstäblich in die Arme. »Ich hätte bei ihr bleiben sollen. Ich hätte sie nicht aus den Augen lassen dürfen«, sagte er heiser.

»Mr. Marchant«, begann Harmon. »Wo wollten Sie Ihre Tochter abholen?«

»Vor dem Royal Exchange. Aber man hat mich nicht bis dorthin durchgelassen. Sie können sie nicht finden, Mary.«

»Er hat sie, Tony.«

Marchant hielt seine Frau auf Armeslänge von sich. »Wie soll ich das verstehen, Mary?« Doch seine Frau brachte kein Wort heraus. Harmon mischte sich ein:

»Es gibt eine Nachricht, Mr. Marchant.«

Marchant sah über seine Frau hinweg. Er wirkte durcheinander. »Eine Nachricht? Von wem?«

»Kate hat mir gesagt, ich solle mich raushalten. O Gott, Tony, es ist alles mein Fehler.«

Marchant ließ seine Frau los. Im ersten Moment glaubte Harmon, er würde ohnmächtig werden. Er sah Harmon an und schluckte schwer. Dann knöpfte er seine Jacke auf, machte einen Schritt auf die Tür zu, steckte die Hände in die Taschen und drehte sich um. »Sie müssen sie finden«, sagte er.

»Wir tun, was wir können, Sir.«

Marchant starrte zu Boden. »Ich muß sie suchen«, sagte er

unvermittelt. Damit versuchte er, sich an dem diensthabenden Constable vorbeizudrängen. Der jedoch hielt ihn zurück. »Sie hat sich womöglich verlaufen«, sagte er und drehte sich mit wildem Blick nach Harmon um. »Sie wurde von den anderen getrennt. Vielleicht hat Mrs. Callaghan sie mittlerweile gefunden.«

»Ich glaube, Ihre Tochter ist entführt worden, Mr. Marchant«, erklärte Harmon ruhig.

»Nein.« Tony Marchant schüttelte den Kopf. »Nein.« Er wollte es nicht wahrhaben. »Sie hat sich in der Menge verlaufen. Vielleicht versucht sie, zu Hause anzurufen. Großer Gott, Mary! Wir müssen nach Hause. Vielleicht ist sie heimgefahren! Und wir sind nicht da!«

Mary nahm seine Hand. »Du hast recht, Tony. Wir fahren nach Hause.« Sie sah Inspektor Harmon an.

»Ist vermutlich das beste. Wir sagen Bescheid, sobald wir was hören.«

»Wenn das alles Theater war, verdient der Kerl einen Oscar«, bemerkte Wainwright, nachdem die beiden gegangen waren.

»Armer Kerl«, stimmte Harmon ihm zu. »Den können wir von unserer Liste streichen, er ist jetzt unsere beste Chance, den Wahnsinnigen zu schnappen, der das alles inszeniert hat.«

28

Harmon stand auf, als Shepherd sein Büro betrat. »Mr. Shepherd«, begann er und streckte die Hand aus.

Adam starrte auf die ausgestreckte Hand und vergrub seine Hände nur noch tiefer in den Taschen.

»Ich weiß, wir haben Ihnen das Leben schwergemacht«, sagte Harmon. »Sie haben jedes Recht . . .«

»Bitte keine Entschuldigungen. Ich vertrage das nicht auf vollen Magen.« Adam hatte die vergangene halbe Stunde nur gegessen. Teils, weil er tatsächlich hungrig gewesen war, teils aus Erleichterung darüber, der stinkenden Zelle entgangen zu sein. Der Geruch des Desinfektionsmittels hing noch immer in seiner Kleidung. Er hätte gern geduscht, um sich den Gestank der Haft von der Haut zu waschen. Er sah von Harmon zu Wainwright und dann zu Stretton. Sie schienen auf etwas zu warten. Etwas von *ihm* zu erwarten. »Also?« fragte er.

Harmon deutete auf einen Stuhl. Adam blieb stehen. »Sie ist verschwunden«, sagte Harmon.

Adam schwankte.

»Wir haben jemanden in ihrer eigenen und in Ihrer Wohnung postiert, aber sie ist nicht aufgetaucht.«

»Was ist mit dem Haus Ihrer Freundin?« fragte er. »Mary Marchant?« Er spürte sofort die angespannte Atmosphäre, und obwohl keiner der Beamten Harmon ansah, schien sich alles auf ihn zu konzentrieren.

»Auch da nicht«, antwortete Harmon. Er wollte Shepherd nicht zu viel erzählen.

Adam deutete auf den Computer auf Harmons Schreibtisch. »Ist der mit dem Hauptcomputer verbunden?«

Harmon entspannte sich. Shepherd hatte ihm den schwierigsten Teil abgenommen. »Er steht zu Ihrer Verfügung.«

Adam zögerte, war plötzlich nervös. Seine Hand fuhr an die Schläfe. »Ich werde ein paar reichlich zweifelhafte Dinge tun müssen.«

»Sie haben mein Wort, daß nichts davon je außerhalb dieser vier Wände bekannt wird.«

»Ich brauche ein Login und ein Paßwort«, erklärte Adam und setzte sich an das Terminal. Harmon nannte sie ihm ohne Zögern. Adam tippte Kommandos ein, und innerhalb weniger

Minuten hatte er Zugang zu den Dateien der Firma Technicom. Er rief seine Mailbox auf und runzelte die Stirn.

»Probleme?« fragte Harmon.

»Ich hatte Antworten erwartet. Und was ist mit der Nachricht passiert, die ich von Kate bekommen habe? Die, die besagt, daß sie im Krankenhaus liegt?«

»Ich habe sie nicht gelöscht«, meldete sich Stretton.

Adam tippte eine Nachricht für den Systembetreuer, der sofort antwortete. Über Nacht hat niemand an den Dateien gerührt. »Also«, seufzte Adam, »muß sie jemand anderes gelöscht haben.« Er tippte ein weiteres Kommando ein und rief Kates neu installierte Mailbox auf. Auch diese war leer.

»Constable Baines ist heute morgen gegen neun beim Sicherheitsdienst von Technicom gewesen. Er hat Mrs. Pearsen nur um Minuten verpaßt. Könnte doch sein, daß sie die Post aus Ihrer und ihrer eigenen Datei gelesen und anschließend gelöscht hat«, vermutete Stretton.

Adam schloß den Befehl ab und tippte ein neues Kommando ein. »Ich logge mich in das UNIX-System der Universität von Manchester ein«, erklärte er.

Die Telefone klingelten unaufhörlich, aber das schien ihn nicht zu kümmern. Harmon schickte Wainwright, um zu veranlassen, daß jemand die Telefonate entgegennahm. Als er wiederkam, flackerte der Cursor neben dem UNIX-Promptbefehl.

Adam tippte ›WER‹ und drückte die Enter-Taste. »Dadurch erfahre ich, wer im Augenblick den Hauptcomputer der Universität benutzt«, bemerkte er. Eine Liste von Nutzer-IDs rollte über den Monitor. »Nichts. Da ist niemand online, mit dem ich reden könnte.« Er sah flüchtig zu Harmon auf. »Die Burschen, die ich kontaktieren muß, sind normalerweise in der Nacht am Werk.«

»Können Sie sie anrufen?«

»Wie? Übers Telefon?« fragte Adam mit vernichtendem Sarkasmus. »Diese Leute sind weder Angestellte noch Studenten. Sie sind nicht mal berechtigt, das Betriebssystem zu benutzen.« Er zuckte die Schultern. »Aber wenn sie es während der Flautenzeiten tun, also dann, wenn die anderen es nicht brauchen, schaden sie niemandem ... meinen sie jedenfalls. Ich kenne weder ihre richtigen Namen noch ihre Adressen. Sie sind echte Netbuddies. Tut mir leid, ich kann meinen Freunden nur eine Nachricht hinterlassen und hoffen, daß sie diese früher oder später lesen.«

»In der Zwischenzeit«, sagte Harmon zu Wainwright, »möchte ich, daß Sie alle übrigen Verdächtigen noch mal überprüfen. Gehen Sie diskret vor. Uns interessiert nur, ob sie Kate Pearson gesehen haben.«

Wainwright verschwand. Harmon fing Adam Shepherds interessierten Blick auf. »Haben vermutlich alle Zugang zum Internet, oder?«

Harmon nickte. »Und wenn?«

Adam warf Harmon einen nachdenklichen Blick zu. »Wenn ich wüßte, wer die anderen Verdächtigen sind ... bekäme ich vielleicht mehr Informationen als Ihr Kollege.«

Stretton rutschte unruhig hin und her.

»Ja, das mag stimmen ... in diesem Fall«, erwiderte Harmon.

Kate stieg die Steinstufen zur Haustür hinauf. Die Messingklingel war offenbar repariert und auf Hochglanz poliert. Sie klingelte ... und wartete.

Harmon hatte sich eine Tasse Tee eingeschenkt, als Constable Barratt hereinkam.

»Mr. und Mrs. Marchant sind unten«, meldete sie. »Sie haben Jenny dabei.«

Adam hob kaum den Kopf, als Harmon zur Tür ging. Er wirkte entrückt, während er die Wellen des Internet ritt.

Plötzlich ertönte eine Kinderstimme an seiner Seite.

»Halli hallo!«

Er starrte einen Moment lang verständnislos in die Richtung, aus der die Stimme kam. Dann hatte ihn die Wirklichkeit wieder. »Hallo. Du bist Jenny, stimmt's?« Adam hatte Jenny einige Male getroffen, wenn er mit Melanie beim Bowling oder Rollschuhfahren gewesen war.

»Ja«, antwortete sie. »Was machst du da?«

»Surfen, Jenny.« Sie lächelten sich an, und er rutschte zur Seite, damit sie besser sehen konnte.

»Jenny hat erzählt, daß die Gruppe nach der Explosion der Bombe getrennt wurde«, berichtete Mary Marchant Harmon. »Es muß direkt hinter ihnen passiert sein.« Ihre Lippen zuckten. Tony legte den Arm um sie. »Alle sind sofort auseinandergelaufen. Dann war plötzlich das ganze Theater voller Polizei, und ihre Gruppe wurde zur anderen Seite des Einkaufszentrums gedrängt. Jenny hat die anderen in der Menge verloren und ist in Panik geraten.« Mary senkte die Stimme. »Sie glaubt, den Mann gesehen zu haben, der Melanie entführt hat. Ein Mann mit Parka und Kapuze, sagte sie. Er hat Mrs. Callaghan Geld gegeben.«

»Kann sie ihn beschreiben?«

Mary schüttelte den Kopf. »Ein großer Mann in einem Parka mit Kapuze. An mehr erinnert sie sich nicht.«

»Wieso hat sie so lange bis nach Hause gebraucht?«

»Die ganze City war dicht. Mehrere Stunden lang. Sie hat versucht, uns anzurufen, aber ich bin natürlich bei Kate gewesen, und Tony hat sie gesucht. Sie wußte nicht, was sie tun sollte. Also ist sie zu Fuß nach Hause gegangen . . . und hat sich mehrfach verlaufen. Sie war in einem furchtbaren Zustand, als sie schließlich ankam.«

»Dieser Mann, den sie gesehen hat ... Hat er versucht, sie mitzunehmen?«

»Nein. Er hat nur Geld in die Sammelbüchse gesteckt und sie angelächelt.«

»Was sollte dann der Zettel?«

Mary zuckte hilflos mit den Schultern.

Harmon griff nach dem Haustelefon und drückte zwei Tasten. »Ich möchte mir die Nachricht noch mal ansehen, die Mrs. Pearson heute morgen erhalten hat.« Er legte auf.

Kate ging über den schmalen, gefegten Plattenweg zur Rückseite des Hauses. Der hintere Gartenteil bestand aus einem peinlich saubergehaltenen, kahlen Rasenstreifen. Die Hausmauern waren nackt und nicht gestrichen. Keine Rankpflanze verzierte den Stein. Alles schien bar jeden Lebens zu sein. Die obere Hälfte der Hintertür war verglast. Kate sah sich nach einem Stein oder irgendeinem harten Gegenstand um, konnte jedoch nichts Brauchbares entdecken. Schließlich wandte sie das Gesicht ab und stieß mit dem Ellbogen so lange gegen die Scheibe, bis sie zerbrach. Sie entfernte die gröbsten Splitter, bevor sie in die Öffnung griff und den Türknauf innen herumdrehte.

In ihrer Vorstellung war er immer oben in der Mansarde. Sie ging den Korridor entlang und bewegte sich so mühelos und leise wie im Traum. Das Geländer schimmerte, verbreitete einen ungewöhnlich warmen Glanz in der eisigen Atmosphäre des Hauses. Das Licht der winterlichen Sonne fing sich in der rubinroten Glasrosette in der Vordertür – seine einzige Konzession an Farbe – und warf glutrote Sprenkel auf die sonst kalkweißen Wände. Alles andere wirkte so steril und seelenlos wie das Wartezimmer eines Arztes.

Ein leises Geräusch im Keller ließ sie kurz zögern, dann ging sie weiter. Ihre Finger glitten leicht über den langen Handlauf des Treppengeländers. Auf dem Teppichboden klangen ihre Schritte wie fernes Flüstern. Dann wurde die Treppe schmal. Sie stieg die letzten Stufen zum Dachzimmer hinauf, stieß die Tür auf und trat ein. Die nackten, gewachsten Fußbodenbretter, der weite Blick auf die Stadt durch die Fenster zu beiden Seiten, der Schreibtisch ... alles war noch so, wie sie es in Erinnerung hatte.

»Ich habe nicht erwartet, daß du je wieder hierherkommen würdest.«

Kate drehte sich nicht zu der Stimme um, sondern ging geradewegs auf den Schreibtisch zu. »Ist das der Computer, den du benutzt hast?« erkundigte sie sich.

»Ihn und den in meinem Büro. Wie bist du auf mich gekommen?« erkundigte sie sich.

»Eigentlich war das gar nicht so schwierig.«

Harmon hielt den Zettel in der Hand. Er steckte in einer Plastikhülle. ›Sie sehen, wie einfach es ist.‹ stand darauf. ›Melanie, Jenny, wen immer ich möchte. Wen immer ich mir aussuche‹. »Schätze, das Ablenkungsmanöver im Einkaufszentrum war eine Warnung«, erklärte er. »Der Mann hatte nicht die Absicht, Ihre Tochter zu entführen, Mrs. Marchant. Er wollte nur Kate demonstrieren, daß er praktisch jederzeit dazu in der Lage ist. Wann immer ihm der Sinn danach steht.«

»Aber warum sollte er das tun wollen?« fragte Mary.

»Um Kate zu bestrafen. Um sie zu isolieren. Keine Ahnung, was in solchen Gehirnen vorgeht.«

Die Türglocke schrillte. Ihr Widerhall tönte durch das ganze Haus bis zur Mansarde hinauf. Keiner von beiden rührte sich. Störungen waren unerwünscht. Darüber waren sie sich schweigend einig. Sie verharrten in der Stille des Zimmers, bewegungslos. Selbst ihr Atem ging leise und flach. Sie warteten lange, bis sie ganz sicher waren, daß der unliebsame Besucher fort war.

Kate sah sich im Zimmer um. Hier gab es keine Möbel, keine Bilder, keinen sonstigen Schmuck. Die Kaminverkleidung aus Marmor schimmerte stumpf in der winterlichen Dämmerung des Nachmittags. Es war kalt, bitterkalt, und durch die breiten Panoramafenster wirkte der Himmel schmutzig-gelb. Bald würde es schneien.

Kates Herz machte merkwürdige Kapriolen. Sie spürte einen bleiernen Druck in der Brust, denn Melanie hatte sich stets Schnee zu Weihnachten gewünscht. Einmal war er im November gekommen und mehrmals im Januar, nie jedoch zu Weihnachten.

Mit jedem Atemzug atmete man in diesem Zimmer Sauberkeit ein. Es war ein penetranter Geruch, der den Gestank des Verfalls überdecken sollte. Die Fußbodenbretter, frisch gewachst, zeigten weder Staub- noch Kratzspuren. Firnis, Paraffin und Bienenwachs mischten sich in das Aroma alter Staubtücher. Kate atmete das alles ein wie eine Erinnerung, bis es ihr einen Würgereiz verursachte.

Eine seltsame Trägheit hatte sie erfaßt, ein Widerwille, das Schweigen zu brechen. Über allem lag eine Ruhe, ein geradezu fossiler Hauch von liebgewordenen alten Gewohnheiten. So stand sie eine ganze Zeit, bis irgendwo aus der Stille des Hauses eine Stimme ertönte. Es war Melanies Stimme. Kate sah sich um. Er war verschwunden. Sie war jetzt allein. Alles was blieb, waren eine trügerische Ruhe und Melanies Stimme, die nach ihr rief. Sie folgte ihr aus dem Dachzimmer mit seiner schwindelerregenden Aussicht hinunter in den ruhigsten und abgeschiedensten Teil des Hauses. Im Vergleich zum Keller wirkte selbst die eisige Sterilität der Mansarde geradezu anheimelnd. Trotzdem konnte sie sich ihm nicht entziehen.

Kates Schritte knirschten auf den steinernen Stufen. Wenn

er hier unten war, dann hatte er sich versteckt. Melanie weinte jetzt, flehte sie an, zu kommen und sie nach Hause zu bringen. Er konnte sich hinter einer der zahlreichen Mauersäulen verborgen haben, die die Decke stützten. Eine Neonleuchte tauchte den Mittelteil des Kellergeschosses in weißliches Licht, das kaum über die Hantelbank mit pyramidenförmig aufgeschichteten Gewichten und einen Heimtrainer hinausreichte. Kate fühlte, wie die Steinfliesen unter ihren Sohlen ihr jede Wärme entzogen, und ging instinktiv auf den Lichtkreis zu.

Ein Schatten bewegte sich synchron zu ihr jenseits der Lichtgrenze, in der absoluten Dunkelheit. Sie wartete, alle Sinne gespannt, wartete darauf, daß er den nächsten Zug machte. Der Kassettenrecorder mußte ganz in der Nähe sein. Die Lautstärke war so weit aufgedreht, daß Melanies Stimme fast bis zur Unkenntlichkeit verzerrt wurde, während sie jammernd darum bat, nicht gefesselt zu werden.

Die Gestalt war stehengeblieben. Kate trat auf sie zu. Sie machte einen Schritt vorwärts. Kate hob die Hand. Sie tat es ihr gleich. Kate entspannte sich, ging sicher auf die Gestalt zu und stieß gegen die glatte, kalte Oberfläche eines Spiegels. Sie wirbelte herum, als Melanies Stimme abrupt abgeschaltet wurde.

Er war jenseits des Lichtkreises, irgendwo in der Dunkelheit.

»Bist du so verliebt in dich selbst, daß du dein Körpertraining vor diesem Spiegel absolvieren mußt?« fragte sie.

»Wie fühlt man sich, wenn man allein ist, Kate?«

Kate zuckte betroffen zusammen. Dann ging sie zum Gegenangriff über: »Das mußt du doch am besten wissen, Kenneth. Bist du nicht immer allein gewesen? Ich glaube schon. Wohl kaum erstaunlich, was?«

»Man sagt«, erwiderte er, »daß es oft schlimmer ist, etwas zu verlieren, das man einmal besessen hat . . . Geld, ein Sinnesorgan, Gesundheit.« Er wartete. »Ein Kind.«

»So, sagt man das?« Kate hielt nachdenklich inne. »Also, das ist ein Irrtum.«

»Ist es besser, geliebt und verloren zu haben?« höhnte er.

»So ungefähr.«

Sie hörte, wie er sich rechts von ihr bewegte und wandte sich in diese Richtung.

»Dein Freund Shepherd ist verhaftet worden. Genau wie dein Exmann. Und ich glaube nicht, daß deine dicke, biedere Freundin nach dem heutigen Tage noch etwas mit dir zu tun haben will. Du hast eigentlich ziemlich viel verloren, meinst du nicht, Katie?«

»Harmon ist nicht blöd. Er merkt sicher bald, daß er den falschen Mann erwischt hat. Was David betrifft ... er hat bekommen, was ihm schon lange zustand. Und Mary ...« Sie zuckte mit den Schultern. »Sie wird drüber wegkommen.« Mary war sicher wütend auf sie, weil sie sich weggestohlen hatte, ohne sie einzuweihen. Aber das konnte ihrer Freundschaft nichts anhaben.

»Du schätzt die Loyalität deiner Freunde reichlich hoch ein.«

Kate lächelte. »Das kannst du wohl nicht verstehen, was?«

Es wunderte ihn immerhin. Sicher erwartete sie doch wohl nicht, daß ihre Freunde nach der vorgetäuschten Entführung noch zu ihr standen? »Sag mal«, begann er neugierig, »würdest du die Sicherheit deines Kindes aufs Spiel setzen ... für deine engste Freundin?«

Kate wurde bleich. »Jenny?«

Ihre Reaktion beflügelte ihn. »Es ist immer einfach, nobel zu sein, solange kein konkreter Anlaß besteht.«

»Ich habe nie gewollt, daß ... Ich möchte nicht, daß noch jemand hineingezogen wird. Das geht nur dich und mich etwas an«, sagte Kate mit atemloser Stimme. Zum ersten Mal bekam sie Angst.

Seine letzte Nachricht konnte sie nicht kennen. Leider, dachte er. Aber war das nicht sogar besser? So mußte sie annehmen, er habe Melanies kleine Freundin in seiner Gewalt.

»Glaubst du, du kannst sie retten, Katie? Hast du damals geglaubt, du könntest Melanie retten?« Er wiederholte damit die Worte, die er in seinen Tagträumereien immer wieder rezitiert hatte.

»Ja.« Kate wählte ihre Worte sorgsam. »Ja, ich habe mir vorgestellt, Melanie zu finden und sie nach Hause zu bringen. In Sicherheit ...« Ihr Atmen bestimmte den Rhythmus ihrer Sprache. »In meiner Phantasie habe ich dich getötet und Melanie nach Hause gebracht.«

Er lachte. »Angesichts deines gegenwärtigen Gesundheitszustands dürfte das Illusion bleiben«, bemerkte er.

»Wovon hast du geträumt, Kenneth?« Was hast du dir damals ausgemalt? Und was erträumst du dir jetzt?«

Er blieb im Dunkeln. Seine Träume gingen sie nichts an. Wie konnte sie sich anmaßen, seine komplexen Gefühle je verstehen zu wollen? Die Schmerzen, die sie ihm bereitet hatte? Das Bedürfnis, sie zu quälen? Er haßte sie für das, was sie aus ihm gemacht hatte: einen Kindesentführer, einen Mörder, und mehr noch ... ein Wesen, das die eine Hälfte von ihm verachtete, wenngleich er es doch wieder und wieder befriedigen mußte.

In seiner Phantasie hatte er ihr stets erklärt, was ihn gezwungen hatte, so zu handeln, wie er gehandelt hatte. Wie es zu den schrecklichen Verwicklungen gekommen war, die in Melanies Tod gegipfelt hatten. Jetzt wurde ihm klar, daß er nicht von alledem erzählen konnte. Seine einzige Hoffnung war, sich ein wenig für die Qual schadlos zu halten, die sie ihm bereitet hatte.

»Du hast nie an etwas anderes gedacht, als mir Schmerzen zuzufügen.«

Sie hatte ihn durchschaut. Das brachte ihn aus dem Konzept.

»Wäre das anders gewesen, würde Melanie heute vielleicht noch leben.«

»Vielleicht.« Er zuckte mit den Schultern. »Möglich.«

»Melanie war nie das eigentliche Ziel«, fuhr Kate fort. »Du wolltest immer nur mich treffen.« Sie nahm sein Schweigen als Zustimmung. »Wo ist sie?« Sie hörte sein Atmen in der Dunkelheit, konnte ihn jedoch nicht sehen.

»Glaubst du, ich halte sie hier versteckt?«

»Warum nicht? Schließlich hast du auch Melanie hier festgehalten, oder?« Ihre Stimme hallte von den Kellermauern zurück. Sie waren weiß getüncht wie alle Mauern im Haus. Und im schwachen Lichtschein, den diese Wände von den Neonleuchten an der Decke über ihr reflektierten, zeichnete sich jetzt seine Silhouette ab.

»Siehst du irgendeine Spur von ihr, Kathy?« Er breitete die Arme weit aus, als wolle er sie großzügig auffordern, sich selbst zu überzeugen.

»Kate«, verbesserte sie ihn. »Mein Name ist Kate.«

»Was ist das?« fragte Stretton.

»Ich lasse ein Programm laufen, mit dem man Paßworte knackt. Im Augenblick testet es das Konversationslexikon«, erklärte Adam. »Sollte das Paßwort ein Begriff aus dem Lexikon sein, finde ich es.« Die User-ID hatte er durch das Finger-Programm gefunden. UNIX hat ihn bereitwillig mit Namen und Benutzer-ID versorgt. Danach brauchte er nur noch ein Paßwort, um in die Dateien zu kommen. »Ha!« rief er aus. Er starrte auf den Monitor, als sehe er einen Geist.

Jenny griff aufgeregt nach Block und Bleistift. »Hab's schon notiert!« sagte sie ihm.

»Gut. Da sind vermutlich noch ein paar mehr. Also bleibt

am Ball.« Nach einigen Minuten rief er über die Schulter: »Wir sind drin!«

Kates Kehle war wie zugeschnürt. Nicht etwa, weil sie sich vor diesem trostlosen Kellerraum fürchtete, sondern weil diese Umgebung dasjenige gewesen sein mußte, was Melanie vor ihrem letzten Atemzug gesehen hatte. Die Kälte und trostlose Leere dieses Ortes hatten das Kind bis in den Tod verfolgt.

Eigentlich hatte Kate sich gewünscht, hier noch einmal Melanies Gegenwart zu spüren, einen letzten Eindruck ihrer Tochter wiederzufinden. Doch da war nichts. Mit seiner zwanghaften Putzsucht hatte er jede Spur von Melanie eliminiert. Und das empfand sie überraschenderweise fast als Erleichterung. Wie die Gezeitenflut, die das Meer langsam anschwellen läßt, wurde das Gefühl intensiver und stärker und gewann an Kontur. Das hier war kein Ort für Melanie. Dieses Haus war tote Materie. Melanie jedoch war ein Sinnbild des Lebens gewesen.

»Phoenix hat drei unterschiedliche Dateien voller Informationen über Kate angelegt«, berichtete Adam. Jenny war inzwischen, wenn auch widerwillig, mit ihren Eltern nach Hause gegangen. Stretton hatte ihre Rolle als Protokollführer übernommen. Er notierte unaufhörlich Computerhieroglyphen, lachte gelegentlich vor Begeisterung über Shepherds Virtuosität am Gerät. »Eine enthält Downloads aus dem Internet – alles Nachrichtentexte – über Melanies Entführung und den Mord. In der zweiten sind Kates persönliche Daten: Adresse, Telefonnummer, Bankkonto, Büronummer. Und in der hier . . .«, er drehte den Monitor herum, so daß Harmon es sehen konnte, »in der hier haben wir den endgültigen Beweis.« Auf dem Bildschirm prangte eine E-mail, eine jener Mitteilungen, die das Phantom Kate geschickt hatte. »Da ist die gesamte

E-mail drin, die sie je von dem Bastard gekriegt hat. Phoenix ist das Phantom. Ingrams ist Phoenix. Ergo ist Ingrams das Phantom.«

Harmon richtete sich auf. »Bevor wir ihn schnappen, brauche ich mehr Beweise. Er war immerhin in Amerika, als Melanie entführt wurde. Er ist erst zurückgekommen, nachdem wir die Leiche entdeckt hatten.«

»Haben *Sie* mit ihm gesprochen?«

»Nein, ich«, meldete sich Wainwright. »Am Telefon. Ich hatte an der Hotelrezeption in New York eine Nachricht für ihn hinterlassen. Er hat zurückgerufen.«

Adam nickte. »Hat jemand geprüft, ob Ingrams damals tatsächlich im Flugzeug nach Amerika gesessen hat?«

»Er hat eingecheckt und ist auf der anderen Seite des Atlantik durch die Zollkontrolle gegangen.«

»Hat ihn jemand gesehen?« beharrte Adam. »Haben Sie die amerikanische Polizei gebeten, ihn zu überprüfen?«

»Die Posten auf der Hotelrechnung umfassen die Mahlzeiten, Telefonate vom Apparat in seinem Zimmer und von außerhalb, den Wäschedienst . . .«

»War vermutlich ein großes Hotel, was?«

»Warum fragen Sie?«

»Größere Hotels sind heutzutage ans Internet angeschlossen.«

»Wollen Sie damit sagen, daß sein Flug nach Amerika, die Hotelrechnung vom Waldorf Astoria und die Telefonate nur vorgetäuscht waren? Und zwar mit Hilfe des Internets von Manchester aus?«

»Ich wette, das Zimmermädchen mußte sein Bett nicht frisch beziehen«, vermutete Adam. »Das Waldorf? Geben Sie mir eine halbe Stunde.« Er wandte sich wieder dem Monitor zu und begann Befehle einzutippen.

Wainwright nahm Harmon beiseite. Harmon sah die Sandwiches, die er aus der Kantine geholt hatte, und nahm sich eines.

»Der Typ spinnt, Sir«, behauptete Wainwright.

»Ich enthalte mich der Stimme«, entgegnete Harmon und biß in ein Sandwich. »Gab's nichts mit Salat?«

Wainwright schüttelte den Kopf. »Ich habe mehrfach mit Ingrams gesprochen, Sir. Ich habe ihn gleich nach seiner Rückkehr aus New York verhört. Die Sache hatte ihn sehr mitgenommen.«

»Wenn es Shepherd gelingt, eine Zimmerbuchung und einen Aufenthalt im Hotel übers Internet vorzutäuschen, dann konnte Ingrams das möglicherweise ebenfalls.«

Wainwright schnaubte verächtlich.

»Schon was gehört?« Wainwright hatte ihn gebeten, für William eine Untersuchung bei einem Psychologen zu arrangieren, und Angie hatte ihre Beziehungen spielen lassen.

»Nach Weihnachten. Am neunundzwanzigsten.«

»Gut.« Es folgte verlegenes Schweigen. Sie hörten nur Shepherds Tippen auf der Tastatur.

»Wie nimmt Jan es auf?« wollte Harmon wissen.

Wainwright zuckte mit den Schulter. »Sie ist erleichtert, glaube ich. Es ist nur . . .« Er hielt kurz inne. »Ein Teil von mir will gar nicht wissen, was mit ihm los ist. Es ist blödsinnig, ich weiß. Aber so ist es nun mal.«

»Meiner Erfahrung nach«, erklärte Harmon, »ist Wissen der Unwissenheit vorzuziehen.«

Wainwright brachte ein Grinsen zustande. »So spricht der wahre Polizist«, sagte er.

29

»Hast du nie daran gedacht, daß du noch eine Chance hattest, alles in Ordnung zu bringen?« fragte Kate. »Ist dir nie der Gedanke gekommen, sie freizulassen?«

»Würdest du dich besser fühlen, wenn ich das zugebe? Würde es deine Gefühle nicht noch zusätzlich verkomplizieren? Der Gedanke, daß es einen Augenblick des Zögerns gegeben haben könnte, der alles geändert hätte? Ist es nicht besser – tröstlicher –, in mir das böse Ungeheuer zu sehen, das deine Tochter kaltblütig entführt und ermordet hat?«

Kate fühlte, wie ihr vor Wut die Röte ins Gesicht stieg. Sie stand leicht vornübergebeugt, die Hände zu Fäusten geballt, jederzeit bereit, sich auf ihn zu stürzen. Aber noch war der Zeitpunkt nicht gekommen, ihn zu überwältigen. Sie zwang sich zur Ruhe, zur Geduld. Sie wollte erst handeln, wenn *sie* soweit war.

»Sie sind hinter dir her, Kenneth. Und sie ziehen dich für eine lange, eine sehr lange Zeit aus dem Verkehr.«

Ingrams bekam es plötzlich mit der Angst zu tun. Er fröstelte. Trotzdem rang er sich ein Lächeln ab und trat ins Licht. »Ich glaube, du phantasierst wieder, Katie, Liebes.«

»Wenn du es bei dem Mord an Melanie belassen hättest, wärst du nie behelligt worden.« Kates Blick schweifte suchend über sein Gesicht. »Aber das konntest du eben nicht, und zwar aus einem ganz bestimmten Grund.«

»Ach ja?« murmelte er, und sein Lächeln gefror. Seine zuckenden Wangenmuskeln waren Kate eine Warnung. Auch er beherrschte sich nur mühsam. »Und welcher Grund sollte das sein?«

»Du bist geisteskrank«, antwortete sie.

Wainwright schüttelte ungläubig den Kopf.

»Versuchen Sie's«, forderte Adam ihn auf. »Rufen Sie das Waldorf an, und bitten Sie den Empfangschef, mich ausrufen zu lassen.«

Harmon drückte auf einen Knopf, um die Verbindung nach draußen herzustellen, und wählte. Er hatte Order gegeben, nicht gestört zu werden, es sei denn, Kate Pearson würde gefunden.

Shepherd hatte die Hände im Nacken verschränkt, schaukelte mit seinem Stuhl hin und her und wirkte geradezu aufreizend entspannt. Wainwright kämpfte mit dem absurden Bedürfnis, seinem Stuhl einen Schubs zu geben.

Harmon hatte ihn durchschaut. Er hatte die Ungewißheit mit William nicht ertragen und sich umgehört. Der Arzt, den Angie empfohlen hatte, nannte sich ›Spezialist für Sprach- und Kommunikationsprobleme‹. Jemand hatte ihm das ins normale Englisch übersetzt: Autismus. Bei dem Ausdruck allein packte ihn das nackte Entsetzen, und er hätte den Termin beinahe abgesagt, wenn Jan nicht darauf bestanden hätte, ihn einzuhalten.

»Und wenn er autistisch ist?« hatte er gefragt. »Was machen wir dann, Jan?«

»Dann müssen wir lernen, damit umzugehen.« Seit er vorgeschlagen hatte, einen Spezialisten zu konsultieren, hatte sie mehr Stärke und Rückgrat bewiesen als er. Es war beinahe, als sei die Schuldenlast von ihr abgefallen, sie habe das abnorme Verhalten ihres Sohnes zu verantworten. Sie hatte *ihn* beruhigt, *ihm* Mut gemacht, nicht umgekehrt. Und das gab ihm das Gefühl, Jan enttäuscht zu haben. Ihr stummes Verzeihen machte alles noch schlimmer.

Harmon sagte etwas ins Telefon. »Richten Sie ihm aus, er soll mich zurückrufen.« Er nannte dem Empfangschef seinen Namen und andere Einzelheiten. »Was jetzt?« fragte er und legte auf.

»Ich rufe bei der Rezeption an und erkundige mich, ob Nachrichten für mich vorliegen. Dann rufe ich Sie an.«

Wainwright zog die Augenbrauen hoch. »Alles High-Tech, oder was?« murmelte er.

Harmon kaute auf seiner Unterlippe.

»So weit, so gut. Aber was ist mit den gebuchten Flügen? Er stand sowohl auf dem Hin- als auch auf dem Rückflug auf der aktuellen Passagierliste.«

»Ich bin gestern mit dem letzten Flieger gestartet«, sagte Adam mit verschmitztem Lächeln. »Und habe mit einer Kreditkarte bezahlt, die mir nicht gehört.«

»Das muß ich selbstverständlich überprüfen«, sagte Harmon unsicher.

»Hier ist die Nummer der Fluggesellschaft«, sagte Adam und warf Harmon den Notizblock zu.

Moira machte wie die meisten Angestellten bei Technicom an Heiligabend früher Schluß. Ihre Umhängetasche war noch schwerer als sonst. Sie erwartete keine Gäste zu Weihnachten. Seit ihre Mutter diese Ausfälle bekommen hatte, hatten sich die meisten Freunde allmählich zurückgezogen.

Die Firma veranstaltete eine Weihnachtsfeier in einem Hotel. Aber Moira hatte nicht die Absicht, daran teilzunehmen. Da traf man nur viele junge Leute, die unnötig Krach machten, zuviel tranken und das als Vorwand benutzten, über die Stränge zu schlagen. Simon und die aufgeputzte Neue namens Lynn waren schon gut in Fahrt und lachten und kreischten am Kopierer. »Dachte, sie hätte es auf Adam Shepherd abgesehen«, bemerkte Moira, ohne jemand Bestimmtes anzusprechen.

Sie ging noch einmal durchs Büro, bevor sie ihre Tasche umhängte und »Wiedersehen« in die Runde rief. Niemand antwortete oder bemerkte ihren Abgang.

Adam schwirrte der Kopf. Seit Harmon mit Heathrow telefoniert hatte, überstürzten sich die Ereignisse.

Eine uniformierte Einheit wurde hinzugezogen, um die Gegend zu sichern. Es war nicht einfach gewesen, die Beamten aus ihrem wohlverdienten Weihnachtsurlaub zu holen . . . Es war Heiligabend und bitterkalt. Harmon sprach mit zwei Beamten, die bei Dr. Ingrams in Eccles um 14.35 Uhr geklingelt hatten. Im Haus hatte sich nichts gerührt. Niemand hatte geöffnet. Deshalb hatten sie in der Universität ihr Glück versucht. Aber dort hatte man Dr. Ingrams den ganzen Tag über nicht gesehen.

In einer ruhigen Straße in der Nähe der Hafenanlagen wurde eine Einsatzzentrale eingerichtet. Adam war mit von der Partie, hatte jedoch die Auflage, sich im Hintergrund zu halten. Zwei Beamte ... Adam erkannte in der Frau Constable Barratt ... wurden ausgeschickt, um das Haus unauffällig auszukundschaften. Während Barratt an der Haustür klingelte, schlich sich ihr bulliger Kollege zur Hintertür. Er fand die Fensterscheibe in der Tür eingeschlagen und die Tür offen.

»Ich habe dich geliebt.« Das war eine Schuldzuweisung.

»Nein«, widersprach Kate. »Hast du nicht. Du hast *dich* geliebt. Du hast geglaubt, dich in mir wiederzuerkennen.«

»Du bist eine böse Katze, meine Kat. Ich habe immer gesagt, daß du dich eines Tages mit deiner spitzen Zunge selbst verletzen wirst.«

»Ich bin keine Katze. Und ich gehöre nicht dir. Außerdem habe ich dir schon einmal gesagt, daß ich Kate heiße.«

Als er sich auf ihre rechte Seite bewegte, trat sie nach links. Hantelbank, Gewichte und Heimtrainer lagen zwischen ihnen. Dann stand sie am Fuß der Bank. Im Spiegel blinkten die Metallgeräte. Kate hob den Kopf. Am oberen Treppenabsatz war ein schmaler Lichtstreifen zu erkennen. Die Kellertür stand also auf. Kate fragte sich, warum Chefinspektor Harmon noch immer nicht auf Ingrams gestoßen sein mochte. Dabei fiel ihr wieder die Taxifahrt von Manchester nach Eccles ein. Und mit einem Schlag wurde ihr dreierlei klar: Der Bombenalarm in der City war Ingrams Werk gewesen.

Jenny mußte sich dort aufgehalten haben.

Die Bombe hatte als Ablenkungsmanöver gedient.

Er kam näher.

»Die Bombe in der Deansgate . . .«

»Nicht in der Deansgate. Das war eine falsche Information. Das gute Stück lag auf den Stufen des Royal Exchange Theatre. Ich habe mich darauf verlassen, daß sie inmitten des ganzen Mülls, den unsere lieben Mitbürger dort vergessen, niemandem auffällt. Und ich hatte recht.« Es machte ihm Spaß, ihr seinen sorgfältigen Plan erklären zu können.

»Und Jenny?« Kate machte vorsichtig einen weiteren Schritt nach links.

»Sie hat mich erkannt. Da bin ich sicher. Auch die Lehrerin. Jenny vielleicht noch genauer. Sie hat ein Gesicht gemacht, als habe sie einen Geist gesehen.«

»Vermutlich weniger einen Geist als einen Teufel.«

Er lachte. »Sehr phantasievoll, aber reichlich vereinfachend, findest du nicht, Kathy, meine Liebe?«

»Ist Jenny . . . in Sicherheit?«

»Vorerst«, antwortete er mit einem hämischen Grinsen. Es war nicht einmal nötig zu lügen, um sie hinters Licht zu führen. Er verachtete sie für ihre Leichtgläubigkeit. Er trat wieder einen Schritt näher.

»Wo . . . in Sicherheit?«

»Möchtest du sie sehen?«

»Ja.«

»Kann ich mir vorstellen.« Sie standen sich dicht gegenüber. Sie hatten sich so lange umkreist, daß Kate mittlerweile schon schwindelig war. Ihr Kopf dröhnte gnadenlos. Sie hatte kaum noch Kraft. Nur die schmale Hantelbank trennte sie jetzt. Den Ausdruck in seinen Augen vermochte sie nicht zu deuten. Er verschleierte mehr, als er verriet. Hatte er Jenny bereits etwas angetan?

»Du lügst«, sagte sie. »Sie ist nicht in Sicherheit.«

Er lachte auf. Atemwolken kamen aus seinem Mund. Es beleidigte ihn, ein Lügner genannt zu werden. Da stieß man sie praktisch mit der Nase auf die Wahrheit, aber sie konnte sie nicht akzeptieren. »Typisch Frau«, sagte er laut.

»Ich will, daß du mir sagst, wo sie ist!« forderte Kate. Seine letzte Bemerkung hatte sie rasend gemacht. Diese Art Statements waren Davids Spezialität gewesen. Die Platzwunde an ihrem Kopf pochte im Rhythmus ihrer Wut. Und diesmal unterdrückte sie nichts.

Ingrams spielte Katz und Maus mit ihr, indem er ständig vom Licht in die Dunkelheit wechselte. »In den alten Docks gibt es zahllose Verstecke für ein Kind«, flüsterte er. »So viele verlassene Gebäude, Trockendocks, Lagerhäuser. Viele einsame Stellen. Suche einen Ort, der überwuchert ist, Gras wächst zwischen dem Kopfsteinpflaster, Schienen sind verrostet. Es sind unheimliche Orte, Katherine – nicht zu vergleichen mit den renovierten, aufgemotzten Häusern in der Nähe der City.«

Kate hörte aufmerksam zu. Sie hatte das Gefühl, keinen Hinweis auf Jennys Verbleib verpassen zu dürfen.

»Meisterwerke der Architektur«, fuhr er fort.

»Wo ...«

»... sie ist?« Seine höhnische Stimme hallte von den Wänden wider. Kate bekam eine Gänsehaut. Er beobachtete sie aus dem Dunkeln. Kate konnte ihn nicht sehen. »Der Wind heult in diesen alten Gebäuden. Und es gibt Ratten dort. Der Himmel weiß, was sie da zu fressen finden wollen ...«

»Du Schwein!« Kate stürzte sich in die Richtung, aus der die Stimme kam, aber sie vergaß die Hantelbank. Sie stieß schmerzhaft mit den Schienbeinen dagegen.

»Tz, tz, tz«, sagte Ingrams. »Du warst schon immer ein Hitzkopf, Katie.«

Sie machte den Mund auf, um etwas zu sagen, aber ein Geräusch von oben lenkte sie ab. Sie erstarrte. Ingrams trat in den Lichtkreis. Sein Blick schweifte zur Kellertür und dann hinüber zu Kate. »Unsere Besucher sind zurückgekommen«, erklärte er. »Zweifellos die Polizei. Scheint so, als hättest du zumindest einmal in deinem traurigen Leben recht. Trotzdem will ich nicht glauben, daß dein schwarzer Bobby von allein darauf gekommen ist. Schätze, er ist dir einfach hierher gefolgt.«

»Ihm wirst du sagen müssen, wo Jenny ist.«

Ingrams lächelte. Kate hatte nie zuvor ein derart grausames Lächeln gesehen.

»Für den Mord an Melanie komme ich sowieso ins Gefängnis, Katie.« Er hielt kurz inne und fuhr dann beinahe nörgelnd fort: »Alles deine Schuld.« Vorsichtige Schritte über ihnen ließen ihn verstummen. »Wer, glaubst du, könnte es sein?« fragte er. »Der mürrische Sergeant Wainwright? Auch Harmon läßt sich das natürlich nicht entgehen. Ich habe doch einen Affen aus unserem Wilden gemacht. Vielleicht sind sie mit einer Sondereinheit da. Oder gibt's so was außerhalb von London nicht?« Er seufzte. »Fühlst du die Last der Verantwortung, Katie?«

»Warum sollte ich mich für deine Krankheit verantwortlich fühlen?« konterte sie.

Ingrams schüttelte den Kopf, schwankte im Licht wie eine Figur aus einem Traum. Vor Kates Augen begann alles zu verschwimmen. Er stützte sich mit den Handknöcheln auf die Hantelbank. »Du hast mich dazu gemacht, Kate. Niemand sonst. Als du mich verlassen hast.« Er lachte, und es klang wie ein Wutschrei. »Hast mich verlassen und dich mit diesem Würstchen, diesem Computerfreak, eingelassen.« Speichel sammelte sich in seinen Mundwinkeln.

»Du hast das alles getan, weil du Adam nicht für einen

angemessenen Ersatz für dich gehalten hast?« Kate war entsetzt.

»Du verstehst gar nichts, was?«

»Nein«, sagte Kate. »Nein, ich verstehe nichts. Erklär es mir. Ich möchte es verstehen.«

Ein kurzes ärgerliches Lachen zerriß erneut die Stille. Die Geräusche über ihnen waren verstummt. »Um Melanies willen?« fragte er. »Um Jennys willen?«

Kate schüttelte den Kopf. »Du brauchst Hilfe, Kenneth.« Sie hatten sich mittlerweile einmal im Kreis gedreht. Er stand jetzt mit dem Rücken zur Tür, sie stand mit dem Rücken zum Spiegel. Da schnaubte er plötzlich verächtlich und ging auf die Treppe zu.

»Wo willst du hin?« fragte sie schrill vor Angst. »Wir sind noch nicht fertig.«

Er drehte sich langsam um. »Wir sind schon lange miteinander fertig«, belehrte er sie. »Ich wünschte, das wäre mir schon damals klargewesen.«

»Warte!« schrie Kate. »Was ist mit Jenny? Du mußt mir sagen, wo sie ist.«

Er hätte es ihr sagen können. Hätte sie wissen lassen können, daß die kleine Göre zu Hause in Sicherheit war und gerade ihren Eltern von ihrem großen Abenteuer erzählte. Aber damit machte er es Kate zu einfach. Solange er Macht über sie hatte, wollte er sie auch benutzen. Sie hatte ihm alles genommen. Dafür hielt er sich schadlos.

»Du willst verstehen, Kate? Also gut. Du glaubst sicher, du hättest gelitten, als du Melanie verloren hast. Aber hast du die Verantwortung akzeptiert? Hast du die Schuld akzeptiert? Hast du je daran gedacht, daß alles deine Schuld war? Ich bin durch die Hölle gegangen, als ich sie getötet habe. In diesem Punkt hattest du ebenfalls recht. Komischerweise. Ich hatte nie vor, dem Kind etwas zu tun. Jetzt weißt du, daß es deine Schuld war. Du hast Melanie umgebracht, es ist so, als hättest du's selbst getan. Erst dein Verhalten hat es dazu kommen lassen.«

»Nein.« Kate schlug die Hand vor den Mund. »Das darfst du nicht sagen.«

Er sah sie an, genoß das Hochgefühl dieses letzten, kurzen Augenblickes der Macht über sie. »Ich gehe für beide ins Gefängnis«, erklärte er. »Ich habe mein Leben sowieso verwirkt.«

»Nein!«

Kate rannte hinter ihm her und zerrte ihn zurück. Er schüttelte sie ab. Sie stürzte gegen eine der Betonsäulen und schürfte sich den Rücken auf. Er ging weiter, aber sie rappelte sich auf und stellte ihm ein Bein. Er fiel vornüber und schlug mit dem Kopf heftig gegen die Hantelbank, doch die gepolsterte Kante federte die größte Wucht des Aufpralls ab. Er erholte sich schnell. Seine Hand fuhr in ihr Haar.

»Hexe!« zischte er und hob die Faust zum Schlag. Kate ruderte wild mit den Armen, und ihre linke Hand berührte dabei etwas Kühles unter der Bank. Sie packte zu und schlug es ihm mit aller Macht gegen die Schläfe.

Er fiel blutend zur Seite und riß Kate mit sich. Sie knallte mit dem Kopf auf den Betonboden. Ein metallisches Poltern folgte, als ihr die Hantel, mit der sie zugeschlagen hatte, aus der Hand fiel. Ingrams stöhnte und fuhr sich mit der Hand an die rechte Schläfe.

Kate kämpfte das mittlerweile vertraute Schwindelgefühl aus Schock und Schmerz nieder und kroch auf allen vieren vorwärts. Blutstropfen, fast schwarz im spärlichen Licht, fielen auf Ingrams' polierte Schuhe, auf seine scharfen Bügelfalten, auf sein sauberes weißes Hemd. Sie packte ihn bei den Jackettaufschlägen, zerrte ihn hoch, so daß sie ihm direkt in die Augen sehen konnte. Dann brannte etwas in ihrem rechten Auge und beeinträchtigte ihr Sehvermögen. Sie drehte den Kopf zur Seite und wischte das Gesicht an ihrem Ärmel ab. Ein dunkler Fleck blieb auf dem Stoff zurück, und sie merkte, daß auch sie blutete.

»*Wo . . . ist sie?*« brachte sie mühsam heraus. Um sie herum begann sich alles zu drehen, und Ingrams Gesicht drehte sich mit.

Ingrams fing ihren Blick auf. »Fahr zur Hölle«, sagte er.

Kates Faust landete mit einem dumpfen Geräusch auf seinem Mund. Blut spritzte ihr ins Gesicht und an den Hals. »*Wo?*« Tränen mischten sich in sein und ihr eigenes Blut. Ingrams lächelte. Seine Zähne waren rot verschmiert.

Sie hob erneut die Faust. »Wo!« Sie schlug zu. »Wo? Wo? Wo?«

»Wo?« fragte Kate und wurde mit einem Ruck wach. Der Raum war vertraut und fremd zugleich. Die Übelkeit, das Dröhnen im Kopf, alles war noch da. Eine ihr unbekannte Polizeibeamtin sprang auf und ging aus dem Zimmer. Als sie zurückkam, war Kate bereits wieder ohnmächtig geworden. Eine Stunde später erwachte sie erneut. Der Arzt, der sie schon am Vortag untersucht hatte, fragte sie, ob sie vorhabe, das zum Dauerzustand werden zu lassen.

Kate beachtete ihn gar nicht. Sie starrte an ihm vorbei auf die große, dunkle Gestalt, die hinter ihm stand. »Jenny?« flüsterte sie und fürchtete die Antwort.

»Jenny geht es gut. Sie ist zu Hause bei ihren Eltern. Das Kind war nie wirklich in Gefahr.«

Kate runzelte die Stirn. »Er hat gesagt, daß er sie entführt hat. Der Bombenalarm . . .«

»War nur eine Warnung. Er wollte weitermachen wie zuvor . . . Ihnen das Leben zur Hölle machen. Ich glaube, er hat nie ernsthaft damit gerechnet, daß Sie ihn entlarven könnten. Er hatte eine Nachricht für Sie hinterlassen. Aber Sie haben Sie nicht mitbekommen.«

»Nein, habe ich nicht.« Kate lächelte schwach. »Ich habe wieder mal überhaupt nichts mitbekommen.« Sie hob die Hand an die Schläfe und registrierte nur flüchtig, daß in ihrem Handrücken die Kanüle einer Infusion steckte. Vorsichtig berührte sie die Blutergüsse in ihrem Gesicht. »Bin ich verhaftet?«

Harmon musterte sie eingehend. »Weswegen denn?« fragte er

»Ingrams.«

»Er erholt sich recht schnell. Schätze, wir können ihn noch heute offiziell in U-Haft nehmen.«

»Ich dachte, ich hätte . . .«

»In dem Zustand, in dem wir Sie vorgefunden haben, hätten Sie keiner Fliege ernsthaft etwas zuleide tun können.«

Kate schloß die Augen. Als sie sie wieder aufschlug, waren der Arzt und die Schwester gerade dabei zu gehen. Harmon zog einen Stuhl an ihr Bett und setzte sich neben sie. Eine Weile lang sagte er nichts.

»Sie brauchen mich nicht zu schonen«, sagte sie. »Mir geht's gut.«

Ihr Gesicht war mit Blutergüssen übersät, und sie hatte eine nur notdürftig verheilte Platzwunde an der Stirn. Sie war bleich, ihr war übel, und sie konnte den Kopf kaum heben. Trotzdem wirkte sie stark. »Ja«, sagte er. »Es geht Ihnen soweit ganz gut.«

»Aber . . .«

Harmon neigte den Kopf. »Ich begreife nicht, weshalb Sie nicht zu mir gekommen sind. Mir von Ihrem Verdacht erzählt haben.«

»Ich wollte mit ihm reden. Hätten Sie mich mit ihm reden lassen?«

»Nein«, stimmte Harmon ihr zu. »Aber was haben Sie sich davon denn versprochen?«

»Verständnis, Einblicke.« Sie runzelte die Stirn und zuckte zusammen. Jede Bewegung schmerzte. »Vielleicht wollte ich hören, daß er bedauerte, was er getan hatte.«

»Und hat er es getan? Haben Sie bekommen, was Sie wollten?«

»Nein. Ich habe mir nur Illusionen gemacht. Es war dumm von mir, zu ihm zu gehen. Ich werde weder ihn begreifen noch das, was er getan hat.«

Harmon nickte.

»Ich dachte, er hat Jenny«, fuhr Kate fort, »und er wollte sich stellen. Er hat mich in dem Glauben gelassen, daß er sie ihrem Schicksal überlassen würde, dem sicheren Tod.« Sie schloß die Augen und schluckte. »Ich habe das alles ins Rollen gebracht.«

Harmon nahm ihre Hand. »Nein«, widersprach er. »Haben Sie nicht. Aber Sie haben es beendet.« Er tätschelte ihre Hand und stand auf. »Da ist jemand, der Sie sprechen möchte.«

»Mary? Oder Bernie?«

»Die Ärzte meinten, die beiden sollten mit einem Besuch bis morgen warten. Außerdem hat Mrs. Marchants Tochter einiges durchgemacht . . . sie braucht ihre Mutter jetzt. Draußen wartet Shepherd«, sagte er als Antwort auf ihren verdutzten Blick. »Wir sind ihm sehr dankbar . . . ihm und seinen virtuosen Fähigkeiten am Computer.«

»Er hat dich durch die Mangel gedreht, was?«

»Du hat auch schon mal besser ausgesehen«, konterte Kate. Adam hatte außer der Schramme an der Wange ein riesiges blaues Auge. Er berührte sein geschwollenes Augenlid. »Hatte eine Meinungsverschiedenheit mit einer Dampfwalze namens Craine«, erklärte er. Er saß neben ihrem Bett auf dem Stuhl, auf dem zuvor Harmon gesessen hatte.

Er betrachtete die Infusion, die Blutergüsse, die genähte

Wunde an der Stirn, ihre ganze zarte, zerbrechliche Gestalt. Tränen überraschten ihn. »Himmel, Kate!« sagte er mit heiserer Stimme. Sie gab ihm ihre Hand, und er drehte sie um und streichelte sie sanft, als fürchte er, ihr weh zu tun.

»Überrascht mich, daß du überhaupt noch mit mir redest«, neckte sie. »Wo ich doch deine sämtlichen Dateien gelöscht habe.«

»Was?« entgegnete er und wischte sich mit der freien Hand die Tränen ab. »Und dich mir damit zum Feind machen. Vielleicht sehe ich dämlich aus, aber blöd bin ich nicht.«

Jenny bestand darauf, ihre Tante Kate am ersten Weihnachtstag zu besuchen, und obwohl sie anfangs weinte, als sie Kate und ihr zerschundenes Gesicht sah, waren sich Mary und Tony einig, die richtige Entscheidung getroffen zu haben. Bernie kam später. Sie war sehr erschrocken, als ihr in vollem Umfang bewußt wurde, wie nahe Kate dem Tod gewesen war.

Trotz seiner Aversion gegen das Krankenhaus, in dem Sims gestorben war, besuchte Adam Kate jeden Tag. Als sie schließlich zwei Wochen nach ihrer Entlassung mit ihm ins Bett ging, geschah es in seiner Wohnung. Später weinte sie, und er streichelte ihr Haar, bis sie ruhiger wurde. Er küßte sie und flüsterte: »Habe ich dir weh getan?«

»Nein, du nicht.« Sie verschränkte ihre Finger in seine. »Das könntest du nie tun. Ich bin nur traurig, weil ich sie jetzt loslasse, das ist alles.«

»Du wirst sie nie vergessen.«

»Ich weiß, aber sie . . .« Es schmerzte, darüber zu sprechen. »Melanie wird ein Teil meiner Vergangenheit. Und das kommt mir wie ein Betrug an ihr vor.«

Er küßte die Narbe auf ihrer Stirn. »Mel war ein lebhaftes Kind. Sie sprühte vor Energie«, sagte sie. »Sie liebte Menschen, und sie liebte das Leben.«

Kate stützte sich auf einen Ellbogen. Regelmäßige Mahlzeiten und Ruhe hatten ihre Formen auf attraktive Weise gerundet. Adam streichelte die sanfte Wölbung ihrer Brust und spürte, daß sie ihn erneut erregte. Er sah ihr in die Augen. Sie glänzten noch vor Tränen. Aber dahinter erkannte er noch etwas anderes. Etwas, das ihm Hoffnung machte. Etwas wie Zuneigung. »Sie würde nicht wollen, daß dein Leben endet, nur weil ihres geendet hat«, murmelte er.

»Nein«, stimmte Kate ihm zu. »Das hätte sie nie gewollt.«

Danksagung

Mein Dank gilt Pete Elms und Dr. Martin Mortimer für ihre fachmännische Unterstützung auf den Gebieten ›Internet‹ und ›E-mail‹. Gleichermaßen hilfreich waren die Einsichten in die Mentalität der Hacker, die mir das Buch *Cyberpunk* von Katie Hafner und John Markhoff gewährte.